庆 祝 中 国 共 产 党 成 立 一 百 周 年

中國戲劇家協會

——百部——
优秀剧作

典藏

1921—2021

7

作家出版社

目 录

·话 剧·

李 白

郭启宏

时　间　唐肃宗（李亨）在位年间。

人　物　（人物年龄均为首次出场的年龄）

李　白——年五十多岁，字太白，号青莲居士，唐代大诗人。时人称其为"诗仙""醉圣""谪仙人"，明眸修眉，神采飘逸。人们历来认为"飘然太白"，未尽然，他一直在仕与隐、兼济与独善之间徘徊踯躅。

宗　琰——年三十多岁，李白的继室。其祖父宗楚客于武后、中宗朝三次拜相。天生一种钟秀灵奇，李白称她为"灵光"，韩娘则呼为"阿琰"。

韩　娘——六十多岁，宗琰的乳娘。

吴　筠——年五十多岁，道士，后隐居于横望山石门旧居。性高鲠，善诙谐，是李白的好友，唐玄宗天宝年间曾举荐李白入朝。

李腾空——三十岁，庐山屏风叠紫霄观女道士，道号腾空子，宗琰女友，已故奸相李林甫之女，有一种道服掩不住的美韵。

李　璘——四十岁上下，唐玄宗李隆基的第十六子，唐肃宗李亨的异母弟，封永王。

惠仲明——年四十多岁，永王幕府司马，为永王宠信的谋主，后调任奉节县令，被宋康祥擢升为宣州刺史，旋复治罪斩首。

宋康祥——年近六十，御史中丞，兼领三镇节度使，后兼任江南道观察使。

栾　泰——二十岁上下，永王幕府散官，封"神鸡童"，永王的男嬖。

孙　二——十八九岁，浔阳监狱狱卒，后追随李白。

郭子仪——年纪与李白相仿，天下兵马大元帅，早年曾获罪，为李白所救。

纪许氏——年可六十多岁，村妇。

小纪刚——十一二岁，纪许氏之孙。

老渔父——年逾七十，浔阳江上渔翁，后移居当涂。

祁　五——年三四十岁，永王幕府参谋。

贺十三——年三四十岁，永王幕府参谋。

屈　大——年三四十岁，永王幕府参谋。

录事、主书、侍卫、小校、军士、随从、衙役等若干。

一

〔当代歌者弹琵琶而歌：

"何处觅诗魂，

向涂山、采石、青莲、碎叶。

提什么脱靴捧砚好飘然，

只怕是出仕归隐终难抉。

自天宝繁华过后，

《霓裳》惊破，神州流血，

半百学士，又将书剑朝天阙。

永王幕里，斗酒浇成万世文，

浔阳狱中，丹心换得一身铁。

人愁绝！夜郎长流，

看巴山寒塞、蜀道鸟途、夔门千堆雪！

幸遇赦，布衣蔬食醉当涂，

社鼓声声，偏唤起请缨心烈。

一代诗仙兮来复归，

江天唯见波底月！"

〔初冬。

〔浔阳江头。木鱼声轻轻飘来。临江的长亭此刻成了送别的场所。韩娘面向西北，将宫锦袍、珊瑚鞭高高捧起；李白身着襕袍，头戴纱制玄色角巾，腰佩长剑，神情肃穆地跪拜着；宗琰着窄袖衫、长裙、披风，捧酒旁立；一侧，李腾空黄冠道服，机械地敲着木鱼，背书般喃喃诵经。

李　白　（站起，把酒酹江）太上皇，我又出山了！我接受了永王殿下的邀请——啊不！是安禄山一把火把我烧出了庐山！

〔宗琰取袍，为李白穿上；韩娘递鞭，又拿起地上的包袱，为李白系上。

李　白　（看着袍和鞭，感喟地）久违了！太上皇，你的銮驾已经……转进巴蜀，满目疮痍的中原，你是看不到的呀！半个月前，我从幽州逃了回来，一路上火还在烧，人还在死，几天几夜听不见一声鸡鸣！回到庐山，我常常神思恍惚，我好像看见长江变成了易水，庐山变成了燕山，华夏子民都穿上了胡服，三岁小儿也呜呜咿咿学着胡语……

〔老渔父驾着小舟缓缓驶来。

老渔父　太白先生，请上船吧！

李　白　（点头，复对宗琰）灵光，我知道你并不赞同。（调侃地）如果我佩着黄金印回来，夫人不会觉得我太俗气，不肯理睬我吧？

宗　琰　（一笑）既然你去心已定，我不阻拦你。希望夫子功成身退……

李　白　我知道，还回庐山来，再续五湖之游。（慷慨挥手）我走了！

〔木鱼声突然中止。宗琰示意李白。

李　白　（走近李腾空，躬身行礼）感谢腾空道姑为我诵经。

〔李腾空欠身还礼。

〔一阵笑声，吴筠身着紫道袍，头顶斗笠，腰系酒葫芦，高唤着跑来。

吴　筠　太白兄，等一等！

李　白　（回望，惊喜）吴兄！

〔吴筠与众人行礼。

李　白　（走近来）不是巧遇吧？

吴　筠　天半行云，山中流水，松间明月，江上清风，无往而不相逢！（指着酒葫芦）我送你一程！

〔李白看着酒葫芦摇头。老渔父亮出一坛家酿村醪。

李　白　（指老渔父）老渔伯，老酒友！

〔众人同声欢笑。

老渔父　上船吧！

李　白　（欲登身，忽然想起什么）哦，等一等！（急往回跑）

韩　娘　先生哪儿去？

李　白　韩娘，我忘了带上书了。

韩　娘　（一笑）先生不是亲手放进包袱里了吗？

〔李白从包袱里取出两本书，笑着把珊瑚鞭塞进包袱里。

吴　筠　这就叫骑着马找马！（取过李白手中书）《庄子》《离骚》……太白兄，我刚刚遇见一个怪人，他说要到岭南去，却一个劲儿地奔北走！

李　白　（笑）世上真有南辕北辙的人？

吴　筠　想用庄子洒脱的胸襟去完成屈原悲壮的事业，岂不是南其辕而北其辙？

李　白　（笑）好你个老道！南走到头就是北，北走到头就是南！

吴　筠　（亦笑）对，对！屈原走到头就是庄子，庄子走到头就是屈原！

李　白　（认真地）也是永王殿下礼贤下士，他派幕府司马惠仲明三次登门。

吴　筠　我就为这事来的！（神秘地低声）听说永王起兵不在平乱……

李　白　在什么？

吴　筠　争位！同他的长兄——当今圣上争皇位！

李　白　（愤然、断然）道听途说！过几天永王就要东巡。（一阵兴奋）可以想见云旗猎猎，雷鼓嘈嘈，千百楼船逶迤东下，那场面肯定十分壮观！我要写诗抒发我的感受，题目就叫《永王东巡歌》，一两首不能尽意，写它十首！

〔吴筠仰面不语，走开去。

李　白　（骤生歉意，上前郑重地）有证据？

吴　筠　有证据，我就把你拖回庐山！（不悦）你现在是一盆火！我成了耳边风！

李　白　（笑）万一像你所说，永王一时糊涂，我正好用《东巡歌》对他晓以大义，激发他复国兴邦的正气！

吴　筠　我想起天宝元年你奉诏入长安时候写的两句诗："仰天大笑出门去，我辈岂是蓬蒿人！"

李　白	此一时彼一时！嗯，你在笑话我？
吴　筠	没有。我是忧喜参半。既然太白兄执意要投奔永王，人各有志，怎能勉强？
李　白	（沉吟）用舍在他，来去由我！李白耿耿此心，明月可鉴！
吴　筠	（不与争辩，径自上船）喝酒！
老渔父	先生上船吧！
李　白	（点头）灵光，韩娘，我走了！
宗　琰	夫子保重！
韩　娘	先生保重！
李　白	腾空道姑，我走了！
李腾空	（似若未闻，继续诵经）"祸兮福之所倚，福兮祸之所伏……"
李　白	（一笑）谢谢。（登舟，挥手而别）

〔明月在天。舟行。宗琰等渐隐。

〔隐隐响起李腾空的诵经声：

　　　"祸兮福之所倚，

　　　福兮祸之所伏……"

〔木鱼声轻轻飘过。

二

〔幕后歌声：

　　　"自信经纶手，

　　　能开天地春。

　　　孰知千岭外，

　　　更有万重云。"

〔数月后。翌年春。

〔江右某地。永王幕府司马惠仲明官署的议事厅。一侧有屏风，另一侧有书案、绣墩。不远处白茫茫大江横亘。

〔惠仲明正在案前书写什么，喃喃有声，时而摇头叹息，时而欣然自得。

惠仲明	（掷笔）录事！

〔录事应声跑来。

惠仲明 （收拢诗稿）你把太白先生的《永王东巡歌》抄录五十份，派人四乡张贴！用篆书给我单录一份。

〔录事应声接过诗稿退下。

惠仲明 （站起身来，伸伸懒腰，为一个辉煌的远景所鼓舞）七年著作郎，七年散官，快到知天命之年了，总算看到了天边薄薄的曙色！

〔栾泰匆匆跑来。

惠仲明 （吓了一跳）栾泰！

栾　泰 我有机密……

〔惠仲明立时警觉起来，转过屏风察看有无人藏匿。

栾　泰 殿下奉诏起兵，原来不打算北伐安禄山，是……（悄声）要同皇上争天下……

惠仲明 （急掩其口）不许胡说！

栾　泰 胡说？昨晚殿下说了："李亨呀李亨，我要杀到京城，叫你当不成皇帝！"

惠仲明 殿下亲口对你说的？

栾　泰 殿下亲口说的……梦话。

惠仲明 （勃然色变）大胆！

栾　泰 你……你怎么翻脸了？

惠仲明 殿下自幼丧母，是圣上抚养长大。他们弟兄情深，胜过一母所生。

栾　泰 我……没撒谎，殿下有说梦话的毛病。

惠仲明 你这是诬罔殿下，扰乱军心！殿下知道了容得了你吗？

栾　泰 这、这……惠大人……

惠仲明 栾泰！殿下封你神鸡童，官居七品，你好好斗你的鸡，叫殿下开心，这是你的本分！你又是殿下贴身的人，凡事乖觉点儿，有话到我这儿为止。

栾　泰 是是！（不便即去，走到案前，凑趣地）惠大人在写诗呢？

惠仲明 抄诗，李白的诗。（折叠起来，揣进袖内）

栾　泰 李白的诗？大人对李白恭恭敬敬，李白对大人可是不大恭敬……

惠仲明 你又信口开河。

栾　泰 真的！李白这家伙狂傲得很，好几个月了，不是喝酒作诗，就是借酒使性!

惠仲明 李白是诗仙、醉圣!

栾　泰 幕府里没有同他合得来的，也就是大人还能同他对付，可他也没把大人放在眼里……（偷窥对方）

惠仲明 （一笑）诗人免不了有些怪癖，没有怪癖也就成不了诗人。

栾　泰 话是这么说，可现在殿下对他也凉了!

〔惠仲明不由得一愣怔。

栾　泰 司马怎么不知道呢? 李白才来的时候，殿下对他多好啊! 让他跟着东巡，又让他参加水军宴会，还让他上楼船听歌看舞! 嘿，他倒来了邪劲! 又要出主意，自比卧龙岗上诸葛亮;又要露武艺，说他是汉朝飞将军李广的后代;还想带兵打仗，自称什么东晋谢安石。这一来，殿下也就懒得听他"白话"了!

〔开道之声骤起:"殿下驾到!"惠仲明、栾泰闻声急整衣冠走出中堂。

〔录事手拿誊写完好的《永王东巡歌》走进中堂，四顾无人，正犹豫着，开道之声复起:"两厢回避!"录事进退失措，灵机一动，藏在屏风后。

〔李璘昂然走入中堂。贴身侍卫随入。惠仲明、栾泰相继走入。

李　璘 （坐）都坐下! 惠司马!

惠仲明 卑官在!

李　璘 昨天江陵水军连夜东下，过一会儿我也要东下督军，幕府中善后的事情就交给你了!

惠仲明 是，殿下。

李　璘 有件不大不小的事叫我不放心。听说太白先生整天喝闷酒，是不是你们亏待他了?

惠仲明 殿下派仲明三请李白，仲明不敢亏待。

栾　泰 是他自己闹的，整天怨气冲天!

李　璘 太白先生一介文人，不该苛求。本王麾下有个李白，全军增色呀!

惠仲明 （揣摩对方意图）李白向来自视很高，希望重用，如果殿下肯授他官职……

李　璘 惠司马为李白求官……唉! 我没给他官做，是爱惜他的诗才，

让他写诗比让他当官好啊！父皇当初也曾说过，李太白非廊庙
之器！

栾　泰　太上皇的话我懂，李白不是当官的料！

李　璘　哎！太白先生稀世奇才，将来总要给个官做的，别让他感到失望。

栾　泰　对，热火罐让他抱着！

李　璘　（愠怒）你到底心术不正！退下！

栾　泰　是是。（走下）

李　璘　（对侍卫）文武官员一律不准进来！

　　　　〔侍卫应声走出警戒。

惠仲明　（知事态严重）殿下，有紧急军情？

李　璘　你好机灵！（慢悠悠地）我那位大哥已经下诏，要我去巴蜀觐见
父皇。你说，我去还是不去？

惠仲明　殿下去巴蜀……只怕凶多吉少。

李　璘　不去？

惠仲明　还是不去为好。

李　璘　（一笑）我已经毁书斩使了！

惠仲明　（大惊）殿下！

李　璘　哼，他想软禁我！是他逼得我破釜沉舟！我江陵水军一定能够一
鼓而下江南，等我立马钟山浮舟练湖，再和他一决雌雄！

惠仲明　殿下胆识超人，如有神助。

李　璘　眼下万事俱备，只欠一篇檄文。

惠仲明　讨伐……京城……

李　璘　不！讨伐京城派来的那个宋康祥！

惠仲明　御史中丞兼领三镇节度使宋康祥……讨伐宋康祥进退有据：进可
以入主京城，退可以声明为清君侧。殿下天纵英明！

李　璘　现在我要借重太白先生的生花妙笔、日月盛名了！

惠仲明　让李白起草檄文？（忽有难色）就怕李白不愿起草这样的檄文……

　　　　〔李璘沉吟，踱步。屏风后有动静，隐隐露出双足。

李　璘　（一惊）议事厅有没有闲杂人等？

惠仲明　没有。

　　　　〔李璘行至屏风前，佯作不慎撞倒屏风。屏风后录事惊叫。

李　璘	（大喝一声）有刺客！

〔侍卫飞步走入。录事跪地求饶。惠仲明一见录事，骇然。侍卫一剑刺死录事，拾起《永王东巡歌》。李璘阅后置案上。

惠仲明	（惶恐）殿下受惊了！卑官确实不知道屏风后面有人……（跪地）死罪死罪！
李　璘	是什么人？
惠仲明	官署中的录事。是卑官让他誊录《永王东巡歌》，大概是一时躲闪不及。
李　璘	（对侍卫）你误杀了！（扶起惠仲明）不干你的事，好好安葬他吧！别忘了厚恤他的家眷！
惠仲明	是，殿下。

〔侍卫拖录事尸首入内。

〔一声驴叫，随之而来的是嘈杂的人声、脚步声。幕僚祁五、贺十三、屈大和栾泰高喊着："这是司马官署，不能骑驴！"众人后退着上。李白呵叱声："天子门前都容我走马，幕府门前就不容我骑驴？"又一声驴叫。李白吆喝着："这头蠢驴，怎么不走了？原来你也怕官府！"

李　璘	（自语）来得正好！（示意惠仲明接待，反身入暖阁）

〔李白身着宫锦袍、手执珊瑚鞭，醉眼蒙眬走上。

惠仲明	（急急出迎）太白先生，你又醉了……
李　白	我醉的时候最明白！（发现惠仲明，拉其手）你带我去见见永王殿下吧，我有一肚子话，都快要憋死了！
惠仲明	先生要见殿下，是不是饮食不周？
李　白	不是。
惠仲明	起居不便？
李　白	不是。
惠仲明	哦！先生入了幕府，有后顾之忧？
李　白	也不是。
惠仲明	依仲明看来，殿下是思贤若渴，以上卿之礼款待先生，先生食有鱼、出有车、有以为家，何不以诗文为乐？
李　白	（忽然作色）惠司马，你代永王三次请我出山，难道是为了让我

诗文为乐？

惠仲明　这……但不知……先生所求……

李　白　我的所求？跃马挥戈，驰骋疆场，报效太上皇当年知遇之恩！你们看我身上的宫锦袍、手中的珊瑚鞭，都是太上皇所赐！（辽远的回忆重又勾起，历历如在眼前）想当年，我醉卧长安酒家，太上皇召我进宫，我沉醉不能上船……后来太上皇一见，真是如贫得宝、如暗得灯、如饥得食、如旱得云呀！这不是我的杜撰，是太上皇亲口所说！啊，金銮殿上，我一篇奏颂，龙颜大喜，赐食七宝床上，万乘之尊亲自为我调羹！沉香亭畔，我三章《清平调》，李龟年奉旨献歌，万乘之尊亲自为我吹笛！谁不知道李白醉写吓蛮书，杨贵妃捧砚，高力士脱靴！太上皇当年给李白何等的恩遇啊！可是今天，我入幕府几个月了，殿下为什么还不起用我？难道这宫锦袍、珊瑚鞭就像天上的流云、江河的逝波？（哽咽）

李　璘　（大笑自暖阁走出）太白先生，热血男儿呀！

李　白　（惊喜）殿下！（欲跪拜）

李　璘　（急扶）感谢先生写了《东巡歌》，鼓士气壮北军威呀！

李　白　（颇得意）是吗？这诗文真像曹操父子所说，是“经国之大业，不朽之盛事”？

李　璘　是的！李璘每天黎明即起，必读先生的诗，真是异香满口呀！

惠仲明　就像民间所说：“三天不读李白诗，舌头生疮口发臭！”

李　璘　不错！说来先生未必相信，我有说梦话的毛病，可是我的梦话偏偏是先生的诗！

〔一座欢笑。

李　白　（飘飘然）李白愧领了。

栾　泰　（不择场合抢风头）殿下的梦话要都是诗，那倒不赖，就怕……

〔李璘、李白、惠仲明俱一惊。

李　璘　（忍怒）多嘴！

李　白　殿下，李白有一句不知进退的话……

〔李璘屏退左右，唯惠仲明留下。

李　白　敢问殿下梦中说过什么不该说的话？

李　璘　太白先生，梦话就是梦话。不过，言为心声，心中没有邪念，嘴里自然都是正言，都是先生的佳句。

李　白　（借着酒劲）李白痴长殿下十多年，就倚老卖老一次吧！

李　璘　先生有话不必客气，李璘洗耳恭听。

李　白　殿下可要明白君臣之道，要守大节尽忠尽孝啊！有些传言……

李　璘　（轻微抽搐）多谢先生！哎呀，从前只知道先生的诗才，今天更懂得先生的人品。李璘从今以后更要倚重先生，请先生受我一拜！（欲拜）

李　白　（急扶）不可，不可！（激动得热泪盈眶）殿下！殿下你从善如流，真有江海的胸怀。你是大唐中兴的希望啊！

李　璘　先生过奖了。

李　白　啊，殿下，你领兵像秋霜一样地威严，你待人又像冬日一般地温暖。李白愿当殿下的马前卒，死而无憾！

李　璘　啊啊，先生歇息去吧！（扶李白出中堂，似若无心地转向惠仲明）惠司马，给杜甫的信写了没有？

惠仲明　（一愣）杜甫的信……没有……

李　白　（一惊）子美不是让安禄山关在牢里了吗？

李　璘　听说已经潜逃，有人在江夏见到了他。

李　白　谢天谢地！子美得救了！殿下邀子美什么时候到军中？

李　璘　是这么回事，我想请杜甫写一篇檄文……

李　白　写檄文？为什么不找我？怎么舍近求远呢？

惠仲明　（敲边鼓）殿下是考虑到杜甫沉郁老到，适合写这类文字吧？

李　白　（愠怒）怎么？殿下看不起李白，那李白只好自请还山。告辞！

惠仲明　先生息怒！

李　璘　先生不要误会，是李璘不敢烦劳先生。

惠仲明　恐怕先生大手笔不屑写这类文字……

李　白　笑话！这类文字怎么啦？汉代司马相如写过《谕巴蜀檄》，本朝骆宾王写过《讨武曌檄》，不都是脍炙人口的名篇吗？

李　璘　是呀！如果先生肯挥如椽大笔，我想这篇檄文还是先生写来精彩！

惠仲明　杜子美不及李太白！

李　白　嗳，子美的妙处李白不能！子美博大精深，毕竟天才！只是作文太苦，他是"语不惊人死不休"，太苦了，太苦了！

惠仲明　杜子美确实苦语愁吟！

李　璘　惠司马还没给杜甫写信吧？

惠仲明　还没有，没有……

李　白　那么，这题目……

李　璘　就叫《讨逆檄文》吧？

李　白　凡写檄文必要正名！讨逆，谁是逆？自然是安禄山了！我看就叫《为永王讨逆胡安禄山檄》，或者干脆叫《讨安禄山檄》。

李　璘　都可以，都可以……

李　白　前者是李白作文，后者是李白代永王作文……

李　璘　都可以，都可以……

李　白　（大喝一声）拿酒来！

李　璘　（对内高声）为太白先生摆酒！

　　　　〔屈大、祁五、贺十三等幕僚拥上来簇拥着李白入暖阁，栾泰也跟着进去。李璘阴沉着脸，留下惠仲明。

惠仲明　殿下，李白这檄文应该是讨宋的呀……

李　璘　该怎么做，你还不明白吗？

惠仲明　是，是。

李　璘　一会儿我派人来取檄文。

惠仲明　是，是。

李　璘　（高声）取五百金！

　　　　〔侍卫应声急上，递过钱袋。李璘把钱袋交给惠仲明。

惠仲明　赏赐？

李　璘　（冷然一笑）润笔。（与侍卫匆匆出门）

惠仲明　（紧追几步）殿下保重！（反身回中堂，摇了摇头）润笔……

　　　　〔暖阁内赞美之声轰然而起："大手笔！"

惠仲明　（喃喃自语）大手笔……（突然涌起莫名的惆怅，欲入暖阁）

　　　　〔祁五、贺十三自暖阁走出。

祁　五　难怪他狂，确实才思敏捷！

　　　　〔李白兴冲冲持檄文自暖阁走出，屈大、栾泰随出。

李　白　李白交卷了！（呈上檄文）

惠仲明　太快了！真是倚马千言！（阅檄文，频频点头）先生心肝五脏都

013

是珠玑锦绣吧？要不然，怎么开口成文、落笔生花？

李　白　（四顾）殿下呢？

惠仲明　哦，戎马倥偬，殿下东下督军去了。

李　白　啊？走了，怎么不招呼我？不给我立功的机会？

惠仲明　（看着钱袋，对众人）诸位自便吧！

〔栾泰与祁五、屈大、贺十三等散去。

惠仲明　先生，（提钱袋）这是殿下给你的……

李　白　什么？

惠仲明　……润笔五百金。

李　白　（呆然）润笔？什么意思？拿我当卖文的？打发我走？（猛然激愤）到底忠言逆耳呀！

惠仲明　（规劝）刚才先生有些话说得是不大得体……

李　白　让我时时堆着笑脸，处处赔着小心，我办不到！我走！

惠仲明　先生可要三思而行……

李　白　李白平生不吃后悔药！哈哈！一个李白，五百金！五百金就给打发了！什么忠心，什么报国热忱……徒有虚名的诗仙、醉圣，原来不过是个不堪一击的卖文的刀笔！哈哈哈！我走！我走！

惠仲明　先生还是带上它吧！（递钱袋）

李　白　（将钱袋摔地下）李白走了！（跌跌撞撞走出）

惠仲明　五百金不要，还把文章留下。李白呀，你连卖文都不会！（复摇头，提笔改檄文）"讨宋康祥檄"……（沉吟，又改）"讨附逆乱臣宋康祥檄"……（喟然长叹）古往今来有多少真真假假的文字，谁也弄不清楚了！

〔小校高喊："司马大人！"走进。

惠仲明　（认出小校）你来取檄文？

小　校　是。（取出酒坛）殿下赐给惠大人的宫廷美酒。

〔李白烂醉走进。

李　白　还我檄文！李白文章金不换！

惠仲明　（急藏檄文于袖内）先生！

李　白　还我檄文！（忽见酒坛）宫廷美酒！哈哈！一醉解千愁！来，喝！

〔李白欲打开酒坛，小校急上前争抢。往来之际，酒坛落地破碎，酒流出。有狗吠声。

惠仲明　（对小校）到外面稍等。

〔小校退出。

李　白　唉！可惜了！流了满地！看，狗都喜欢这宫廷美酒……（步入中堂，跌坐绣墩，伏案而眠）

〔人声喧嚷。栾泰急急跑来。

惠仲明　栾泰！外边什么声音？

栾　泰　大势不妙，这一带让宋康祥的军队包围了！

惠仲明　（大惊失色）啊，宋康祥来得这么快？

栾　泰　三十六计，走为上。

〔几声凄厉的犬吠。

惠仲明　（近前，又一惊）狗死了！（低声）毒酒……（摇头，喃喃地）你这样刚愎自用，怎么能成大事？狡兔还没死，就想烹了走狗……

栾　泰　（催促）走吧！

李　白　（睁开蒙眬醉眼）还我檄文！

惠仲明　（掏出檄文，丢给李白）给你！（与栾泰悄悄溜走）

李　白　（看檄文，大惊）怎么改成讨宋康祥了？无耻！无耻！无耻之尤！（猛力撕扯，愤愤然）回庐山！（跌跌撞撞往外走了几步，忽犹豫起来）我就这样回去？（看着身上的宫锦袍）吴筠兄！腾空子……（酒劲忽上涌，呕吐，只好坐椅子上，伏案歇息）

〔齐刷刷的脚步声响起。军士数人持戈矛冲进中堂。一军士上前推搡李白。

李　白　（摆手，喃喃地）我醉欲眠君且去！

〔一军士老鹰抓小鸡似的将李白提起。

〔幕内唤声：“宋大人到！”宋康祥威风八面地走进。李白醉意全消，两眼失神，被这突如其来的情景吓呆。

宋康祥　把附逆作乱者一律收监！

〔李白四下张望，未见“附逆作乱者”，他正在纳闷儿，军士们忽拥上。

李　白　（辩白）我是李白！

宋康祥　不管是谁，绑了！

〔军士们将李白捆绑起来。

三

〔一个月后，雨天。

〔浔阳狱，李白囚室。

〔木栅栏内不时传来"锒铛铛"镣铐碰撞声，李白在昏黑中走动着。木栅栏外烛光晃动，香火氤氲，李腾空在诵经。重浊的镣铐声与轻清的木鱼声奇妙地交响。狱卒孙二为李腾空添香。

李　白　（吟诵）"北冥有鱼，其名为鲲。鲲之大，不知其几千里也。"

〔镣铐声。

李　白　"化而为鸟，其名为鹏。鹏之背，不知其几千里也；"

〔镣铐声。

李　白　"怒而飞，其翼若垂天之云！"

〔镣铐声。

孙　二　（近前）先生又在念诗，不累吗？

李　白　不。狱吏不让喝酒，我以诗当酒。

孙　二　（笑）诗能当酒？

李　白　诗的天地有如醇酒的甘美！

孙　二　先生念的是新作的诗？

李　白　（摇头）是庄子的《逍遥游》，也可以说是无韵的诗！啊，"怒而飞，其翼若垂天之云！"庄子妙文哪！风神洒落，汪洋恣肆，"怒而飞"三个字抵得上古往今来全部诗篇！

李腾空　（忽然插话）先生的"非人间"三个字也许更好！

李　白　什么？"非人间"？（循声望去）

李腾空　（朗吟）"桃花流水杳然去，别有天地非人间。"

李　白　你是……

〔李腾空转过身来。

李　白　（惊喜）腾空子！

李腾空　夫人招呼贫道为先生诵经祈福。

李　白　（茫然）诵经祈福……

孙　二　　腾空道姑已经念了三遍《道德真经》了！

李　白　　多谢腾空子！你说过，祸兮福之所倚，福兮祸之所伏，祈它做什么？腾空子，与其面壁诵经，不如相对论文，不管是"非人间"还是"怒而飞"……

李腾空　　不敢献丑。先生只管论文，贫道为先生诵经。这也是一种修炼，动静相成，阴阳互补……（忽觉语出不妥，两颊绯红）

李　白　　（未曾察觉）何必客气！如果不嫌鄙陋，李白奉赠狱中新作两首。
　　　　　　（从草褥下取出诗稿，让孙二为之传递）

李腾空　　（恭敬地接读）《百忧章》《万愤词》……（读罢凄然）百忧万愤尽在其中，先生太苦了！（背身落泪）

李　白　　（长叹）冰冷的铁锁住了热血的身躯！这木栅栏里头是牛羊圈，这碗里盛的是鸡狗食！
　　　　　　〔孙二无语，李腾空沉默。

李　白　　（猛然爆发）李白呀李白，你活该受罪！你有才无识，不！有眼无珠！你为什么想不到他们兄弟之间会这样势不两立！

孙　二　　（欲拦）先生……

李　白　　（不理睬）这一位，真让吴筠道士不幸而言中，他奉诏起兵真的是要抢皇帝位！那一位，老子还没死就急急忙忙在灵武登基！

孙　二　　（急捂李白口）先生可不能乱说呀！

李　白　　（甩开孙二手）实事！我怕什么？大不了是个死！他们兄弟争位，全不顾安禄山大敌当前。国家完了！完了！完了！……

孙　二　　（急欲转话题）先生，我看祸根是奸臣杨国忠。

李　白　　李林甫！
　　　　　　〔孙二一惊，望一望李腾空，局促不安。李腾空似若无闻，依旧诵经。

孙　二　　先生，杨国忠是罪魁祸首。

李　白　　不错！你们都恨杨国忠，可我更恨李林甫！这个人口蜜腹剑、笑里藏刀，是他起用了安禄山，他才是肇事者！
　　　　　　〔李腾空颇尴尬。

孙　二　　他过世了……

李　白　　他死了，可安禄山反了，大唐江山也断送半壁了！李林甫这个误

国奸贼，死了也要鞭尸三百！（合掌，举起手铐猛然砸去）

〔饭碗碎了，发出声响。

〔静场。传来狱吏厉声："怎么回事？"

〔李腾空悄悄起身收拾碎碗。

孙　二　是我，孙二。不小心碎了个碗！（从李腾空手中接过碎碗片，行至李白前）先生！（低语）李林甫是……

李　白　（一惊，慢慢上前，竭力控制情绪使语气和缓）李小姐，多谢你了，李白是朝廷重犯，不敢劳驾小姐费神诵经！（下逐客令）你请吧！

孙　二　（出乎意料，慌张地）先生！

〔李腾空进退两难。

李　白　（高吟）李白无须知祸福，泰山一掷轻鸿毛！（银铛铛走开）

〔李腾空一阵酸楚，默默收起经卷，又看看诗稿，欲收又不敢，犹豫着。

李　白　（看在眼里）李白说话从不改口，既然说赠，你愿拿走就拿走。不过，一个囚犯的百忧万愤，相府千金是读不明白的。你请吧，请吧！

〔李腾空悄悄收起诗稿，默默走到门口。宗琰与韩娘蓑衣斗笠迎面而来。

宗　琰　腾空子！

〔李腾空嘴巴动了动，终于没有说话，低头急急地走了。

李　白　（发现宗琰）灵光！

宗　琰　夫子！腾空子怎么啦？

李　白　是我下了逐客令！

宗　琰　（大惊）是你把她赶走？（二话没说，反身欲追）

李　白　不要追了，她原来是奸相李林甫的千金！

宗　琰　（伤痛地）韩娘，你把腾空道姑请回来！

〔韩娘应声急走下。

李　白　你这是……

宗　琰　（半晌）你在痛恨李林甫，我想结交李林甫！

　李　白　（愕然）你在说什么呀？

孙　二　（不解）李林甫不是已经死了吗？

宗　琰　宗族在，同僚在，门生在，虎威犹在！

李　白　（愤然）我不明白，不明白！

宗　琰　（突兀而问）夫子认定，奸相的女儿一定也奸？

〔李白一时语塞。

宗　琰　（拾起李腾空忘了带走的木鱼，沉吟片刻）她……她仰慕先生的
　　　　诗才，情愿涉足红尘，借助李林甫从前同僚、门生的势力，为夫
　　　　子打通关节，免夫子的罪！

李　白　（极感意外）啊？（愣神）

〔雨淅淅沥沥地下着。

〔韩娘走了进来。

韩　娘　腾空道姑坐船走了。

〔宗琰饮泣。

韩　娘　（不无怨艾）先生你还蒙在鼓里呢，先生的案子是皇上亲自过问
　　　　的……

李　白　啊？他当太子时候就不喜欢我……

韩　娘　不能用银钱赎罪，也不能用官爵减刑！阿琰为了先生的案子跑遍
　　　　了大街小巷、高门深宅！有的人躲了起来，有的人变了脸，有的
　　　　人故意装聋作哑！只有一个腾空道姑……（哽咽）

宗　琰　她本打算念完经就去京城，可你……（悲泣）赶走了唯一的希望！

〔李白愧悔惶惑。

〔雨声猛然大作。

李　白　（木然，出神）今晚上不会有月亮了……

韩　娘　雨天……

李　白　（仰望）雨，你是什么？你是苍天的泪，还是我心中的泪……
　　　　啊，不，你不该是泪，你该变作洗冤的水！

韩　娘　（不住地念叨）腾空道姑是个好人，她说过要是京城门路不通，
　　　　她还要上前方找郭元帅……

李　白　郭元帅？

宗　琰　郭子仪，当今天下兵马大元帅。

李　白　（惊诧）啊？他是当今天下兵马大元帅？（忽大笑，得意）李白好

眼力呀！（狂喜）我得救了！哈哈，我得救了！

宗　琰　夫子你怎么啦？

李　白　我没告诉过你，二十年前在贺兰山，郭子仪误了军令判了死罪，是我救了他！是我！

宗　琰　（喜极而泣）夫子得救了！

韩　娘　谢天谢地！（与宗琰同泣，少顷）可是，腾空道姑不会去找郭元帅了。

宗　琰　（心一沉，复毅然决然）我去！

韩　娘　（一惊）你？一个人去？一介女流……

宗　琰　（点点头）你给我收拾行装，我这就去！

　　　　〔韩娘迟疑着，宗琰欲往外走。

李　白　（猛然）回来！

　　　　〔宗琰止步。

李　白　你不能去！

宗　琰　（惊疑）你担心我餐风宿露？担心远水解不了近渴？担心郭子仪不敢过问？

李　白　（摇头，不无痛苦地）郭子仪既然是天下兵马大元帅，平乱大业就系在他一人身上，不能因为我的案子连累了郭子仪，危害了大唐江山。不能！不能啊！再说，人生在世施恩岂为图报，索恩近乎无赖！

韩　娘　可先生你怎么办呢？

李　白　（自信地）我没有罪！他们迟早得放了我！

宗　琰　（猛然爆发）不！我不能听你的！不！不！（往外走）

　　　　〔传讯声传来："带犯人！"

　　　　〔宗琰、韩娘一脸惊怖。

　　　　〔不远处，影影绰绰一队犯人披枷带锁走过。银铛铛的镣铐声十分清晰且节奏分明。

　　　　〔狱吏打开李白囚室的栅栏门。

　　　　〔宗琰、韩娘扑向栅栏，哭倒在地……

四

〔接前场。

〔浔阳宋康祥行辕大堂。毗邻是监狱。

〔宋康祥正在审案。两厢有军士执戈矛侍立。主书伏案书记。惠仲明、栾泰及祁五、贺十三、屈大均着囚服，分列跪地。

屈　大　我在永王幕府就是个挂名的参谋，永王也从来没有找我要过主意。

宋康祥　你也不想谋个前程？

屈　大　不想。前面有人挡着道……

宋康祥　谁！

屈　大　惠司马！

〔惠仲明忽抬头，欲回顾复低头。

宋康祥　你们真的没有什么图谋吗？

幕僚们　（同声）没有。

宋康祥　（拍案）大胆！

屈　大　（惊慌）大人息怒。我想想，这图谋吗，是有那么一点点……

祁　五　屈大惦记着永王收藏的兰陵王面具。

屈　大　祁五总想偷走永王的王羲之法帖！

宋康祥　贺十三！

贺十三　我？（看看祁五、屈大）不用你们戴罪立功，我自己说了吧！我是迷上了永王府里一个歌妓，姓常，叫常玉柳——

宋康祥　乌合之众！一旁站着！

〔幕僚们叩头后站起，旁立。

宋康祥　栾泰！

栾　泰　在。

宋康祥　你封了神鸡童，一定是永王的心腹！

祁　五　他有一套斗鸡绝活……

栾　泰　也不太绝，就一点儿小窍门。看来用不上了，我奉献给大人吧：你先把狐狸油熬成膏，要文火，把这膏往鸡冠上这么一抹，再把带锯齿的小铁片往鸡脚上这么一拴，这就齐了！对家的鸡一闻到狐狸味儿，先就发怵，不溜也发蔫，躲不过铁凤爪！我准保你知己知彼，百战百胜！

宋康祥　（感慨）邪门歪道，也官居七品！

栾　泰　这不新鲜！永王爱玩双陆，有个姓王叫什么名的双陆玩到家了，永王给了个六品！

宋康祥　你就凭着斗鸡绝活成了永王的心腹？

栾　泰　是……啊不，永王还喜好男风！嘻嘻，男风，听说这喜好打从春秋战国时候就有了，有一个叫龙阳公的……敢情汉高祖、汉武帝都有这个喜好——

宋康祥　（制止）哼！放肆！

栾　泰　大人，不是栾泰甘愿作践自己，我是说，神鸡童不过是供人玩乐。要说永王的谋主，真格的那得是惠司马。

〔惠仲明阴沉地斜视栾泰。

宋康祥　（摆手）一旁站着！

〔栾泰叩头，站起旁立。堂前只剩下惠仲明一人孤零零地跪着。

宋康祥　永王和圣上本来骨肉情深，被你们这帮幕僚挑唆拨弄，弄得同室操戈！惠仲明，你是永王的第一谋主。知罪吗？

惠仲明　大人，仲明受株连，罪有应得！不过幕府中另有曲折，望大人明察。

宋康祥　讲！

惠仲明　仲明自幼家贫，也曾田间劳作，也曾受人雇佣，后来刻苦读书，在秘书监里做个八品著作郎——

宋康祥　谁叫你背履历写功德史！刚才同僚已经做证，你是永王的第一谋主！

惠仲明　大人，我是去年春天才入了永王幕府的，同他们是一个样的。就因为我比他们勤快一些，永王才提拔我做个司马，他们嫉妒我也在情理之中……

宋康祥　你权欲熏心，谋逆的事，你是幕府中始作俑者！

惠仲明　大人错了！仲明在永王面前劝说进谏，忠言不断呀！同僚不知底细，只想当然，也是有的，大人却不能同他们一般见识。

　宋康祥　诡言狡辩！

惠仲明　大人已经搜查了幕府的公署私宅，敢问大人，永王案上可有仲明起草的公文？仲明家中可有永王赏赐的珍宝？

宋康祥　密谋策划，要什么公文？珍宝秘藏，有谁能知道？你招供吧！

〔惠仲明忽然仰天大笑。一座相觑。

惠仲明　人都说宋中丞明察秋毫，原来也是一个昏官，专以子虚乌有判案！这样看来，仲明无供可招，情愿一死！（径自站起，向门外走去，仰天长叹）悔不该当初没有喝下永王赏赐的毒酒！

宋康祥　回来！你啰唆什么？

惠仲明　当初永王楼船东下，派人赐我宫廷美酒。如果那时候死了，也就清白了！

宋康祥　你怎么知道那宫廷美酒是毒酒？

惠仲明　酒坛落地，狗舔吃以后，中毒死了。

宋康祥　谁能做证？

惠仲明　李白。

宋康祥　（沉吟）带李白！

〔李白着囚服由二军士押送，昂然而入。他看见惠仲明等一个个身着囚服，且蓬头垢面，心中几分哀悯夹杂几分快意。他走上前去，向宋康祥一揖。

宋康祥　为什么不跪下？

李　白　（昂首挺胸）天生膝盖不能弯。

宋康祥　哦？恐怕古往今来没有这样的人吧？

李　白　有！三国时候巴郡太守严颜说过，巴郡有断头将军无屈膝太守！蜀汉大将魏延别说屈膝，连脖颈都不能回！

宋康祥　（笑）杜撰！陈寿的《三国志》上没有记载吧？

李　白　史书没记载，百姓有传说，那魏延一回头，马岱手起刀落，以此推论。

宋康祥　（笑）百姓传说，魏延脑后有反骨，回头不得。你呢？

李　白　李白腰间有傲骨，屈身不能！

宋康祥　（微笑点头）好吧，你就坐下。

〔李白傲然就座。

宋康祥　你见过永王赏赐惠仲明的御酒吗？

李　白　　见过，那是毒酒！

宋康祥　　你怎么知道？

李　白　　狗舔吃了，中毒死了。

惠仲明　　大人，仲明绝不是煽惑永王作乱的谋主呀！

栾　泰　　（高喊）李白是谋主！

李　白　　（站起，怒视）卑鄙！

宋康祥　　（示意李白坐下，对栾泰）刚才你说是惠仲明，现在又说是李白。

栾　泰　　是这样的：先是惠仲明，后是李白。永王费了一番心思才把李白招来，李白一到，就把自己比作诸葛亮，比作谢安石，那还不是谋主呀？大谋主了！

李　白　　（苦笑）我是个笔和剑并用的人，可是永王只想用我的笔为他歌功颂德，并不想用我的剑为国家尽忠效命，更别说听从我的规劝了。

宋康祥　　你曾经规劝过永王？

李　白　　是的，我劝他要明白君臣之道，要守大节尽忠尽孝，谁知他……

宋康祥　　哦？在场还有谁？

李　白　　惠仲明在。

宋康祥　　惠仲明，你能做证？

惠仲明　　（少顷，摇头）我不在场。

李　白　　你！（猛然站起）

惠仲明　　宋大人，李白和永王密谈，我们手下人是不能窥探的呀！

栾　泰　　大人，李白才是永王的心腹。我想起来了，他还受了永王五百金的贿赂。

李　白　　（怒形于色）那不是贿赂，是润笔！就因为我的话不中听，他才用五百金打发我走！（悲怆地）他在藐视我，藐视我的人格！我把钱袋扔在惠仲明的官署，拂袖而去！

宋康祥　　（对惠仲明）是这样吗？

惠仲明　　（面无表情）记不清了。

〔李白瞠目结舌，颓然跌坐。

宋康祥　　贿赂也罢，润笔也罢，你为永王都写了些什么？

李　白　　为他起草讨安禄山檄文……

　宋康祥　　（急问）文稿在哪儿？

李　白　（愣神，垂下头来）让我撕掉了……

〔惠仲明长吁一口气。

李　白　（忽抬头）写檄文的时候，这帮人都在。

栾　泰　没有的事！大人，李白狼子野心哪！他家世代商人，却要冒充本朝宗室，说自己是凉武昭王九世孙，天枝帝胄！

屈　大　他给儿子取名伯禽，谁不知道周公的儿子就叫伯禽，是诸侯王呀！

贺十三　他还是个酒色之徒！前妻死后他勾引过东鲁一个良家女子，后来又和一个姓刘的寡妇合灶，不到一年又把人家给甩了！

祁　五　对！他的诗里十句有九句不是酒就是女人，趣味低下，格调粗俗，言辞下流，不堪入目呀！

李　白　（脸色煞白，浑身发抖，拍案而起，全部愤怒迸出三个字）王八蛋！

栾　泰　嘿嘿嘿，大文人怎么骂起街来了？

〔宋康祥一拍惊堂木，蓦地鸦雀无声。

李　白　别以为李白头朝下，就什么屎盆都往我脑袋上扣！（缓缓坐下）

〔静场。一军士慌慌张张跑了进来。

一军士　大人，大人，李白的妻子闯公堂了！

宋康祥　叫她出去！

一军士　她进来了！

宋康祥　叫她……

〔宗琰从容走来，大大方方走到椅子跟前。

宋康祥　……坐下吧。

〔宗琰像贵宾一样就座。

宋康祥　你来为李白辩护……

宗　琰　是的。我想大人办案的主旨，无非查明永王作乱的谋主……

宋康祥　这是本官公务，不劳动问。

宗　琰　（一笑）大人，大凡称得上谋主的，一要高官重任，才可以参与机密；二要贴身侍奉，才可以随时策划。对吗？

宋康祥　嗯……

宗　琰　李白从入幕到现在，永王始终没有授他官职——

李　白　是的。

宗　琰　李白入幕几个月，和永王见面只有三次，交谈不过十几句话，又在大庭广众之中，纵有谋逆作乱的心肠，也没处说呀！我想大人军中也设幕府，大人手下也有智囊，如果李白定为谋主，敢问大人军中手下有这样既无官职又不贴身的谋主吗？

〔李白渐渐听呆了。

栾　泰　大人，她是他老婆，自然要给他择得干干净净喽！

宋康祥　李白虽无官职，也不贴身，可是他有一支笔，可以扫千军，扛九鼎，至少可以昭示永王称帝之心！

宗　琰　有凭据吗？

宋康祥　（对主书）呈上来！

〔主书呈上《永王东巡歌》。

宋康祥　李白，《永王东巡歌》可是你写的？

李　白　是。我在诗中笔锋直指逆胡安禄山。

宋康祥　第九首说永王胜过秦皇汉武，又把永王比作本朝太宗文皇帝，什么用意？

〔一座惊呆。唯惠仲明强作镇定。

李　白　没，没有呀！

宋康祥　你自己看！

李　白　（阅稿，大惊）不是我写的！

栾　泰　刚才还说是你的大作，怎么转眼不认账了？真不是个东西！

李　白　这第九首不是我写的！

〔宗琰取过诗稿，一页页翻阅。

李　白　大人，第九首绝不是李白手笔！诗贵立意。立意，贵远不贵近、贵淡不贵浓，诗的上品才高气逸、格清调雄，如金翅劈海、香象渡河。（气急败坏）这首诗直白浅露，用典比事不伦不类，遣词造句鄙陋粗俗，气韵荡然，文采丧尽。这，这哪里是李白手笔！（捶胸顿足）

宋康祥　少安毋躁。

宗　琰　（猛然有得）大人，李白写的《永王东巡歌》一共十首，这里却是十一首，显然这第九首是多出来的。

　宋康祥　（警悟，仿佛自语）为什么就写十首？

宗 琰	十首是个定数。自《诗经》、大小《雅》以十首为一"什"以来，诗家奉为定法……
李 白	（亦警悟）不错！前几天我在狱中写的《上皇西巡南京歌》也是十首。
宗 琰	第九首一定是伪作，是幕府中人伪作！

〔宋康祥目光扫视幕僚们。

栾 泰	反正我不会写诗。
幕僚们	我们也不灵。
宋康祥	惠仲明，你看看是谁的笔迹？（递稿）
惠仲明	（一副认真辨认的样子）是永王幕府录事的笔迹，他擅长篆书。
宋康祥	录事在哪儿？
惠仲明	被永王误杀了。
宋康祥	诗稿是谁给录事的？
惠仲明	我。
宋康祥	你能证实这第九首不是你的伪作吗？
惠仲明	能。如果仲明那样颂扬永王，永王是不肯加害我的。
宗 琰	大人，但凡一代枭雄往往孤家寡人、刚愎自用，纵然有一二心腹，相处日久也会生疑，知情过多的人难免要被灭口。
惠仲明	（狠狠看了宗琰一眼）遗憾的是李白诗稿送来时已经是十一首了！
李 白	（气极，复悲怆）那不是我的神韵，不是我的格调，绝不是！譬如富家子弟，即使醉梦之中胡言乱语，也不会说出叫花子的话来！
宋康祥	惠仲明，你敢肯定原本就是十一首？
惠仲明	（一口咬定）确凿无误。

〔一时陷入僵局。

宋康祥	（挥手）下堂去吧！（指李白）你留下。

〔一干犯人被押出公堂。唯宋康祥、李白、宗琰三人在堂。

宋康祥	（离座）太白先生，你受苦了！
李 白	（难以置信，木讷地）大……人……

〔宗琰亦惊呆。

宋康祥	本官派人明察暗访一个月了！难道先生没看出来，本官是要营救

先生的？

〔李白、宗琰不知如何答对。

宋康祥　只是先生的《永王东巡歌》流播大江南北，那第九首……（低声）龙颜震怒呀！

李　白　（醒转）大人，那第九首确实是别人伪作！

宋康祥　眼下无法查明，（踱步）看来只好迂回文字，为先生上表免罪。

李　白　（惊喜而痴迷）免罪？

宗　琰　大人！（急急跪拜）

宋康祥　（急扶）夫人，康祥仰慕先生诗才，如果真能为苍生、社稷保全绝代奇才，康祥将不枉此生了！

李　白
宗　琰　（感激涕零）大人哪！

宋康祥　事不宜迟，先生动笔吧！

李　白　我？代大人起草？合适吗？

宋康祥　就写《为宋中丞自荐表》。

〔李白、宗琰相视，有些犹豫。

宋康祥　康祥已派人打通关节，先生挥毫吧！

〔李白点头，奋笔疾书，文不加点。

宋康祥　（一页页阅读）先生不愧谪仙人，人间哪有这样的奇才！（阅至末页）"属逆胡暴乱，避地庐山，遇永王东巡随行……"哦，"遇永王东巡随行……"先生，我改一个字，将"随行"改为"胁行"。

李　白　胁行，胁迫随行……

宗　琰　那就是永王强制，李白被迫——

李　白　可我并不是被迫的呀！

宋康祥　千古文章，褒贬之间往往就在一字增损！（笑）先生不是太白是太迂，太迂阔了！毕竟不是官场中人啊！

李　白　（亦笑）是太迂，太迂阔。那就……（看宗琰，见宗琰点头）胁行！（提笔修改）

宋康祥　（收拢文稿，对内）主书！

〔主书应声跑来。

宋康祥　（交稿）立刻抄录，快马飞送京城！

〔主书应声持稿入内。

〔李白、宗琰相视，疑为梦境。

宋康祥 该惩办的是惠仲明那样的人。而对先生，康祥一门心思为先生洗刷。

李 白 （再度涕零）中丞大人！

宋康祥 康祥字长乐，先生就称我长乐吧！

〔李白唯唯。

宋康祥 希望先生免罪之后，能容我登门求教，与先生诗酒交欢、纵论天下英雄。

李 白 （引为知己）长乐兄，如果封疆大吏都像你这样，天下豪士俊杰能不闻风而至、血写春秋？

宋康祥 等案件了结，我一定举荐先生入朝为官。

宗 琰 不！不！免罪足够了。

李 白 是，是……

宋康祥 （一笑）当然，这还要听凭圣上卓裁。先生有一位贤内助呀，比起汉朝才女蔡文姬营救董祀，毫无逊色。难怪宗夫人和文姬夫人同名。

宗 琰 大人过奖了。

宋康祥 摆酒！为先生和夫人压惊。

〔李白、宗琰相视愕然。

〔传来尖细的声音："圣旨到！"

宋康祥 （大惊失色）啊？这么快？（急急正冠，疾步走出门去）

〔传来宋康祥的声音："臣御史中丞兼领三镇节度使宋康祥接旨！"

〔李白、宗琰紧张地等待着。

〔宋康祥手捧诏书走进门来。

宋康祥 （高声）在押犯人听诏！

〔惠仲明、栾泰、祁五、贺十三、屈大蹒跚而来，与李白一齐跪地。宗琰趋避。

宋康祥 （读诏）"诏曰：朕以孝治天下，今太子册立，恩泽及于四海，特颁大赦令。浔阳狱内除李白外，尽行赦免。李白谋逆，罪在不赦，念及前功，减罪一等，长流夜郎。诏至之日，取道巴蜀，赴流所……"

李　白　（站起）长流夜郎……

众囚犯　（欢呼）万岁！万岁！万万岁！

〔惠仲明等欢欣雀跃，奔出门去，唯闻一片镣铐响。

〔宗琰哭奔上，抱住李白，泪尽沾衣……

李　白　长流夜郎！……（伏地悲号）太上皇啊！

宋康祥　（上前搀扶李白，唏嘘太息）晚了！晚了！遗恨千古呀！太白先生，这是天意，天意呀！康祥无力回天，愧对先生了！（少顷）按照唐律，流刑三千里，杖一百……

李　白　（惊呼）杖一百？

宗　琰　杖一百还怎么赴流所呀……（悲泣）

李　白　也好，死在杖下，免得跋山涉水，做个孤魂野鬼。

宋康祥　（踱步，沉吟）我让主书写上，李白狱中染病，病体难支，这一百杖……康祥做主，免了！

宗　琰　（缓缓跪地）大人！

李　白　（木然）谢大人！

宋康祥　孙二！

〔孙二应声走进。

宋康祥　（对李白）孙二是我派到监狱里去的，我还让他押送你上路吧。（对宗琰）夫人，诏命不能耽搁，赶紧为太白先生收拾行装吧！

〔宗琰含泪应声走下。

李　白　宋大人，李白平生从不低三下四求人，今天我要求大人了！

宋康祥　康祥一定尽力。

李　白　李白走后，请大人多多体恤李白家小。

宋康祥　先生只管放心上路，你走后我给沿途州府修书数封，请他们多多照拂。

〔宗琰、韩娘手持简单行李走进。

韩　娘　（哭奔过来）先生！（跪地）

李　白　（扶起韩娘）韩娘，我拖累你了。

韩　娘　苍天有眼，教先生路上平平安安吧！

〔宗琰含泪为李白系好包袱。李白与孙二走到一边，宗琰与韩娘站另一边。

李　白　大人，此去夜郎走湘黔还是走巴蜀？

宋康祥　取道巴蜀。

李　白　（惊呼）啊？

宋康祥　（出示诏书）上面写着呢，"取道巴蜀，赴流所……"（悄然而下）

李　白　蜀道难啊！

　　　　〔高腔骤起：

　　　　　　"蜀道难喽——

　　　　　　难于上青天喽——！"

宗　琰　（缓缓走向李白，解下李白身上包袱，将包袱系在自己身上，轻
　　　　声）夫子，我跟你走。

　　　　〔李白泪雨滂沱，哽咽不能成声。

　　　　〔幕后歌声起：

　　　　　　"不忍别，还相随，

　　　　　　相随直到夜郎西……"

韩　娘　（猛然上前）阿琰，你不能去！

　　　　〔宗琰轻轻将韩娘推开。

韩　娘　要去，我们一块儿去！（入列）

宗　琰　韩娘！（抱泣，忽正色）难道你不希望我们回来时候有个家吗？

　　　　（猛然推开韩娘）

　　　　〔韩娘掩面而泣。

　　　　〔李白、宗琰、孙二缓缓前行……

　　　　〔歌声复起。

五

　　　　〔当代歌者弹琵琶而歌：

　　　　　　"巴山耸作峻嶒骨，

　　　　　　川江泻出纵横才。

　　　　　　夜郎逐客羁蜀道，

　　　　　　诗魂烂漫月徘徊。"

〔一年后。暮春。

〔长江之滨。

〔夜幕初降，山高月小。

〔纪许氏偕孙小纪刚在祭江。祭物无非香烛、纸马之属，唯大酒坛分外显眼，上贴方形红纸，大书"玉浮梁"。

〔月色胧明，渔火点点。一叶小舟驶靠江岸。孙二系舟，扶李白、宗琰上岸，复搬行李。

小纪刚　（抬头望月，用川音背诵）"床前明月光，疑是地上霜……"

〔李白一惊，循声前行。宗琰随行。

小纪刚　（背诵）"举头望明月，低头思故乡……"

李　白　（惊喜）李白呀李白，你的诗并没有从大家的记忆里抹掉！（复前行）

纪许氏　（从酒坛里舀出一勺酒，倾入碗内）这是先生最爱喝的"玉浮梁"。（跪地，将酒碗举过头顶）这碗酒敬先生好诗才！（站立）先生你生前万万不会想到，朝廷里会有人奏请皇上要毁掉你的诗，可这是秦始皇也办不到的。瞿塘峡有先生《蜀道难》的石刻，大家都跑去摹崖拓诗，山道上人来人往，灯笼火把红了半边天。先生，大家心里头有你呀，你把这碗酒喝了吧！（酹酒江上）

李　白　（欣喜）看，李白到底是李白！（环顾自身，喜极而悲；回望宗琰，亦悲喜参半，泪光莹莹）

纪许氏　（复舀一勺酒，倾碗内，举碗过顶）这碗酒敬先生好人品！先生你亲近老百姓，一心向着大唐，在李林甫、杨国忠、高力士这些权贵面前你不低眉不弯腰……

〔李白忽然有惶惑不安之感。

纪许氏　天下人都敬重先生刚眉傲骨，不做乌纱帽的奴，是个堂堂大丈夫！

李　白　（再也抑制不住，走了过去，痛楚地）不！李白不全是那样。他有刚眉傲骨，也有奴颜媚态……

纪许氏　（大惊）你是什么人？

李　白　我……（欲言又止）

纪许氏　（愤然）你怎么能这样糟蹋太白先生？

　李　白　唉！世人并不知道李白多次求官呀……

纪许氏　读书人想替百姓做点儿事，不当官又有啥法子？

李　白　可是李白为了求官，曾经给荆州长史韩朋宗写过什么样的信啊，说什么"生不用封万户侯，但愿一识韩荆州"，分明是阿谀奉承！前年，李白入了永王幕府，还写了《永王东巡歌》，为永王歌功颂德！去年，在浔阳监狱，李白为了免罪，替宋康祥代笔，有的话说得也不大老实。啊，李白，你是个大俗人，俗不可耐的人啊！（声泪俱下）

纪许氏　（气得发抖）你……

李　白　我说的都是实事！

纪许氏　好！好！就算你说的是实事，你该知道乱世做人不容易呀！大丈夫能屈能伸，以屈求伸有什么不对？石头缝里冒出的硬芽儿，就是扭弯了些枝枝叶叶，也是朝上长的呀！

李　白　不是这样的，不是……

纪许氏　（大怒）你这样地苛求太白先生，你安的什么心？（怒极而泣）先生已经过世了，还有人不依不饶！人啊，你就不能厚道点儿吗？（含泪怒骂）你……你滚吧！滚得远远的！

小纪刚　（扬起小拳头）我要揍死你！

孙　二　（气急，不顾宗琰劝阻冲上前去）你这老婆子！我们先生还活着，活得好好的，你为什么要咒骂他？

纪许氏　你说什么？你们先生……

孙　二　他就是李白，李太白！

纪许氏　（一惊，旋即否定）不对！太白先生判了长流夜郎，走湘黔，过洞庭湖翻船落水，他追着屈原大夫去了！

〔一座无言。一天明月魂翩跹。

纪许氏　我见过太白先生。十年前老头子活着的时候亲手为先生酿酒……（复看李白，见他已须发皆白）你不是！（摆手）你走吧，走吧……

〔孙二欲驳，宗琰制止，与李白走到一旁。

〔纪许氏酹酒江上。

〔幕内喊声："太白先生！等一等！"众人一惊。

〔衙役匆匆跑来。

衙　役　奉节县太爷有令，太白先生不用赶到县城，就在白帝城赤松道院安歇。（递过包袱）县太爷送给先生御寒的衣衫。

李　白　谢谢奉节县令。

纪许氏　（拉过衙役）他是哪个太白先生？

衙　役　还有哪个？天底下只有一个李白，李太白！

纪许氏　（大惊诧）他不是取道湘黔……

衙　役　取道巴蜀！这不，白帝城是逆江上水最后一站，离了白帝城，就要往南入黔中道去夜郎了！（走下）

纪许氏　（如梦寐，辨认）你是……

李　白　李白。

纪许氏　（倒身下跪）先生恕罪！

小纪刚　（亦跪地）太白爷爷，我刚才还想揍死你……（哭了起来）

　　　　〔宗琰扶起纪许氏，李白扶起小纪刚。

纪许氏　你是……

孙　二　宗氏夫人！

纪许氏　（复跪泣）夫人恕罪！

宗　琰　（急扶，亦泣）夫子，我们应该谢谢阿婆！

李　白　（点头）阿婆呀，你让我看见了一天明月！

　　　　〔月光猛然朗照。

纪许氏　先生，我们家姓纪，过世的老头子就是你诗里写的那个纪叟！"玉浮梁"……

李　白　（不胜感慨）啊！纪叟！纪大兄！你到了另一个天地去了，还在酿"玉浮梁"吧？你说什么？那里没有李白你卖给谁？……（突然抱起酒坛）我都买下了，咱老哥俩喝吧！

纪许氏　（含泪舀酒）先生喝，喝，"玉浮梁"……

小纪刚　祖母，这碗酒得我来敬！（端过酒碗）我敬，敬太白爷爷……是神仙下凡！

　　　　〔一座破涕为笑。

李　白　小友呀小老乡，我可不是神仙！

小纪刚　你是，你是！大家都说你是得罪了玉皇大帝才贬到我们人间来的，是吗？

李　白　哦哦！我到处得罪人，现在又贬到夜郎去了。

小纪刚　夜郎？（笑）夜郎自大！

李　白　是是！李白狂傲自大，到夜郎好好改掉自大的毛病。

小纪刚　太白爷爷别发愁。

李　白　啊啊，爷爷不发愁。

小纪刚　我陪你喝。（自斟酒，背诵）"五花马，千金裘，呼儿将出换美酒，与尔同销万古愁！"

李　白　（笑）好好！"与尔同销万古愁"！（把小纪刚抱了起来）

小纪刚　（忽问）爷爷，怎么就叫"万古愁"？

　　　　〔李白顿时百感交集，缓缓放下小纪刚。

纪许氏　（拉过小纪刚）先生别在意，小孩子不懂事。

李　白　（惨然）问得好！（对宗琰）问得好！

宗　琰　（善解人意）夫子，古人讲诗无定解。

李　白　是呀，诗无定解。小友呀小友，你叫爷爷怎么解释呢？（猛然倾杯而尽）"万古愁"！"万古愁"！哈哈哈！"万古愁"啊！

六

　　　　〔一个月后。初夏，黄昏后。

　　　　〔夔州奉节县白帝城。

　　　　〔在江涛声中，纤夫的号子失去往日的雄浑：

　　　　　　（领）"天边外哟，"

　　　　　　（合）"嗨哟！"

　　　　　　（领）"夜郎国呀，"

　　　　　　（合）"嗨哟！"

　　　　　　（领）"会得入哟，"

　　　　　　（合）"嗨哟！"

　　　　　　（领）"不得出呀，"

　　　　　　（合）"嗨哟……"

　　　　〔赤松道院外，宗琰坐在残碑磉子上，身旁有诗稿和两双自编的草鞋，她正在试草鞋……

　　　　〔孙二拿着一张旧兽皮跑了上来。

孙　二　（兴冲冲地）夫人！

宗　琰　（打起精神）孙二，来试试。（取草鞋）这双是先生的，这双是你的。

孙　二　我用不着，（抬脚）铁脚板。夫人，你自个儿留着用吧！

宗　琰　我……有。（硬让孙二试鞋）

孙　二　（感动地）夫人！（穿鞋，走几步）合适，合适！（急脱鞋）夫人，听人说，去夜郎的路上尽是大山，一天变好几个节气。先生病了一个月，病刚刚好，明天又要上路……（见宗琰神情黯然，急忙振作起精神）夫人，我跟山下人家讨换了一张旧皮子，你好歹来几针，先生就有件皮坎肩了。

宗　琰　孙二心眼真好！（取过皮子，观察量度，用剪刀剪，却剪不动）

孙　二　我来。（取过剪刀，费了半天劲）嘿，剪下来了！（忽然想起）可惜先生的剑没了，要不，一剑就成。

宗　琰　（笑）夫子那把剑没福气，连这用场都派不上。

　　　　〔衙役高喊："太白先生！"夹着包裹上山。

宗　琰　是差官呀？先生八成又去看月出啦！

　　　　〔山头上现出白的光环。众人仰望着。

衙　役　夫人，我们县太爷今晚上要来给先生送行。

宗　琰　（意外）送行？

衙　役　你们离了白帝城，往南那段路可惨了……

宗　琰　（少顷）你们县太爷叫什么名字？

衙　役　县太爷嘱咐，不用通名讳，见了面就知道了。他让我先传个话，还有衣裳、干粮。（递包裹）

宗　琰　我替先生谢谢县太爷了！

　　　　〔衙役告辞。

宗　琰　这县太爷可真怪！说他好心，他几次三番催促上路，说是怕误了行期；说他歹意，他截长补短送东西……一个月了就是不肯露面，临要走了又偏来送行……

孙　二　准是先生从前的朋友，旧情没忘，又怕"沾包"丢了乌纱帽。

　　　　〔吴筠内喊："太白先生！"

036　宗　琰　又是谁来了？

孙 二	平时比衙门还肃静，今天怎么啦，踏破山门！我去看看。

〔吴筠踏歌而来："方外清音皆自然，管无孔兮琴无弦……"他依旧着道袍、斗笠，腰系酒葫芦。

吴 筠	嫂夫人！
宗 琰	（惊喜）吴道士！孙二，快叫我先生去！

〔孙二应声而去。

吴 筠	（看见草鞋、皮坎肩）你们这是……
宗 琰	明天就要上路……
吴 筠	去夜郎……（虽在意料之中，毕竟惊心。故作诙谐）嘿，来早不如来巧！
宗 琰	你请坐……
吴 筠	（见只一残礅）我喜欢站着。（蓦见诗稿）太白的诗？（取诗稿看）
宗 琰	他一路上作的，我替他收着，也时常拿来读读。
吴 筠	（阅读）……这落款"海上钓鳌客"是太白兄天宝二载在长安起的别号。"海上钓鳌客"……哎呀，太白兄如今身处蓬蒿，还忘不了海上钓鳌。好！好！
宗 琰	只怕是夫子自嘲吧！
吴 筠	哦，对对！知李太白者，还是宗氏嫂夫人。

〔孙二跑了回来。

孙 二	先生来了！

〔宗琰、吴筠回望。山间一轮明月，李白仿佛从月中走下。

李 白	（突然飞跑）吴兄！
吴 筠	（上前）太白兄！

〔二人四目相对又惊又喜，茫然如堕烟雾。

李 白	（恍如隔世）"天半行云，山中流水，松间明月，江上清风……"
吴 筠	"无往而不相逢"！
李 白	我还以为见不到你了！
吴 筠	这不，见到了！朋友的名字总是月光。
李 白	说得好！当年我们在石门旧居相识，就是这样的月光；天宝年间我们在长安酒楼上畅饮，也是这样的月光——
吴 筠	前年在浔阳江头我送你去永王幕府，也还是这样的月光！

李　白　（感喟）月光亘古不变，人间却沧海桑田！一腔热血，换来了长流夜郎！（悲愤难抑）

吴　筠　（忽然大笑）祸福无门，唯人自招！

李　白　（惊诧）什么？

吴　筠　祸福无门，唯人自招。果然心如明月，身外浮云不扫自消。

李　白　（不满）好洒脱呀！难道你没看到站在你面前的这个人，已经成了囚徒！

吴　筠　（平静地）有减损必有增益。

李　白　（愤然）可我只有减损！现在有家难奔有国难投，连个落脚的地方都没有！

吴　筠　起居无定所，随处有花香！陶渊明说："云无心以出岫。"人生如白云在天，静静地飘着，物我两忘……

李　白　（反唇相讥）那么"鸟倦飞而知还"，应该是一种返璞归真了！

吴　筠　对，我一直等着你倦飞而还。

李　白　谢谢！我做不到！（仰望）啊，一个月前就在这长江边，有人为我祭酒，三尺童子能把我的诗倒背如流！

吴　筠　（大笑）天下能把李白的诗倒背如流的何止一个童子！道可道，非常道，无欲无求，生亦非喜，死亦非悲，一切顺乎自然！

李　白　（动容）哼，你千里迢迢是来嘲笑我是个俗人！

吴　筠　（不动声色）唯清静能脱俗。

李　白　你能清静，我不能超然！好吧！你当你的神仙，我做我的俗人！囚犯！（背吴筠而立）

宗　琰　（不知所措）夫子！

孙　二　（亦惊慌）吴道士！

　　　　〔衙役上山。

衙　役　奉节县令上山拜会先生。

　　　　〔吴筠不动声色地走开。

宗　琰　（追过去）吴道士，你不能……

吴　筠　（摇头）方外人不拜世俗官！（一揖，径自走下去）

宗　琰　孙二，快把他追回来！

　　　　〔孙二应声追下。李白茫然。

〔惠仲明独步上山，挥手示意衙役回避。

惠仲明　太白先生久违了！

〔李白、宗琰大吃一惊。

李　白　你是……

惠仲明　奉节县令惠仲明。

李　白　（顿时火冒三丈）不认识！

惠仲明　（早有准备）先生受苦了！唉，宦海无风三尺浪！仲明本不想再入官场，只因圣上钦点，天命不可违。（见地上诗稿，拾起一阅，欲缓解气氛，凑趣地）这"海上钓鳌客"是先生别号？

李　白　（气不打一处来）犯忌吗？

惠仲明　哪里哪里……（讨好地）哎呀，敢问先生临沧海而钓巨鳌，不知这钓丝该有多长，先生以什么为钓丝？

李　白　（不假思索）以长虹为钓丝。

惠仲明　好！以什么为钓钩？

李　白　以明月为钓钩。

惠仲明　妙！那么以什么为钓饵？

李　白　（怒目而视）以天下无仁无义的势利小人为钓饵！

惠仲明　（悚然，干笑）先生了不起！仲明今晚上山，是来同先生告别的……

〔宗琰要过诗稿，纳于袖内。

李　白　我们已经告别了！

惠仲明　已经告别？

李　白　对！在浔阳大堂上已经告别了！

惠仲明　先生还是那样傲骨刚眉，难得难得！仲明月夜上山，还要告知一个消息……

宗　琰　（警觉）什么消息？

惠仲明　（慢条斯理）御史中丞兼领三镇节度使宋康祥大人要来探望先生。

〔宗琰松了一口气，李白无反应。

惠仲明　宋大人派快马送来口信，要仲明转告先生，请先生……

李　白　（不耐烦）县太爷还有什么吩咐？

惠仲明　这……不敢，不敢……

李　白　没有吩咐，那就请吧！我要睡觉了！

惠仲明　是……时候不早了。（自我圆场）免送，留步！（转身冷笑）全然
　　　　不懂变通之道！（缓缓下山）

　　　　〔李白焦躁地踱步。

宗　琰　夫子，入夜了，你大病刚好，明天还要上路，真该歇息了！

李　白　（挥不去一怀愁绪）我睡不着。

宗　琰　那……试试这草鞋和皮坎肩。

李　白　不用试了，你先歇着去，让我自个儿再待一会儿。

　　　　〔宗琰想了想，收捡起草鞋、皮坎肩入内。

李　白　（走至悬崖上，面对长江，缓缓跪拜）长江，不舍昼夜的长江！
　　　　我不能忘记你，这万水争流的夔门，漩涡起伏的滟滪堆，激扬了
　　　　我多少文字！我不能忘记你，就在这白帝城，我第一次辞别了巴
　　　　蜀父老，走向神州寥廓的天地！我不能忘记你呀，你的山山水
　　　　水印下了我的足迹，你用甘美的乳汁，还有恢宏磅礴的阳刚之气，
　　　　造就了堂堂七尺李太白……啊不！长江！我必须忘记你，世道难
　　　　行，如同夔门；人心险恶，又好比滟滪堆！我必须忘记你，还是
　　　　在这白帝城，我将最后一次辞别巴蜀父老，踏入夜郎蛮荒的绝
　　　　国！我必须忘记你呀，你的一草一木洒满了我的血泪，你又用香
　　　　洌的酒使我清醒，使我终于看清了人世的污浊！啊，长江，永别
　　　　了！从今以后，你和我都将形神两异！除非在梦里，用翩翩的浮
　　　　想去追寻你往日的三千弱水、十万高山！永别了，长江！

　　　　〔宗琰自内出，悄悄行来。

李　白　你没睡？

　　　　〔宗琰摇摇头。

李　白　再过几个时辰就要上路了。（见宗琰黯然神伤，忽然抖擞精神，
　　　　佯作达观）灵光，人们把夜郎说成野蛮人的地方，其实那都是因
　　　　讹传讹，细论起来夜郎倒是个好地方咧……

宗　琰　（茫然）好地方？

李　白　夜郎古称夜郎国，汉朝时候我们老乡司马相如出使西南夷，就到
　　　　的夜郎。那里民风淳朴，没有盗贼，没有徭役，没有尔虞我诈的
　　　　官场！

宗 琰 （知李白用心良苦，顺着话茬儿）四季作物怎么样？

李 白 嘿！稻米一年两熟，草木长绿不凋，四季都有瓜果，槟榔木瓜之类你听过可没吃过，林檎榴梿之类你连听都没听说过吧？啊，对了！荔枝是果中之王，杨贵妃想吃荔枝，跑死快马！你呢，只要这么一伸手……真是一片乐土啊！"乐土乐土，爰得我所"！

宗 琰 （善解人意而强颜欢笑）那我就当杨贵妃，专门给你捧砚。

李 白 哎呀，少一个脱靴的……

宗 琰 让孙二当高力士。

李 白 对，孙二，高力士！他那个细嗓子……

〔二人相顾而笑——却是惨笑。

宗 琰 夫子，这其实也是你的一次壮游。夫子登五岳、渡三江，仗剑走天涯，唯独没有去过夜郎。夜郎的风光一定会激发夫子的诗情，夫子又该有佳篇力作了！（下意识掏出诗稿）

李 白 是呀！（拿过诗稿，忽然摇了摇头，慢慢将诗稿揉成一团，欲抛入江中）

宗 琰 （急忙夺回诗稿）夫子你怎么啦？

李 白 （猛然转身）灵光，我们不要再哄骗自己了！我们都不愿意老死夜郎！

宗 琰 （抑不住热泪盈眶）夫子！

李 白 苍天可怜见！只要不死在夜郎，我再也不过问世事了！我后悔呀，后悔当初没听你的话……

宗 琰 夫子，不说当初了……

李 白 （痛心疾首）你和我夫妻这些年，聚少离多。我四处奔走，浪迹天涯，你没过过几天安稳的日子，现在又累你随我长流夜郎，我……我对不住你呀！

宗 琰 不！不！夫子，这一年多来，你和我朝夕相处，形影不离，我满足呀，我高兴呀！只要能和夫子在一起，心相守，魂相随，夜郎就是桃花源哪！

李 白 （感泣）灵光！

宗 琰 （扑入李白怀抱）夫子！

〔二人抱泣，任热泪流淌。

〔吴筠与孙二悄悄走来。

李　白　（发现吴筠）你？没走？

吴　筠　（一笑）我说走了吗？（拿过孙二手中四根竹杖，高高举起）人手一杖！（分杖）

宗　琰　（感动地）吴道士！

李　白　（尤为激动）吴兄！（抱泣）

吴　筠　夜深了！（解下道袍给李白披上，又解下腰间酒葫芦）肠子里也得加加温！

李　白　（破涕为笑）吴兄妙人呀！

宗　琰　夫子你大病刚……

李　白　酒治百病！

宗　琰　谁说的？

李　白　书上说的。

宗　琰　（明知杜撰，故问）什么书？

李　白　嗯……《太白内经》！

　　　　〔众人俱笑。李白、吴筠传递着酒葫芦，你一口，我一口，行至悬崖边……

　　　　〔幕后歌声：

　　　　　　"举头青冥天，

　　　　　　低头漾水澜。

　　　　　　有酒邀庄子，

　　　　　　无诗赠屈原……"

　　　　〔暗转。

　　　　〔晨光熹微。白帝山下。

　　　　〔李白、宗琰、吴筠、孙二一行走来。

　　　　〔惠仲明急急追来。

惠仲明　太白先生！

　　　　〔李白一行止步。

惠仲明　恭喜先生！

李　白　（无名火起）滚！

　惠仲明　（欲怒）你……（复平静）你听我说呀……

李　白	不要说了！我这不上路了吗？到夜郎！
惠仲明	唉！我告诉过你了，等一等宋大人……
李　白	不必了。你要好心，就替我问候宋大人。
惠仲明	宋大人这就来了。

〔幕内高喊声："宋大人到！"

〔宋康祥疾步走来。惠仲明急让路。军士们随着走来，侍立。

李　白	宋大人！
宋康祥	圣旨下！李白听诏！（打开圣旨）

〔李白脱下道袍，交与宗琰，复急急跪拜。宗琰、吴筠、孙二均趋避。

宋康祥	（读诏）"大唐皇帝诏曰：赦李白！"

〔变化过于突兀，一时鸦雀无声，众人均未及反应，空气凝固了。

〔宋康祥缓缓上前扶起李白。

李　白	（难以置信）"赦李白"……

〔宋康祥出示诏书。

惠仲明	（低声）就三个字？
宋康祥	足够了！

〔李白仍木然站立。

惠仲明	恭喜先生……（欲上前）

〔宋康祥示意不要打扰，惠仲明黯然而退。

宗　琰	（上前）感谢宋大人讨来诏书……（欲跪）
宋康祥	（急拦）康祥不敢邀功掠美，是天下兵马大元帅郭子仪……
李　白	郭子仪？
宋康祥	郭元帅听说太白先生蒙难，大哭三天，水米不进。他亲自修书上表，拼着全家一百口人的性命为先生作保，又用出生入死换来的官爵赎了先生的罪。
李　白	（猛然爆发）郭子仪呀！（放声大哭，望西北"扑通"一下跪倒在地）

〔宗琰、孙二亦跪。

宋康祥	感谢圣上英明，皇恩浩荡！
宗　琰 孙　二	（山呼）万岁！

李　白	（涕泪纵横）肝胆相照，一言九鼎，旷世英雄郭子仪！（一拜再拜三拜）
宋康祥	（扶起李白）太白先生，现在好了，你又可以大展宏图了！

〔李白下意识地漫应着。

宋康祥	你大概还不知道，如今局面和从前大不相同了！杨国忠死了，杨贵妃死了，高力士也贬罪了！圣上盼望着早日河清海晏，眼下朝廷正在用人之际——
惠仲明	哦？（凑上前来）圣上有口谕？
宋康祥	（佯作未闻）太白先生，我打算上表为先生求官，不知……
李　白	哦，哦……
宗　琰	乌纱、紫蟒、黄金印已经是过时黄花了！
李　白	哦，哦……宫锦袍、珊瑚鞭早就没了不是？
宋康祥	（思索）宫锦袍……

〔宗琰将道袍披在李白身上，为其系好。

宋康祥	那就从长计议。夫人，你看我把谁给带来了？

〔随从引韩娘上前。

李　白宗　琰	（惊呼）韩娘！
韩　娘	先生！阿琰！（与宗琰抱泣）谢天谢地，可见到你们了！先生，我这把老骨头是为你们留着的，往后好好陪着阿琰过安稳日子，什么官也不当了！天塌下来让大个儿的顶着去！
李　白	啊？是，是……
宗　琰	夫子，我们上庐山屏风叠吧！
李　白	好，好，屏风叠好……
韩　娘	先生的本家叔叔李阳冰托人捎过好几次信，要先生住在当涂。
李　白	好，好，当涂好……
宗　琰	当涂离石门旧居只有几十里路……
李　白	石门旧居？哎，吴兄呢？吴兄在哪儿？

〔吴筠一直望着浩瀚的长江，闹中取静。这时，他微笑着走上前来。

李　白　吴兄！

吴　筠	吴兄丢不了。
李　白	当涂？
吴　筠	当涂！

〔二人相视一笑。

宋康祥	孙二，这趟差事辛苦你了！你是回浔阳当个狱吏呢还是随我进京？
孙　二	如果大人恩准，我愿终生侍奉先生！
宋康祥	嗯……好！仁者人也！好好侍奉先生，万一有个差池，我可要找你算账啊！
孙　二	是，是。
惠仲明	（终于上前）恭喜先生遇难呈祥！宋大人，船只现成的，就在江边……
李　白	多承关照。李白一介狂士，冒犯之处请海涵。
惠仲明	哪里哪里，先生为人耿直，向来快人快语，没遮拦，这我还不知道吗？我是一点儿芥蒂也没有哇！宋大人，我这就去招呼船老大。（走下）
李　白	（望着惠仲明远去的背影，对宋康祥）这个人怎么当上了县令？还"钦点"？
宋康祥	（轻描淡写）一个小人！蝇营狗苟的小人！（忽一笑）说来可笑！（拉李白至一旁）他居然打听到你的自荐表上"随行"改成"胁行"，还跑到我门上来求官，嘿，意在要挟。
李　白	混账！在官场里混的人，狗改不了吃屎！

〔宋康祥蓦然有些尴尬。

李　白	（急换话题）长乐兄，李白卜居当涂了！从今以后一片闲云两只野鹤！
宋康祥	巧了！康祥又兼领江南道观察史，当涂属宣州，宣州归江南道管辖，我进京复命之后就赴任所，后会有期！（拜别而下）

〔随从和军士们退下。

〔内声："上船喽！"

李　白	（猛然将草鞋、竹杖、皮坎肩尽抛江中）走！（发觉少了吴筠）哎，吴兄！
吴　筠	（向李白挥手）我走旱路！当涂见！（径自吟啸而去）"道袍知有

处，度牒走天涯。笠积吴江雪，履香蜀岭花……"

李　白　（摇头一笑）当涂见！（携宗琰、韩娘、孙二向江边走去）

〔朝霞满天。

〔滟滪堆迎面而来，清晰可辨三个大字："朝我来"。

〔幕后歌声：

　　"朝辞白帝彩云间，

　　千里江陵一日还。

　　两岸猿声啼不住，

　　轻舟已过万重山。"

七

〔半年后，一个秋日。这是立秋后第五个戊日，即秋社日。秋社是古代秋收后立社设祭以酬土神的盛大节日。村民们带着米酒、社饭、瓜果到社稷坛祭神。社日里有田鼓（击鼓）、角抵（相扑）、锦标（射箭）等各种赛事。社日这天，连女人也不做针线女红了，人们借酒的力量，终于使自己魔鬼般的本性从礼教的胆瓶里释放出来，于是"家家扶得醉人归"。

〔宣州当涂县江边，一个临时堆起的社稷坛。坛上铺着五色土：中黄、东青、南红、西白、北黑。坛周竖着旗幡，依东西南北方位是苍龙、白虎、朱雀、玄武四方神旗。

〔闷雷般咚咚咚的鼓声应和"呜咿啊，啊咿呜"的歌声：

　　"共工之子兮夸父之祖，

　　名勾龙兮神后土，

　　饱我五谷兮安我茅庐，

　　糕酒祭兮达幽都……"

〔村民们戴着有如傩戏的面具，环绕着社稷坛狂舞。其中有戴着面具的李白、吴筠和孙二。

〔宋康祥与随从在狂舞的队列中寻觅着……随从摘下一个人的面具，原来不是李白，是孙二。孙二做了个鬼脸，顺手将面具戴在随从头上，笑着把随从推入舞队。宋康祥在孙二的指引下摘下一个人的面具，一看是吴筠。

吴　筠　（大笑）宋大人与民同乐吧！（抢过面具给宋康祥戴上）

〔宋康祥被卷进人流。

〔舞队狂呼旋舞，离了社稷坛，往村中而去。只有一个舞者留了下来，他踏着醉步，踉踉跄跄。吴筠、孙二正在纳闷儿，这舞者猛然摘下面具，原来是穿着道袍的李白。三人开怀大笑。

吴　筠　明天入道，笃定了？

李　白　红口白牙！道袍都穿了半年了！我跟你三击掌，怎么样？

吴　筠　（摇头）世上没有永久的誓盟。哦，前几天我路过泾县，衙门口贴出了招贤榜。看来你这号人时来运转，又要吃香了。你要入道，可得三思啊！

李　白　呸！花谢花开，与你道士何干！

吴　筠　（一笑）我回石门旧居，恭候你大驾光临！

李　白　要好酒！（大笑，复戴面具，追奔舞队而下）

八

〔紧接前场。

〔李白卜居处。茅屋数间，四壁萧然，除了酒具，案上唯一显眼的是李腾空的木鱼。

〔宗琰、韩娘在包包打捆。

〔社鼓声隐隐传来。

韩　娘　收拾差不多了，这回他真的想开了……

宗　琰　这半年来，夫子把事情看淡了。

韩　娘　嘿，入道，又不用出家，闷得慌就去云游，这种道士对他的路。

宗　琰　就是日子太清苦，拖累了我的乳娘。

韩　娘　（搂住宗琰）我算什么？你是宰相的孙女，也走腾空道姑的路……

宗　琰　腾空子？（走到案前，拿起木鱼）两年了，打听不出一点儿消息……

〔笃笃笃的木鱼声轻轻响起，仿佛从虚空中飘来。木鱼声越来越响，渐变成激越的社鼓声，越来越近……

〔赛神舞队来到门前。穿着道袍、戴着面具的李白和戴着面具的宋康祥走进屋里，随从和孙二也走了进来。李白、宋康祥摘下面具，开怀大笑。李白将面具戴在宗琰头上，宋康祥也对韩娘如法炮制。又一阵笑声，宗琰、韩娘随舞队跳踏而去。

李　白　（高呼）摆酒！

宋康祥　等一等！（目示随从）

〔随从去门前把担子挑进屋内，搬上社酒、社糕。孙二斟酒。

李　白　今天社日要一醉方休！（举杯）

宋康祥　等一等，还有你意想不到的宝物……

李　白　什么宝物？

〔门外吵嚷声轰然而起："看斗鸡喽！"

宋康祥　哎？圣上明令禁止斗鸡，怎么有令不行有禁不止？（对孙二等）去看看！

〔孙二、随从应声出门。

李　白　长乐兄，喝！

宋康祥　好，干！

〔二人一饮而尽，又争着为对方斟酒。

〔孙二急急回屋。

孙　二　是一个浮梁茶商出高价看斗鸡。

〔随从带着醉醺醺的栾泰走来。

栾　泰　（惊呼）太白先生？你……宋大人？

李　白
宋康祥　（一愣）栾泰？

〔栾泰不由得腿一软，欲跪，见微服的宋康祥似无恶意，急忙用手掸掸衣裤，以掩饰一时的失态。

李　白　（感慨）真是山不转水转，太巧了！

栾　泰　（来神）还有更巧的呢！惠仲明这家伙由夔州奉节县令一蹦蹦到你们宣州当刺史——

李　白　（深受刺激）惠仲明又升官了？这种人怎么就该一辈子当官，还越当越高？是哪个混账东西提拔他的？

〔宋康祥佯作摇头叹息。

栾　泰　呃呃，别着急，我话还没说完呢！听说这家伙已经死了！

李　白　（一惊）死了？

〔宋康祥不动声色。

栾　泰　听说犯了什么案子，就地斩首……

李　白　是真的？（疑惑地望着宋康祥）

〔宋康祥支支吾吾，含糊其词。

栾　泰　还听说他临死前来真格的了，说他对不住太白先生……

李　白　哦？

栾　泰　说那《永王东巡歌》第九首是他无心的伪作，阴错阳差做成了先生的冤狱。

李　白　啊！

栾　泰　（讨好）先生赶紧写篇文章公布天下，你李太白没有那……败笔。

李　白　（恩怨俱泯）不必了。李白常有败笔，甚至有马屁文章！

栾　泰　这……可先生要不说明白，不知情的还以为那也是先生的货色，闹不清楚了。

李　白　古往今来有多少闹不清楚的事啊！青史上留下的不过一停，那九停呢，知道它的兴许只有头上的青天！神鸡童，来，喝酒！（拉其入座）

栾　泰　这……（略推辞，终入座，载饮载叹）从前对不住先生，栾泰谢罪了！（离座欲拜）

李　白　（急扶）几点浮萍随着一江秋水漂走了！来，喝酒！

栾　泰　（呷一口酒）宋大人，可我这心里总别扭着。先生，如今我栾泰手头宽绰了，有俩钱，如果先生不嫌弃，栾泰要补偿……（掏出钱袋，恭敬地奉上）

李　白　（猛然停杯，怒喝）收起你的臭钱！

栾　泰　（一愣，尴尬地）先生别这样……

李　白　（拍案而起）你收不收？

栾　泰　这……何必呢？

李　白　（将钱袋往栾泰身上一扔）你给我走！

栾　泰　（亦怒）真不懂好歹！臭钱？怎么臭？你落魄到这步田地还清高？我卖茶，你卖文，高低贵贱都是一个卖；我赚钱叫盈利，你赚钱叫润笔，放入腰包都是一样叮当响的开元通宝！说实话，今天赶上了，我在还我的良心债！良心债！

〔李白垂首，哑口无言。

宋康祥　太白兄和你不一样，你是什么人品！

栾　泰　大人，你也太小看人了！不是我酒壮尿人胆，我做买卖赚钱堂堂正正，我比那些倚官仗势赚昧心钱的心里踏实！

宋康祥　（发威）滚！

栾　泰　（迟疑）滚就滚……（对李白）不领情拉倒！你闻着发臭，我看着放光！（提着钱袋边走边说）哼，狂什么？你就比我干净？别忘了你是有前科的人！

〔李白猛然站起，又缓缓坐下。

孙　二　（气急）你是什么东西！（追过去挥拳欲打）

宋康祥　叫他回来！

栾　泰　（嘟囔）回来就回来……

宋康祥　（俨然审案）你知罪吗？

栾　泰　我……我是说他别那样傻狂傻狂的，免了刑可不算销了罪……

李　白　（气急）你！

宋康祥　跪下！给我跪下！

栾　泰　我……我没说不跪下……

李　白　（摆手）让他走吧！

宋康祥　（大吼）滚！

栾　泰　我说过了，滚就滚。（摇摇晃晃）哼，会耍笔杆儿管什么？早入了副册末等了！（误以为孙二欲追来，急忙溜走）

李　白　（痛苦地）前科……

宋康祥　犯不着跟这种人生气……

李　白　（宣泄地）换大杯！

孙　二　（劝阻）先生！

宋康祥　先生的前程，我已经安排好了——

〔社鼓声骤起，又分明夹杂着马蹄声。

〔宗琰、韩娘持面具匆匆进屋。

宗　琰　夫子，你猜谁来了？郭元帅来了！

李　白　（惊呼）郭子仪？（急奔出屋）

　　　　〔宋康祥急整衣冠。

　　　　〔郭子仪戎装大踏步走上。

郭子仪　（一见李白，倒身下跪）恩人！

李　白　（相向而跪）元帅！（悲从中来）

　　　　〔众人相继跪地。

郭子仪　一别二十年，恩人老了！

李　白　元帅也两鬓霜雪了！

宋康祥　（行至郭子仪前，跪拜）不知元帅驾到……

郭子仪　你是……

宋康祥　卑职宋康祥。

郭子仪　御史中丞兼领三镇节度使、江南道观察使……

宋康祥　正是卑职。（扶起郭子仪）

郭子仪　（扶起李白，凄然）恩人受苦了！

　　　　〔一座皆泪。

李　白　（对孙二）重开酒宴，杀鸡待客！

孙　二　是……这……（面有难色）

　　　　〔韩娘拉过孙二，急忙张罗。

　　　　〔郭子仪、宋康祥、李白依次就座。

郭子仪　（对宗琰）夫人请入席。

宗　琰　（逊谢）元帅请自便，我不会饮酒。

李　白　（笑）她和酒没有缘分。

郭子仪　（坐定，举杯）恩人……

李　白　不不！恩人是元帅，就称我太白吧。

郭子仪　就依恩人。子仪有今天，全是太白先生再造。我在军中听说先生卜居当涂，我是带着先生给我的胸怀志向来的，我要对先生倾心吐胆畅叙别后……

李　白　我也时常春树暮云思念着元帅，可不知道元帅的大旗在哪里飘扬。这半年来我卜居当涂，就好比烂柯山中，不晓得人世间沧海几度变桑田了！

郭子仪　子仪正要告诉先生，子仪领兵伊始，贼势正凶，如今已大不相同了。安禄山让他儿子安庆绪给杀了，史思明又杀了安庆绪，前不久，史思明又让他儿子史朝义给杀了。叛军内乱不止，已经日薄西山了！

宋康祥　叛军内乱是元帅屡战屡胜所导致的啊！

郭子仪　托先生的福荫，子仪不敢辜负先生的期望。眼下官军对史朝义已经形成围歼之势，这大概是平乱的最后一战了。先生，我大唐山河重光指日可待啦！

李　白　（兴奋不已）壮哉！大英雄！（大呼）酒来！鸡来！

〔孙二急捧酒。

李　白　鸡呢？

〔孙二哑口，尴尬。

韩　娘　（上前低声）那只鸡前天宰了。

〔声虽小，一座俱闻。李白颓然。

宋康祥　（取银两交孙二）今天康祥做东。

郭子仪　（阻止，朗声大笑）君子之交淡如水，先生不要介意。郭子仪乃汾阳酒徒，有酒足够了！

李　白　（黯然神伤）元帅，李白难于启齿呀！看看灵光头上……

〔宗琰下意识护着发髻。

李　白　那支金步摇不见了！她为了生计，瞒着我卖掉了当年的陪嫁。她以为我不知道，我也装糊涂，可这是什么滋味呀？李白堂堂七尺，养活不了家小，还算什么男子汉！

宗　琰　夫子不要说了。你为了生计，强摧刚眉硬屈傲骨，去豪门去市井去凡夫俗子堆里逢场赋诗、赔笑卖文……

郭子仪　（动容，大恸）先生落魄是子仪的过错啊！如果早日知道先生蒙冤入狱，何至于让先生长流夜郎，又何至于让先生困顿到这般地步！

宋康祥　元帅，康祥十分内疚。如果不是审案误了时日，下情不能上达，也不至于让先生长流夜郎！

郭子仪　唉！说起来多亏女冠子李腾空——

李　白　（惊呼）李腾空？

〔宗琰、韩娘、孙二俱惊诧不已。

　郭子仪　李腾空在京城四处碰壁，她就带着先生的《百忧章》《万愤词》，历尽千辛万苦到了我的营帐。

李　白　原来是这样……

郭子仪　郭子仪只是知恩图报，李腾空才是见义勇为啊！

李　白　（急切地）腾空子现在在哪儿？

郭子仪　她奔波跋涉，一病不起，已经……啊，羽化登仙了……

宗　琰　（悲泣）腾空子！（凝视案上木鱼）

韩　娘　（亦泣）腾空道姑！

李　白　（望空下跪）李白深恩负尽了！

　　　　〔虚空中轻轻响起笃笃的木鱼声……

李　白　（自语）腾空子，一个方外人，竟能这样古道热肠！

郭子仪　（扶起李白）先生请节哀。子仪在汾阳薄有田产，如果不嫌弃，就请先生和夫人到汾阳吟诗作赋、婆娑风月，那里已经没有战乱了。

　　　　〔一时静场。

　　　　〔李白笑着摇头。

宗　琰　夫子舍不得当涂的山水……

宋康祥　（踊跃地）也好，康祥就在此地为先生添置田产——

李　白　长乐兄，你忘了《礼记》上说的“君子不食嗟来之食”？

宋康祥　那么，今天当着元帅的面，康祥把多年的夙愿说说。太白先生一代奇才，如果不能入朝为官，就是康祥这个江南道观察使的失职……

郭子仪　嗳，为官未必定要入朝。太白先生到子仪军中如何？宋大人，你说呢？

宋康祥　也好，也好，康祥正好给先生送来一件……（目示随从）

　　　　〔随从从担子里捧出宫锦袍。

李　白　（惊呼）宫锦袍！

宋康祥　康祥差不多找遍了浔阳，可惜珊瑚鞭没有下落。

李　白　（捧起宫锦袍）太上皇！（悲号）

郭子仪　先生，圣上已经下旨，要海内各路封疆大吏为国家遴选人才，特别是那些历尽劫难而忠心不贰的人才！圣上说，大唐中兴务必做到野无遗贤！宋大人，是这样的吗？

宋康祥　是的，是这样的。

宗　琰	（捧过宫锦袍，置案上）元帅，夫子这把年纪，还是寻个安静的地方为好。
郭子仪	夫人请放心，子仪不敢叫先生鞍马劳顿，只希望明珠重见天日。
宗　琰	元帅的美意我们心领了，只是我们已经答应了吴筠道士，明天就要去石门旧居入道了。（指地上包袱）
郭子仪 宋康祥	（惊愕）入道？
郭子仪	（沉吟片刻）既然这样，子仪不敢勉强。当年先生赠我玉带，激励我为国尽忠；今天一别，再难相逢了，就以这把虹霞剑相赠吧，先生见它如见故人。（解剑）
李　白	（受剑）多谢元帅！（壮怀激烈）李白虽然老迈，不杀尽乱臣贼子誓不还家！
宗　琰	（惊惧）夫子你……
李　白	（系好宝剑，捧起宫锦袍）看来李白平生的志愿只有在元帅帐中能够实现。
郭子仪	先生！啊，先生当真要到子仪军中？往后先生的衣食住行，子仪一定亲自照料。
李　白	不，李白为平乱而去。（仰望）太上皇！平乱最后一战，李白请缨从军，为国家竭尽绵薄！（穿上宫锦袍） 〔社鼓声大作。
宋康祥	这宫锦袍正好为先生壮行色。
宗　琰	夫子你该不是心血来潮……
李　白	（摇头）灵光你向来深明大义，你会成全我最后一次的。 〔众人望着宗琰。良久，宗琰含泪不语，蓦然转身入内。韩娘随之入内。 〔一座尴尬。
郭子仪	先生不必勉强……
李　白	李白决心已定！
郭子仪	（少顷）子仪听凭先生的决断，细柳营的辕门永远为先生敞开。告辞了！
宋康祥	康祥也告辞了！

〔李白无语相送。

郭子仪　先生请留步。（低声嘱咐宋康祥）宋大人，你可要善待太白先
生啊！

〔宋康祥唯唯应诺。郭子仪揖别而去。宋康祥殷勤地追随而下。
随从急追下。

〔李白倚门而望。

〔宗琰自内走出，韩娘追出。

韩　娘　不能答应他！他发疯了，你要给他点儿颜色看看！

〔宗琰不语。李白、孙二回屋内。

宗　琰　重开酒宴，我要和夫子饮酒论诗！

〔众人愕然。

李　白　灵光，你从不喝酒……

宗　琰　今天是社日，破例！孙二，摆酒哇！

韩　娘　你……你也疯了？

〔孙二迟疑着为宗琰、李白斟酒。

宗　琰　夫子，你说什么叫诗？

李　白　这……我写了一辈子诗，可没想过给诗画个方圆。

宗　琰　有人说诗言志，有人说诗抒情，有人说诗是怀时感物、明心见
性……不过，我总觉着与其说是诗，不如说是字的灵性！每个
字都有灵性！它们借着诗人的手，一个个从笔尖跑了下来，排
成队，列成行！

李　白　嗯，是这样的！你还记得夔门滟滪堆上"朝我来"三个字吗？那
三个字排在一起就是诗！仿佛主宰天地的神灵，可以让你流波顺
轨，也可以让你葬身鱼腹！

宗　琰　怪不得远古时候仓颉造字，天落下五谷杂粮的雨，到夜里大鬼小
鬼都嗷嗷地哭呢，原来天地鬼神都怕字的灵性让人得了去！所以
杜子美说夫子"笔落惊风雨，诗成泣鬼神"！

韩　娘　（抑捺不住）阿琰！都什么节骨眼了，你还有心思说什么干呀湿
呀神呀鬼呀！

宗　琰　（一笑）韩娘，我敬你一杯！（斟酒）

韩　娘　（气呼呼）喝！（饮下酒）今儿个这一天，上上下下人来人往，说

的全是酒话！（酒酣气振）你怎么不为先生想想，六十岁的人了要去从军，不是天大的笑话吗？

宗　琰　西周姜子牙、前汉朱买臣、战国的廉颇、蜀汉的黄忠，还有当朝郭子仪元帅，不都是老来有为吗？

韩　娘　有为个鬼！（影射地）忘了在长安受人挤对的事了？忘了在浔阳蹲大牢的事了？这世道难道容得了一个书呆子去建功立业吗？

李　白　李白不敢有建功立业的奢望，只是想，平乱最后一战，我不能置身局外。

韩　娘　阿琰妇道人家不知进退，可是先生你知书达理，你怎么也不替她想想！我们姑娘自打过门后，就没睡过一个踏实觉，半年前还跟着你长流夜郎！她好歹是前朝宰相的孙女，可不是小户人家！你为了自己的功名，居然忍心又把她扔在家里……（泣不成声）

〔李白低下头来。宗琰忍着泪。

孙　二　（上前）韩娘！你和夫人都不知道，先生八成是让栾泰给气的！

宗　琰　栾泰？他来了？他说什么了？

孙　二　他说先生免了刑可没有销了罪，是有前科的人……

韩　娘　放他娘的狗臭屁！

李　白　唉，栾泰不过是说出了别人不肯说出的话。我想从军，不是栾泰激的。不过我得感谢他……

韩　娘　你是傻是癫，感谢他？

李　白　感谢他让我看清了自己！（苦笑一声）人们总说飘然太白，不！我不是游荡在林间月下的世外人！天下名山大川赐给我的也不是仙风道骨，而是充塞天地的浩然之气，是屈原的"虽九死其犹未悔"，是庄子的"怒而飞"！

韩　娘　（似懂非懂，对李白）那好，你给我倒一杯……散伙酒！

〔李白愕然。

宗　琰　（急对孙二）韩娘醉了，你伺候她歇息吧！

〔孙二应声扶韩娘入内室。

宗　琰　夫子继续谈诗吧！

李　白　我可没这雅兴了。

　宗　琰　也好。（举杯）我为夫子从军壮行色！

李　白　（犹豫举杯）你同意我去了？

宗　琰　我怎么能不同意呢？好男儿志在四方，就是死也要死在边野，马革裹尸……

李　白　（狐疑不定）你真的明白我的心迹？

宗　琰　你是一本书，我读遍了每一页。你敢于把自己的生命当作脱手一掷的投枪，年过六十也豪情不减。

李　白　是这样的，是这样的。（忽觉不对味）可你并不希望我再入仕途……

宗　琰　（凄然一笑）今天，先是栾泰一激，使夫子看清了自己；接着又是平乱最后一战的召唤，使夫子不能置身局外；太上皇的宫锦袍、郭元帅的虹霞剑，都在鼓荡着夫子的热血，连腾空子的死也意外地激起了夫子入世的雄心。夫子面对这一切，能不慷慨从军吗？

李　白　（心事被一一道出，顿生愧悔）面对这一切，我唯独没想到你！你所求的不过是庶民百姓人皆有之的夫妻生活，可我……我只是一味地索取你的体谅！

宗　琰　（摇头，少顷）感谢你这半年来一直留在当涂家中……（忽哽咽，背过脸去）

李　白　请原谅我，我也没想到我又会去从军。鬼使神差，我总觉着后脊背上有一根无形的珊瑚鞭在抽打着我。我……可不是为了功名呀！

宗　琰　你再也不会像苏秦那样去追逐黄金印了，你要做屈原，"虽九死其犹未悔"……

李　白　（愣神，猛然）我不去从军了，不去了！

宗　琰　（一愣）你该不是在说气话吧？

李　白　不，不是的。我这把年纪还能干些什么？一把铅做的钝刀！而那闲云野鹤的生活，原本是你和我共同的追求！

宗　琰　（惊喜）真的？

李　白　（坚定）真的！

宗　琰　好夫子！

　　　　〔二人相视而泣。

宗　琰　（忽然）不！你做不到！你身在仕途的时候，无法忍受官场的倾轧；一旦纵情于江湖，你又念念不忘尽忠报国。你是进又不能，退又不甘！

李　白　（颓然长叹）入木三分，入木三分啊！也许我这一辈子注定这样来回走着！（痛苦地低下头）

宗　琰　（复归平静，取出诗稿）如果没有这样来回走着，也就没有李白的诗了。富贵没有诗，隐遁没有诗，只有那颗不能安静的心，浇上醉人的酒，才能挥洒出不朽的奇文！古往今来，能有几个人得到字的灵性？夫子你得到了！你让我把这些诗稿编成集子，嗯，就叫《青莲集》吧！人走了，字的灵性陪伴着我……

李　白　（凄然）感谢夫人……

宗　琰　也希望夫子成全我。（将一个包袱递给李白，另一个包袱自己背上）

李　白　（一惊）怎么？你要去石门旧居？

宗　琰　不。找腾空子做伴。

李　白　腾空子……庐山屏风叠……

宗　琰　是。（去案前拿起木鱼）

李　白　（猛然唤）不！不能！你不能入道！我还要回家来的！

宗　琰　夫子，你就当我是替夫子报答腾空子吧！

〔李白低头无语。

宗　琰　（安详地）夫子，你看长江边的芦苇，风一吹来，芦花随风摆动，聚了又散，散了又聚，聚散之间没有一次相同。

〔虚空中应和着木鱼声。

李　白　（安静下来，沉吟）有聚必有散，有散必有聚，聚散相依……

宗　琰　聚也是散，散也是聚。

李　白　也好，你先走一步。总有一天，我到屏风叠找你。

宗　琰　多谢夫子！（与李白对饮）

李　白　（掷杯）灵光，看我舞剑，为我壮行色！

〔社鼓声蓦地大作。

李　白　（抽出郭子仪所赠虹霞剑，边舞边诵）扶摇直上的大鹏，向九万里奋飞吧！上摩苍天，下覆大地，去周旋天纲吧！去跨蹑地络吧！去遨游混茫吧！去搏击虚无吧！（力不从心，踉跄欲倒）

〔宗琰急扶住。

〔社鼓声骤息。

宗　琰　（忽然垂泪，哽咽着）夫子，你还去吗？（缓缓跪下）

〔李白无语，拄剑而立。

九

〔幕后歌声：

　　"何处觅诗魂，

　　向涂山、采石，青莲、碎叶。

　　提什么脱靴捧砚好飘然，

　　只怕是出仕归隐终难抉……"

〔明月在天，清辉流泻。

〔采石矶头。一叶带篷的小舟在江中漂流。李白着宫锦袍、佩虹
　霞剑立船头。老渔父头戴大笠子，着宽袖衫、芒履，正撑船。

李　白　老渔伯，今晚好月色，你我饮酒赏月，怎么样？

老渔父　那敢情好！家酿的酒是现成的，清风明月又不用花半个子儿！
　　　　（与李白对酌）

李　白　好酒，好酒，真好酒！（啧啧赞叹）

老渔父　（笑）先生什么酒没喝过！这是家酿村酒，比不得宫廷美酒。

李　白　宫廷御酒确实好，只是加了糖掺了香料，你这家酿本味本色。

〔老渔父不解。

李　白　（放眼望去，月下一江水，透出清冽甘美）人生百年，百年三万
　　　　六千日，一日要喝它三百杯才好！看，江水泛起玉液金波，就好
　　　　像新酿的葡萄酒！哈！那不是一江水是一江酒！不用金樽不用玉
　　　　碗，就趴在船边喝它三万六千日！

老渔父　先生真是醉仙！

李　白　嗳，谁不爱酒？天地都爱酒！

老渔父　天地都爱酒？（笑着摇头）

李　白　"天若不爱酒，酒星不在天；地若不爱酒，地应无酒泉。天地既
　　　　爱酒，爱酒不愧天！三杯通大道，一斗合自然。但得酒中趣，勿

为醒者传"啊！（哈哈大笑，摇摇晃晃来回走着）

〔老渔父笑着入舱。

〔明月的清辉洒落在水面上，漫江如霜如霰，如玉如银。江心分明一轮圆月，格外明亮、皎洁。

〔李白倾杯豪饮。他似觉燥热，除去乌纱幞头巾，脱却金线盘花宫锦袍，露出紫道袍。

〔隐约间，传来吴筠幕外音："锦袍其外，道服其里，既可合，又可分，太白兄练达得多了！哈哈！"

李　白　（哈哈大笑，脱下紫道袍，干脆连靴子也脱了下来，浑身上下一色素白，立船头举杯邀月）明月，明月！你是玉盘？是冰轮？是天庭的灯？是瑶台的镜？是有形的诗意？是无声的歌吟？（少顷）我在问你呀，明月，明月，你说天地间什么最公正？

〔万籁俱寂。忽起吴筠幕外音："三界内外，唯道为尊，道最公正。"

李　白　不！光阴最公正！它对所有人一视同仁，它不会因为你权势显赫而低眉奉献一分，也不会因为你道德高尚而额外加恩一寸！（大笑，复倾杯）

〔水拍长天，雁叫芦花。

李　白　好一片芦苇荡呀！噢，原来是月亮里桂树的影子！

〔宗琰幕外音传来："夫子，你看长江边的芦苇，风一吹来，芦花随风摆动，聚了又散，散了又聚……聚也是散，散也是聚。"

〔木鱼声轻轻飘来……

李　白　（举杯邀月）腾空子！别来无恙？

〔李腾空幕外音："我很满足。大悲凉和大欢喜一样教人满足，就像今晚这满圆的一轮明月。"

〔复归寂静。李白把剑插入水中，轻轻摆动。只见那皎洁的一轮月影散了又聚，聚了又散，波光与月色齐辉，一片粼粼……偶尔传来轻吟低啸的风声，不时响起柔波拍舷声、泼剌剌鱼儿跳浪声，隐约可闻诗的格律声："平平平仄仄，仄仄仄平平，仄仄平平仄，平平仄仄平……"

〔李白一不小心，剑落江底。他不经意地看了看，倚着船舷继续

用手掬水，似乎在捞月……水中月变成一片白的光亮，光亮渐渐
扩散，在一圈圈加大的白光里，科头跣足、一身素白的李白的轮
廓渐渐模糊起来，终于溶化在月色波光之中……

〔幕后歌声：

　　"会当痛饮兮造化之满杯，

　　乐天地之极乐兮悲宇宙之极悲。

　　万象为宾兮我为主，

　　乘清风而来兮戴明月以归……"

——剧　终

　　《李白》创作于1990年，1992年12月由北京人民艺术剧院首演于北京。导演苏民，主要演员有濮存昕、龚丽君、顾威等。1993年，该剧获文化部五项文华大奖。2007年，入选"中国百年经典话剧"系列作品集，是北京人民艺术剧院的经典保留剧目。剧本获第六届全国优秀剧本创作奖（1990—1991）。

作者简介

郭启宏　男，1940年出生，广东潮州人，剧作家，代表作品有话剧《李白》《天之骄子》《知己》《大讼师》，昆剧《南唐遗事》《司马相如》《西施》，京剧《司马迁》《情痴》《花蕊》，评剧《向阳商店》《成兆才》《评剧皇后》，河北梆子《忒拜城》《窦娥冤》《北国佳人》《花雅运河》，潮剧《九龙瓶》《绣虎》等近百部。

·歌 剧·

党的女儿

阎　肃（执笔）　王　俭　贺东久　王受远

时　间　1935年春。

地　点　江西山区某地。

人　物　田玉梅——女，二十七岁，中共党员。

　　　　鹃妹子——七岁，田玉梅的女儿。

　　　　七叔公——男，七十岁，采药老人。

　　　　马家辉——男，三十二岁，区委书记。

　　　　桂　英——二十六岁，马家辉妻，中共党员。

　　　　小　程——男，二十一岁，游击队联络员。

　　　　孙团长——男，三十六岁，白军团长。

　　　　乡亲们，"杜鹃花"们。

　　　　匪兵们，乡丁们。

第一场

〔序曲。序歌：

　　　"杜鹃花呀杜鹃花，

　　　花开满坡满山洼。

　　　心似火焰红彤彤，

　　　身似白玉玉无瑕。

　　　杜鹃花呀杜鹃花，

　　　默默无言吐春芽。

　　　风风雨雨压不倒，

　　　清香万里送天涯。"

〔幕启。黄昏时候，杜鹃坡前。

〔一队匪兵，端着明晃晃的刺刀冲上。

〔一声嘶吼："走——"

〔铁镣哗啷砸地声，沉重的脚步声。

〔一声高亢、凄厉、野辣辣的山歌冲天而起。无伴奏，只有铁镣拖地，哗啷哗啷，撞击出脚步的节奏。

〔幕内伴唱：

　　"哎——

　　日头落山心莫慌噢，

　　夜来日落有月光噢！

　　月光落了有星子噢，

　　星子落了大天亮噢……"

〔在这高亢的山歌声里，老支书、田玉梅等八个共产党员，五花大绑，口被勒住，男人们脚上还戴着铁镣，一步步艰难而昂然不屈地从开满杜鹃花的土坡后走上。众匪兵随后站定。孙团长上。

孙团长　（扫视四周，冷笑，唱）

　　杜鹃坡，这八个共产党员，

　　今天，我一块送他们上西天！

　　往后，谁再敢给山上的游击队送东西送盐，

　　见一个杀一个，决不容宽！

　　今天，我就杀个样儿给你们看看！

　　（一挥手）

匪兵甲　举枪！预备——

〔蓦地，鹃妹子从台侧喊着跑上。

鹃妹子　妈妈——（扑向田玉梅）

匪兵甲　（一脚将鹃妹子踹倒在地）你找死！

孙团长　（制止）唔？（摆手示意）

〔匪兵甲会意，走开。

鹃妹子　（爬起，哭喊着奔上前）妈妈！妈妈！

〔田玉梅嘴被封着，手被绑着，只能跪倒，用头和肩膀依偎着女儿的拥抱……

〔幕内伴唱：

　　"万颗钢针心上插，

　　手不能拥抱，口不能说话。

　　串串泪珠胸前洒，

　　孩子啊！你亲一亲，亲一亲妈妈……"

鹃妹子 （泪人儿一般，抱着妈妈亲吻，唱）

> ……羊羔羔吃奶跪望着妈，
>
> 小鸟儿张嘴盼妈早回家。
>
> 月牙牙在梦里告诉了我，
>
> 女儿离不开我的好妈妈！

（哭着用小手撕妈妈嘴上的布带）

〔七叔公冲上，抱住鹃妹子。

孙团长 （怪笑着走过来，对田玉梅）怎么，你好像有什么话要说？（扯下田玉梅嘴上布带）

〔田玉梅不理，径直上前，对着七叔公跪倒。

田玉梅 七叔公！

〔幕内伴唱：

> "千般情，万般恨，堆不出一句话，
>
> 苦命的鹃妹子托付给您老人家……"

七叔公 （大恸，也跪倒，唱）

> 仰望长天，泪如雨下，
>
> 从今后，这伢就是我的伢！
>
> 莫看我白了胡须白了鬓发，
>
> 还剩有一副硬骨架。
>
> 我冻不着她，饿不着她，
>
> 伢子啊，磕个头，拜别你妈妈！

〔幕内伴唱：

> "再大火也烧不尽这满山杜鹃花！"

〔闪电，沉雷，风吼，云暗……

〔刺刀寒影里，七叔公抱起鹃妹子下。

孙团长 给你最后一次机会你不要，就别怪我手下无情了！来呀！送他们上路！

匪兵甲 走！

田玉梅 你喊什么？石头过刀，茅草过火，也砍不尽烧不完这满山遍野的杜鹃花！

〔八位党员冷然傲视，默默走上坡去，转身挺立，面对枪口。

匪兵甲 预备举枪！——放！

田玉梅 共产党万岁！

〔电闪雷震，惊天撼地。

〔八位烈士缓缓倒于杜鹃花丛里。

鹃妹子 （喊着）妈妈！（冲上，跪倒）

〔大雨倾空而下。匪兵们散去。

〔幕内激越地伴唱：

"啊——

（转为凄婉、柔美的女声，接唱）

杜鹃花呀杜鹃花，

花开满坡满山洼。

心似火焰红彤彤，

身似白玉玉无瑕。

杜鹃花呀杜鹃花，

默默无言吐春芽。

风风雨雨压不倒，

清香万里送天涯。"

〔伴随着歌声，一队少女，似香花的仙子，又似乡亲们的悼念哀思，飘然而上，围着鹃妹子盈盈起舞。仿佛是烈士的鲜血，缓缓流淌，染红了满坡杜鹃，灿若云霞，一霎时，天也为之动容，地也为之动情，满坡杜鹃为之盛开。

〔歌声渐收，舞渐渐止，花影、人影渐渐消失。七叔公沉痛地将鹃妹子领下。只有隐隐雷声仍回荡在天际。

〔少顷。马家辉低低地打着雨伞，幽灵般走上。

〔孙团长上，从身后拍了一下马家辉。马家辉一惊。

孙团长 用不着再遮遮掩掩了！

马家辉 团长还有什么吩咐？

孙团长 （笑，指坡上）他们——你那些"同志"都死光了！你（拍着马家辉的肩膀）大功一件啊！

马家辉 （收起雨伞，露出惨白的面孔）全靠团座铁腕。

孙团长 别忘了，山上的游击队才是心腹大患！

马家辉　他们眼前最大的困难，就是缺盐。没有盐吃，只有下山。可是一旦下了山……

孙团长　就只能往你这位区委书记的口袋里钻！咱们就在东山口……

马家辉　东山口？

孙团长　摆它个伏击圈。

马家辉　来它个一锅端。

孙团长　可他们万一不来找你，怎么办？

马家辉　嘿嘿，不会。因为杜鹃坡再也找不到一个共产党员了。

孙团长　不，还有一个！

马家辉　谁？

孙团长　你老婆！

马家辉　她？已经吓得疯疯癫癫了！

孙团长　哈哈……女人嘛！马先生，好好干！消灭了游击队，整个县，我都给你管。前途无限哪！

　　　　〔马家辉弯腰赔笑……

　　　　〔一声炸雷，暴雨当头浇下，狂风怒吼。

　　　　〔马家辉忙打伞陪孙团长下。

　　　　〔雨渐弱，风势未减。

　　　　〔突然，一道强烈的闪电，一声震耳的霹雳。

　　　　〔杜鹃坡上，田玉梅缓缓挣扎而起。

田玉梅　（唱）昏昏天，沉沉地，

　　　　　　　　是梦？是真？

　　　　　　　　手被捆，血满身，

　　　　　　　　玉梅我血里火里怎么还魂？

　　　　〔闪电，惊雷。

田玉梅　（看清四周烈士的尸体，惊、愤、焦急；拼力挣开绳索，任腕上戴着断开的绳子，跪步上前，嘶喊）老支书！亲人们！（唱）

　　　　　　　　雨呀纷纷地下，

　　　　　　　　打在脸上冷透心。

　　　　　　　　风呀飕飕地刮，

　　　　　　　　呼天喊地唤亲人。

万家闭门低声泣，

刻骨的刀痕掩泪痕。

老支书，亲人们，

摇不醒，叫不应；

你们迎着枪弹去，

留下我孤零零，荒野哭英灵，

茫茫生死路，悠悠两世人。

天有情不让火绝灭，

地有灵不叫种断根。

鬼门关前走一走，

杀不死的田玉梅。

山样仇，海样恨，

我要再和你们拼一拼！

（迎着风雨冲下）

〔幕闭。

第二场

〔紧接前场。

〔马家辉家。

〔幕启。一灯如豆，萧索冷清。

〔桂英双目呆视，神色木然，拿一大剪刀，机械地剪着一件白小褂。

桂　英　（唱）从前有座山啰，

山上有棵树，

花香果又美哟，

枝壮干又粗，啊噜噜……

忽然长了虫噢，

虫把树来蛀，

花儿纷纷落啊，

叶儿片片枯，啊噜噜……

　　　　　　大树就要倒哇，

　　　　　　　谁来扶一扶？

　　　〔忽然扑到桌上，痛哭。

　　　〔马家辉上。

马家辉　（疑神疑鬼地走到门前，回身四顾后，这才推门进屋）桂英，桂
　　　　英！你干什么呢？这不是你给我做的白小褂吗？哟，怎么剪成布
　　　　条条啦？

桂　英　（抬头，目光尽赤）血！血！那上面全是血呀！

马家辉　桂英，你这样子叫我好难过哟！

桂　英　（站起，退后）你，你手上是血，身上也是血！眼睛都是红的，
　　　　我好怕哟！

马家辉　唉！桂英你从来就胆小懦弱，这回也是苦了你。我看你成天总像
　　　　做梦似的，惊惊乍乍……（近前欲抚慰）

桂　英　走开！你是谁？

马家辉　我是你丈夫，马家辉呀！

桂　英　马家辉？（忽掩耳，摇头，哭喊）马家辉！

马家辉　你忘了，结婚那天晚上，你说一辈子疼我、爱我，决不后悔？

桂　英　（抬头，仿佛又想起了什么，喃喃地哼唱）

　　　　　　杜鹃花呀杜鹃花，

　　　　　　花开满坡满山洼……

马家辉　桂英，你还不明白，我做的这一切都是为了咱们俩。你放心，跟
　　　　着我，不会让你吃亏！你要是觉得这么待着活受罪，咱们走，我
　　　　可以带着你远走高飞！

桂　英　飞？……飞到天边儿去！

马家辉　好了，三天三夜，没吃没睡，别闹出大病来哪！来吧，我扶你进
　　　　去躺一会儿，我再把那汤药给你煨一煨。

　　　〔桂英呆痴痴地被马家辉扶进里屋。

　　　〔少顷，马家辉复出，望望里屋，摇头。

马家辉　（又拿起那件小白褂，叹气）唉！（唱）

　　　　　　我就像这件小白褂，

　　　　　　撕成了布条条，绞成了麻花花，

理不清一团乱絮，七上八下，

说不上是忧是喜，是惊是怕！

暗影中无数双眼睛瞪着我，

硬头皮顶上去任你们笑，任你们骂，

谁知我酸甜苦辣！

只要能活命，管什么善恶真假，

脑袋掉了才是大傻瓜！

千秋功业都是虚话，

且看我丢掉布裯换紫纱！

〔有人在门外敲门。

马家辉 （一惊）谁？

门外人 （低声）我。

马家辉 小程！（开门）你可来了！我算计着游击队也该派你来了。小程，一路上很不好走吧？

小　程 马书记！（唱）

下了山才知情况变，

杜鹃花丛里血斑斑。

风云紧，联络断，

冒万险来找区委解急难！

马家辉 咳，痛心哪！山上的情况怎么样？

小　程 唉！（唱）

野菜南瓜强下咽，

二十天未见一粒盐。

身浮肿，腿发颤，

同志们顽强坚持待救援！

马家辉 好！小程同志，你放心，我们一定想办法帮助你们解决困难。你马上……

〔门外有人用暗号敲门。

〔马家辉、小程一惊。马家辉摆手，小程闪避至一旁暗影里。

马家辉 （走近门后，低声）谁？

门外人 我。

〔马家辉迟疑地将门开启一线，门外人竟一步闯了进来——赫然
出现了田玉梅。

马家辉 （大惊，魂飞魄散，急速后退，撞倒一把椅子，跪倒在地）你，
你，你……

田玉梅 是我呀，马书记！

马家辉 鬼！你别……

田玉梅 我不是鬼，我是玉梅！

小 程 （急迎上前）玉梅同志，你还活着？

田玉梅 小程、马书记，我可找到亲人了！

〔幕内伴唱：

"九死一生，九死一生！"

小 程
田玉梅 （唱）想不到今日还能再相逢！

马家辉 （指田玉梅身上）你，你的伤，你到底是怎么回事？你怎么……

田玉梅 （唱）老支书山样的胸膛掩护我，

烫手的鲜血把地染红。

马家辉 （恍然）哦！

田玉梅 （唱）死人堆里站起了我，

铁了心横了胆要继续干革命！

马家辉 对！我们不能被吓倒了！

田玉梅 （唱）赴刑前老支书亲口告诉我，

党内有叛徒……

马家辉 （正在扶椅子，闻言大惊，撒手，椅子落地）谁？他说是谁？

田玉梅 他没来得及说，可咱们——（唱）

必须快查清！

马家辉 （一块石头落了地）哦，对！……一定要查清楚！（扶起椅子）

小 程 对呀，我也奇怪，为什么会遭受这么大的损失？那么这叛徒，究
竟是谁呢？

田玉梅 是呀，我也奇怪为什么会遭受这么大的损失。（唱）

一定要把叛徒的事查清楚！

〔猛然，内室门帘凌空飞起，桂英冲出。

桂　英	（唱）哦！

　　　　　　大树要倒了，

　　　　　　鲜血到处流！

小　程 田玉梅	啊？桂英！（迎上）

马家辉	别过去，她疯了！

小　程 田玉梅	（唱）刹那间万千话儿堵胸口，

　　　　　　扑面只觉冷飕飕！

马家辉	（唱）担忧这疯婆把底牌来泄露，

　　　　　　急水滩头要巧行舟。

　　　　　　先把小程快支走，

　　　　　　绝不让到手的鱼儿又脱钩！

田玉梅	马书记，桂英这是怎么啦？她怎么会突然得了病……
	〔屋外犬吠声。

马家辉	咳，说来话长，她的事以后再说。现在要紧的任务是给游击队筹盐。小程，你马上回山报告魏政委，后天拂晓，把队伍拉到东山口。

小　程	东山口？那可是敌人重兵把守之地！

马家辉	这你就不懂了。灯下黑！越是这种地方，敌人越容易麻痹。（闻狗吠声）小程，这里不宜久留，我送你上山！

小　程	嗯。玉梅同志，再见！

马家辉	（出门又回头）玉梅同志，游击队已经联系上了，你就在这儿等我，千万别离开，咱们得赶紧商量筹盐的事。（匆匆送小程下，又返回）你千万别走，等我回来！

小　程	玉梅同志，东山口再见。

田玉梅	好。

马家辉	玉梅同志，千万千万，等我回来！（与小程急下）

田玉梅	（走近桂英）桂英，桂英……你这是怎么啦？

桂　英	（抱头大叫）血！血！（突然发疯一般推打田玉梅）不！东山口？东山口！你，你……（唱）

哎呀呀!

天呀天呀天呀天呀天上的风在吼,

雷在叫!

地呀地呀地呀地呀地上张开了口,

火直冒!

树儿也烧倒,

花儿也烧焦,

快快跑快快跑快快跑,

你看那一把一把一把一把雪亮亮的钢刀!

（连哭带打,不由分说地把田玉梅推出门外,自己靠在门上,堵住门）

田玉梅　（在门外小声地）桂英、桂英,开开呀……（忽噤声转身惊望）

〔狗叫声。脚步声。

〔有人在低声喊:"快快!别让她跑了!"

〔另一人发出:"嘘——"

〔田玉梅警觉地转身隐蔽,没入暗影中。

〔一队匪兵冲上,撞开门,不顾桂英被撞倒地上,直冲入内室,四处搜查。复出。

匪兵甲　就是她!（指桂英）带走!

匪兵们　是!

〔少顷,马家辉悄上,进屋,见状。

马家辉　哎?这是我老婆!错了!（四顾）人呢……（寻查,不见田玉梅,一把揪起桂英）田玉梅呢?

桂　英　（好像突然清醒了,仰天发出狂笑）哈哈哈……马家辉!

〔幕闭。

第三场

〔次日拂晓。

〔高山深处,七叔公草寮前。

〔幕内伴唱:

> "巍巍青山七座碑，
>
> 萧萧草木暗伤悲。
>
> 风雨交加杜鹃岭，
>
> 生死不明田玉梅。
>
> 泪眼问天天无语，
>
> 月淡星稀白云飞。"

〔幕启。鹃妹子痴痴望着远山。

〔七叔公端一碗菜粥上。

七叔公 鹃子，鹃妹子！别望了，什么也望不见了。来，喝碗菜粥！

〔鹃妹子转身过去捧过碗。

七叔公 鹃子，来，喝吧！这里面，爷爷还给你放了红薯了，有甜味呀，喝吧！

〔鹃妹子捧着碗，眼泪止不住往碗里掉。

七叔公 怎么啦？伢子啊，怎么不喝？

鹃妹子 我想妈！……我想妈呀！（哭）

七叔公 鹃子！（抱鹃妹子，唱）

> 鹃妹子，你不要哭，
>
> 爷爷给你把泪擦。
>
> 你心伤，我心痛，
>
> 莫让泪水泡湿了伢！
>
> 噈……
>
> 鹃妹子，你不要哭，
>
> 爷爷盼你快长大，
>
> 换个天，换个地，
>
> 让咱家乡开满杜鹃花。
>
> 噈……

〔一游方郎中上，见四周无人，走近草寮——原来是马家辉。

马家辉 七叔公！

七叔公 （一惊）哦，老马是你！

马家辉 嘘！……就你们爷儿俩？

七叔公 还能有谁？

马家辉　她妈呀！

七叔公　她妈？

鹃妹子　我妈在哪儿？

七叔公　伢子，到那边喝粥，爷爷跟叔叔有话说，去吧，啊？

鹃妹子　……哎。（走进寮内）

七叔公　老马，你说玉梅……

马家辉　七叔公，玉梅她可没死呀！

七叔公　什么，玉梅没死？

马家辉　昨晚上，还到我家去过。

七叔公　哦？

马家辉　我说去给她搞点儿吃的，转过身回来，她人就没了！

七叔公　哦？

马家辉　奇怪的是，她前脚刚走，紧接着来了白匪兵，把我家翻了个底儿朝天！怪呀！

七叔公　是怪，怪得出奇！

马家辉　七叔公！（唱）

　　　　　你虽然不在党，可也是基本群众，

　　　　　党有事不瞒你，信任你耿耿一片忠！

　　　　　大风雪压来时，你知哪棵树先断，

　　　　　党虽然很纯洁，难保个个都英雄！

七叔公　你是说玉梅她是……不，我不信，我不信！

马家辉　（唱）我何尝愿轻信，可人心难料定，

　　　　　既无伤，又无痛，她竟然死里逃生。

　　　　　大半夜，敢行走，身后紧随兵一队，

　　　　　老人家你来断断，天下哪有这样的怪事情？

七叔公　难道你说她已经……

马家辉　我可不敢这么说！（唱）

　　　　　她丈夫是罗明，红军营长百战百胜，

　　　　　举红旗跨白马，路迢迢去长征！

　　　　　若说她是叛徒，我心里实在太悲痛；

　　　　　若说她没叛变，损失怎么会这样重？

七叔公　咳……（坐下）

马家辉　大难当头，我们不能不多长一个心眼儿呀！好，你老歇着吧，我还得布置群众，给游击队筹盐。（欲走又回）哦，万一她要是到你这儿来，你可千万要小心，最好，告诉我一声，我来对付！（像来时一样，轻悄悄地走下）

〔七叔公默默出神，凝视有顷。一阵大风吹来。鹃妹子在屋内呼喊："爷爷！爷爷！"

七叔公　我来了……这天可真要变了！……（神思不定，疑虑交加，进屋）

〔山风阵阵。

〔田玉梅内唱："房被烧，家已毁，无处安身——"疲惫无力地上。

田玉梅　（接唱）村内外寂无声，家家户户紧闭门！

不信这天变地变人心也变，

却怎么素日好乡亲竟成了陌路人！

浑身软无力，双脚站不稳，

一路上跌跌撞撞来把叔公寻。

（呼唤）七叔公……

〔鹃妹子闻声，从屋里跑出。

鹃妹子　（喊着）妈妈！（奔向田玉梅）

〔母女二人抱头拥在一起。

〔七叔公出，站门边冷冷注视着。

七叔公　果然是你！

田玉梅　七叔公！

七叔公　（唱）这真是想都不敢想……

田玉梅　咳，死里逃生，两世为人了！多亏了老支书和同志们……

七叔公　（唱）他们就埋在那高坡上。

田玉梅　哦！

鹃妹子　妈，饿了吧？（跑进草寮去端菜粥）

〔七叔公向田玉梅的来路张望。

田玉梅　来的时候，我很留意，没有敌人跟着才敢上这红松岗。

七叔公　哦，想得很周到嘛！（唱）

小心不会再上当！

田玉梅　（没听出七叔公的话里有话，仍直率地）是啊。

　　　　〔鹃妹子捧粥出。

鹃妹子　妈，喝碗菜粥吧，爷爷熬得好香好香！

田玉梅　哦！（接过）叔公，还有哪些乡亲能够联系得上？咱们得赶紧给
　　　　游击队筹盐哪！（端碗欲喝）

七叔公　（劈手夺过粥碗，唱）

　　　　　　难道你不觉得这粥已冰凉？

　　　　（将粥泼掉）

田玉梅　（愣住）叔公？

七叔公　（拉过鹃妹子）鹃子，咱们走，你妈有要紧事，咱们帮不了什么
　　　　忙！（不由分说，强拉鹃妹子进了草寮，闭门）

田玉梅　（被拒于门外）这……七叔公！（唱）

　　　　　　做错了什么事，惹他火冒三丈？

　　　　〔幕内伴唱：

　　　　　　"你哪知背后有人暗箭中伤！"

田玉梅　（唱）难道说七叔公他也变了心肠？

　　　　〔鹃妹子出现在窗口。

鹃妹子　（隔窗呼喊）妈妈！

田玉梅　七叔公，既然这里容不下我，那你让我把鹃子带走吧，免得连累
　　　　您老人家。

　　　　〔七叔公怒冲冲地出。

七叔公　（吼斥）你少来这一套，你别想把鹃子带走！

田玉梅　（也怒）我到底做错什么事了？

七叔公　你听着！（唱）

　　　　　　你莫怪老汉我倔耿耿冷冰冰不讲人情，

　　　　　　几十年采药在山中，

　　　　　　是苦蒿、是葛藤，毒蛇菌、鹿角草，我这昏花老眼还分得清！

　　　　　　这些年，我见惯了世间蹊跷事，

　　　　　　没见过，死去的人儿又重生。

　　　　　　浑身无伤又无痛，

　　　　　　背后还隐隐有敌兵！

告诉你，清浊分明山溪水，

忠奸自古两难容，

我这草寮虽破倒也干净，

莫教那不清不白，污了这伢子纯洁的一生！

田玉梅 那您说我是叛徒？

七叔公 你自己心里明白！

田玉梅 七叔公……

七叔公 不要说了！

田玉梅 （心潮澎湃，半晌说不出话来）好，我不争，山高水远千层雾，
是非日久自然明。我走！我就不信，脚底下没有我走的路！

〔鹃妹子喊着："妈妈！"夺门而出，一下绊倒。田玉梅、七叔公
不约而同双双上前，搀扶鹃妹子。鹃妹子看了看七叔公，突然挣
脱老人，一下扑到妈妈怀里。

鹃妹子 我不要爷爷，我要跟着妈妈！妈妈！你别走，你要走，就带着我
一起走吧！（唱）

黑夜里做梦梦见你，妈妈！

泪眼眼看着月牙牙，妈妈！

我能走，我能爬，妈妈！

不要离开我吧，我会听话，妈妈！我的好妈妈！

田玉梅 鹃子啊！（唱）

你看那天边有颗闪亮的星星，

关山飞越，是你爸爸在出征。

咱们就跟着他的脚步走，

哪管道路平不平！

你看这身边也有一颗星星，

金光四射闪耀在爷爷心中。

小花儿还是傍着青松长，

妈妈也放心好起程。

鹃妹子 妈妈！

田玉梅 七叔公，您不相信我，您的心事我明白，我更敬重您老人家。鹃
妹子还是托给您了，我这就走。

七叔公　你站住！不是我信不过你，连你们党的马书记都说你是……

田玉梅　（惊）什么？是他说我是叛徒？

七叔公　（重重地）嗯！

田玉梅　这就太怪了！叛徒的事，是老支书亲口告诉我，昨晚上是我告诉马家辉的。

七叔公　（惊疑）什么？可他一大早到我这里来，说你是叛徒！

〔幕内伴唱：

　　　"平地又是一声雷，

　　　叛徒究竟他是谁？"

田玉梅　（唱）越想越不对，

七叔公　（唱）怪事连成堆。

田玉梅　（唱）行为越常规，

七叔公　（唱）言语弄是非。

田玉梅
七叔公　（唱）不合情理必有鬼，

　　　难道叛徒是他——

〔幕内伴唱：

　　　"——马家辉！

　　　必须快查清，

　　　事关党安危！"

〔二人慌忙掩口噤声。

田玉梅　七叔公，我得马上找桂英把事情问清楚，要不然游击队可太危险了！

七叔公　你去？那不是入虎口哇，不如我去。

田玉梅　您去？也好……咱们这么办！……（同七叔公附耳商量）

〔鹃妹子端碗热粥上。

鹃妹子　妈妈，喝吧，热的。

七叔公　喝吧，热的。

〔二人相视而笑。

〔幕内伴唱：

　　　"晨风吹得云雾散，

满山草木笑微微……"

〔幕闭。

第四场

〔当天夜里。

〔马家辉家。

〔幕启。马家辉坐桌旁有滋有味地喝酒。

马家辉　（唱）游击队就像我盘子里的肉，

　　　　　　　一筷子就夹到嘴里头。

　　　　　　　明天拂晓东山口，

　　　　　　　轻飘飘不费力一网全收。

　　　　　　　田玉梅就像这一粒小蚕豆，

　　　　　　　硬邦邦榨不出二两油。

　　　　　　　早晚总要抓到手，

　　　　　　　只要是共产党员一个不留。

　　　　　　　杜鹃坡就像我杯中的酒，

　　　　　　　再也掀不起大浪头。

　　　　　　　四乡八镇在我脚下抖，

　　　　　　　听一声"马县长"其乐悠悠。

〔突然，七叔公匆匆走来敲门。

马家辉　（一愕）谁？

七叔公　老马，是我。

马家辉　七叔公？（噗地将灯吹灭，开门）

七叔公　（进门）老马！

马家辉　七叔公你怎么来啦，见着田玉梅了？

七叔公　嗯，在我家哩！

马家辉　哦！（兴奋，迫不及待）走！快走！（忽又停住，转身一把抓住七叔公的手腕）七叔公，她在干什么？

七叔公　又困又乏，睡着了。

马家辉　哦。（欲走又停）哎，还有别的人吗？

七叔公　（摇头）就她们母女俩。

马家辉　有没有人来找过她？

七叔公　没有。倒是……她直打听，谁家有盐巴？

马家辉　你怎么说？

七叔公　我也不知道，没法告诉她。

马家辉　唔。七叔公，你看她究竟像不像……

七叔公　叛徒？（盯着马家辉）像！越看越像！

马家辉　为什么？

七叔公　他外表忠厚，内藏奸诈呀！

马家辉　唔……

七叔公　老马，你把我手腕子攥得直发麻呀！

马家辉　哦哦，好！咱们走！……哎，走哇！

七叔公　老马，有水喝吗？我渴了！

马家辉　水？你等着，我给你倒茶。

七叔公　这不有吗？（走到桌前，端起酒杯）噢，酒哇！……酒也行啊。

　　　　（一饮而尽）

马家辉　（无可奈何）好了，快走吧！（对室内）桂英，好容易清醒了，就
　　　　在家好好歇着，不要乱走，我出去一下，办完事就回来。（与七
　　　　叔公匆匆下）

　　　　〔少顷，桂英从内室出，将灯点着，又过去把门关好，插上，忽
　　　　然扶在门上哭了起来。

　　　　〔幕内伴唱：

　　　　　　　"噩梦醒来已黄昏，

　　　　　　　思前想后难做人！"

桂　英　（唱）桂英从小最能忍，

　　　　　　多少苦水肚里吞。

　　　　　　只说是嫁个丈夫他能保护我，

　　　　　　谁知他软了骨头黑了心！

　　　　（由怀里掏出党证，接唱）

　　　　　　怀中掏出新党证，

　　　　　　好像是烧红的炭一盆。

烤焦了我的心，烫碎了我的胆，

我抬头不敢看，低头不敢亲……

（将党证放在供桌上，深深一拜，接唱）

党啊！恕您女儿不孝顺，

志不坚来心不纯。

明知毒蛇在，凶残又毒狠，

奈何身软弱，无力除祸根！

（站起，拿过白布条拧成的带子，接唱）

醒来不如疯癫好，

疯癫倒还不揪心！

揪心肝肠断，无脸再见人，

地下去忏悔，一死报党恩！

（准备上吊，站上凳去）

〔田玉梅上，隔门缝瞧见桂英欲自尽，大惊。

田玉梅 （拍门急呼）桂英！桂英！

〔桂英惊愕，呆住……

田玉梅 桂英，是我啊！我是玉梅，你听见了吗？

〔桂英在凳上转过身，嘴唇颤动，未出声……

田玉梅 桂英，好妹妹，你怎么不说话？我隔着门缝儿都看见了。

桂　英 （木然）你走吧！

田玉梅 桂英，你听我说，你听我说呀！

桂　英 晚了，晚了！

田玉梅 （急，又不敢大声）哎呀，真是急死人啦！我有要紧事要问你呀！

〔桂英扭转过身。

田玉梅 那至少，也得让姐儿俩……再见一面吧！

桂　英 （痛苦地）我没脸再见你了！玉梅姐，你就让我清清静静地走吧！

田玉梅 桂英，你不开门，我要喊乡亲们来了……

桂　英 （慌，急）别，别！千万别嚷！（跑至门边，隔门跪下，哭着）玉梅姐，我求你了，我求你了！

田玉梅 软年糕！一辈子都是属糯米的！……桂英，你还记得吧？那天晚上，在小河边，那阵咱俩都还未出嫁，大月亮底下，谈着姑娘家

083

的心事，望着那满坡杜鹃花，唱的那支歌儿，你还记得吗？（唱）

　　　　杜鹃花啊杜鹃花，

　　　　花开满坡满山洼。

　　　　心似火焰红彤彤，

　　　　身似白玉玉无瑕。

〔桂英情不自禁，也跟着唱起来，姐儿俩隔着一扇门，同声唱起了《杜鹃花》。

田玉梅　（唱）杜鹃花呀杜鹃花，
桂　英

　　　　清香万里送天涯……

〔歌声余音中，桂英慢慢将门打开。

田玉梅　（进屋）桂英……

桂　英　玉梅姐，那样的好日子，不会再有了！

田玉梅　谁说的！好日子，会回来的！

桂　英　你不明白……

田玉梅　我是不明白，你干吗非要走这条路呢？（夺过白布条）

桂　英　玉梅姐！（退后，奔到桌旁，抓起桌上那把大剪刀）

田玉梅　你……

桂　英　（将剪刀对准自己心窝，见玉梅欲扑过来，忙厉声喝住）别过来！过来我就死给你看！

田玉梅　你死我不拦，可我要问你，你……是不是叛徒？

桂　英　叛徒？我不是！

田玉梅　你出卖过组织？

桂　英　我没有！

田玉梅　你手上沾有同志的血？

桂　英　我没有！

田玉梅　那你为什么要……

桂　英　我……我没脸见人！

田玉梅　这么说，马家辉他……

桂　英　他，他……你走！你快走吧！（欲拿剪刀扎自己）

田玉梅　好，我走我走……哎，那是什么？（趁桂英一扭头，扑过去抢下

剪刀）

〔二人追逐夺剪刀。桂英夺回剪刀。

田玉梅　（手臂被剪刀划破）啊！（用手捂住伤口）

桂　英　你……（欲上前）我……（又退躲）你别过来！（剪刀又对准胸口，急喊）玉梅姐，我没有别的路了，你就让我干干净净地死了吧……

田玉梅　（半晌没说话，瞪住桂英，突然爆发地）你死吧！我看着你死！你以为，死了就干净了？你以为死了就清白了？（接唱）

　　　　你以为一死能解千重怨？

　　　　喉头三寸气，手中一把剪，

　　　　脚下七尺土，头上一方天，

　　　　想一想，看一看，

　　　　怎么对得起那光闪闪的名字——共产党员！

　　　　（和桂英激动地双双流下眼泪，接唱）

　　　　我和你，从小一起打猪草，

　　　　泉水旁，同唱山歌编竹篮，

　　　　闹红后，同扛梭镖把岗站，

　　　　茅屋里，油灯下，入党宣誓肩并肩！

　　　　那时候，你爱满胸膛泪满脸，

　　　　对姐说，要把誓言永远记心间。

　　　　难道今日要背叛？

　　　　你这一刀刺下去，才真是不清不白不干不净愧对这河山！

〔桂英全身一震，持剪刀的手颤抖着垂下。

田玉梅　（接唱）你丈夫犯下滔天罪，

　　　　凭什么要你来承担？

　　　　受惊吓神志已昏乱，

　　　　疯癫中还救我出难关！

　　　　有怨你就冲天喊，

　　　　有恨你就握紧拳！

　　　　（取出党证，交还桂英，接唱）

　　　　来来来，党证交还你的手，

你把它好好贴身边。

不要再软弱，

不要再悲叹，

挺起胸，朝前站，生死和党心相连！

桂　英　（扑向田玉梅，与她拥抱在一起）玉梅姐，我……对不起你，对不起党啊！

田玉梅　你别急，慢慢说。

桂　英　我说，我要说！马家辉，他不是人！他丧尽天良！他……

〔马家辉不知何时已走进门来，关上了门，阴阳怪气地冷笑着。

马家辉　哼哼，还是让我自己来说吧！

〔田玉梅、桂英一惊，愕然相视。

马家辉　哈哈，七叔公果然是调虎离山，可没想到我半路上来了个回头望月呀！……田玉梅，你不是想弄明白谁是叛徒吗？现在我可以告诉你，哼哼，叛徒——就是我！（唱）

想当初我的血比你还热，

为了党干的事比你还多。

亲自给你们上党课，

教你们大唱红军歌。

那时也很对，如今也没错，

水朝低处流，人往高处挪。

风向变时人得变，

是非功过任评说！

〔田玉梅一直紧张地在盘算着如何能脱身，听到这里，再也忍不住了，手臂抡圆扇了马家辉一个大耳光。

田玉梅　无耻！（趁马家辉踉跄摔倒，冲到门前夺门欲跑）

马家辉　你还想跑！（爬起扑上，与田玉梅厮扭在一起）

桂　英　（不顾一切地冲上前，死死抱住马家辉）玉梅姐快跑！

田玉梅　（回首）桂英！

桂　英　别管我，快走！

〔马家辉挣扎中掏出手枪，却被桂英扭住。

〔田玉梅开门，跑下。

马家辉 （发疯一般推倒桂英，欲追下，却被桂英死死抱住不放，气急败坏地抢起枪把子朝桂英头上狠狠打去）咳！

桂　英 啊！（惨叫一声，昏厥倒地）

〔幕闭。

第五场

〔紧接前场。

〔高山竹林。

〔幕启。山风阵阵，荒草萋萋，林木萧萧。

〔幕内伴唱：

"夜黑，林暗，路险，山高！"

〔七叔公、田玉梅急奔上。

田玉梅 （唱）马家辉露出了叛徒真面貌，

七叔公 （唱）东山口设圈套暗暗藏枪刀！

田玉梅 （唱）攀陡坡绕荒径来把亲人找，

七叔公 （唱）恨不得肋生双翅飞越林梢。

〔二人四下巡视。

田玉梅 七叔公！

七叔公 你看！（唱）烂草鞋，破土灶，游击队确曾来过这青竹坳！

田玉梅 （唱）为什么无声响，只有这竹叶萧萧？

天不答地不应，向谁呼叫？

小程！老魏！……（喊声渐高）

七叔公 （忙阻拦，唱）竹林内有人来，万莫声高！

（拉田玉梅隐蔽一旁）

〔少顷，桂英头缠布条，回头张望奔上，四顾无人。

桂　英 （唱）似听到玉梅轻声叫，

怎只见青山叶乱飘？

（失望欲走）

〔田玉梅从隐蔽处冲出。七叔公随后。

田玉梅 桂英。

桂　英　（回头）玉梅姐！

〔二人拥抱，悲喜交加，热泪盈眶。

桂　英　（唱）生死再不离开你，

刀砍雷劈不动摇！

田玉梅　快说说，你是怎么跑出来的？

桂　英　马家辉去追你，我就跑出来了。我想，死活也得把他的奸计，向游击队报告哇。可我满山跑了半夜，一个人影也找不到，在那边，好像听见你的声音，我就跑过来了。

七叔公　孩子，咱们想到一处了！

桂　英　七叔公，你们找到游击队了？

七叔公　（长叹）唉！……（摇头）

桂　英　（焦急）那可怎么办呢？

田玉梅　（沉重地）咳，就连这点儿咸菜也送不到游击队的手里了。

桂　英　（又哭了）玉梅姐！

田玉梅　（也很伤心）原先吧，有党，党叫咱怎么干，咱就怎么干；可现在，老支书牺牲了，马家辉叛变了，党员们都不在了，党组织没有了，咱还能找谁去？找谁去呀？（流出了眼泪）

七叔公　（长须剧烈抖动）谁说党组织没有了？我们老百姓看党在哪儿，不就在你们一个个党员身上吗？你不是党员吗？你不也是党员吗？你们还到哪儿去找党啊？

田玉梅
桂　英　（抬起头）七叔公！

田玉梅　可是我们两人，连成立党小组都不够哇！

七叔公　那我就要说一句了，你们看，我，能不能，够不够，也算上一个呢？我能不能，也叫你们一声"同志"呢？

田玉梅
桂　英　七叔公！

七叔公　（唱）我老汉爬了一辈子山，

采了一辈子药，

可治不了，家乡遭破坏，父老受煎熬；

我抱打不平，铁掌纵横江湖道，

可挡不住，收租的还坐轿，

种田的还挨刀！

我求过神，我拜过庙，

可到头来，只剩一间破草寮！

直盼到，来了共产党，

才有这山青水碧花多娇！

谁知道，风云骤变浊浪起，

革命高潮转低潮；

国难方显忠臣在，

雪压青竹节更高。

我平生不向人低头，

今日愿向党弯腰，

只要能为党报效，

头可抛，心可掏，有什么天大的重任我来挑！

（须发怒张，豪气凌云）

田玉梅　七叔公，您在我们心里，早就是同志了！我愿意做您的入党介绍人。

桂　英　我也愿意，要是党还信得过我。

田玉梅　咳！还有什么信不过的！哎，现在我们可以先成立一个战斗小组！

桂　英　我赞成！

七叔公　我也赞成！

田玉梅　那咱们先选个小组长。七叔公，你年纪大，经验多……

七叔公　不！那可使不得！小组长，非你不可！

桂　英　我赞成。你就领着我们干！

田玉梅　不行，不行，我从来没有领导过人！

桂　英　你不看看这是什么时候！

七叔公　玉梅同志，我们听你的。有事还能一块商量嘛！

田玉梅　我……

桂　英　咱们举手通过！（庄严地举起手）

七叔公　我同意！（也举起手）

田玉梅　好吧！（也庄严举手，唱）

你看那天边有颗闪亮的星星，

关山飞越，一路洒下光明。

咱们就跟着他的脚步走，

哪管它道路平不平！

田玉梅
桂　英　（唱）你看那天边有颗闪亮的星星，
七叔公

关山飞越，一路洒下光明。

咱们就跟着他的脚步走，

走过黑夜是天明！

桂　英　好！我们现在有战斗小组了，大家说，下一步怎么干呢？

田玉梅　我看咱们眼前最要紧的，就是赶紧通知游击队。

七叔公　对。山路我熟，这事我包了。

田玉梅　好。就这么定了。我和桂英去村里筹盐。七叔公，您一路多保
　　　　重，这罐咸菜给游击队带去先救救急。

七叔公　那好，我走啦。

〔田玉梅、桂英和七叔公挥手告别。

〔激昂豪迈的山歌冲天而起。

〔幕内伴唱：

"日头落山心莫慌，

夜来日落有月光，

月光落了有星子，

星子落了大天亮。"

〔幕闭。

第六场

〔黎明之前。

〔荒坡草棚。

〔幕内伴唱：

"一篓篓咸菜一把把盐，

一片片心意送上山；

只要有咱红旗在，

再大的风雪也翻不了天！"

〔幕启。田玉梅和鹃妹子相依在草棚前睡着了。

〔静场片刻，鹃妹子醒了，眨巴着一双眼睛，望着田玉梅，又望望四周，突然发现了乡亲们送来的那些竹篮、菜罐，大为惊喜。

鹃妹子 妈妈，妈妈，你快看哪！好多好多哟，咸菜！盐巴！哎呀，太好了！……妈妈！妈妈！（焦急地摇醒田玉梅）

田玉梅 （昏沉沉地呻吟）……嗯！

鹃妹子 妈妈！……妈妈太累了！妈妈饿坏了！（突然眼睛一亮）哎？这不有咸菜吗？（忙从篓里拿出一根咸豆角，递到妈妈嘴边）妈妈！妈妈！……你吃吧！

田玉梅 （醒来）嗯，这是什么？（发现那些罐、篓）哎呀，乡亲们都送来了！太好了！……哎，鹃子，你拿的什么？

鹃妹子 咸豆角！

田玉梅 鹃子，你……怎么敢偷吃？就那么嘴馋？

鹃妹子 妈妈，我……

田玉梅 这点儿咸菜是送给谁的，你不知道？就这么不懂事！（劈手夺过豆角，放回竹篓里）

鹃妹子 妈，我没想吃……

田玉梅 没想吃为什么拿？还嘴犟！（打鹃妹子一下）

鹃妹子 （委屈地哭了）妈妈，我是看你太累，想给你吃，好长点儿力气，好……（哭）

田玉梅 鹃子，妈妈错怪你了，好孩子！（一把搂过鹃妹子，唱）

孩子啊我的小心肝，

你再哭妈妈也心酸。

等着吧，苦日子总会过去，

等着吧，红日头就要出东山。

哦，我的小心肝，

那时菜里放点盐，你会说太咸，

那时水里放些糖，你会说太甜！

　　　　　　　那时再想想今天的苦，

　　　　　　　你会说，当年可真难！

　　　　〔桂英挎着一篮子咸菜兴冲冲地上。

桂　英　玉梅，你看！我筹了满满一篮子咸菜！

田玉梅　太好了！你来看，这都是乡亲们送来的……（刚刚高兴的话未说
　　　　完，忽然愣住）

　　　　〔桂英从田玉梅眼里看出有异，回身也一惊。

　　　　〔马家辉幽灵一般，尾随在桂英身后，悄悄出现。他掏出手枪对
　　　　准田玉梅。

鹃妹子　（惊吓地）妈妈！（扑到田玉梅怀里）

马家辉　田玉梅，你让我找得好苦啊！

田玉梅　马家辉，你这个狗叛徒！

马家辉　狗也好，叛徒也罢！反正你今天再也跑不了啦！

桂　英　（冲上前用身体挡住田玉梅，戟指怒喝，唱）

　　　　　　　马家辉，你开枪吧！

田玉梅　（在激烈的音乐节奏中念诵）

　　　　　　　马家辉，你披着人皮怀鬼胎，

　　　　　　　投敌取巧混进革命队伍来！

　　　　　　　我看你，为非作歹能多久，

　　　　　　　总有一天会把你送上断头台！

马家辉　田玉梅！（念诵）

　　　　　　　你怎么到现在还不明白，

　　　　　　　识时务孙团长面前我来替你担待。

　　　　　　　这弯子该拐就得拐，

　　　　　　　非要走一条死路，那叫活该！

桂　英　（念诵）谁像你，祖宗灵魂都能出卖，

　　　　　　　踩着烈士的血，为自己升官发财！

马家辉　快闪开！别怪我翻脸无情。不知好歹！

田玉梅　马家辉！（唱）

　　　　　　　开枪吧，你这无耻的狗奴才！

　　　　〔桂英猛扑过去，与马家辉厮打。

〔田玉梅一直在苦思对策，这时趁机抓起一木棍上前狠砸在马家辉头上。

〔马家辉负伤怪叫，枪被桂英夺过。

桂　英　（举枪对准马家辉，手微颤着）马家辉！……你！

马家辉　（魂飞胆丧，跪倒在桂英面前）别别……别开枪！桂英，我是你丈夫啊！

桂　英　你……

马家辉　桂英啊！（膝行向前，唱）

　　　　　我真心实意把你爱，

　　　　　疯癫时我也没离开！

　　　　　难道你忍心把我害？

　　　　　想一想应该不应该！

（趁桂英不备，猛扑夺枪，被桂英一枪打翻在地）

桂　英　（不由自主地把枪扔了，转身扑向田玉梅，大哭）玉梅姐！（与田玉梅拥抱）

田玉梅　（抚慰地）桂英、桂英，别哭了。听我说……

〔倒地的马家辉并没有死，又抓起地上的枪，挣扎着瞄向正背对着枪口的田玉梅。

桂　英　（见马家辉欲开枪，一声惊叫）玉梅——（猛力抱田玉梅一转身）

〔枪响，桂英中弹。

〔马家辉挣扎爬起。

〔田玉梅冲向马家辉，夺下他手中枪，朝他开了一枪。就在这同时，小程也赶到，也向马家辉开了一枪，并将马家辉踢下山坡。

〔马家辉惨叫，死去。

田玉梅　（抱起桂英）小程！

小　程　玉梅，桂英怎么样？

田玉梅　（缓缓痛苦地摇头）桂英她……

〔哀伤的音乐声中，田玉梅在小程扶助下，将桂英尸体抱扶到草棚后面。

〔幕内伴唱，哀婉的女声：

　　　　　"柔弱一生壮烈死，

青山黄土有谁知？

待等红军归来日，

满山杜鹃绽新枝……"

〔伴唱声中，小程、田玉梅自草棚后退出，低头为桂英默哀。鹃妹子仍紧依妈妈身旁。

〔此时，天已拂晓。

鹃妹子　（低声）妈妈！妈妈……

田玉梅　鹃妹子，天亮了，你到那边看着点，有敌人来，就来告诉妈妈！

鹃妹子　（懂事地点点头）哎。（小心张望着，下）

小　程　玉梅同志。

田玉梅　小程，七叔公找到你们了吗？

小　程　找到了。本来魏政委就分析东山口有问题，怀疑马家辉有鬼；七叔公一去，真相大白。后来，我们决定将计就计，绕到敌人背后，到沟湾打他个伏击！

田玉梅　在沟湾打伏击，这太好了！小程你看，这是我和桂英筹来的盐和咸菜，这是乡亲们自己送来的。来，咱们归整一下，马上送上山去。

小　程　对！刚才枪响，一定会引起白匪的注意，咱们快点儿行动！

〔幕内伴唱：

"快，快，快，快，快，

快装快走快上山！

快，快，快，快，快，

危机就要到眼前！"

〔伴唱声中，田玉梅、小程把盐与咸菜收拾停当。

小　程　好，咱们快走！（挑起咸菜担子）

〔传来枪声、吆喝声，渐近。

田玉梅　哎？（急找）鹃妹子，鹃妹子！……（不见人影，果断地对小程）小程，一定是敌人来了，你先走，我来拖住他们！

〔枪声不断。

小　程　不，咱们一起走！

田玉梅　同志！这盐和咸菜要紧，你快走！听话，快走！（用力推小程

下，急奔返回，四处寻找鹃妹子，忽然止步后退）

〔匪兵甲与二匪兵迎面走上。

匪兵甲 我看你往哪里跑！来，给我看住了她！

〔孙团长上。

孙团长 田玉梅？

匪兵甲 报告团长，找到马家辉了。

孙团长 哦？在哪儿？

匪兵甲 （指坡下）在那儿，死了。

孙团长 （一怔，走向田玉梅）好你个田玉梅，真不简单啊！（唱）
　　　　　枪林任来去，刑场能往还，
　　　　　你居然闯过一趟鬼门关！

田玉梅 （唱）阎王不要命，小鬼不来缠，
　　　　　我自然要回来看看好家园。

孙团长 （唱）穷山土妹子，见过啥世面，
　　　　　竟敢在我眼皮底下兜圈圈！

田玉梅 （唱）大路朝着天，各人走一边，
　　　　　自己的家乡里还不好周旋？

孙团长 （唱）杀死我的人，送走你的盐，
　　　　　好大本领好大胆，你确实不简单！

田玉梅 （唱）有何不简单，其实很平凡，
　　　　　不过是最普通的共产党员。

孙团长 田玉梅！（唱）
　　　　　谁耐烦听你那唇枪舌剑，
　　　　　我和你共产党不共戴天！
　　　　来人！把那小崽子带上来让她看看。

〔匪兵甲应声，二匪兵挟持着鹃妹子上。

鹃妹子 （呼喊）妈妈！

匪兵甲 不许喊！

孙团长 （笑）嘿嘿……看见没有？（唱念）
　　　　　刑场上那一幕今日重演，
　　　　　两条道两座桥，由你来选。

　　　　　　带路剿灭游击队，

　　　　　　将功赎罪，保证母女得平安；

　　　　　　继续捣乱死顽固，

　　　　　　给我吊起来！

　　　　　〔匪兵们应声将鹃妹子高高举起。

孙团长　（唱）当你面，我把她一刀一刀慢慢地剜！

田玉梅　住手！放开她！

孙团长　怎么，想通了？

田玉梅　有什么话朝我来说，不要难为孩子！

孙团长　……好。（向匪兵示意）你说吧，我等着。

　　　　　〔鹃妹子被放开，扑向田玉梅。

鹃妹子　妈妈，我怕！

田玉梅　（紧搂鹃妹子）孩子，不要怕。（唱）

　　　　　　孩子啊，妈妈对不起你，

　　　　　　孩子啊，妈妈让你受委屈，

　　　　　　从小就担惊受怕吃尽了苦，

　　　　　　没见过几顿饱饭几件新衣，

　　　　　　为了那好光景妈顾不了你。

　　　　　　鹃子啊，问妈何所有，

　　　　　　只有一面旗！

鹃妹子　妈妈，我长大了，我懂了。（唱）

　　　　　　羊羔羔吃奶跪望着妈，

　　　　　　小鸟儿张嘴盼妈早回家。

　　　　　　月牙牙在梦里告诉了我，

　　　　　　女儿离不开我的好妈妈！

　　　　　〔母女俩紧紧搂抱在一起。

　　　　　〔突然，远处传来枪声和爆竹声。

孙团长　（惊慌地）怎么回事？哪儿打枪？

匪兵甲　（眺望）像是沟湾，一定是游击队！

孙团长　（顿足）糟了！王团副完了！他妈的，我上了游击队的当了！（暴

　　　　跳）来人，送她们娘儿俩上路！

匪兵甲 是！（对田玉梅母女）走！

〔孙团长率匪兵们下。

田玉梅 孩子，跟妈妈一起，走！（唱）

我走，我走，我不犹豫，不悲叹，

孩子啊，紧紧依偎娘身边。

我们清清白白地来，

我们堂堂正正地还。

告别了这条条绿水，

告别了这座座青山，

告别了生我养我的土地，

告别了茅屋顶那熟悉的炊烟。

告别了那在天边的亲人啊，罗明哥，

告别了，众乡亲，

恩情说不完。

苦水里泡大的农家女，

从小就牵牛扶犁下秧田。

砍柴不怕虎狼吼，

爬山更知路途难。

风风雨雨闹翻身，

红米南瓜苦也甜。

孩子啊，你抬头看——

〔幕内伴唱：

"朝霞里，太阳正出山，

照亮了满山红杜鹃……"

田玉梅 （唱）孩子啊，你抬头看——

〔幕内伴唱：

"晨光里，一群小伙伴，

正欢欢喜喜进校园……"

田玉梅 （唱）孩子啊，你抬头看——

春风里，家乡换新颜，

好一片明朗朗的天！

我走，我走，不犹豫，不悲叹，

我乘春风去，

我随杜鹃鸣；

我在天上唱，

我在土里眠；

待来日花开满神州，

莫忘喊醒我，九天之上，

笑看这万里春色满家园！

（领着鹃妹子走上高坡）

〔那牺牲的七个党员和桂英，又从杜鹃花丛中显现，和田玉梅形成一组雕像。

〔一群少女——杜鹃花魂飘然舞上。

〔幕内歌声起：

"杜鹃花呀杜鹃花，

花开满坡满山洼；

心似火焰红彤彤，

身似白玉玉无瑕。

杜鹃花呀杜鹃花，

默默无言吐春芽；

风风雨雨压不倒，

清香万里送天涯。"

〔满山满坡，杜鹃花盛开。

〔幕闭。

——剧　终

《党的女儿》创作于1991年，由总政歌剧团为庆祝建党七十周年创作演出，王祖皆、张卓娅、印青等作曲，苏陀、张海伦、汪俊导演，获得文化部第二届文华大奖。1999年参加纪念建国五十周年献礼演出。剧本获第六届全国优秀剧本创作奖（1990—1991）。

作者简介

阎 肃 （1930—2016），原名阎志扬，男，河北保定人，著名文学家、剧
　　作家、词作家。代表作品有歌剧《江姐》《特区回旋曲》《忆娘》
　　《党的女儿》（合作）等，歌词《我爱祖国的蓝天》《红梅赞》《敢
　　问路在何方》《化蝶》《军营男子汉》《长城长》《雾里看花》《故乡
　　是北京》《前门情思大碗茶》《唱脸谱》《人民空军忠于党》等。

王 俭　男，1958年出生，江苏南京人，原空政电视艺术中心编导室主
　　任，北京人民艺术剧院荣誉编剧，享受国务院特殊津贴专家。代
　　表作品有歌剧《党的女儿》（合作）、话剧《北街南院》、音乐剧
　　《鼓浪如歌》、戏曲《山茶花红》等。

贺东久　男，1951年出生，安徽宿松人，南京军区前线歌舞团一级创作
　　员。曾出版过诗集《带刺刀的爱神》《相思林》《暗示》等，代表
　　作品有歌词《中国，中国，鲜红的太阳永不落》《在和平年代》
　　《桃花谣》《莫愁啊莫愁》《边关军魂》《眷恋》《芦花》等。

王受远　男，山东蓬莱人，1942年生，1961年参军当兵，1966年调入总政
　　文工团工作，后调入总政歌舞团创作室任创作员。创作了歌剧
　　《春风送暖》并公演。

·话 剧·

南海十三郎

杜国威（中国香港）

人　物　五人组、十三郎、太史公、福来、春花、秋月、莉莉、薛觉先、师爷、阿三、班政家、千里驹、大班、梅仙、唐涤生、新靓就、任惜花、陈锦棠、陈医生、村姑、伙计、小伙计、陈师爷、老板、女佣、女人、男人、司机、场记、导演、警官、小和尚、住持、十一妻妾、众学生、演员、警员、警卫、文人、武师、舞女、士兵、肉弹、茶客、路人等。

〔幕启。

〔众演员走圆场，亮相。

花　旦　（唱）心声泪影女儿香，

众演员　笃撑！

小　生　（唱）燕归何处觅残塘。

众演员　笃撑！

小　武　红绡夜盗寒江雪，笃撑！

老　生　（唱）秦淮梦断——

众演员　笃笃笃撑！

老　生　（接唱）月茫茫。

五人组　我们今晚要给您讲个戏——

　　　　首先就要您买张票，捧个场——

　　　　可惜票价太贵，人家就不欣赏——

　　　　带了女朋友，还至少要好位两张，要不然，你就惨！

　　　　看完戏，还要去喝咖啡，那是不用讲！

　　　　不不不……这个戏好不好，还是要讲一讲——

　　　　单听这戏名，以为是武侠剧，打打闹闹撑撑撑！

　　　　不是，不是，话说当今世态凉，人情薄，恩恩怨怨是非多又长，

　　　　您要是喜欢我们这个故事，就静静坐下来欣赏，或者有人之后会

笑一场，有人会哭一场，是喜是悲，人生就像梦一场。古话说，各有前缘莫羡人，各有前缘不同样，兰因絮果要自己去思量，今日你看人时，明日人看你。今朝负人时，明朝人负你，人生哭哭笑笑一场几寻常！

众演员 人生哭哭笑笑一场几寻常！几寻常！（圆场下）

〔切光。

〔追光下，五人组出现。

五人组 话说三十年前，有个夜晚——

天寒地冻，星月无光——

香港岛，九龙区，尖沙咀，某警署，突然电话大响——

原来发生了大劫案！

众齐声 啊？大劫案！

五人组 那年头，往日不同今时，一有劫案就是大件事。于是，整队警察齐出发，全部枪械准备妥当，队长一声令下，全副武装，往外冲……

众演员 （模仿警笛声）BEE——BOO——BEE——BOO……

演员甲 三十年前？哪有这么威风？警车？还BEE——BOO——BEE——BOO！不对！不对！

演员乙 是！那就列队！齐！

五人组 一二一二，大家站齐步伐，往目标前进！展示我们男儿雄风，消灭罪案，保护市民！

只见残久败落一破楼，里面摆满双人床，老话就叫"碌架床"，三两市井靠床边，瞪眼张口傻了样——

谁也想不通，这么个烂地方，怎么会发生大劫案？这么个破地方，怎么有好东西给人抢？

结果当场把那个肥警官气得瞪眼睛吹胡子满头大汗！竟然有人敢作弄警察报假案？

警　官 是谁报的警？是谁？（随手拉住一路人质问）是不是你？

〔十三郎内声："是我！笃撑！"上。

五人组 突然，眼前冒出个大乞丐，全身上下臭不可当，不但衣服都有破洞，连戴的眼镜，也是破了一边，没镜片！

众警员 啊！好臭呀！

警　官 你？是你报的案？

十三郎 是！警官所言不差！

警　官 这里怎么发生大劫案了？这里有什么值钱的东西被人抢呀？

十三郎 有！我不见了一对鞋！

警　官 你说什么？

十三郎 你聋了？听清楚点，我的一对鞋被人偷走了！

警　官 那你知不知道，你的鞋是被谁偷的呀？

十三郎 知道！是两个人！

警　官 哎哟，还是两个人？

十三郎 是！就是他们，就不知道你敢不敢捉他们？

警　官 啊，我怎么不敢？他们到底是谁呀？

十三郎 偷我左脚那只鞋的人是英国佬，偷我右脚那只鞋的人是日本鬼，我现在没有了这对鞋，哪里都不可以去，我走投无路呀！

警　官 气死我了，这简直是个疯子！但是认真一想，这个疯子说得也有点道理，现在谁不是走投无路？聚在这小小的岛上，哪里都去不了！

五人组 （念）笑尽神州千古难，

　　　　　　锦绣河山分左右，

　　　　　　令人无奈两为难，

　　　　　　为君惆怅老朱颜！

警　官 喂，你们怎么这么蠢，让个疯子给骗了？

警员甲 Sorry，Sir！电话是我接的。

警　官 你好呀！我们全部人都被你累惨了，要整队人劳师动众，来到这破楼，帮这疯子找一对烂鞋？

警员甲 阿Sir，你不要怪我，他在电话把英文说得噼里啪啦，我还以为是老外在报警，我得罪不起呀。

警　官 回去吧！整班都是饭桶！

众警员 是——警官！

警员甲 阿Sir，我们把这疯子带回去，告他报假案，告他破坏社会秩序，告他发疯……

警　官　我看你才发疯呢！做我们这行的，最怕就是这些难惹的疯子，还带他回去干吗？随便跟他录下口供，打发他一下就是了，再让你跟他闹下去，我的面子就丢大了。

警员甲　好吧！就录口供！——喂，你叫什么名？

十三郎　唉，你竟然不知道我是谁？真是孤陋寡闻！我的名字有五个字！

警员甲　是不是"天生大疯子"呀？

十三郎　Mind your words! You son of a bitch!

警员甲　他又说英文了，警官，我听不懂呀！

十三郎　哎，你来给我录口供吧！

警　官　嘿嘿！这位兄弟，你的名字是哪五个字呀？Please, tell me!

十三郎　哈！跟我称兄道弟？告诉你，那五个字是"我是你阿公"！哈哈！

警　官　你……（带众警员下）

〔五人组上。

五人组　笃撑！笃撑！笃笃撑！

主角已出场，原来是个大疯子，这个人，来头响——

他是六十年前的堂堂大编剧，写粤曲，露锋芒，籍贯是——

广东省，南海县，本姓江，名誉镠，家中排行第十三，艺名就叫南海十三郎！笃撑！

要讲起这个十三郎，真是说个三天三夜都说不完！

他的家庭真是复杂得难以想象，祖父原本是个大茶商，在广东一带很有名望。他的父亲在清朝末年才考到功名，一朝显贵钦点翰，乡里尊称太史公！笃笃撑！

说到太史公，真是天生异象，他生肖属猴，所以连人也长得像猴子那样，性格爽朗，交游广阔——

不管是英雄草莽，还是骚人雅士，都能够跟他结交成为好友，太史公对人豪气干云，挥金如土——

文章也写得细腻情长……

〔暗转。

太史公　立残杨柳风前，十里鞭丝，流水是车龙是马，

望断流离格子，三更灯火，美人如玉剑如虹。

105

文人甲	好呀！太史公真是文采过人。
文人乙	一开头的"立残"对"望断"，堪称一绝！
太史公	哈哈……难得有知音，请入后堂，敬备薄酌恭候。
文人甲	何必这么客气呢？
文人乙	那就恭敬不如从命啦！
太史公	请——（引文人甲、乙下）
五人组	太史公，生平好吃，是不折不扣美食家，喜欢请客吃饭，有古孟尝君作风——太史菜，流传乡里，尤其著名的一道菜，就叫太史蛇羹！

〔九奶奶上。

九奶奶	春花、秋月！
春花 秋月	九奶奶！
九奶奶	快去看蛇羹炖好了吗。快端出来，今天太史请来的客人都是有头有脸的，你们可别失礼呀！
春花	不会！不会！九奶奶请放心，太史蛇羹由太史公最宠信的大厨掌勺，蛇汤和上汤都是分别炮制，蛇汤里有陈年陈皮加竹蔗熬汁，再加入火腿老鸡同瘦肉做汤底。
秋月	鲜鸡丝、鲍鱼丝、冬笋丝、冬菇丝，刀工精细，味道鲜美，都是我自己先切了，放进去的。
春花	柠檬叶、菊花瓣，枝枝叶叶都娇嫩可口，那是我精挑细选，浸过盐水，才加入调味的。
九奶奶	好啦，好啦，我知道你们用心，总之，这是太史公的拿手好菜，可千万不能够丢人。有客人吃了，皱起一道眉头，我就唯你们是问。（下）
春花 秋月	是，九奶奶！（下）
五人组	哗，太史蛇羹好派头，一听口水往外流，食色性也，人之常情，太史公也不例外，他前后总共娶妻十二名，可惜…… 可惜什么？ 怪了！ 太史公的品位真够怪，他所喜欢的女人都好丑，可是个个性情温

和，柔情似水……

哈哈，那就大家都能够相安无事，不用争风吃醋，争艳斗丽，一夫十二妻，一团和气，相敬如宾，大家齐心协力，总共生儿育女十七名，其中一个就是十三郎！

〔十一妻妾上。

众妻妾 怎么十三还没有回来？真急死了！

二奶奶 春花、秋月，快把神阁锁好，十三一回来，怕就要把菩萨转过来玩了。

三奶奶 福来，快把大厅里所有的古玩花瓶搬走，怕老爷就要打十三少了。

众妻妾 哎呀呀，十三又闯祸了？

大奶奶 哎呀……你们别吓我，我晕了！

五人组 太史原配人老龙钟，心地好；二奶奶一生吃斋念佛，无欲无求；三奶奶出身紫洞艇，江家家政落她身，算盘功夫顶呱呱；四奶奶、五奶奶知书达礼，是读过书的女文人；七奶奶有空就爱抽烟；八奶奶却喜欢杯中物；九奶奶偏爱下厨，煮煮炒炒炖炖汤；其余三个皆青楼女子，识弹会唱弄丝竹，太史门前当棚，日日夜夜编编曲、唱唱戏，娱人也自娱。咦，奇怪，怎么数来数去，只有十一人，钻来钻去，唯独不见六奶奶？

四奶奶 唉，六妹命薄似桃花。

五奶奶 先天失调缺乏营养。

七奶奶 怀胎七月难产死。

八奶奶 生下个小娃娃，就是十三郎！

〔十三郎上。

众妻妾 唉，就是你这个十三郎！

九奶奶 十三郎天生是个小人精。

十奶奶 聪明淘气，又爱多管闲事。

十一奶奶 人小鬼大，又够荒唐！

众妻妾 你的胆比砂锅还大，你的人，比条蛇还精灵。我看你是……是马骝精转世，闯了这么大的祸，我看你怎么办，看你怎么办！

〔太史公上。

太史公 发生什么事了？怎么闹哄哄的？

众妻妾 老爷！

太史公 （看到十三郎）哎，十三，你怎么回来了？你不是在上学的吗？

四奶奶 老爷，他被赶出学堂了！

太史公 什么？

三奶奶 这是学堂的校长给您的信！

太史公 （展信，念）"恳请太史公开恩，命贵子弟撤离宿舍，自动退学！"
——你到底又犯了什么错呀？

三奶奶 十三他……悄悄地进入校长的房间……

太史公 他干什么了？

二奶奶 阿弥陀佛！阿弥陀佛！阿弥陀佛！

三奶奶 他烧了校长的蚊帐！

太史公 哎呀！你到底有没有这么做？

十三郎 有呀！我做得出，就不怕承认！

太史公 你气死我了！

三奶奶 十三，你怎么这么顽皮呢？

十三郎 唉，我们每个同学都讨厌这个校长，个个都说要给他个教训。但是，又没有人敢去做，既然我有空，又有勇气，不就去做了。

九奶奶 你就这样做了？

十三郎 身为英雄，路见不平，要挺身而出。

十一奶奶 哎呀呀，你真够大胆，够猖狂！

十三郎 我这叫大快人心，个个同学都拍手叫好。

太史公 但是你就被赶出学堂了！

十三郎 那不是更好吗？反正我也不想读书了！

太史公 你说什么？

十三郎 爹，你不是整天要我学好英文，日后好跟鬼佬打交道的吗？但是，我在那里学不到东西呀！你知道他们怎么教英文吗？撇号呢，就叫Apostrophe，怕忘记的呢，就在旁边注中文，就叫——阿婆是土肥！This is the superintendent's office，这是主管的办公室，Superintendent呢，就叫"手臂连天顿"，Office呢？就叫"恶肥死"。

108　**四奶奶** 什么？恶肥死？大吉利是！大吉利是！

十三郎　这样怎么能够学英文？学不好，还要被他罚站，打手心，拉耳朵，简直是虐待！

三奶奶　但是你这间不读，你又要去哪里读？

太史公　差不多全广州的学堂都被你读完了。

八奶奶　或者，我们请个老师来家里教他吧？

九奶奶　不行，他已经把好几个老师都气走了。就像上次那个德文老师。

十三郎　他是汉奸。老是说德国强中国弱，我不喜欢他！

十一奶奶　（唱）你这么喜欢跟老师作对，

　　　　　　小小年纪太嚣张，

　　　　　　叮咚叮！叮咚叮咚叮咚叮！

太史公　福来——快把藤条拿来。

十二奶奶　（唱）快快向严父大人求饶，

　　　　　　我怕你今回要挨棒啦……

　　　　　　叮咚叮咚叮咚叮！

众妻妾　唉！

十一奶奶　小心说话，快跪中央！

太史公　看我打死你这个忤逆子！

十三郎　等一等！

太史公　为什么？

十三郎　阿爹，你的阿爹有没有这样打过你？

太史公　哼，我阿爹的儿子我，当然不会受挨打，我天天读书，日日读书，夜夜读书，最好考取到功名，光宗耀祖，凭什么受挨打？

十三郎　可是你们读死书，死读书，最后是读书死，我们是五四新一代，不接受这一切！

太史公　可以！可恼呀！你怎么敢说这种话？

十三郎　现在满街的学生都在说，你不信，可以出去外面见识一下。

太史公　我还要去见识？我先打死你！

众妻妾　哎呀，不要呀！

　　　　老爷，你小心呀！

　　　　十三，你不要这样顽皮，快认错啦……

太史公　我真的给你气死了，今天不打你，我胸口这口气怎么消呀？我这么多孩子，从来没有见过有人像你这么反叛，目无尊长！

十三郎 恐怕你连自己有多少个孩子，谁是哪个妈生的，你都还弄不清楚呢。

太史公 吓，你——

十三郎 不是吗？那我来考你，我对下排的第十四个是女的还是男的？我对上的十二哥，又是哪个妈生的？你说呀！

太史公 这……

十三郎 哈哈，说不来了吧？

太史公 我——先打死你，我才来说！

十三郎 我挡——打倒封建！

太史公 我连封建一起打！

十奶奶 哎哟，不要打我！

十三郎 支持新中国！

三奶奶 十三，你想气死你阿爹吗？

十三郎 新中国万岁！

太史公 你这个畜生！

众妻妾 十三，别再放肆了！

你闹够了吧？

三奶奶 十三，停止！你再闹，我们今晚就不准你看大戏！

十三郎 什么，今晚有大戏看？

十奶奶 是，今晚我们请了丽芙蓉班来唱戏，由十一妈弹洋琴，十二妈掌板，我唱小生。总之，就是没你的份！

十三郎 不行，我一定要看戏！这台戏怎么可以少了我十三郎？

十奶奶 那你还不快向阿爹认错！

十三郎 阿爹……

太史公 我没有你这个儿子！

十三郎 我是跟你开玩笑的！

太史公 你简直是目无尊长，大逆不道，才这么样的年纪就这么无法无天，大了还得了？

跪下！

110 十三郎 是不是我跪了，今晚就可以看大戏了？

太史公　你还敢谈条件？

十三郎　我都跪下了嘛！

三奶奶　哎哟，你就说声对不起，请父亲大人原谅啦！

十奶奶　不认错就不准你出大厅来看戏。

十三郎　（跪下）阿爹，孩儿不孝，我错了！

太史公　哼，看你还敢说我读死书吗？

十三郎　哎呀，我是说你读四书，是熟读四书五经的四书，不是死书。

太史公　你不是要打倒封建吗？

十三郎　不是，我是支持封建，是您听错了。

太史公　气死我了，我前后生了——

三奶奶　十七个。

太史公　我前后生了十七个，没有一个像你这么不听话，你还想看大戏？
　　　　你休想，我要你跪在这里跪到天亮，跪到我气消为止。

十三郎　好呀，我没戏看，以后也不陪你下棋。

太史公　哎呀……

十三郎　你别忘记你还是我的手下败将，我那局天马行空你还没破呢！

太史公　你想威胁我？

十三郎　我说的事实！要不要我再把双炮让给你？

太史公　岂有此理，我何必要你相让？我不信我这次赢不了你！

十三郎　好呀！那就放马过来！

太史公　来呀！以为我怕你？——跪下！

十三郎　那怎么下棋？

太史公　等我气消了再下！

　　　　〔福来上。

福　来　老爷！

太史公　什么事？

福　来　英美烟草公司的洋买办罗卜臣来了。

　　　　〔暗转。

五人组　话说清末民初，英美势力横扫中华大地，卖鸦片，卖香烟，赚钱
　　　　最容易——
　　　　太史公正是英美烟草总代理。可惜，时移势转，局势多变化，家

境大大不如前矣。

四奶奶 老爷，你真的想到香港去？

太史公 唉，局势不好，整天不是码头工人罢工，就是工厂工人示威……不是想打倒封建，就是宣传革命，搞不好，还要把帽子套在我太史门第上。

五奶奶 怕什么？老爷您相识满天下……

太史公 坏就坏在相识满天下，就是偏偏不认识那班搞革命的新青年、闹示威的工人领袖。连他都想要革我的命，看来时不予我，我还是先出去避避风头比较好！

三奶奶 老爷，江家上上下下二十九人，男孙女孙三十一人，加上丫鬟管家大厨老妈子总共八十六个人，你要带谁过去侍候你呢？

太史公 大厨、二厨一定要去，民以食为天，没有了他们，我怎么活？

二奶奶 十一个姐妹，只有九妹肯入厨房，那就由她陪你过去吧！

太史公 好！大厨、二厨加个老九，那基本人选就定了，可是还有个人，我是非把他带在身边不可！

众　人 谁呀？

太史公 就是这只——马骝精！我要让他到那里的红毛学堂，让鬼佬来给我好好教育他！

十三郎 我不去！

十奶奶 为什么？香港也有很多大戏看的。

十三郎 我不去！

太史公 哼！你不去也得去！没有你在，谁来陪我下棋？

　〔切光。

演员甲 光阴似箭，日月如梭，转眼十年人事过。

演员乙 喂，时代不同了，我们换个方式来说故事好吗？

演员甲 好！时代的巨轮不断前进，现在是1930年，香港。

五人组 这是香港红毛学堂学生会所搞的一个慈善舞会，这里都是来自不同院系的学生，有文的，有理的，但是他们却有个相同的背景，那就是都是来自富有人家，名门望族的子弟，男的风度翩翩，器宇轩昂，女的是粉雕玉琢，仪态万千。不过……

这个人叫江誉镠，华仁书院毕业，考到公费进入香港大学，是医学院一年级生，他读书聪明，过目不忘，才刚二十出头……

〔光复明。大学舞会。十三郎上。

学生甲　哎呀！怪事，怪事！你们看谁来了？

学生乙　是江誉镠？他平时是最看不起这种洋玩意儿的，怎么也会来参加我们的舞会呢？

十三郎　大家好！这里真热闹哦！

学生甲　怎么就你一个人吗？没有带 Partner 一起来？

十三郎　哦，我不是来跳舞的！

学生乙　是不是不会跳？我可以教你！

十三郎　不用！非不能也，实不为也。

学生甲　我介绍个美女来做你的舞伴吧？

十三郎　镠同学，你怎么说话如此轻佻？

学生乙　你别假正经，不想结识女同学，你来舞会干什么呢？

十三郎　我是来冷眼旁观人生百态！

学生甲乙　什么？

十三郎　不是吗？你们看这里衣香鬓影，歌舞升平，试问出身这样的场合，可有人想到大好山河，正面对内忧外患，中华面对民族存亡的严重考验呀！

学生甲　啊，江同学又要大发伟论了！

学生乙　江同学，我看你像极了当年的屈原，怎么你不干脆去投河报国呢？

十三郎　唉，燕雀焉知鸿鹄志？壮怀如我更何人？——你们在取笑我是不是？算了，夏虫不可语冰！同学们，我们实在太幸福了，我们为什么要花费这么多金钱在这种无谓的舞会上呢？我们不要忘记还有千千万万的同胞活在水深火热中，饱受帝国主义的欺负……我们不要忘记……

五人组　哎，不要忘记什么？这时江誉镠先生竟然见到一位女同学，莲步姗姗地走进会场……

学生甲　啊！真是绝世佳人！

十三郎　（掩饰）嘁，庸脂俗粉。

五人组　但是从这一刻开始，江誉镠的视线就从未离开过这个女子。

十三郎　我们不要忘记……当然不可以忘记……哦，这个国家面对内忧外患，充满庸脂俗粉，所以我们要打倒自由、民主……哎呀，说错，是打倒封建帝国主义……争取庸脂俗粉……哎呀，我说到哪里去了？

莉　莉　Hi!

十三郎　（喃喃自语）难道你真是我心目中的女神？

莉　莉　你在说什么？

十三郎　我在跟我的女神说话。

莉　莉　你到底在说什么嘛！

十三郎　哦！对不起，我以为我在做梦！

莉　莉　我叫莉莉，你呢？

十三郎　我叫江誉镠。

莉　莉　你没有个洋名吗？

十三郎　没有，不过如果你喜欢，我可以马上为你取一个，我家中排行第十三，就取音译，叫我Sam好了。

莉　莉　Hi，Sam！Nice to meet you! 帮我买张奖券好吗？

十三郎　什么？你来跟我谈话，就是为了向我兜售奖券？

莉　莉　为善最乐嘛！帮帮忙啦。

十三郎　好，做善事当然什么都好，但是如果你还是另外有原因来跟我说话，那会更好。

莉　莉　什么原因？

十三郎　例如说，是我的翩翩风度吸引了你。

莉　莉　Sorry，我……对不起……

十三郎　我吓着你了？

莉　莉　不是！

十三郎　我老实告诉你，我平时比较少跟异性接触，有什么谈吐不当，请多多包涵。

莉　莉　我要走了。

十三郎　是不是我真的有什么冒犯了？

莉　莉　没有呀！

　十三郎　那你别走，难道我没有什么让你欣赏之处？

莉　莉　我只希望你帮我买张奖券，想不到你……

十三郎　想不到我们天长地久的友谊就从这儿开始了？不简单吧？

莉　莉　你……好天真！如果这里不是大学舞会，我会以为你是……

十三郎　是什么？

莉　莉　我相信你不是坏人。

十三郎　那当然！我肯定……那你老实说，我在你心目中，到底是怎么样
　　　　的一个人？

莉　莉　对不起！我不跟你谈了，我今晚一定要把这沓奖券卖完。

十三郎　那有什么问题？我全部买下就是了。

莉　莉　那太好了，那我可以去跳舞了。

十三郎　原来你喜欢跳舞？

莉　莉　我已经有舞伴了。

男同学　莉莉……我在这儿呢！

十三郎　但是在他之前，你可不可以先赏脸跟我跳一支？

莉　莉　这……

五人组　这个人的热情、豪情，吓坏了这个纯情的少女，少女只好再仔细
　　　　看看这个人，他既不像一般花花公子，也不是那种莽撞之人，最
　　　　多也不过是傻小子，何必拒人千里？况且，助人乃为快乐之本。

十三郎　（看正在跳舞的学生的舞步）行了，我虽然没有跳过舞，但看一
　　　　下就懂了。

莉　莉　真的看一下就懂了？

十三郎　我从小就过目不忘，人家都叫我神童。

五人组　结果，当天晚上，莉莉的第一支舞竟然是跟这个江誉镠跳了起
　　　　来，当场吓得其他同学目瞪口呆，然后大家是咬牙切齿，最后是
　　　　莫名其妙、喃喃自语，因为大家都不明白凭什么这个经常语无伦
　　　　次的傻小子，会令国色天香的莉莉拜倒在他的翩翩舞步下呢？
　　　　〔十三郎与莉莉翩翩起舞。

莉　莉　你真是了不起！过目不忘，跳得这么好！

十三郎　我还有很多本事你不知道。我可能不那么高大威猛、风度翩翩，
　　　　但是只要你运用一下充分的想象力，我一切就会完美了。

莉　莉　你说话好傻哦。

十三郎	我一点都不傻，因为我知道只要有你在我身边，连梦都可以变成真的。
莉　莉	哎呀，其他同学还在等我呢。
十三郎	别急，有歌就要有舞，这样才算完美，我为你唱首歌。
莉　莉	你还会唱歌？
十三郎	我还可以马上为你作首曲！
莉　莉	真的？
十三郎	这有什么难的？用英语唱粤剧，我最拿手了，你听着呀！Lily？Lily？好，人如其名，清秀好比水中莲？行了。（唱起歌曲）

〔惹来其他同学嘲笑。

十三郎	喂，你们笑什么？
学生乙	江同学，你知道她是我表妹吗？
十三郎	是吗？那太好了，那以后我们就是一家亲了。
学生乙	你知道什么叫不自量力吗？
十三郎	交朋友贵在相知，不在量力。
学生乙	那你想我怎么做？
十三郎	告诉我她芳居何处！
学生乙	啊，你的脸皮还真厚，你想去找她？
十三郎	登门拜访乃是西方男女社交的正常之道。
学生甲	江同学，你真勇敢！
学生乙	不过可惜，已经太迟了。
十三郎	为什么？
学生乙	她明天就要回上海去了，你死了这条心吧！莉莉她的眼光很高的，你不要白费心机。

〔暗转。

〔十三郎在码头找到莉莉。

十三郎	莉莉……
莉　莉	你怎么会在这儿？你也要去上海吗？
十三郎	恰恰相反，我来是想劝你不要去上海。
莉　莉	为什么？

　十三郎　因为我一见到你之后，就无法忍受再也见不到你。

莉　莉　你好傻哦。

十三郎　这不叫傻，叫痴心，留下来，给点时间我们培养感情，好不好？

莉　莉　不可能的，江同学。

十三郎　为什么？

莉　莉　我想我应该不会喜欢你。

十三郎　为什么？难道我的样子这么令你讨厌？我的为人令你感到不可以信任？

莉　莉　我……

十三郎　你直接说，我可以接受任何打击的。

莉　莉　感情的事，我暂时说不来，但是我爸爸妈妈都在上海等我，我一定要回去。

十三郎　哦，那就简单了。换句话说，就是只要我们能够再相见，你就会喜欢我了？

莉　莉　哎呀，你说话这么直接，我都不知道怎么回答你。

十三郎　这正是我的优点，我不喜欢啰唆，要说不说。

莉　莉　船要开了，我先走了，再见。

十三郎　不用再见，我去上海找你，可以吧？——你笑什么？

莉　莉　我看到你这副眼镜就想笑！

十三郎　你不喜欢，我可以不戴。

莉　莉　不要，挺好的。

十三郎　那我一辈子都戴着它。

　　　　〔暗转。

五人组　一辈子的故事还长着呢，现在是1932年，太史公再由香港搬回广州，即使搬来再搬去，家道就是一直不振。

　　　　几个儿子都不善经营，有的流连妓院，寻欢作乐，大有乃父之风；有的做生意失败，家中开支大，又不懂开源节流——

　　　　结果唯有规定，凡十七个子女中，成家立室者，就要搬出太史第，自立门户。虽然开支减少，但太史公依旧好客如故，挥霍无度，家中一有经济问题，十一妻妾都要承担责任，去变通变通。

三奶奶　老爷一个月请了几次客，现在周转又不灵，大家知道该怎么做啦？

众妻妾　知道。

117

三奶奶　知道的就自我奉献啦。

大奶奶　我排行老大，我先来了。

众妻妾　透水绿玉镯一对。

三奶奶　二姐，到你了。

二奶奶　唉，首饰我都捐完了，现在只剩银票了。

五人组　原来这里面有个秘密，当年太史公有钱有势的时候，每娶一位姨
　　　　太太，例行要向前头的那位疏通疏通，好让她们不互相吃醋，
　　　　姐妹相好。所以在大喜当天，新人旧人都有同等价码的金银财
　　　　宝在手。哈哈，早入门，看着新人一个个进来，自己的荷包也
　　　　收得满满的，比最小的收入更丰厚，全盛时期，江家的女人人
　　　　人都至少拥有一对价值三万三的透水绿玉镯在身，真是富贵逼
　　　　人哦。

八奶奶　呜——

三奶奶　老八，你哭什么？怎么？你不舍得捐出你的东西？

八奶奶　不是！

四奶奶　我看她是喝多了吧。

八奶奶　不是啦。人家是一时感触嘛。我听老爷说，江家最重要的事就
　　　　是不可以怠慢客人，人家肯赏脸来我们家做客，我们要尽量款
　　　　待……

三奶奶　难怪人人都叫我们老爷孟尝君，他就是这样。

八奶奶　可是再这样，大家都知道什么是坐吃山空，老爷既然这么坚持，
　　　　我看接下来，我宁可戒鸦片，也要省钱让他去请客。他对我们这
　　　　么好，我们宁可委屈自己，也不要让他难受。

众妻妾　对，我们要帮助老爷，让他永远风风光光，让他开心……

三奶奶　既然大家都这么说，那就再出多一点吧。

五人组　忠肝义胆，红颜知己，这些人都在江家一屋，妻妾成群，但个个
　　　　深明大义，奉太史公若神明，不离不弃，真是难得难得。

　　　　男人有三妻九妾，却能够令她们相安无事，家宅平静，且深被拥

　　　　戴，体贴入微，夫复何求？

　　　　夫复何求？

〔太史公上。

太史公　干吗你们都像苦瓜似的挤在一堆？

众妻妾　老爷午安！

太史公　陈诚将军就要来了，你们都准备好迎接贵宾了吗？

众妻妾　准备好了。

三奶奶　太史府第，门里门外的警卫工作都查过了。

九奶奶　大烟、茶食果点，都在厅上摆着了。

十一奶奶　从丝竹弦管到唱角，贱婢也都安排妥当，等候贵宾光临。

太史公　很好，那我就放心了，咦，外边怎么这么吵？

〔福来上。

福　来　老爷！十三少回来啦。

众妻妾　什么？十三回来了？

〔警卫甲、乙押十三郎上。十三郎衣着破烂，宛如乞丐一般。

三奶奶　哎呀，十三？你怎么搞成这样？

太史公　到底是发生了什么事？

警卫甲　原来他真的是太史公您的十三公子？那真是冒犯了，我们刚在外面巡逻，见他一身破烂，要往您府第里闯，就冲上前阻止……

十三郎　你们这班狗奴才，狗眼看人低，拿着鸡毛当令箭，只会欺负老百姓，作威作福，去保家卫国，又不见你们这么英勇！

太史公　你闭嘴！——你们把他捉走！

众妻妾　啊，怎么可以这样？

太史公　我没有这个儿子，我的十三已经离家两年，音讯全无，外头乱糟糟的，我怕他早已经死了。

众妻妾　老爷，您别这么说……

三奶奶　（对警卫甲、乙）两位大哥，是误会，误会，他真的是我们十三少。

四奶奶　你们走吧，麻烦了。

〔警卫甲、乙下。

大奶奶　十三，你这两年在外头都干什么去了，怎么连书信也没有给家里？你知道我们还派人去上海到处找你……

九奶奶　我们都很担心你呢。

三奶奶　你怎么还是这么任性、不听话？

十三郎　你们不要再说了，我回来不就行了吗？过去的事，我不想再提，如果你们再提，我不想听，那我就再走！

八奶奶　那你以后有什么打算？

三奶奶　香港大学已经把你开除了。你已经不能做医生了。

十三郎　我从来都没有想过我要做医生，你们不需要替我担心，总之，天无绝人之路。我没其他话说了。

三奶奶　不，有句话，你还是非说不可，你要去向你阿爹认错。

十三郎　我何错之有？

三奶奶　哎呀，你不声不响就失踪了两年，害得我们全家都在为你担心，还说你没错？

九奶奶　进去认错啦！

〔暗转。

十三郎　阿爹！

太史公　我不认识这样的畜生。

十三郎　都一把年纪了，怎么火气还是这么大？

太史公　我的火都是你煽出来的。你是不是想气死我？

十三郎　你也不是第一次对我生气啦。

太史公　你还敢顶嘴？

十三郎　阿爹，我来替你搔痒吧。

太史公　滚，我不要看到你！

十三郎　早知道你这么绝情，我干脆饿死在上海街头算了。

太史公　你怎么还这么嘴硬！难道你不可以承认一下自己错了吗？

十三郎　我说过了，我何错之有呢？错就错在我太像你了。

太史公　你说什么？

十三郎　不是吗？我就像你，这么多情，又这么任情！

太史公　你……哎呀，我真要被气死了！

十三郎　您别气了，我现在就任由您来宰割，我任你杀，任你剁，任你五马分尸，杀个痛快。

太史公　真的？那你不干脆绑上双眼，任我处置。

十三郎　好吧！只怕你是有心杀贼，无力回天哦！

太史公　呸！死到临头还这么大口气！我要你永不超生！福来！福来——

〔福来端棋盘上。

福　来　老爷要黑子还是红子?

太史公　黑子,我要克死他!

十三郎　要不要我先你双马?

太史公　我不要你假好心!

福　来　老爷,你们慢慢下,我去泡茶……（喜滋滋地下）

太史公　炮二平六。

十三郎　炮八平五。

太史公　哼,我今天不让你输得一败涂地,我的名字就给你倒着来写。

十三郎　不用了,阿爹,说真的,我一直都很服你呢。

太史公　怎么? 终于觉得我的棋艺进步神速?

十三郎　不是,我佩服你貌不出众,却能够娶得十二门娇媳,真是羡慕人。我呀,弱水三千,只想取一瓢,都无法做到。

太史公　你到底是在下棋,还是谈女人?

十三郎　车九进一。

太史公　车二进六。我告诉你吧,儿子,我多情我任情,只因为我是天生的重情。人呀,对每段感情都要负责任,其实,我的日子也不好过,现在我是一身儿女债,半世老婆奴,不容易呀!

十三郎　但你对得起人,也对得起自己。

太史公　感情的事,你放出去容易,要收回来就难了。总之,听我的,量力而为啦。到你了,怎么样? 认输了?

十三郎　不急,车九平四,我一定能够在五步内将了你的军。

太史公　你休想!（继续下棋）

〔暗转。

五人组　到底这局棋是谁负谁赢? 其实是十三郎暗中让了太史公,消了他胸口里的所有的闷气,父子和解。正所谓,切肉不离皮,儿子再怎么不是,做父亲的都会原谅他的。但是江家的人也从此不敢再过问到底他在上海发生了些什么事,做过了些什么。大家只知道那时候,正好是日本军疯狂侵略时刻,十三郎离开上海,正应了"大难不死"这句老话,至于有没有后福,那就下回分解了。

既然做不了医生,十三郎改行去教书。生活又像以前那么的活跃，潇洒不羁，一有空就去听大戏，甚至开始写写曲。

一开头，他的知音人就只有十一、十二妈，她们出身青楼，能弹会唱，对十三郎比对亲生儿子还亲，他每写一曲，就由她们试唱，母子三人乐在其中。当时，正值多事之秋，国破山河衰，国运岌岌可危，唯有广州因为远离中央，依然能够暂时苟且偷安，有段短暂的太平盛世，表面歌舞升平。

那时代，薛觉先是省港澳最负盛名的粤剧红伶，他所领导的觉先声粤剧团，演出都是场场高朋满座，他所唱的曲是家家传诵，不论是达官显贵，还是市井流氓，人人都以捧薛老五的场为乐。

〔薛觉先上，师爷跟上。

薛觉先　哎呀，烦死了，怎么有这样的观众，叫我怎么唱下去！

师　爷　怎么啦？

薛觉先　这个人呀，搞得我心神散乱，我差一点就跟不上板呀。

师　爷　你说的是谁呀？

薛觉先　阿三，你听着，就在左座第一行中间位，有位戴眼镜的年轻人，你给我请他进来。

武师甲　是。

薛觉先　等一下，记得说话客气点，别吓坏人家。

〔武师甲应声下。

师　爷　怎么？是来闹事的？

薛觉先　不是。这个人，一连五个晚上来捧场，就坐同个位子。等我一开口，他就跟我数板，我唱什么，他就跟着拉腔，跟得还真紧，有两下子，看戏就看戏，怎么还这样？真是的。

师　爷　他是故意为难你吧？

薛觉先　那又未必，妙又妙在他竟然知道我哪个腔拉得好，哪里拉得不好，我怎么表现，他都反应得出来。最糟糕他又坐得这么近，逼得我不得不时时对着他，什么心情都被他破坏了。

〔武师甲带十三郎上。

武师甲　进来，他就是我们五哥。

十三郎　薛先生，你好，我真没有想到有机会来到这里跟你见面呢。

薛觉先　别客气，我请你进来，是想……

十三郎　你别想太多了，即使你不请我进来，我自己也要来找你谈谈。薛
　　　　先生，你今晚的演出颇失水准，令人失望，你很不集中。

薛觉先　啊？你……

十三郎　是呀，你不觉得吗？你刚才唱的中段，就没前两晚那么好，段二
　　　　流根本不稳，你一定有心事，影响唱功，是不是？

师　爷　哎呀，你这个人，说话不知道轻重，你凭什么批评我们薛先生？
　　　　（吩咐武师）快，把他轰出去，我看他是存心来找麻烦的！

薛觉先　慢着，你们别吵，他说得很对，我的心情的确被人影响。这位兄
　　　　台，你对曲艺似乎也颇有研究哦？

十三郎　不敢当，我是略知一二，不过说真的，你这套戏的曲也谱得不是
　　　　很顺口。

师　爷　岂有此理！才给你三分面子，你就想踩到头上来了？你知道我是
　　　　谁吗？

阿　三　真是有眼不识泰山，听清楚点，他就是本戏的开戏师爷。

师　爷　哼，剧本乃是出自本人手笔。

十三郎　哦，难怪编得这么差，我建议你还是得重新再编过。

师　爷　哎呀，你们把他给我赶出去，把他丢到海里去。

十三郎　哎，君子动口不动手。

众武师　我们不是君子，我们是武师……

十三郎　喂，别乱来……

　　　　〔众武师架起十三郎抬下。

　　　　〔光暗。

五人组　第二晚，薛觉先薛先生依旧在台前唱，发现前台静了，但是突然
　　　　发现后台吵了起来，吓得这一代名伶赶紧唱完最后两三句，草草
　　　　了事，赶到后台看个究竟。

　　　　〔光复明。

薛觉先　到底发生了什么事？你们要我怎么唱呀？（见到十三郎）怎么又
　　　　是你？你想干什么？你……

十三郎　（打断）你别说了，你听我说，这剧本我送给你，你要是心情
　　　　好，就翻来看一下吧！（对后台众武师）哼，整班走狗，一无是
　　　　处，梨园子弟的脸被你们丢尽了。（下）

众武师 你……

薛觉先 别吵了……真是个怪人，怪人。（下）

五人组 第三晚，薛觉先提早回到戏台，他习惯性地先喝杯茶，突然发现十三郎所送的那本曲谱剧本还放在那里，薛觉先顺手就翻开一看……

〔暗转。

薛觉先 （唱）寒江钓雪……

（对师爷）你快出去看看，那个怪人，（见师爷没反应）哎呀，就是那个奇怪的年轻人，他今晚有没有来看戏？

师　爷 五哥，我已经查出他是什么来头了。

薛觉先 什么来头？

〔暗转。

众妻妾 什么？薛觉先要来拜会我们老爷？

福　来 是呀，戏班里托人带来拜帖，还说转达薛先生的话说，他听说我们太史公好客，认为自己从来没有被请过，怎么样都不算是个人物！

十一奶奶 （唱）真定假假定真，当堂兴奋到两头腾两头腾。

十二奶奶 （唱）好开心好开心，何幸遇此嘉宾此嘉宾。

众妻妾 太好了，薛觉先名气这么大，很多人请都请不到，我们老爷真是太有面子了。

三奶奶 等一等，你们别太兴奋了，有贵人来访，那我们是不是要商量……

众妻妾 不用商量，我们知道怎么做……（捐献财物）

五人组 一听薛觉先要登门造访，江家上下就开心得像过年那样，太史门第外的四条街上都站满了急着要一睹薛觉先风采的戏迷们……

福　来 薛先生到……

太史公 大开正门，迎接贵宾！

五人组 妙呀，妙呀，就在江家上下、府第内外人人都伸长了脖子，等着看薛觉先的庐山真面目时，赫然发觉这位一代红伶，身边陪着的竟然就是江家十三郎，二人并肩同行，有说有笑，就像是多年好友。

薛觉先　太史公果然如传闻所言，有孟尝君作风，薛老五区区梨园子弟，受你如此款待，十分汗颜。

太史公　薛老板您太客气了，得您赏脸光临，真乃蓬荜生辉，我们江家上下都是您的忠实戏迷。

众妻妾　欢迎薛先生光临寒舍，蛇宴已备好，请薛先生慢用。

薛觉先　太史蛇羹，闻名已久，我今天实在是太荣幸了。

〔五人组出现。

五人组　一场成功的宴会，不在乎桌面上有多少山珍海味，而在于主人心里有多少浓情厚意。

　　　　薛觉先先是被江家上下的人热情款待所感动，随后更知道原来整个太史府第已经是沦落到了外强中干的地步，眼前的盛筵美食，都是那十一名妻妾牺牲自己，竞相掏出私己，捐献各自珍藏的首饰而筹办成的，那鲜美的蛇羹、爽口的佳酿里，不知道有没有暗自掺杂着这般江湖女子的眼泪？（隐去）

众　人　哈哈……

太史公　酒过三巡，我们现在请薛老板赏脸开金口给我们唱首曲子来听。

薛觉先　我知道各位夫人当中都有唱家班，我岂敢班门弄斧？

太史公　薛老板太客气了，您就唱一段，让他们学一下吧！

薛觉先　好，那我就恭敬不如从命，我就唱一曲由令公子所撰写的《寒江钓雪》。

众妻妾　啊？是十三写的曲？

〔薛觉先唱《寒江钓雪》。

薛觉先　谢谢！令公子这首《寒江钓雪》是粤剧精品，我一看之后，爱不释手，觉得他是可造之才。

太史公　唉，小子不学无术，您要多多指教。

薛觉先　我想请令公子加入我觉先声粤剧团帮手撰曲、编剧本，不知道太史公意下如何？

太史公　难得你这么欣赏犬子，那我是求之不得啦。十三，你还不快谢谢薛老板提拔？

十三郎　士为知己者死。薛先生，我一定会努力，撰写出最令您满意的剧本。

十奶奶 太好了，以后我们更多戏看了。

太史公 我这个儿子终于做了件令我觉得光彩的事。十三，今天是薛老板一句话，为你打开从事编剧之门，阿爹也希望你从此洗心革面、重新做人。

十三郎 那我要改个艺名，来证明我是重新做人。

众妻妾 那改什么名呢？

十三郎 我，广东省，南海县，江誉镠，排行十三，就叫南海十三郎吧！
〔暗转。

班政家 阁下就是南海十三郎？久仰久仰。

十三郎 你是谁？

班政家 我是和平剧团班主，小姓冯。

十三郎 找我有事吗？

班政家 我剧团的台柱马老大非常仰慕你。

十三郎 是吗？我倒不是很仰慕他，他唱歌怎么老像是个要饭的，你要他多注意点。

班政家 马老大问你可否约个时间，赏脸跟他喝杯茶、聊聊天。

十三郎 他是想挖我过去帮他写剧本？

班政家 哎呀，十三哥，您真是快人快语，我们马老大是有这个意思，他想重金礼聘您……

十三郎 （截住）不用说了，再重的礼金，我也不会心动的，你慢走。

班政家 十三哥，我们是很有诚意的。

十三郎 你明知道我是薛先生一手扶持出来的，薛先生跟你们打对台，势不两立。你要我快去帮你们，那要我怎么向薛先生交代？以后整个梨园里的人又会怎么看我？

班政家 十三哥……

十三郎 你回去吧，回去告诉你的马老大……（唱马腔）
　　　　　你话我呀多钱都晤制。（拉腔）

五人组 1936年，南海十三郎不过二十五岁，但是在整个省港澳戏行已经是盛名远播，无人不知——
　　　每个粤剧名伶，所谓的大老倌，人人都想找他写剧本。而那些日暮西山、声誉日下的也认为只有十三郎的剧本可以令他们起死回生，十三郎的一支笔已经成为剧团的活招牌。

当时，粤剧开始解除男女同班的禁令，观众更喜欢看女花旦配搭男文武生，结果男花旦渐渐不受落，饭碗受到影响，只好另谋对策。

〔暗转。

千里驹 我知道十三少您贵人事忙，但求求您再怎么忙也要帮我写个剧本啦。您也知道我现在的处境，那帮女人已经把我挤到没有地方站了。但我就是不甘愿要我就这样收手不干，那我以后吃什么呢？我还能够唱，唱得一点也不比那帮真女人差，凭什么要我让步？十三您就帮帮我啦……好不好？（见十三郎只盯着他看不说话）哎哟，你怎么这么讨厌，跟你说话，你都没有反应，到底在想什么？到底要不要帮我？

十三郎 你这么急做什么？

千里驹 我怎么不急，人家都快要被逼得走投无路了，要不是这样，我才不会来求你。想当年，我也是堂堂的花旦王，我从来没有这么低声下气跟人说话……

十三郎 我这不就是在想给你写个什么戏嘛。啊，有了。

千里驹 啊？这么快？马上想马上有？难怪人家叫你神童。咸鱼都能够给你弄活。

十三郎 灵感来了嘛，两日后交剧本！

千里驹 你这个衰鬼，不写就不写，一写就两天交差？

十三郎 怎么？你信不过我？

千里驹 信，我怎么敢不信，我就靠你来翻身了。我知道，你那支笔呀，比起钟无艳的扫把还厉害。

十三郎 我现在是分身乏术，还有两个戏要等着我收尾，我分秒必争啦。你听着，我就给你写五代十国，胡兵来犯，西梁太子带兵出战，身受重伤，幸得到双燕村农女所救，结果两情相悦，一夕偷欢，珠胎暗结，可惜太子救国心切，去东齐借兵，别离前夕，许下诺言，不负红颜，话明等待春燕归来之日，也就是人归聘娶之期。

千里驹 既是双燕村，又是燕子归，这个戏怎么这么多燕子？

十三郎	对呀，连戏名我都想好了，就叫《燕归人未归》……
千里驹	哎呀呀……好苦呀……
五人组	苦？一点都不苦，这个《燕归人未归》大受欢迎，真的把这个声名日下的千里驹男花旦给救活了。千里驹对十三郎是感激不尽。之后，十三郎又拉拢千里驹和薛觉先合作《夜盗红绡》。 1937年，《夜盗红绡》更改拍为电影，十三郎由广州红到香港，当时，他只不过二十六岁。 〔暗转。
大　班	老板，欢迎大驾光临，欢迎……你们几位好好招呼这位先生。 〔众舞女上。
众舞女	（围坐在十三郎两侧）您好，请多多指教，先生贵姓？
十三郎	你们全部给我站到一边去，我要一个叫梅仙的。
大　班	梅仙很忙的，她是我们这里的皇牌花魁。
十三郎	我不管什么花魁花蕾的，你把她叫来，这些钱就是你的。（掏钱甩给大班）
大　班	（见钱眼开地）那我马上去，马上去。（带众舞女下）
十三郎	真是有钱能使鬼推磨！ 〔梅仙上。
梅　仙	嗨！先生贵姓呀？
十三郎	你就是梅仙？
梅　仙	听说你丢了一把钞票就专门要捧我的场，谢谢了，请问贵姓呀？
十三郎	我姓江！
梅　仙	江先生做哪一行？
十三郎	正当职业，见得光的。
梅　仙	怎么这么严肃呢？您很少出来玩的吧？抽烟吗？
十三郎	我怎么看你都不像十七岁！
梅　仙	初出道是十七岁，现在是十八了。
十三郎	你什么不好做，为什么偏要做交际花呢？
梅　仙	您怎么有兴趣想知道这个？您是记者，还是教书的？（将手搭在十三郎肩头）
十三郎	把你的手放开，不要动我。

梅　仙	何必这么假正经，想来这里玩就别戴假面具。
十三郎	你真是自甘堕落。你知道我是谁吗？
梅　仙	不知道，来这里的都只是客人……
十三郎	我刚说我姓江，你没听清楚吗？
梅　仙	姓江又怎么样？我也姓江……（一怔）你……
十三郎	你这个混蛋，我是你十三叔！
梅　仙	啊！你……
十三郎	你是江少仪，你爸爸是我三哥，你在家里排行第八的，是老八！你不认得我了吗？我上一次见你，才不过八九岁……
梅　仙	十三叔，你今天怎么这么有空……
十三郎	我有空也不会专程来这种地方玩，我是来找你的。哼，我们江家是书香世代，你为什么要来这里做交际花？
梅　仙	爸爸要抽烟要喝酒，我不做这行，全家十九个人，靠谁来养？我现在不也挺好的吗？晚晚都有人堆着钞票来见我，吃得好，穿得美，很不错了。
十三郎	等到有一天，你年老色衰，没有人要来找你了，你又怎么办呢？
梅　仙	唉，即使我不做这行，也会年老色衰的。
十三郎	好，我不跟你啰唆。现在，我给你第二条路走，跟我到电影圈拍电影，你去不去？ 〔暗转。
场　记	预备了！——叫什么名字？
女演员	陈三凤。
场　记	开始。
女演员	（唱）伤心矣泪涟涟，做到街边莺燕，枇杷巷边朝晚，卖笑天过天，凄凄……
导　演	第二位！
场　记	预备了！——叫什么名字？
男演员	白梨香。
场　记	开始。
男演员	（唱）伤心矣泪涟涟，做到街边……
导　演	（打断）下一位。

男演员 唱多两句行吗？导演？

导　演 改次才唱吧！

〔梅仙上。

场　记 小姐，你怎么称呼？

梅　仙 梅仙。

场　记 请开始，别紧张哦……

梅　仙 我可以借用个道具吗？

导　演 可以。

梅　仙 那就借根烟……（拿出香烟）

场　记 开始！

梅　仙 （唱）伤心矣泪涟涟，

　　　　　做到街边莺燕。

　　　　　枇杷巷边朝晚，

　　　　　卖笑天过天。

　　　　　凄凄痛苦过十年，

　　　　　家中早变。

　　　　　我人变，

　　　　　心亦变，

　　　　　悔做到街边莺燕。

（想到自己的境遇痛苦不已）

导　演 她叫什么名字了？快把档案拿来。

场　记 叫梅仙，是南海十三郎的侄女，梅仙！

导　演 太好了，我一定要捧红她！

〔光渐暗。

五人组 十三郎的一个决定从此就改变了梅仙的命运，从一个灯红酒绿的地方跳到另外更五光十色的地方，从此大红大紫。

十三郎继续为薛觉先效力，名气越来越大，人也越来越古怪，脾气越来越硬，还有他不平则鸣有话直说的作风，也令越来越多人对他敬而远之，几乎整个戏行里的人都知道他难以相处……

〔光复明。

130　**唐涤生** 十三哥。

十三郎　干什么的?

唐涤生　阿芬叔这几天肚子不舒服，叫我来帮他抄剧本。

十三郎　肚子不舒服? 我看他是脑筋有毛病，不习惯我的工作方式找借口，你代替他，你行吗?

唐涤生　我尽量啦，我等这个机会很久了。我想跟你学点功夫。

十三郎　我编剧本很快的，你跟得上吗?

唐涤生　没问题。

十三郎　那就废话少说，开始! 你看上次阿芬抄到哪里?

唐涤生　写到二帮花旦唱沉花——（唱）

　　　　哎呀呀，朵朵红霞轻泛面，

　　　　芳心一刻似车车——

　　　车车?

十三郎　什么车车! 这个混蛋，"辘轳"两个字，他不会写，真是的。

唐涤生　我马上改了它。

十三郎　再听着吧……正印文武昭仁同正印花旦暗香出场……介查撑查撑查撑……先一段长二昭仁唱——（唱）

　　　　踏上青云路呀，

　　　　仍未卸征袍，

　　　　百战荣归堪骄傲。

　　　　难得王爷设宴，

　　　　慰我汗马功劳。

　　　怎么? 跟不上了吧? 真没用。

唐涤生　不是，汗马功劳，好像挺狂妄的，改用辛劳，好点吧?

十三郎　你懂什么? 这是奸角，是反派，狂妄点不行吗?

唐涤生　哎呀，正印文武生是大反派? 这设计真好，妙!

十三郎　快抄啦，说这么多干什么!

唐涤生　是。

十三郎　跟着是暗香唱平喉，接二流——（唱）

　　　　笑征夫，何骄傲，

　　　　记否当年逢末路，

　　　　谁个单枪退敌，

保你头颅，

人家有意让功，

你却扬威耀武。

跟着士工花——（唱）

我亦多谢王爷款待，

礼重情高。

跟住王爷口白：人来请酒，快师牌介。

唐涤生　……

十三郎　跟着王爷口古，独惜有酒无歌，未免美中不足，不如叫小女出来，在园中轻歌妙舞。人来，有请郡主。好了，那梅香下介。二帮秋莹再上啦，一段小锣相思——

唐涤生　叮咚叮叮咚叮，（见十三郎没接唱词）唱什么呢？

十三郎　（定住）正在想。

唐涤生　有了，唱醉酒——（唱）

红牙低声奏……

十三郎　我不喜欢喝醉酒，你少开口。

唐涤生　我想趁机学多点东西嘛……

十三郎　我唱卖相思，你想不到吧？（唱）

爱见玉郎又怕举步，

我心焦躁，

暗中欣慰羞煞奴呀奴，

盼月老赐良缘，

叮咚叮……（想着，接唱）

芳心先暗祷，

悄步到筵前……（想，接唱）

悄步到筵前……

叮咚叮……（接唱）

悄步到筵前……

唐涤生　（接唱）露湿双玉凫。

十三郎　你……

唐涤生　还押韵吧？

十三郎　你好呀，还有两下子！

唐涤生　我想抛砖引玉，跟你学点功夫。

十三郎　哼，每个人都这么说，这句话，我听得太多了。

唐涤生　我不是随口乱说，十三哥，你不嫌弃就收我做徒弟啦。

十三郎　凭什么要我收你做徒弟？

唐涤生　我是一片诚意要做编剧的，我看过好多你写的曲本，我一有空就
　　　　死死地看……

十三郎　我不收徒弟的。

唐涤生　你是不是嫌我才疏学浅？我是上海美专毕业的，"一·二八"之
　　　　后才回到这里，我好想独当一面写个剧本，你就当是提拔后辈，
　　　　给我个机会向你学习。

十三郎　我的脾气很坏的，你受得了？

唐涤生　我的性格比较温顺，跟着你一定是最配合的。

十三郎　你真的要我收你为徒？

唐涤生　只要你肯点头，我可以帮你收拾床铺，扫地煮饭，什么都能够做。

十三郎　那你去倒杯茶来……

唐涤生　遵命！（倒茶，跪，敬茶）师……

十三郎　（截着）你先别叫，这杯茶是你喝的。（向茶杯中吐口水，交还给
　　　　唐涤生）只要你敢喝了它，我就收你为徒。喝呀？怎么不敢喝？
　　　　（见唐涤生真的要喝，阻止）算了吧，我是跟你开玩笑的，你当
　　　　真呀？你没听过"好猫不留种"这句话？我连儿子都懒得生，我
　　　　会收你做徒弟？你想得倒天真。

唐涤生　……

十三郎　你说什么？

唐涤生　我没说什么。

十三郎　你嘴里没说，心里在说，是不是在骂我？

唐涤生　是！我是在骂你，骂你自以为是，目中无人！

十三郎　（惊）是吗？还有什么？

唐涤生　还有，你别得意，我告诉你，总有一天，我的名气会比你更响，
　　　　我的剧本一定要比你的更出色，我要让你心服口服。（欲下）

十三郎　你别走，你给我站住！我的话还没有说完，你就给我站住！好！

说得很好，敢爱敢恨敢做敢写，这才是真正的编剧本色。再去倒杯茶来，我要喝的！

〔唐涤生倒茶。

十三郎　（接茶）你叫什么名字？几岁？

唐涤生　我叫唐涤生，二十岁，广东人，在黑龙江出世的。

十三郎　难怪你南人北相，不过我要你答应我，不准在其他人面前叫我师父，我比你大七岁，你叫我大哥吧。

唐涤生　是，师父。（敬茶）

十三郎　大哥。

唐涤生　是，大哥。（再敬茶）

十三郎　（接茶）好，我们君子之交就凭这杯茶。（喝茶）那，既然你现在没事做，就帮忙把这套《女儿香》重新给我抄一遍。

唐涤生　是，大哥！哦，是《女儿香》！

〔切光。

〔追光启。

五人组　那一年，《女儿香》这个剧本也是轰动一时，非常叫好，在省港澳巡回演出时，足足演了一年，成为家喻户晓的名粤剧，薛觉先的名气也凭此再上一层楼。

〔光启。

薛觉先　（唱《女儿香》）

人穷志便短，

沿街去卖剑……

五人组　可惜，1941年，日本军阀加紧对中国的侵略，广州香港相继沦陷，所有的剧团纷纷解散，电影停拍，全部的演艺界人士各奔前程，四处逃难。

那时候，太史公也由广州避难到香港，江家妻妾仆人全部遣散，各奔东西，陪在他老人家身边还不到十个人，但他坚持带着一个厨师。江家所有的物业已经变卖，生活越来越艰难，但是太史公不愧是个拿得起，放得下的人。他首先可以忍痛地戒掉鸦片瘾，再接下来，可以放下面子，在香港中环卖字为生，甚至靠着"太史公"这个名衔，去替有钱人家的祖先灵位上点主，讨个吉利，赚点小钱过日子。

原本有十一妻妾，现在身边也只剩下老三和老九二人。

〔暗转。

三奶奶　老爷，今晚又有多少人来吃饭呀？

太史公　哦，是诗钟会的那班人，十来个吧。准备了些什么请人吃呀？

九奶奶　我呀，找了好几个旦家，要他们做了点盘粉，楼下的六婆帮忙做了千层糕、蚬肉炒厦门米，宵夜是百合莲子红豆沙，还有今早我包了碱水粽……

太史公　那应该够了。家里的钱都够用吧？

三奶奶　勉勉强强啦……老爷，其实诗钟会这帮朋友都是文人雅士，他们多少也可以出点钱……

太史公　哎，你千万不要说这样的话，其实他们每个人情况都不是很好，难得他们肯赏脸，到我们家里吟诗作对，已经很给面子了，你千万不要在任何人面前提起"钱"这个字眼，不要失礼呀。

三奶奶　是，老爷。

太史公　你去把摸古董行的老胡请过来吧。

九奶奶　老爷，你再把这批古董卖出去，我们就真的什么都没有了。

太史公　哎呀，钱财身外物，不要紧张，没有就没有吧。

〔福来拿信上。

福　来　老爷，有信呀！是十三少爷寄来的。

太史公　哎呀，快拆开来看看。

三奶奶　这个十三呀，从小到大，都是颠三倒四的，现在兵荒马乱的，他到底去了哪里呀？急死人了！

太史公　（看信）哈哈……

九奶奶　老爷，他信上怎么说？你笑什么？

太史公　奇怪，这个家伙怎么参军去了？

三奶奶　难怪啦，他整天都说要打倒汉奸，驱逐外敌，原来真的参军去了。

九奶奶　他做了游击队吗？

太史公　他现在在第七战区，李汉魂幕下写戏劳军呀！

〔十三郎率团演出《封侯万里》，舞台另一侧，任惜花率团演出《玉山藏妲己》。

〔《封侯万里》——

135

> "男儿，雄壮，
>
> 人强，民安，群策保家乡……
>
> 无惧日寇冲锋往。"

〔《玉山藏妲己》——

> "看看看，玉山藏娥眉……
>
> 跳跳跳，柳腰摆笑带醉。"

众士兵 （急色）啊，好风骚呀！跳呀！脱，继续脱……

十三郎 那里发生什么事了？暴动了？

士兵甲 不是，是任惜花率团来劳军。

十三郎 什么？叫这么个女人上台也叫劳军？看完了，我们的兵士还有心情去打战呀？简直是不像话。

士兵甲 可是兄弟们就是喜欢看，对不起，我也要去看了。

十三郎 简直就是一塌糊涂，岂有此理，不知所谓。

新靓就 哎呀，怎么办？人家已经出动到美人计，我们怎么办？

十三郎 当兵三年，母猪变貂蝉。好，我马上改戏轨。

新靓就 改，马上改！

〔女兵唱《梁红玉击鼓退金兵》。

〔黑帐中玉腿表演，众兵士疯狂起哄。

众士兵 踢高一点！好呀……

肉　弹 （唱）中国一定强……

十三郎 可怒也，忍无可忍呀！（骂肉弹）无耻！你们这祸水妖精，色诱三军，给你们这么一搞，严重影响我们的士气。任惜花！你这个大汉奸，你给我出来。

任惜花 谁在叫我呀？

十三郎 你就是任惜花？

任惜花 不错，我知道你就是南海十三郎。

十三郎 呸，你不要提我的名字，因为你使用这样肮脏的伎俩来蛊惑军心，我问你，你知道"羞耻"两个字怎么写吗？

任惜花 喂，你说话放尊重点，你我都是劳军的，各人有各人的做法，井水不犯河水，你别来找麻烦。

十三郎 你利用女色，扰乱军心，这样叫我们的兵士怎么还有士气去打日本人？他们的头脑全部被你毒害了，你知道吗？

任惜花 混蛋！你编的东西没人看，你怪得了谁？识相的话就马上滚，待会儿将军要来看戏，你别破坏他的兴致。

十三郎 你这个汉奸，中国迟早会败在你这种人手里，我要为千千万万的中国人打醒你！（打任惜花）

任惜花 （闪躲）南海十三郎打人啦——

众士兵 哗，有人打人啦……

士兵乙 捉住他。

〔众士兵捉住十三郎。

十三郎 （欲挣脱众士兵的钳制）放开我，放开我，我要打醒这种无耻之徒。

五人组 结果好几个兵士出尽九牛二虎之力，好不容易才制服了这个凶性大发的十三郎，把他押在军牢里关着，这件事惊动了李汉魂将军，他知道自己的下属闯祸，心里十分苦恼。

任惜花的上司是余汉谋，跟李汉魂一样都是将军级人马，官官相护，结果经过谈判商量，大家同意把十三郎放出来，但是要他向任惜花倒茶认错。

任惜花 怎么样呀？十三少，监牢里的滋味不好受吧？哼，不好受也得受，谁要你打人？还不过来给我敬茶认错？

士兵甲 忍一下吧！和气生财。

十三郎 可惜，兵荒马乱的，我不想发财。

任惜花 你要给我敬茶就要两只手捧着，这才叫恭敬。哼！我写的戏就叫扰乱军心，荼毒生灵，我是汉奸，那你写了些什么好东西？你呀，全部的戏都是叫人忠君爱国，忠的是哪个君呀？你也不想想，中国早就没有皇帝了，你呀，思想落伍啦，又封建又迂腐。南海十三郎，你还是收山吧，你那套东西早就该丢掉啦！哎，你还站在那里干什么？还不把茶递过来？

十三郎 茶凉了，我再倒杯热的。

任惜花 那还不错。

十三郎 趁热……（将热茶泼向任惜花）去死吧！

任惜花 哎呀！

十三郎　我上次是打得不够过瘾，任惜花，今天我不打死你这个汉奸，我就不叫南海十三郎！（打任惜花）

任惜花　救命呀！他疯了！

十三郎　我正常得很呢。

五人组　这一次，十三郎又被人制服，但是这次他不用进监牢，因为两位将军商量过，一致认为他是疯子，心神错乱，所以身不由己地做些错事……

〔暗转。

十三郎　（被关在牢笼中）我没有疯！谁说我疯了？疯的是你们，你们不知道自己在做什么！做戏就像做人，戏要启发人生，要有正路的指引，我的戏全部都是叫人向善，教人有始有终，顶天立地……任惜花，你编的是什么东西？有你这种人在，中国还有前途吗？中国还有什么希望？放开我，让我打死这种人，不让他继续危害人间！

〔另一侧暴露的演出仍在继续。

肉弹们　（唱）中国一定强……

〔暗转。

五人组　1945年，日本投降，香港又重新见到曙光，香港人要从百业萧条中扭转局势。要生存，就要想办法，出尽法宝，去找碗饭吃。当时行行业业都是这样，工商业这样，演艺界更是如此，做戏的，要有人看，就要变通变通，搞搞新噱头。
　　　　开锣了。

〔猩猩上。

村　姑　（花旦腔）救命呀，救命呀——（唱双星恨）苦呀——

十三郎　停，停呀！（对班政家）哦？原来这么一场戏，猩猩王强抢村女。

班政家　是呀！不错吧？挺过瘾的。

十三郎　接下来的剧情发展又怎么样呢？

班政家　接着，这个村女就珠胎暗结，还生了个小猩猩，十八年后劈山救母。

十三郎　哦？那不是《宝莲灯》的禽兽版？这样的东西，你们也想得出。真是佩服！

班政家 现在的观众就喜欢看这样的戏，你看对面的戏院不是在演《螃蟹美人大闹水晶宫》吗？总之，只要故事新鲜特别就行了。

十三郎 是吗？那我们不干脆去写些什么《甘地梦会西施》《希特拉情挑西太后》，那不是更好？

班政家 十三哥，你就帮帮我，把这个戏给编完它，否则我就不能够演出了。最不讲义气的就是原本那个编剧，戏才写到一半，就被个富婆包走了，做了人家的小白脸，有得吃有得穿，连编剧也不想做了。真是的，你帮我继续写完这个剧本，我一定会重金酬谢。

十三郎 你怎么会想到找我来接手呢？

班政家 这……

十三郎 因为现在整个编剧行业里，最空闲的人是我，对吗？

班政家 不是那么说……

十三郎 （打断）你还是说真话，我不爱听假话。

班政家 是这样的，我最清楚你十三哥的为人，我知道你够义气，一见到人家有难，就一定拔刀相助，所以……

十三郎 好啦，废话少说，所以你就要我接这个烂摊子，帮你把这台戏给唱下去？

班政家 我知道这样有点为难你……

十三郎 我可以帮你……

班政家 真的？

十三郎 三天之后，新的剧本，我们重排整个戏！

班政家 真的？三天，这么快？

十三郎 你信不过我？

班政家 信！信！信！

〔暗转。

〔村姑上。

村　姑 非礼呀……（唱连环扣，骂猩猩，一起操兵）

〔众村姑操兵打猩猩。

班政家 停，停呀！十三哥，你有没有搞错？怎么又去打仗了？

十三郎 是呀，巾帼胜须眉，禽兽也忠肝义胆，不好吗？

班政家 不好！整天都打仗呀，好不容易才盼望到和平，现在我们的观众一听到"打仗"两个字都怕了，谁还要看这种戏？我求求你，变通一下啦。

十三郎 我还不够变通？我现在连猩猩这种禽兽戏，都肯写了，还不够变通呀？要是在当年，我能接你这样的戏？

班政家 总之你不要写猩猩又去打仗好不好？真的没有观众要看的，可不可以搞些什么神怪的……

十三郎 怎么样神怪法？教坏人的东西我不会写的。

班政家 我不敢让你去教坏观众。我是想，我们可不可以把整个故事说得神怪一点，然后到结尾的时候，就提一下什么因果报应，善有善报，恶有恶报，那不就行了吗？

十三郎 哦？是这样啊。那就是说只有结尾有个报应，前面要怎么着荒唐都可以啦？那何必写猩猩呢？干脆叫这个花旦脱光衣服，跳几跳不就行了，结尾会有恶报的。

村 姑 去！我才不干！

十三郎 是，你们这些人现在喜欢玩什么新花样。我告诉你，这个戏就是这样的了，你要就演，不要就算，总之我不会再改第二个字的。

班政家 你讲不讲理呀？

十三郎 我懒得跟你多说呀！（掉头走）

班政家 像你这样的人，难怪整个行业里的人，没有人敢用你。

十三郎 你说什么？

班政家 我说你呀，是自找死路。现在十大戏班筹备新戏，就是没有一个人敢跟你合作，你简直是人见人恨。活该！

十三郎 你……

班政家 怎么，你又想打人呀？你以为我是任惜花，会站在这里任由你打？

十三郎 你这个禽兽……

班政家 兄弟们……

〔众猩猩上前保护。

十三郎 你把剧本还给我！

班政家 我呸，拿去吧，你这种烂剧本，送都没有人要，至多我不是自己写，有什么大不了！

140　　十三郎 我是人见人恨？人见人恨？哈哈……

〔切光。

〔追光启。

五人组 十三郎痛打任惜花，已经是戏行里的一个笑话，现在更传出去，十三郎脾气古怪，没有信用，答应人家写剧本，又无法交货，搞得他没有好日子过。每个人都对他敬而远之。

战后的省港澳地区，粤剧蓬勃发展，还出现了所谓十大戏班，但是却没有一班敢请十三郎写剧本，他生活潦倒，到最后竟然要被逼冒用太史公的笔迹，卖字画为生。

十三郎这样过着三餐不继、流离浪荡、不被人接受的日子。但他依然我行我素，人也变得更加古怪，更加愤世嫉俗。

〔光启。

伙　计 千层糕，马拉糕……

十三郎 看什么看？没看过人呀？

伙　计 我看你坐了老半天，都不叫东西吃。

十三郎 我喜欢什么时候吃就什么时候吃，你怕我没钱给吗？

伙　计 看一下也不用这么凶吧？想吃人呀？……千层糕，马拉糕……

十三郎 喂！你过来……

伙　计 吃什么？

十三郎 有什么？

伙　计 千层糕，马拉糕……

十三郎 有没有叉烧包？

伙　计 没有，刚卖完。

十三郎 偏偏我就只想吃叉烧包！

伙　计 你神经病！（走开）

陈师爷 请问您是那位五个字的编剧——南海十三郎吗？

十三郎 不是，你找错人了。

陈师爷 找错人？

十三郎 我的名字九个字，叫人见人恨南海十三郎！

陈师爷 原来你真是十三哥，你真爱开玩笑，我早就料到是你，你好呀！

（伸手欲和十三郎握手）

〔十三郎拒绝握手。

陈师爷　我是太平剧团的陈师爷，是马老大叫我专程来拜会你的。

十三郎　我有什么好拜会的？

陈师爷　马老大他是识英雄重英雄，以前你一直跟着薛觉先薛老板，那我们就实在不好意思说什么，可是现在老薛他已经收山不唱了，剧团也解散了……

十三郎　所以，我现在是无主孤魂，马老大特别同情我，是吗？

陈师爷　他是江湖儿女，义气中人，又很欣赏你的才华，所以想找你合作……

十三郎　那他怎么不亲自来拜会我？

陈师爷　这……

十三郎　你该听过刘皇叔三顾茅庐的故事吧？你叫马老大自己来找我吧。

陈师爷　十三哥，你说话留点分寸吧！马老大对你已经很给面子了，他现在是全行最受瞩目的人，人家一套《我为卿狂》，是锣鼓一捶就做足一个月。还有呀……

十三郎　什么？说呀！

陈师爷　他也知道，你一直在他背后嘲笑他唱戏像个要饭的，他一点都不介意，还托人到处找你。

十三郎　是，他是看我倒霉，可怜我！

陈师爷　十三哥，你听一下我的劝告，你就跟马老大重新打好关系，好好写个剧本让他看看，然后……

十三郎　哈哈，我还要先写个剧本让他看看，这是你的意思，还是他的意思？

陈师爷　这……

十三郎　我呸！我呀，自出道以来，就从来没求过什么人来接受我的剧本。薛觉先红透半边天，也是我写什么他唱什么，没得讨价还价，你们现在是什么意思？还要我先写个剧本，让你马老大过目？你给我滚，不要影响我喝茶。

陈师爷　你简直就是莫名其妙！

十三郎　你再不走，这杯热茶我就请你这套衣服喝了！

陈师爷　你呀，简直就是臭名远播，难怪全行的人都怕了你，你没得救了！

142　十三郎　你还不滚？

〔梅仙上。

梅　仙　十三叔!

〔十三郎见梅仙,冷淡没有反应。

〔反而是其他茶客因为看到大明星,引起骚动。

梅　仙　听说你的近况不是很好。

十三郎　听说你最近红到发紫,不但拍电影,连大戏也唱了。

梅　仙　是,反正人家要看的,是我这张脸,做什么反而无所谓。

十三郎　你又不是正行科班出身,又要唱又要做,你有这个功力吗?

梅　仙　有钞票上门,我为什么要往外推?不行可以恶补。

十三郎　你这叫半路出家,愚弄观众。

梅　仙　你别说我了,说说你自己吧,有没有兴趣给我写个剧本?

〔十三郎没有立即反应。

梅　仙　人家已经说好要捧我,我也一直在大力推荐你。现在老板没意
见,只要你肯答应动笔就行了。

十三郎　你干吗要这么帮我?是同情我?

梅　仙　如果一个人没有一定的功底,别人想怎么帮都帮不来的。怎么?
你没信心吗?

十三郎　笑话!什么剧本我写不来?我会没信心?我才不受你的激将法。

梅　仙　如果我再告诉你,这是一部最适合你写的战争爱情剧,你会同
意吗?

〔十三郎心动,但依然没有反应。

梅　仙　如果我再说,要是你不帮我写,我就只能够找任惜花,你……

十三郎　(截住)你别说了,我写!

〔暗转。

〔影片情节。

小　生　玉香,我来了,我来了……伯母,玉香在哪里?求求你,让我见
她,我们是真心相爱的!求求你成全我们吧……

玉香母　太迟了,玉香她为了保存对你的贞节,不愿意被日军侮辱,她……
她已经自杀了……

小　生　什么?天呀!玉香……你为什么不等等我?我是忠良,我来见
你了,我终于来了……玉香,你回答我吧……我是真心喜欢你

　　　　的……既然我们今生今世不能够成为夫妇，那死也要做对患难

　　　　鸳鸯，玉香，我来了……啊……玉香？你醒了？你没有死？

玉　香　忠良哥……我不想离开你……

十三郎　停！怎么会这样的？怎么会这样的？为什么会有多出来的一场戏？

梅　仙　十三叔……

十三郎　谁改了我的剧本？是谁呀？

导　演　是我。

十三郎　我问你，凭什么玉香会死而复生？我的剧本有这样荒唐的安排

　　　　吗？你以为是罗密欧与朱丽叶还是睡美人？还有，为什么忠良会

　　　　突然跑回来？他不是去行刺日本皇军吗？谁安排他回来的？

导　演　我这样的改法，每个人都说这叫峰回路转，再起高潮！

十三郎　你有咨询过我的意见吗？我是编剧，剧本剧本，什么是一剧之

　　　　本，你知道吗？

导　演　我当时忙着拍戏，哪有时间跟你啰唆？还有，你不要忘记，这是

　　　　香港，这里拍戏以导演为大，我喜欢怎么改就怎么改，我需要向

　　　　你解释？开玩笑。

梅　仙　十三叔，算了吧，现在这么改也的确比较好看，观众喜欢大团圆

　　　　的收场。

十三郎　是吗？

梅　仙　我肯定观众看到女主角这么醒过来，会高兴得拍烂手掌的。

十三郎　这么没有逻辑的话你也说得出口，你们一个两个，真的不知道是

　　　　人还是鬼。好，我不跟你们多说，总之，我不准这部戏上演。

梅　仙　十三叔……

十三郎　你别叫我，我要跟你断绝叔侄关系。

导　演　你到底想怎么样？

十三郎　我要把所有的底片烧了……（抢底片）

导　演　你疯了？快捉住他，赶他出去……

十三郎　放手！

梅　仙　求求你，不要再闹了！

十三郎　我一定要把底片全烧了，这种垃圾，我不准它跟观众见面……放

　　　　开我……放开……

〔切光。

〔追光启。

五人组 结果这部《郎心伤妾心》还是如期上映，但是十三郎和梅仙，也不知道是谁伤了谁的心？他们从此闹翻，互不相识，好比陌生人。十三郎在这种环境下，更加心灰意冷，生活潦倒无助。

最后，他竟然将身边所有的衣物典当，筹了点钱，买火车票，准备再回去广州老家，从此隐姓埋名，消失于人间……

那天，他正准备到火车站，经过半岛酒店……

〔十三郎被车撞倒。

司　机 喂，你走路不带眼睛呀？撞死你，也是活该！撞坏了车，还要你赔。

十三郎 你这个狗奴才，撞到人，还敢骂人？真是狗眼看人低。

司　机 哎呀，你这个臭乞丐，敢骂我是狗……

莉　莉 阿成，别吵了。

司　机 是，太太！

莉　莉 （关心十三郎）你没事吧？

十三郎 谁要你假好心？怎么这些人就虚伪了……

五人组 结果，十三郎这么一看，当场傻住了，眼前这个人好像似曾相识，往事如烟，一种深埋在内心里的感觉，好像又涌上心头……

〔十三郎幻想中的情景：自己变成英伟十三郎，与莉莉翩翩起舞。

莉　莉 是你？

十三郎 莉莉……

莉　莉 江誉镠？真的是你？

十三郎 好久不见，你好吗？

莉　莉 好，我刚从美国回来，你最近怎么样？在忙什么？

十三郎 我……在写剧本，有粤剧的，也有电影，总之很多很多，很忙很忙……每个人都找我，我真的透不过气来……

莉　莉 恭喜你，你终于成为大编剧了。

十三郎 没有，只算过得去啦……你跟以前一样迷人……

莉　莉 我老了，日子又过得很寂寞，我已经不是以前的那个我……

十三郎 你有没有后悔？后悔当年在上海，你最终还是没有选择我，而跟你爸爸去了美国……

莉　莉　我没有办法，我不可以反抗我爸爸……

十三郎　我不怪你，那我们可以从头来过吗？

莉　莉　不可以……

〔回到现实，一男子上。

男　子　莉莉，怎么啦？

莉　莉　没什么，是交通意外……

男　子　哎呀，怎么撞到个乞丐？（丢钱给十三郎）拿走，快滚……臭死
　　　　了！（对莉莉）我们走吧……

十三郎　不，你别走……

男　子　你想怎么样？

司　机　（冲出）你想死？得罪我们少爷！去死吧！（把十三郎推开，一脚
　　　　把他的眼镜踏破）

男　子　（对莉莉）走，别理这种人，流氓……

〔男子和莉莉下，司机跟下。

〔十三郎拾起破眼镜。

十三郎　为什么当时你要拒绝我？为什么你还要在这个时候再出现？这副
　　　　眼镜你还记得吗？你说它很特别的……为什么你不记得了？为什
　　　　么你又这样走了？

〔暗转。

五人组　1948年冬天，一列火车从深圳回返广州，经过石滩桥时……

众乘客　救命呀！有人跳火车！

快救人呀——

可怜呀……怎么年纪轻轻就跳火车自杀呀……

五人组　跳火车的人正是他，十三郎！事后，他奇迹般地没死，性命让同
　　　　车的乘客给捡回来了……大家见他受伤很重，马上把他送到广州
　　　　医院，过了整一个多月，才由太史公把他接回家去……

〔暗转。

〔福来在扫落叶，江家一片败落。

三奶奶　福来……

福　来　三奶奶，有什么吩咐？

三奶奶　十三又到哪里去了？你怎么不好好看着他？

福　来　啊？十三少又不见了？哎呀，他在那儿……

三奶奶　怎么又爬上神阁去玩了？十三，快下来呀。

福　来　少爷，危险呀！

十三郎　我乃大鹏鸟，凤凰转世，我要飞——飞得高高的，飞上九天，飞上广寒宫……

五人组　这时候的十三郎因为大脑受过猛烈震荡，已经完全变得疯癫，神志不清，整天胡言乱语……但他有时候又显得正常，有时候情况恶劣，还真令人不知道他是真疯，还是装傻。

　　　　〔十三郎从神阁上跌下。

三奶奶　哎呀！你看，又跌下了，受伤了吗？让我看看……

十三郎　啊，怎么我飞不起来？又失败了。

三奶奶　看你，跌得青一块、紫一块的，还是不怕。全身都是伤，你不痛吗？

太史公　十三，别再想做什么飞人了，还是下来跟我下棋吧。

十三郎　痛吾痛以及人之痛，真英雄也，请受我一拜。

三奶奶　去，我还没死，你不要拜我。你只要不发疯，我就一定能够长命百岁的，快去跟你阿爹下棋吧。

太史公　十三，来呀。

十三郎　不要，我不要下棋，我没有对手，真要下，除非你叫我大侠。

太史公　好吧！随便啦，你是棋大侠，行吗？下吧。

十三郎　好，那我让你双马双炮，让你先走。

太史公　好，这次我一定杀得你片甲不留。

十三郎　没这么容易，你输了，要替我搔痒。

太史公　你还好说，你输了，就要去冲凉。看你，有多久没有冲凉了？真臭呀。

十三郎　哎呀……臭又怎么样？（唱）

　　　　　　男儿臭呀，女儿香，

　　　　　　男儿不臭又点得女儿香呢？

太史公　啊，你还记得自己写的《女儿香》？真不知道你是真疯还是假疯。

十三郎　什么？你说我发疯？那我不玩了。

太史公　好好好，是我疯，我老糊涂，我头发疯……到你啦，举手不回大

147

丈夫哦。

十三郎　谁答应过你举手不回呀？

太史公　你不守规则，我就不玩。

三奶奶　看你们父子俩，就像小孩子。真不知道好笑还是好哭。

太史公　有什么好哭的，我看我也真够福气的，八十几岁的人，还有个儿子在身边陪我下棋，比起很多人，够幸福的啦。

〔福来匆匆忙忙上。

三奶奶　福来，你干什么？

福　来　外面有游行，大家挂红布迎接……家里还有红布吗？

十三郎　哦，是共产党来了，我去看看。

太史公　你坐下。

三奶奶　别乱说话呀！

福　来　人家说广州解放了。

三奶奶　那快去挂红布吧。

十三郎　好呀，那以后不用打仗了，不是，是自己兄弟不用打自己人啦。要打就打汉奸，打走狗，打任惜花，打那些不懂得什么叫编剧艺术的导演。

太史公　终于变天了！

三奶奶　你看他那个样子，疯疯癫癫的，语无伦次，留在这里，我怕还是会闯祸。

太史公　那再看找个什么机会，再把他送到香港去吧。

〔幕内传来唱片声："所谓两情牵，相思遍，憔悴容光，消磨壮志，因为久不遭时……"

五人组　1950年，在香港的粤剧行里，不时有人传说见到南海十三郎在中环一带流浪，他居无定所，十足像个乞丐，语无伦次……

〔暗转。

陈锦棠　师傅……师傅……我找到了，我终于找到了。（将十三郎推到薛觉先面前）

薛觉先　十三？

十三郎　……

薛觉先　你怎么搞成这个样子呀？

十三郎　我怎么样？先生跟我相识的吗？

薛觉先　我是薛老揸，你忘记了吗？哎呀，怎么这个样子呀！

陈锦棠　十三叔，你先坐下吧。我是薛师傅的徒弟陈锦棠，师傅他一直在找你。

薛觉先　整个香港岛都被我找遍了，有人说你最喜欢在莲香、陆羽茶楼那一带出现，我就叫锦棠多在那里留意，没想到真把你找到了。你就一直住在那里吗？

十三郎　不是住在那里，是住那里的街边。

薛觉先　啊？你睡大街呀？

十三郎　睡街上好呀，以天为被，以地为床，整个香港岛没有什么地方比那里更凉爽了。

薛觉先　（受刺激，咳嗽）你……真是的。

十三郎　你有病呀？那要多多照顾身体。

薛觉先　你才有病呀！十三。

十三郎　老家伙，你竟然认识我？知道我是谁？

薛觉先　我不是老家伙，我是薛觉先，薛老揸！

十三郎　怎么取这样的名字呀？

薛觉先　你看着我，看清楚我是谁，薛觉先，也有人叫我五哥、揸哥，你记得吗？你呢？你是十三郎，十三哥，记得吗？你看着我呀，哎，你看着报纸干吗？看着我，我在跟你说话……

十三郎　报纸才好看呢，一纸能知天下事，一报在手，我挟天下而行，多威风呀。

薛觉先　（播放《寒江钓雪》）你听……听……这是什么？《寒江钓雪》，你记得吗？

十三郎　《寒江钓雪》？记得，"孤舟蓑笠翁，独钓寒江雪"，唐诗。你以为我不知道？想考我？老东西。

薛觉先　这首曲是你作的。

十三郎　我作的？

薛觉先　是呀！当年你这个作品红遍省港澳，一举成名，你忘了？

十三郎　一举成名？

薛觉先　是呀！你再想想，看看还记不记得以前的事？

十三郎　记得，什么都记得。

薛觉先　那你刚才又说不记得？

十三郎　我刚才不想记就不记，现在想记就记得嘛。

薛觉先　（气然）气死我……唉，总之我能够再见到你，我很开心就是了。

十三郎　你做人也不好太顽固。有时候，你看到的事，也未必全部是真的。

薛觉先　你还说我。看你，戴的是什么眼镜，这边连镜片都掉了，你能够看到什么？我带你去配一副新的……

十三郎　不要，这样才好。

薛觉先　为什么？

十三郎　哎呀，做人呀，不要什么事，都这么计较，将就一点吧。当我想看清楚一件事，就用这边看，不想看清楚，就用这边，这样不是很方便？如果什么都要看得清楚，很痛苦的……就像你这样！

薛觉先　我……（激烈地咳嗽）

十三郎　你看，让我说中？要不要我帮你捶捶背？你这个老东西。

薛觉先　你不要靠近我，你好臭！

十三郎　（唱）男儿臭呀，女儿香，

　　　　　　男儿不臭又点得女儿香呢？

薛觉先　去吃饭吧……我肯定你还是记得以前的事，只是你不想去记。

陈锦棠　师傅，十三叔，吃饭了。

薛觉先　还是先让他冲个凉吧！

十三郎　我为什么要冲凉？我很干净呀！

薛觉先　你这叫干净？

十三郎　我常常洗澡，我连心都常常拿来洗，做人心干净……（吩咐陈锦棠）你去准备一缸水，我待会儿过去洗。

薛觉先　好，那先吃点什么吧。

十三郎　好，我吃。

薛觉先　等你吃饱了，洗干净了，我就让锦棠带你去买几件衣服，以后你就住在这里，我会找个医生来医你的病。

十三郎　哎呀，我要大便。

薛觉先　怎么说着说着就要大便？就在那儿。

〔十三郎下。

薛觉先　（对陈锦棠）你待会儿出去给我找大有经验的精神科医生来给他看看，他的情况好像挺严重，也不知道能不能够医得好？但是，无论如何，我都要把他留下来，照顾他……

陈锦棠　师傅，我看他是挺可怜的。但是，会不会我们觉得他悲惨，他自己却觉得逍遥快活呢？

〔幕内传来女佣的惨叫声。

薛觉先　怎么啦？

陈锦棠　发生什么事了？

〔女佣神色仓皇奔出。

女　佣　老爷，哪来的一个臭乞丐，他用大便丢我！

薛觉先　他现在在哪里？

女　佣　跑啦，这是什么人？怎么这样的……

薛觉先　（对陈锦棠）快去追他回来！

陈锦棠　算了，让他走吧……可能他有他自己要追寻的世界，天生天养，他想怎么样就让他怎么样吧。

薛觉先　这……

陈锦棠　我们也不可能一辈子把他锁死在这里。

薛觉先　唉，你说得也有你的道理……这样吧，你给我通知陆羽、莲香这些茶楼的老板、伙计，要是他们看到十三，发点善心，不可以赶他、骂他。他要吃什么，就让他自己选，多少钱，全部算我的，我每个月会去清单。

陈锦棠　是。

薛觉先　还有，你也告诉其他师兄弟，以后见到他，要像见到前辈一样地尊重和照顾，就算我不在这人世上，你们也要这么做！

陈锦棠　我会的。

薛觉先　他是个天才，还是个对我有恩的天才，绝对绝对地是个天才，他写的曲多好呀……那些剧本都是好戏……都是好戏……

〔切光。

〔追光启。

五人组　1959年十三郎已经四十八岁，他在香港街头已经流浪了十年。

〔光启。

小伙计	啊？怎么又是你呀？疯子！
十三郎	快泡茶呀，傻人！
小伙计	你叫我什么？傻人？
十三郎	疯子对傻人，既押韵又对称，两不相欠。
小伙计	哎呀，装模作样，你会看报纸？
老　板	要死啦。你不知道他是谁？这么小看人家，他是南海十三郎。
小伙计	什么十三郎十四郎？没听说过……（走开）
老　板	十三哥，今天精神挺好呀？
十三郎	昨天逛九龙，今天走香港，不错。

〔小伙计从不远处屏风后走出。

小伙计	老板，里面的客人说要这位大编剧换位。
十三郎	为什么？
小伙计	客人说，里面的客人说那里太窄，他要你这张桌子。
十三郎	是吗？我也嫌这里不舒服，你帮我拆掉那屏风，我要坐他里面的那张桌子。
老　板	这……
小伙计	老板怎么办呢？
老　板	我去看看……
小伙计	怎么这么麻烦。
十三郎	是这样的啦，有本事叫他出来跟我说。

〔老板走进屏风，旋即出。

老　板	十三哥，里面的老板说……
十三郎	说什么？
老　板	原来他也是粤剧行里的人……
十三郎	那又怎么样？
老　板	他说如果你有本事，就帮他填了这首曲子，填完了，他会亲自出来敬你三杯，填不出，他就要你……
十三郎	哎呀，拿支金笔要我填曲。他是什么人？敢在夫子庙前卖文章？
小伙计	你填不填呀？
十三郎	《蕉窗夜雨》？我呸！以为我不懂得古曲，我在懂得看谱的时候，你才刚出娘胎睁开眼。（唱）

相见若私梦，

自从别去匆匆，

此刻再重逢，

咫尺隔万重。

唐涤生 （屏风内，唱）

我再见恩师心中百般痛，

仿似宝剑泥絮尘半封。

昔日壮志与才气全告终，

江中雪，泪影两蒙蒙……

老　板 十三哥，十三哥？下边的几句到你填的了。

十三郎 （唱）辜负伯牙琴——

唐涤生 （屏风内，唱）

你莫个难自控——

十三郎 （唱）知音再复寻——

唐涤生 （屏风内，唱）

俗世才未众——

老　板 十三哥，你怎么啦？

十三郎 这个位子让给他吧，我走！

唐涤生 （从屏风后走出）大哥！

十三郎 你认错人了。

唐涤生 你别走，我一直在找你。

小伙计 原来是唐涤生先生？我们好喜欢看你的戏。

〔唐涤生淡然一笑，打发二人离去。

唐涤生 大哥——

十三郎 你很威风啦？

唐涤生 我今天的威风，是你当年给我的。

十三郎 你不要这么说，我从来没有教过你什么。

唐涤生 有的！是你不想去记得罢了，我曾经说过，跟你学写剧本，即使我学不到你的才华，也要学到你的傲骨。大哥，可是我今天见到你，我心好痛。你敢说你现在这个样子，就是最开心的吗？不是的，你骗得了别人，骗不了自己，骗不了我。

| 十三郎 | 你是疯子，我不知道你在说什么。 |

十三郎　你是疯子，我不知道你在说什么。

唐涤生　你别走，你给我站住！我的话还没有说完，你就给我站住！

十三郎　你什么时候学得这么凶？

唐涤生　风水轮流转，以前你也是这么教训我，现在是我教训你……（敬
　　　　茶，唱）你既知我未放松，

　　　　　几番觅你难自控，

　　　　　你休再自弃遗恨痛，

　　　　　今再遇你也是奇逢！

　　　　大哥，我要你全身上下都洗得干干净净。

十三郎　洗来干吗？

唐涤生　很多人都想着见你呢。明天晚上，我跟仙凤鸣戏班有关戏在利
　　　　舞台剧院演出，你来找我，我们还有很多很多的话要谈，很多
　　　　事要做。

十三郎　这……

唐涤生　你一定要来，仙凤鸣的整班朋友见到你一定很高兴的。别犹豫
　　　　了，只有人怕见到南海十三郎，哪有十三郎怕见的人？

　　　　〔切光。

　　　　〔任剑辉幕内唱："呀！原来是你呀——莫非你骤借云烟驾雾来……"

　　　　〔追光启。

五人组　第二天晚上，十三郎真的去了利舞台剧院……可惜，那却是香港
　　　　粤剧行最不幸和迷离的夜晚……

十三郎　大姑，发生了什么事？

女　人　真是可惜呀，大编剧看戏看到半途，心脏病爆发，晕倒了……

十三郎　什么？阿唐……心脏病爆发？（欲冲进剧院，被警察拦住）
　　　　让我进去……让我进去……

警　察　喂，干什么的？走开！

十三郎　阿唐是我的徒弟，我要见他，让我进去看看他！

警　察　你别在这里挡路呀……什么徒弟，就算你老爸也不能进去，现在
　　　　救人要紧……

十三郎　（咆哮）让我进去，我要见他！

　众路人　哎呀，疯子怎么打人啦？

五人组	唐涤生是香港战后粤剧界崛起最快、最有名的剧作家，他所编撰的粤剧，典雅不凡，堪称是一代粤剧宗师！1956年，他开始为仙凤鸣戏班编写剧本，却不幸于1959年，名作《再世红梅记》在首映当晚，就因急病逝世，享年只有四十三岁。
十三郎	阿唐，你别走……
警　察	呀，疯子！
十三郎	我们还有很多很多的话要谈，很多事要做……你们这帮走狗，让我进去呀！
警　察	捉住他，捉住他，这个人是疯子，大吵大闹的，别让他跑了！ 〔众警员拖十三郎下。
五人组	那天晚上十三郎因为殴打警察，行为粗鲁，扰乱公众安宁，被强行拉走，判断他是神经失常……1970年，青山精神病院……
十三郎	（唱）天下无不散之筵席， 　　　　有缘在海角相逢呀……
陈医生	唱得真好，难怪这里人人都说你是真正的天才……
十三郎	医生，我想给这个新盖的亭子起个名字……
陈医生	好呀，那叫什么名字呢？你古文好，又懂得写书法，就在这里留几个字做纪念吧。
十三郎	啊，你这么欣赏我？医生，你没有问题吧？好吧，我想把这个亭子取名叫"听禽轩"。
陈医生	"听琴"好呀，就是说听到琴声妙韵的意思是吗？很好。
十三郎	不是，不是钢琴、古琴的"琴"，是禽兽的"禽"……你听，他们这些人叽叽喳喳，像不像是某些禽兽在叫。所以应该叫"听禽轩"，是禽兽的"禽"。这里哪有什么琴声那么优雅？
陈医生	十三郎，你知道你很快就可以出去了吗？
十三郎	我为什么要出去呢？
陈医生	你已经好了呀，你不高兴吗？
十三郎	我真的好了吗？
江少仪	十三叔……
十三郎	你是……梅仙？
江少仪	我不是梅仙，过去的梅仙已经死了，我现在是江少仪。十三叔，

感谢上帝的安排，终于让你出院了，愿他继续保佑着你，我现在接你回去。

十三郎　回去哪里？

江少仪　到我们的教会去！我们重新做人。

十三郎　原来你信教了？

江少仪　我们江家的上一代一直都是糊里糊涂地活着，乌烟瘴气的。我们下一代应该好好反省。十三叔，我希望我们能够在神的指示下，生命有个新的开始。我们的主会赦免我们所有的罪，带领我们到天国去，得到永生。

十三郎　去天国做什么呢？天国太远了。

江少仪　十三叔，不要侮辱圣名，我们要认真地活着。

十三郎　可是我不想长生不老，那样太痛苦，太痛苦了，想死都死不了，你还是让我走吧。

江少仪　十三叔——

十三郎　我肚子痛，我要大便，你不要跟着来！

〔暗转。

五人组　仙佛茫茫两未成，深宵夜静不平鸣。底事青山流连客，宝莲寺内泛歌声……

十三郎　（唱）男儿臭，女儿香，

男儿不臭，又点得女儿香？

香即是臭，臭即是香，

生即是死，死即是生……

Hello, welcome to Pualine Temple, this way please, this is the big hall and this buddha is the biggest in Hong Kong. Follow me, this way please! Thank you! Your donations will bring you happiness and good fortune in return !

小和尚　师父，原来应酬这些洋鬼子游客，还是这傻子有方法。

住　持　他这个人外表傻，可是内心不傻。他精通国语、粤语、英文、德文、法文，也幸亏有他在这里帮我们给外国游客做导游，我们的香油钱现在是越来越多的外币，英镑、马克、美金都有呀。所以说仁心，佛心，本自无二，一念相应，自然香火鼎盛。

〔暗转。

福　来　师父，负责人在吗？我想打堂斋，做法事。

十三郎　哦，那个负责的小师父走开了，我帮你登记做附焉。

福　来　我想超度亡魂。

十三郎　贵亲呀？

福　来　是主仆。

十三郎　姓什么？住在哪儿？

福　来　是，南海县江太史孔殷灵佑。

十三郎　江……太史？

福　来　是呀，是江孔殷江太史，写清楚了吗？

十三郎　你是……

福　来　我是他们家仆，麻烦你就这么写吧……林福来附焉……（见十三郎出神）先生……你听到我说什么吗？

十三郎　我听到……你家主人是什么时候逝世的？

福　来　是"三反五反"那个时候，他们说我家老爷是地主，把他关在牢里，老爷坚持不认错，结果自己绝食而死了。

十三郎　死了？那真的是冤魂……

福　来　先生，你的声音很熟，哪里人呀？

十三郎　南海……

福　来　怪不得，那江太史太史府，你应该听过了？

十三郎　听过……

福　来　先生，我多给你点钱，麻烦你帮我叫师父们给我老爷多念几堂经，我家老爷是好人呀，太史公一生吃尽天下珍馐百味，口福不浅，没想到晚年却是绝食而死。谢谢你帮这个忙……（见十三郎走开）先生……先生……

小和尚　哎，你要去哪里？

十三郎　我要下山了……我要离开宝莲寺，离开大屿山，回香港去……

小和尚　你有没有问过住持？

十三郎　上山容易，下山有何难？（唱）

　　　　　　事到如今，

　　　　　　出世即入世，

生即是死，

死即是生……

哈哈……

〔切光。

〔追光启。

五人组　晚年的十三郎，曾经先后两次入住青山精神病院，在大屿山宝莲寺前后待了三年。其余的时间，就四处流浪，情况如何，始终都是个谜，他由三十八岁一直糊涂到七十四岁，神志反复无常，时而正常，时而疯癫，究竟他是真癫，还是假疯，或者他可能从来就没有癫过，只有他自己知道。又或者天才永远只有两种结局——一是像唐涤生那样英年早逝，一是像十三郎，永远不向世俗妥协，结果是悲剧下场……

1984年，他终于走到人生的最后一段旅程……

那是个寒风刺骨的晚上，突然有人打电话到警察局……

〔光启。

警　官　是谁报的警？

路人甲　阿Sir，是我，你看！是个乞丐，已经冻僵了，没得救了……

警　官　哦？是他？

警　员　Sir，你认识他？

警　官　二十多年了，这个人曾经报警说他的鞋子给人偷了……

警　员　他？鞋子给人偷了？不会吧？

警　官　他说偷他左脚那只鞋的人是英国佬，偷了右脚的是日本仔，所以他无路可走。

警　员　怎么说这样的话？

警　官　叫黑车来吧，（见警员未做出反应）还在想什么？

警　员　是！

警　官　等一等，给我找双鞋子来，给他穿了好上路吧……天气这么冷，看他光着脚，我心里不好受。

〔警员下，旋即拿鞋上。

〔警官亲自帮十三郎穿上鞋子，找到画轴。

158　**警　员**　看他画了什么？

警　官　雪山白凤凰?

警　员　（展开画轴）什么都没有呀!

五人组　心声泪影女儿香，燕归何处觅残塘，红绡夜盗寒江雪，痴人正是十三郎!

　　　　　我们的故事已经讲完了，可惜杂乱不成章，因为主角是个疯子，人生如梦似幻，他一半的故事好像真，另外一半好像假。究竟哪些是真，哪些是假? 观众不必费心去考量，综观全剧，不过是个潦倒编剧在说另外一个潦倒编剧的事，是一帮疯癫戏子在演另一个傻子的戏。

——剧　终

　　《南海十三郎》根据粤剧编曲名家江誉镠的故事改编。创作于1992年，1993年11月9日由香港话剧团首演于香港西湾河文娱中心剧院，导演古天农。1997年5月春天舞台制作有限公司在香港重演该剧，导演黄树辉，主演谢君豪。此剧1994年获第3届香港舞台剧最佳剧本奖、最佳整体演出奖。1997年5月15日，由杜国威改编的同名电影在香港首映，导演高志森，主演谢君豪。电影1997年获第34届台湾电影金马奖最佳改编剧本、剧情片、男主角、导演奖等，1998年获第17届香港电影金像奖最佳编剧奖等奖项。

作者简介

杜国威　男，1946年出生于香港，籍贯广东省番禺，华语影视编剧、导演。代表作品有舞台剧《聊斋新志》《南海十三郎》《我系香港人》《遍地芳菲》《扶桑过客》《我和春天有个约会》《Miss杜十娘》等，电影《刀马旦》《我和春天有个约会》《南海十三郎》《人间有情》《如果·爱》等，两获香港电影金像奖最佳编剧奖、香港舞台剧奖最佳编剧奖。

·话　剧·

男儿当自强

李宇樑（中国澳门）

创作缘起

有一次，陪妻子去买鞋，在店里看见一个男店员低头蹲在一个女顾客跟前，女顾客四周已满满堆放了一双双试穿过的鞋，那店员仍耐着性子赔着笑哈着腰服侍她试穿。那女人睥睨着他，嘴里不住挑剔，女人旁边还有不少其他女人在等着男店员的招呼。一个看来像是他老板的女人在柜台后不时高声叱喝差使他。他夹在女人之间，挥着汗唯唯诺诺。

那挑剔的女顾客终于给打发走了，他又蹲到另一个女人跟前……穿丝袜、没穿丝袜的腿不绝地朝他晃动挑衅，老板娘仍不住地在他背后高声叱喝。她个子长得比一般人高，但依我估量，他要是站起来挺起腰倒未必比她矮，可是我在店里浏览期间，他从未挺起过身体。我离开那鞋店的时候，才晓得那老板娘原来是他老婆，她比他高是因为穿了高跟鞋。

打量着妻子新买的高跟鞋，心里头不期然想起那男店员。女人要争取高度，可以靠高跟鞋，男人呢？

时　间　20世纪90年代的中国澳门。

地　点　客　厅：中产阶级的布置，摆放了一面屏风及全身镜。

　　　　厨　房：放有餐桌的西式厨房。

人　物　　M　——男主人，年三十多岁。

　　　　　W　——女主人，年三十多岁。

　　　　B　仔——M和W的儿子，几个月大。

　　　　　P　——警察。

　　　　晚　装——以线操控的衣偶，或者是其他可活动的人偶。

序　幕

〔光线微弱的客厅里。

〔客厅地上满满地摆放着各式各样的女装鞋，数量多得足以覆盖整个舞台台面，女鞋的种类样式可以是非写实的、任何你想象得到的。客厅中央，一个聚光灯照射的光圈下，高傲地立着一双触目的鲜红色女装高跟鞋，它冷傲地屹立于鞋群的中央，睥睨同群。

〔厨房位于观众看不到的舞台侧幕内。

第一场

〔漆黑的舞台。

〔黑暗中，传来歌星林子祥那激励人心的歌声《男儿当自强》："傲气面对万重浪，热血像那红日光……"

〔一个聚光灯淡入，在聚光灯的聚焦下，仅见一袭闪亮耀眼的名牌女装晚礼服高挂在屏风上，在它旁边之下则挂着一件男装上衣、一件丝质T恤衫和一条丝质领带。

〔《男儿当自强》唱了一段，歌声忽地一下子变了腔、走了调，转化成为马桶的"哗啦"长长的冲厕声音。

〔全场灯光淡入。

〔客厅的角落停了一辆婴儿车。

〔M一手揪着裤头，一手抓着一本廉价娱乐杂志，蹒跚地从洗手间出来。他身穿短裤、内衣，脚踏拖鞋，一副不修边幅、吊儿郎当的样子。

〔W在厨房里，只闻其声。

〔W爽朗的声音："怎么样？想清楚了没有？"

M　（一副慵懒的姿态）腿发麻……

〔W："拿定了主意没有？"

M　刚蹲完厕所出来……

〔W："是我留下来？"

M　　厕所没厕纸……

　　〔W："抑或是你带着B仔走？"

M　　脑闭塞，想不通——

　　〔W："——说重点。"

M　　……依我看……谁去谁留，这个话题现时不好说，离开要做决定
　　的日子还长着呢。

　　〔W叹一口气："那好。我们转话题。（顿）你帮我找出那双鞋子
　　没有？"

M　　（一贯地语带敷衍）努力当中。

　　〔W："提点劲！赶着今晚穿呢。"

　　〔M随手将杂志往腰间裤头一插，从裤袋里掏出一个鞋扣，挪来
　　了一张矮凳，走到鞋堆中央坐下。以眼睛丈量了手中鞋扣的大
　　小，毫不起劲地以眼睛往四周的鞋群粗略地搜索。

M　　（环视四周一地的鞋）嘿，女人为什么都爱买鞋？（顿）难道她们
　　以为，男人看女人是看她们的鞋吗？（捡起一双高跟的鞋，扭头
　　向厨房的方向高声抗议）老婆！你买鞋的时候，到底有没有为我
　　着想过？

　　〔W："那是我跟'老外'应酬的时候穿的，那些平底的才是跟你
　　上街的。"

M　　（在鞋堆中捡起一双平底鞋）嘿……

　　〔W补充："最矮的了。"

M　　别以为我怕被你比下去，只是为你好，穿高跟鞋危害腿部健康。

　　〔W不以为然："男人的志气、女人的高跟鞋，都是愈高愈好哦。"

　　〔厨房里传来"噼啪"电流撞击声，伴随着W的惊呼声，在客厅
　　也可看到厨房里闪出的火花。

M　　（对这些现象已习以为常，若无其事地问）还好吧？

　　〔W嘴里硬："Okay，I'm fine……"却禁不住"嘘嘘"呼痛。

M　　都叫了你别逞强，厨房里的电器该由男人来管，客厅里的打扫才
　　是女人的正务。

　　〔W："Come on，家里别来这套大男人主义。"

164　　M　　（呢喃）都说女人婚前婚后两个样是水结冰的物理现象——不单

从水变冰、从软变硬，最大变化是：体积膨胀。

〔M在鞋堆里寻寻觅觅，试图找出那只丢了鞋扣的鞋子。

M （向观众）大学毕业之后，我的前度女友另选了一个MBA男友，和我分手，于是我老婆接了她的手。老婆和我的前度不同，她有长远的投资眼光和策略，我的前度嫁个现成的MBA，而我老婆就投资老公去念MBA。结婚之后，我浮浮沉沉地转了几份工，没有一份合我那在外资机构当Senior Manager的老婆心意。她升得愈高，我就愈难找合她意的工。莫说优越的职位，一般的职缺，男的机会都被女的抢了去，不信？办公日的午饭时间，你到金融商业区的餐厅看看去。看来该是男人举牌去争取男女平等的时候。于是，在老婆不住的怂恿、威迫和资助下，我唯有重返校园继续念MBA。我断断续续地只念了两年多就没有继续下去，而老婆就花了同等的时间升上了Regional General Manager①。

〔W痛心疾首地接着说："你干吗中途放弃那个MBA？你可知道，那会令我抱憾终生？"

M （向观众）当然啰，嫁个MBA老公，在朋友看来，总算老公没那个"财"，也有这个"才"。

〔W在厨房里插嘴："如果当日你肯念完个Master，你公司里那个悬空了的Manager职位，不就百分百成为你囊中物？哪来现在心中的十五、十六？"

M 现在机会也是五十、五十。

〔W没好气："当然五十、五十啦！才得你和那女人两个争。但我要的是百分之一百sure win。你公司什么时候公布新经理的人选？"

M 不知道。

〔W："走了个女的，应该换个男的来当。"

M 拜托，别再一天到晚提着这件事，好不？

〔W："好不容易才等到这个出人头地的机会呢。"

M 好男不与女斗。

〔W："你要努力加把劲哦，一定要fight赢那个女人。我才不要让

_____

① Regional General Manager：地区总经理。

亲朋戚友知道，我老公居然输给一个女人。"

M　（吃惊）老婆，你让所有朋友都知道我公司选拔经理的事？

〔W："才没有，我哪敢冒这个险？——文文①呀，不是我给你压力，可是，你老婆身为G.M.，你再不济，也要当个Manager。"

M　家里别谈公司的事好吗？

〔W："你工作不愉快吗？"

M　哪有的事？

〔W："……哇……!" 凄厉呼声。

M　又来？没事吧？

〔W声音颤抖："……甲虫呀！它朝客厅爬出去了哇……"

〔M闻言，一改慵懒姿态，敏捷地扑向厨房门口，抢起鞋子狠狠地追打甲虫。一时间，鞋子拍地"噼啪"之声不绝。M趴在地上紧追着甲虫团团转，虽是咬牙切齿，却是一副兴奋莫名的模样……

〔W同时间，好言安慰丈夫："我在亲友面前提到你的时候，已经很避重就轻了。我说你个性清高、不为五斗米折腰、有知识分子的傲骨；你是有'Quali'，不过怀才未遇罢了……你放心，我EQ高，说你有性格的时候，真心不会脸红。"

〔M陡地做出全力一击，身体凌空弹起，提起鞋子奋力对准地上的甲虫拍下去，继而以鞋底往地上使劲揉捺。

M　（长长地呼了口气，抬头向观众）嗯，我并非特别憎恶甲虫，只不过在追打它的过程中，有一种男性保护女性的使命感，这使命感提醒我：男人终归还是比女人强。

〔M小心翼翼地揭起鞋子，没发现甲虫尸体，抬头却看见它得意扬扬地在空中飞舞扬威，像在嘲笑他。

〔W："喏，性格归性格，这次你一定要fight倒那女人，我是你背后的女人，支持你。"

〔M狠狠地盯着空中那肆意飞舞的甲虫，忽然怒吼一声，扑向空中，双掌出击往空中一阵乱拍，甲虫应声堕下，掉进地上鞋群里

---

　① 文文：M的昵称。

其中一只鞋内。

〔W误会丈夫为自己的一番话而鼓掌："别光晓得鼓掌，自己也得努力哦。"

〔M趴伏地上，在众多鞋子里找寻那只甲虫尸首……

〔W："你那大学女同学Rebecca也跑去竞选什么议员，她缺你半个硕士那样的'Quali'呢；人家Michelle的老公也在股票市场上成了大亨，他和你差不多的年纪吧？"

M　（反应强烈）你干吗拿我和她老公比?!

〔W："Okay，Okay，就说你大学同学，个个都差不多有点成就，唯有你……（顿）……我才不是给你压力，不过，压力倒是让人上进的原动力……"

M　——老婆呀！

〔W识趣地："Okay，Okay，我转话题。"

M　（把地上的鞋子逐一举高，翻转）爬不动的甲虫，你还会怕吗？

〔W："眼看不见，就不怕。"

M　嗯，这就好。（拍了拍手，放弃寻找掉进鞋里的甲虫尸体，继续寻找掉了鞋扣的鞋子）

〔W为了表示尊重丈夫，特意向丈夫讨意见："文文呀，我想买个高压锅，哪个牌子好呢？"

M　你没在你那闺蜜群组做情报搜集吗？

〔W："你是男人，对电器之类总有些专业看法嘛。"

M　（随口说了个牌子）——National吧。

〔W："Michelle用过飞利浦，她说还不错哩。"

M　那就买飞利浦吧。

〔W："可是我妈说，Sharp省电呢。"

M　那就Sharp吧。

〔W："但我在电视上看到Hitachi做的promote挺吸引哦。"

M　宣传那家子，你不可尽信……

〔W抢白："这个我当然比你清楚！你忘了你老婆是念Marketing的吗？（顿）嗯嗯，Sanyo呢？"

M　（没趣地）随你喜欢吧。

〔W："嗯，还有什么牌子好呢？"

M　你都说齐了吧？

〔W："还没呢——三菱呢？你说三菱好不好？"

M　随便吧。

〔W："Come on, Man！有点主见好不？你是男人呢。"

M　那就飞利浦吧。

〔W略带醋意："好啊……你倒挺听那Michelle的话，她说好，你就说好。"

M　（感到委屈）是你说它好的嘛。

〔W："你刚才明明提议National呢。"

M　唉，随便吧。

〔W："你看，你看！你这左摇右摆地没主见，怎跟那女人fight？"

M　（不由高声抗议）"买哪个牌子高压锅"和"跟那女人fight"又有什么关系?!（顿）（投降）唉……National吧！

〔W："喏喏喏，你看你！我早就猜到你会这样子！三心二意！还指望你的意见?!（顿）——所以，我早买了三菱啦！"

M　（苦笑）呵呵……真独到！又出人意表！

〔W掩不住兴奋："三菱有五十块钱的回赠！电器店的售货员也说三菱不错……哇！"

〔厨房内闪出电火花、电流"噼啪"声。

M　（忽有所获，兴奋地大笑起来）哈哈哈……

W　我没事呢，亲亲，你有什么好笑？

M　（扬扬手里的鞋）找到了！好辛苦终于帮你找到那只掉了扣子的鞋了！

〔W："赶快把鞋扣粘好，赶呢！（顿）超能胶！"

〔一支"异常"特大的超能胶从厨房内飞出，M潇洒地伸手凌空一抓……抓空了，偷偷往厨房瞟一眼，急忙俯身捡起超能胶，随手抛到空中，出手一抓！抓着了，偶然从客厅的全身镜里发现自己的姿势威武，一时兴起，摆出几个健美先生的姿势，不觉对镜自恋起来……

〔歌曲《男儿当自强》起。

〔M在镜子前摆出几个李连杰式的黄飞鸿架势，顿然自觉顶天立地、豪气干云……

〔W："最近见过祥仔没有？"

〔M顿然从他幻想的英雄世界中被拉回到现实里来，意兴阑珊地返回凳子上坐下。

〔音乐淡出。

M　没有。你不是不喜欢我跟他来往吗？（又无聊地翻阅起杂志）

〔W："别再读那些八卦杂志，成功的男人应该读 Times、Asia Magazine。"

〔M奇怪妻子哪知道自己在读杂志，往厨房里偷瞄一下，发现W没偷窥自己。

〔W："前天我看见那祥仔在我们家附近，胁下挟着本八卦杂志，愣头愣脑地逛。你那同学没啥本事，最本事是不住地让自己老婆大肚。"

M　（W的一番话使他感到有点不安，于是腼腆地藏起手上的杂志，但嘴里却不妥协）干吗说能让自己老婆大肚说不上是本事？

〔W："那算啥本事？！本身不事生产，没志气。"

M　他那才是大事生产呢！

〔W："听来你倒很羡慕祥仔他那种'本事'呢？"

M　（愤愤地）我本也有那个本事，你却不许我使出那本事！

〔W："你除了会耍那种'本事'，还有啥能干？"

M　（愤然站起来）我当然能干！不能干，还算啥本事？！（顿）I—AM—A—MAN！（曲举起一条手臂，显示肌肉）See？

〔W轻蔑地："——省着点儿吧！Man。"

M　（像只被斗败了的公鸡）……

〔W婉言，像教训小学生："文文，男人的能干不是那种'能干'，嗯。"

M　（走到客厅角落的婴儿车前，温柔地瞧着车内熟睡的婴儿）说真的，老婆，我们只得B仔一个——

〔W："你想也甭想！"

M　我不光是想——

〔W:"我就怕你不光是'想'！我那时不慎，就意外让你'本事'了一次。"

M　（带着晦气，低声自语）那我另找别人帮你忙去……

〔W:"女人的本事就光是大肚生仔吗？你说说看。"

M　也不光是……

〔W:"嗯。"

M　还有服侍老公、打理家庭。

〔W:"亏你嘴里竟会吐出这种迂腐、封建的话。都快到21世纪了！"

M　到了21世纪，女人生仔就变成迂腐的事吗？

〔W:"Okay,Okay,我转话题。你为我挑一双鞋子好配衬我那套晚装。那晚装就挂在屏风上。"

M　我好辛苦找到那双掉了扣子的鞋，你不是打算今晚穿的吗？

〔W:"你认为它和那晚装衬吗？今晚见的都是有头有脸的大客户。"

M　（向观众）每次上街都选几双鞋子走到你跟前问："老公，你瞧哪一双衬这衣服？"你好认真地挑了一双之后，她就会将你所挑的那双扔回鞋柜，而她脚上所穿的才是真命天子。拿老婆的话认真，你就输了。

M　（没将妻子的话放在心上，只想随意地选起一双平底鞋放在晚礼服下，凑巧选了一双长筒雨靴）你还要躲在厨房多久？

〔W:"你不是一直主张女人要躲在厨房的吗？"

M　人家的女人躲在厨房里头是烧饭洗菜，你呢？在里头干啥？

〔W:"你真的满脑子封建思想，完全跟不上时代。"

M　（摸着肚子）老婆……我……

〔W:"嗯？"

M　我的腿发麻……

〔W:"说重点。"

M　我想……今晚不陪你去了……

〔W:"理由？"

M　……那些人都只认识你……我像个跟班。

〔W:"那是公司宴会呢，我哪能没了你。其实他们也认得你呀。"

M　对呀，他们只认得："这男人是我们G.M.的老公！"

〔W："英女皇的老公也没像你这般多委屈。那好，我以后在名片上加上你的姓，好让他们称呼我'李太'。（顿）乖乖替我清洁好那些鞋。"

M　（抗议）那是Marian的工作！

〔W："女佣今天放假嘛。擦完鞋，就赶快换衣服，差不多要出门了。要先将B仔送去我妈那儿看管呢。"

〔M老大不愿意地坐下来，低头拿起一双双鞋抹擦。

M　（向观众）一家人里头，书我念得最多，钱我却赚得最少。我老婆赚钱的能力比我高好几倍，我妹妹中学毕业，进赌场里派牌，人工资也比我高。糟糕的是周围的人却认定我"应该"赚得最多，他们为我找了个抬得起头来的借口：怀才不遇。（自嘲）怀才不遇?！（顿）操！（顿）这所房子里头，没有一件贵重东西是用我的名字登记的：房子以我老婆的名字登记，汽车以我老婆的名字登记，白金卡以我老婆的名字登记，儿子以我老婆的——（温柔地瞟了瞟婴儿车内的B仔）幸好，还有个儿子是以我的名字登记。

〔W："噢，对，今晚应酬完了，去看午夜场吧，亲亲。我俩许久没进过电影院了。"

〔M往屏风取T恤衫领带，在镜子前换衣服。

M　（向观众）小时候，跟家人去看白燕、黄曼梨演的《疯妇》，我看得痛哭流涕，散场回家后却被阿爸教训了一顿，说什么"男儿有泪不轻弹""大丈夫流血不流泪"，阿爸还埋怨阿妈生了个"㜺型①"的儿子。自从那次之后，无论多惨的戏，我也不敢感动，偶尔还要装作不以为然地笑。（顿，摸着下巴，做思索状）难道男人真要Cool一点，才算得上有型有性格？不过，那次，当老婆看完《不了情》，含着满眶泪水，看见我望着她龇牙咧嘴地笑，却骂我变态。

〔婴儿车内的B仔哭喊起来。

---

① 㜺型：娘娘腔。

〔W："文文，B仔哭了。"

M　（反感）听到啦。拜托别再当众唤我"文文"，行不行？肉麻。

〔M从婴儿车里抱起B仔。

〔W："当年这样子唤你，你不是感觉很sweet的吗？"

M　拜托，当年还未发育完成，现在已担起一头家了。我有个洋名让你唤：阿Man。——M-A-N，MAN！

〔W柔声："Okay，Man。"（顿）"凑仔吧。"

M　（轻拍孩子）别小看男人的名字。女人的名字就没什么奋斗性：什么"青霞""丽君""玉卿"……不过风花雪月。

〔W："好大的男人主义。"

M　男人的名字就大不同，它标志着上一代对下一代的期望和野心，内里饱含学问，好像："星驰""富城""成龙"，都标示出他们父母的胸怀大志。

〔W："替B仔逗尿吧，Man。"

M　（熟练地一摸B仔的屁股，答道）撒了。（哄B仔）B仔乖，你要成材啊，长大以后要代爸爸念完那个MBA……

〔B仔闻言，霎时失惊号哭起来。

〔W："你看你把B仔吓成这样子！让我来抱抱他。你赶快换衣服去。"

〔M将B仔放回婴儿车里，将车子轻轻一推，车子就载着B仔溜进侧幕内的厨房里。

〔M对着镜子，穿上丝质T恤衫。

M　（向观众）我爸是个穷裁缝，（把领带往脖子上一挂，领带犹如化作裁缝的软尺）几十年来受尽女顾客的气，后来娶了个家境稍比他好的女人，以为有好日子过，谁知往后还要多受我外婆和阿姨一家的白眼，日子更难过。这么多年，我从未见过他的腰可以板直起来。我妈整天外出打麻将，剩下爸又要裁衣服又要照顾我们；家里经常要靠妈的外家补贴家用。我小时候常做噩梦，梦见自己变成我爸。（顿）自小爸对我管教好严，小学时候作文，写"我的志愿"，我说长大后要当个电影院放映员，看电影不用买票……

〔W尖叫："你哪可以这样没志气?!"

M　（对W的反应表示错愕）干吗你的反应和我爸一样？

　　〔W："当然，我和他同是关心你的人。"〕

M　结果，爸骂了我一顿，罚我从头写过。

　　〔W："男儿当自强嘛。"〕

M　我细心一想，爸的话也有几分对，当放映员也真的没什么大志，于是我决定立更大的志向和野心。（顿）——当个电影院检票员……

　　〔W倒抽一口凉气："Oh, Jesus!"〕

M　放映员只自己一个人免费看电影，检票员可以让朋友免票进电影院。

　　〔W化作M父亲的语调，厉声："今晚不准吃饭，再从头写'我的志愿'！"〕

M　我的志愿要当发型设计师！——"型"！

　　〔W用M的父亲的语调："当'洗头仔'又是要受女人气，没出息！"〕

M　（怯怯地）爸啊，究竟你的志愿是要我的志愿干啥？

　　〔W用M父亲的语调："仔啊，'我的志愿'当然由你来写啦，该由孩子自主发展嘛，当然，如果有志气的话，当然是干些有科学性、有专业性、有权威性、有赚钱性、有男性尊严……"〕

M　噢，我猜到了！

　　〔W用M父亲的语调满意地："猜到就好。你自己看着办吧，我才不会左右儿子的志向。"〕

M　（向观众）于是，我猜到《我的志愿》原来是要当个医生！——妇科医生，专赚女人钱。（顿）后来老师派回作文卷的时候，我发觉全班同学竟都当上了医生。（顿）有时候当真有点羡慕街上的乞儿，生活自由自主，没工作压力，没人逼他奋斗，无须竞争，摊开手掌就有钱。

　　〔W恢复自己的声音："嘘——小心说话，别教坏B仔。"〕

M　大学时期做过一个project，是有关乞儿的Research。原来乞儿的生活不是我想象般困苦……（背着观众戴上墨镜、假扮残废，然后转向观众）……有了这个look，乞到的收入，是由系数和方程式计算的。喜欢唱卡拉OK，还可以当街大展歌喉，娱己娱人。

173

〔M陶醉地投入乞儿的角色：一忽儿盘膝坐地，装作拉二胡唱歌，一忽儿拐着腿向想象中的路人行乞，乐在其中。

〔手提电话响起。

〔M一边"行乞"，一边从怀中掏出想象的手提电话接听。

M　　Hello, Man's office! ……老婆？我在开工……（向"路人"道谢）多谢……（向电话）——shopping？哪有空？你用我那张金卡去"碌"吧，我收工之后驾部Benz来接你。（挂断电话，坐到地上，继续陶醉于拉二胡）

〔他耍了一会儿，也乐了一阵……

M　　（忽然拉下墨镜，高声问厨房里的W）老婆，假如这世界只剩下两个男人：一个是我，另一个是赚钱比我多好多好多好多的乞儿，你会选择嫁给谁？

〔W不假思索："当然是你啦，亲亲。"

M　　叫我阿Man。

〔W松了一口气："你终于记起自己是个Man了。"

〔M走到镜子前，细意地系领带，但总不满意，于是松掉，再系、松掉、再……

M　　（对镜苦笑）几千年来，由祖先到我太爷到我老爹，不住地督促下一代要当个顶天立地的男子汉，可惜，阿Man不易当。

〔W："当个好女婿也不容易哩。这个礼拜六，我妈生日，我用你的名义送了块'金银劳'给她。"

M　　（心痛地）哗，年年都有生日，出手须那么重吗?!

〔W："你还好意思说?! 去年我妈生日，我妹夫们一个送她金项链，一个送她钻石指环，一个送了她去欧洲旅行，你呢？就只送了一张生日卡，那卡还是用你自己的照片造的。"

M　　（脸有赧色，嘴里仍硬）那是我们一家的生活照。送礼讲心思和心意嘛。几个"老襟"之中，不是数我这份礼最突出、最贴心吗？

〔W："是最'激心'啊！Man啊，你试为我的面子着想一下，好不？上个月，和我娘家外出吃饭，你几个老襟抢着去结账，我的妹夫们都掏张白金信用卡出来，就只有你拿着那张银行提款卡！"

M　　（无地自容）……我张那Visa一早"碌爆"了嘛。

〔W："你该早告诉我嘛！我已决定给你申请一张附属金卡。"

M　（一把松开领带，受伤地吼叫）什么?! 你要我堂堂男子汉用老婆的附属卡?!

〔W："你不说，没人知道那是附属卡。"

M　（断然）No way!（"嘭"地拍响自己的胸口）我的自尊心知道哦。我一天仍有骨气，我也决不接受！

〔W："Come on，别那么大男人吧。"

M　（昂然一挺胸）那是作为一个男人的尊严！

〔W："喏，你那块金表不是去年结婚纪念我送给你的吗？你那手提电话是去去年结婚周年礼物，你那金链不也是去去去年结婚周年我买的吗？还有去去去去年结婚周年……"

M　（颓然）够了，够了，我身上除了那套内衣裤之外，所有东西都是你送的，可满意了？

〔W："你记错了，那套内衣裤也是我送给你的生日礼物呢，文文。"

M　（愤愤地向观众）你看！比起结婚，我的生日竟然只值一套内衣裤！

〔W："——够'体贴'啊！算了，算了，反正我压根儿没将那些恩惠记在心里头。"

M　（鼓起无比勇气地说）终有一天，我会双倍奉还给你！（顿）（补上一句）——希望。

〔W："其实你也送了一份厚礼给我呢。"

M　（努力思索）嗯……有吗？……是什么？

〔婴儿车从厨房里溜出。

M　（恍然）……哦，B仔！

〔W："是你自己啊。你不就是我最好、最大份的礼物啰。"

M　（不爽）你将我看作什么？你的意思是，我是你的附属品？

〔W柔情似水："那么，就当作我是你的附属品吧，好吧？"

M　No，no，no，今天一定要搞清楚，究竟谁才是这个家的附属品！

〔W："有分别吗？"

M　就像饭桶跟饭盖，你说饭桶属于饭盖，还是饭盖属于饭桶？我是饭桶，抑或你是饭盖？饭桶重要，还是饭盖重要？

〔W："当然两者同样重要啦，少了一样也不可以将生米煮成熟饭。"

M　（满意地点头）嗯，你要牢记，男人最重要的是自尊，第二重要的也是自尊，第三重要的仍是——

〔W柔声：“——自尊！行了，Man。喂奶吧，B仔是时候吃奶了。”

〔M柔顺地拿奶粉冲奶。

M　（泄了气）老婆……

〔W：“嗯？”

M　想清楚了，都说“输人不输阵”……

〔W：“说重点。”

M　（硬着头皮）那金卡什么时候可以到手？……是A.E.①金卡吧？（顿）我下个礼拜六同学聚会……（转向观众）——接受，只有我自己知道自己没志气；——不接受，周围的人都知道我没出息。虽然失落了男性自尊，anyway，老婆的礼物至少可以为我在同学面前挽回一点面子。（张嘴试奶水的温度）嗯……味道不错，虽然有点膻膻的。

〔W小心翼翼地趁机再度提出：“老公，我看，关于去、留那件事，你还是尽快拿点主意好。”

M　（一边喂奶，一边不耐烦地）即使加拿大移民局批了申请，之后还有好几年时间的期限才需要去land（入境居留）。

〔W：“那谁个留下，谁带着B仔先去加拿大land呢？”

M　（断然）当然是你带着B仔先land。我是男人，留在这儿赚钱，给你们寄生活费。

〔W谨慎地用词，避免伤害M的自尊：“不过……留下的那个人要赚钱撑起整个家……”

M　（一昂首）我撑不起吗？

〔W：“不，我只是想跟你商量一下，看看我俩之中哪个比较‘耐撑’一些，其实，老公你这么能干……”

M　你叫我一个大男人背着儿子先走，靠你一个女人留下来赚钱养我父子？……No way！到了加拿大，整个Scarborough区②都是女人和小孩，只有一间屋是住了一个带着孩子的男人，每天在盘算：

① A.E.：American Express。

　② Scarborough区：20世纪90年代港澳移民热居的加拿大城市。

还有多少天就可以收到老婆汇来的生活费……No way！我不要做那个没出息的男人！

〔M一边说话，一边熟练地用襁褓将B仔背到背上。

〔W："我们现实一点，唔，我赚的那份薪水还可以，足够……"

M　（抢白）薪水高又如何？乞儿的收入也不低呢。我在大学的proj-ect里头，role play过乞儿做research，化了装在港澳码头一站，就赚到六七百块，不过站了四个小时，那天还不是假期旺日呢。乞儿赚到钱，但是以尊严来换取的。

〔W："什么?！你再说一遍！"

M　我是说：乞儿随便站四个小时就赚到六七百块，但他们是用尊严来换取的。我不羡慕他们，因为我认为自尊心比钱更重要。所以，你别以为钱赚得多就可以随便伤我的自尊！

〔W沉默了一会儿："Okay，Okay，让我们这样来决定谁去谁留：如果你有本事找到一份薪水和我相当的职位，又或者，至少fight赢你公司那个女人，坐上Manager的位置，我就辞职，带着B仔先往加拿大定居，而你就留下来，怎么样？"

M　（向观众）无论如何我也要赌这一铺。我不当凑仔公，万万不能当靠老婆供养的吃软饭男人！这样子，我爸准会报梦来打我的头。No way！（抬头向天）爸，我记得：男人当自强！赢不了那个女人，我就立刻辞职！（朝厨房高声喊）Okay！我Deal！

〔挂在屏风上的名贵晚装忽然活动起来。

晚　装　（"桀桀"地尖笑）……No fight，你赢不了那个女人的。

M　（四处张望，找寻说话的人）谁说我No fight？难道连区区一个女人也赢不了？

晚　装　谁说男人一定赢得了女人？

M　（回过头来，发现说话的原来是那套华丽耀目的晚装）你是谁？

晚　装　（以"手"掩嘴窃笑）一个跟你一样，没头没脸、只有一件"披"①的人。

M　Bull shit！你妖里妖气，哪能和我的阳刚气相比？

---

① 披：指衣观外表。

晚　装　（摇"头"）大男人思想果真是男人的隆胸药，假胸里头塞满了
　　　　　男性自卑。外表看来，胸怀大志，其实不过是装"胸"作势。
　　　　　（晚装胸部随着说话而慢慢鼓起）

M　　　（一拍胸口）我的胸不是隆的。

晚　装　（笑，伸手一点M的鼻尖）……阿Man这洋名，是谁给你起的？

M　　　我爸。

晚　装　为什么取名阿Man？

M　　　（挺胸）他要我时刻记着挺直腰做真正的男子汉——I am a man,
　　　　　a real man.

晚　装　你看，你老爸自小就给你打隆胸针。（顿）不如谈谈你那个MBA
　　　　　吧。

M　　　（不期然地提高声线，一副准备战斗的样子）对，我中途放弃那
　　　　　个MBA，我才不稀罕一纸文凭，我相信自己的本事多于一张
　　　　　"纱纸"！这年头，能念书的人多，能办事的人少。

晚　装　（捧腹，放肆地笑起来，笑完之后，向M鼓起掌）说得好！这年
　　　　　头，愈念的书多的人愈办不了事。你是害怕多了个硕士头衔之
　　　　　后，连一个低级"clerk仔"也当不成。

M　　　（红着脸狡辩）不是念的书多才算有出息……我有志气！

晚　装　（叉腰）你老爹也有志气吧！出息，是用入息来衡量的。充其量
　　　　　你只算是"有志气，没出息"。

M　　　我……我有大志。（禁不住呜咽起来）……我有大志……

晚　装　（好整以暇地以衣袖整理自己的衣衫）志气跟鞋一样，不一定高
　　　　　就好，最要紧的是fit自己高度。我们谈谈你那个对手吧。

M　　　谁？我老婆？

晚　装　（环抱双"手"）那个和你争上位的女同事呀。

M　　　有什么好谈？

晚　装　（伸"手"要点M的胸）你心里头害怕吧？

M　　　（闪避晚装的指点，摆出一副不屑的样子）怕？！我有什么好输？

晚　装　怕输了自己的自尊，输了老婆的面子。要不，当初你为什么要
　　　　　逃避？

　　　M　　　迟早都要移居到加拿大，干吗还要热衷上位？没啥意思！

晚　装	——上进呀！意思在于男人要上进呀！Man！（伸"手"打他的头）
M	喂！够了吧?！
晚　装	你自己知道的，你斗不过她。
M	她和我差不多的学历和经验……
晚　装	——可她是个女生。
M	（一脸不忿）……
晚　装	（幸灾乐祸地指着M笑）除了怕输掉这个机会，你更怕的是，以后要在女人手底下过活，对不?
M	（恼羞成怒）这还用你来说？我现任的上司就是个失婚的女人！
晚　装	（"咯咯"地拍手大笑）真可怜！公司里赢不了，家里也赢不了。
M	……
晚　装	（尖刻地笑）你准备当凑仔公吧。你老婆光是年终分得的花红已是你年薪的好几倍！
M	（怒吼）你这个以金钱衡量成就的市侩鬼，我要"干"掉你！
晚　装	噢！说不定，你公司其实已经公布了经理的人选? 对不?！（笑）
M	我要干掉你！（紧紧扼住晚装的"咽喉"）
	〔W："啊，老公，你说脏话吗?！"
M	（怒气冲冲地）我说要干掉你那件晚装！
	〔W愕然："干啥要干掉我的晚装?"
M	她实在太sharp，"刺眼刺鼻"！
	〔W："赴宴的晚装当然要sharp，老婆穿得不光鲜，是做丈夫的没脸哩。"
晚　装	你看，人人都着重外表、要面子，所以你扔不掉我的。你看！（指镜子）你这样子，像不像你老爸？（笑得前仰后翻）
	〔M转头看镜子，从镜子里看到自己背着儿子，领带像软尺般垂在胸前，双手紧抓着女服，赫然投射着当年当裁缝的父亲那佝偻的身影……M颓然地垂下双手，懊丧地转身离开，走了几步，忽然怒吼一声，转身抢前一把将晚装抢在手里，用力掷进厨房内……
	〔厨房内传来妻子的惊呼，然后是"噼啪"的电流撞击伴随着闪烁的火花。
	〔全场灯光蓦地一黑。

〔黑暗中……

M　老婆?!

〔W："我没事!"

M　（劳气地）你在里头又搅出了什么事?

〔W："还好说?! 你丢了什么进来? 害我误插上电插头，保险丝烧了。"

M　打电话到大厦管理处吧。

〔W："这些琐事，哪用麻烦管理处? 我自己修理就可以。"

M　（气结）这哪里是女人做的事?

〔W："难道换你来做吗?"

M　你留在厨房里别乱跑，我进来找蜡烛……

第二场

〔警署里。

〔观众在这场里只看到一双穿着黑丝袜、红色高跟鞋的腿在黑暗中，双腿以动作、步伐演绎出它的主人——W 的情绪。那双鞋是序幕中的高跟鞋。

〔警官 P 无须现身，观众只闻 P 的画外音。

〔全场漆黑中，一个聚光灯的光圈仅照及一双穿着鲜红色高跟鞋的腿。

W　我先生真的没出事?

〔P："没事，没事，请放心。"

W　那你传我到警署这儿来有什么事?

〔P："你先请坐下。"

W　阿 Sir，这是我的名片。（红色高跟鞋趋前）

〔P："有了，有了，你已经派了两次给我。请坐。"

W　噢，是吗?（高跟鞋走到椅子前，坐下，高跟鞋的双腿交叠起来）

〔P："想向你了解一些关于你丈夫的事情。"

W　You sure 他真的 Okay，Sir?

〔P："Okay，Okay。"

W　这就好。（轻摇起腿，有点漫不经心）他在哪儿？不是出了什么状况吧？

　　〔P："是有一点点状况，但不碍事，请放心。你可以先向我解释一下你丈夫的MBA头衔吗？"

W　Sure。（其中一只红色高跟鞋得意扬扬地以鞋尖轻敲起地板）MBA一般来说，是指Master of Business Administration，即是"工商管理学硕士"。我丈夫最近被一家猎头公司看上了，被邀跳槽到一家跨国企业任职MBA，而他这个MBA职衔呢，却是（伴随着后面的说话节奏，以鞋跟一下一下敲着地板，以强调内容的力度）——"Manager of Business Administration"。

　　〔P："你不介意谈谈你丈夫近日的日常生活细节吧？"

W　Why not？（穿着丝袜的双腿索性甩掉高跟鞋，轻松地解放出来）不过，阿Sir，你还没告诉我他到底发生了什么事呢。

　　〔P："你很快就会知道的。"

W　我丈夫以前常待在家里，但转了职之后，耽在外头应酬的时间多了……噢……我这样坐着，像个受审的疑犯，你不介意我站到你这边去吧？（双脚塞回高跟鞋里）

　　〔P："请随便。"

　　〔"红色高跟鞋"踱到另一边。

W　阿Sir，你有我的名片吗？

　　〔P赶忙回答："有了，有了，已经有很多了。"

　　〔一张名片飘下，落在高跟鞋的旁边。

　　〔照着高跟鞋的聚光灯光圈缩小至熄灭。

第三场

　　〔厨房内。

　　〔这场是W的独角戏，男角M则留在侧幕内的客厅里，观众只闻其声。

　　〔漆黑中，观众只看到Follow spot下，餐桌下W那光着的双腿。

W　Come on，Man！有点主见好不？你是男人呢。

181

〔M："那就飞利浦吧。"

W　（带着醋意与不屑）好啊……你倒挺听那Michelle的话，她说好，你也说好。

〔M："是你说它好的嘛。"

W　（低语）嘿，怕因为那Michelle是你的前度吧？（高声朝客厅内的M说）你刚才明明提议National。

〔M："唉，随便吧。"

W　你看，你看！你这左摇右摆地没主见，怎跟那女人fight?

〔M："买哪个牌子高压锅和跟那女人fight又有什么关系？那就National吧。"

〔舞台灯光淡入，follow spot灭。

〔舞台中央的餐桌上凌乱地放着修理工具、计算器、无线电话、电风扇……

〔W戴着烧焊用的护目眼罩，身穿丈夫的T恤衫及短裤，男装T恤衫穿在她身上显得宽松、长可及膝。她光着腿坐在餐桌前，手拿着接焊工具埋首修理家庭电器。

W　（大摇其头，一副不屑的样子）喏喏喏，你看你！我早就猜到你会这样子！三心二意！还指望你的意见?!（得意扬扬地轻拍着台面上一个"三菱"电器的纸箱）——所以，我早买了三菱啦！（掩不住兴奋）三菱有五十块钱的回赠哦！（继续修理电器）电器店的售货员也说三菱不错……（说得忘形，被接焊器闪出的火花轻微灼了一下）Wow!

〔M在客厅里兴奋地大笑……

W　（恼羞成怒）我没事，死佬，你有什么好笑的?!

〔M："找到了！好辛苦终于帮你找到那只掉了扣子的鞋了！"

W　（咬牙，低声）死佬！笑、笑、笑！问候也没一声。（顿）还不赶快把鞋扣粘好?!赶呢！（顿）——超能胶！（随手抄起一支特大的万能胶就往客厅里扔出去）

〔厨房内的室内无线电话响起。

W　（除下护目罩，接听电话）Hi……Michelle? ……哦，今晚不来赴宴? ……当然当然！七周年纪念嘛，你老公贵人事忙，好难得要等到结婚七周年才抽到时间陪你看电影呢……嗯，有！我老公也有陪我看电影去，不多，不过一星期一次吧……对对对……你老公能干吗，老公只要有本事，老婆哪怕是白痴?!……不，不，不，这哪里说你白痴？我才说你精明呢，晓得挑个MBA老公……嗯，嗯……祥仔？……他老婆又来大肚?!……不！我们跟他没什么来往……Bye。（挂断电话，嗤之以鼻）——屁！又来跟我"晒命①"！七年之痒呀！七周年！嘿，老公赚得多，老婆地位愈坎坷，早晚还不是搞个小三、小四?!（向观众解释）那Michelle是我的大学同学，她老公是我公司的客户，那祥仔呢，是她老公的公司职员。（高声问M）老公，最近见过祥仔没有？前天我看见他在我们家附近，胁下挟着本八卦杂志，愣头愣脑地逛。（向观众）老公以前总爱跟他这个中学同学来往，那家伙志气薄却脸皮厚，初认识他的时候，告诉我说自己是金融公司的G.M.，以为是General Manager，原来不过是个general messenger！（朝M高声地）我说呢，你那同学没啥本事，最本事是不住让自己老婆大肚。

〔M："我本也有那个本事，你却不许我使出那本事。"

W　　省着点儿吧！Man。

〔M："说真的，老婆，我们只得B仔一个——"

W　　（自语）生仔要花十个月哦！你可知道我的工作有多忙？嘿……你那"本事"的破坏力可真够大，几乎破坏了我辛苦打拼回来的事业，你还要再乱来耍本事？（愈想愈不愤，高声质问客厅的M）——女人的本事就光是大肚生仔吗？你说！亏你嘴里竟会吐出这种迂腐、封建的话？都快到21世纪了，你还主张：女主内？女人在家相夫教子？Oh, Jesus！

〔M："到了21世纪，女人生仔就变成迂腐的事了吗？"

W　　Okay, Okay，我转话题。你为我挑一双鞋子好配衬我那套晚装。那晚装就挂在屏风上。（说话间，打开厨房的鞋柜，拿出一双双高跟鞋来试穿）

〔M："老婆，我想，今晚不陪你去了。"

---

① 晒命：炫耀。

W　（不耐烦的样子）理由?!

　　〔M："那些人都只认识你，我像个跟班。"

W　（自语）那是公司宴会呢，出席的高层都携眷，我哪能不带着你?（顿）（向M）其实他们也认识你呀。噢，对，今晚应酬完了，去看午夜场吧，我俩许久没进过电影院了。

　　〔客厅里传来B仔的号哭声。

W　你看你把儿子吓成这样子！让我来抱抱他。你赶快换衫去。（终于挑出了一对今晚宴会用的高跟鞋，将它放在一旁）

　　〔婴儿车自客厅（侧幕里）飞快地溜进厨房来。

W　（抱起B仔）乖，B仔乖，不用怕，MBA不是那么难念的。乖……Ang咕咕呀，长大后你的"志愿"是什么?

　　〔以下M的声音经特殊效果处理，像播错转数的唱片般走音，因此听来像婴孩的尖嗓子。

　　〔M："我长大后要当电影院放映员，看电影不用买票。"

W　（尖叫，紧握着B仔的咽喉）Jesus，你哪可以这样没志气?

　　〔M："那么我就当个电影院检票员……"

W　（厉声）你今晚不准吃奶！

　　〔M："我要当发型设计师。"

W　那明天你也不用吃奶！

　　〔M："究竟你的志愿要我的志愿干什么?"

W　仔啊，"我的志愿"当然由你来写啦，该由孩子自主发展嘛，（很快地补充）当然，如果有志气的话，当然是干些有科学性、有专业性、有权威性、有赚钱性、有男人尊严……

　　〔M："噢，我猜到了!"

W　（满意地）猜到了就好。你自己看着办吧，我才不会左右儿子的志向。

　　〔M："'我的志愿'是当周星驰、郭富城!"

W　Great！今晚奖你吃五十安士的奶。（将B仔放回婴儿车里）

　　〔以下M恢复原来声调。

　　〔M："……假如这世界只剩下两个男人：一个是我，另一个是赚钱比我多好多好多好多的乞儿，你会选择嫁给谁?"

W　当然是你啦，（低语）神经病！（向婴儿车里的B仔）你看，你
　　daddy是个自尊心容易受伤的男人。（转向观众）喏，他有个朋
　　友Peter仔做生意被合伙人骗光了钱，弄得一身债，四处向朋友
　　借钱，由几万到几十块都借，大小通吃，连那最没出息的祥仔也
　　被他借去五千块。之后Peter仔就失了踪。一帮朋友聚会，大家
　　互吐苦水，我老公整晚绷紧了脸孔，一言不发。Michelle那个暴
　　发户老公幸灾乐祸，拍拍我老公肩膀，故意逗着我老公问：
　　"喂，怎么了？该不是你的损失最惨重吧？"我就偏不让他爽，口
　　快地代老公抢答："Peter仔向你们每一个都借了，幸好，就是没
　　向我老公伸手借。"说完，就发觉自己"中枪"了。那个死祥仔
　　笑得见牙不见眼，其他人呢，就阴阴嘴笑，Michelle老公还多赠
　　一句："Peter仔干吗不给你面子？"我看着老公连脖子也红了，
　　下巴垂到可触及胸口……可不是吗？连祥仔也值五千，没道理我
　　老公不值一文嘛！（狠狠地）那死Peter仔，好势利眼！
　　〔M："……什么？！你要我堂堂男子汉用老婆的附属卡？！"〕

W　（找出记事簿翻阅，一口气急念出来）你那块金表不是去年结婚
　　纪念我送给你的吗？你那手机是去去年结婚周年的礼物，你那
　　金项链不也是去去去年结婚周年我买的吗？还有去去去去年结
　　婚周年……（一边说着，一边按计算器）
　　〔M："够了，够了……"〕

W　（顺手撕下计算器印出来的字条，看了看总数）算了，反正我压
　　根儿没将那些恩惠记在心里。（将字条夹在记事簿里，将之放回
　　衣袋，悠然地点了一根香烟，从桌上捡起M那张镶在玻璃框里
　　的大学文凭凝视）其实你也送了一份厚礼给我呢，（喃喃自语）
　　如果念完那个Master，那份礼更厚呢。（无限惋惜地叹了口气，顺
　　手将婴儿车轻轻一推，婴儿车溜到客厅去，抽了一口烟，小心翼
　　翼地）老公，我看，关于去、留那件事，你还是尽快拿点主意好。
　　〔M断然："当然是你带着B仔先land。我是男人，留在这儿赚
　　钱，给你们寄生活费。"〕

W　（谨慎地）不过……留下的那个人要赚钱撑起整头家……
　　〔M："你要我一个大男人背着儿子先走？No way！"〕

W　　我们现实一点，喏，我赚的那份薪水还可以，足够……

〔M抢白："薪水高又如何？乞儿的收入也不低呢……"声量渐小，变作背景声。

W　　（向观众）人人只道男人压力大，女人不也一样？不是担心老公没志气、丢自己的脸，就是担心老公过分出息，一朝发达，在外面搞三搞四。既害怕老公没发达，又怕发达以后没了老公。做老婆难，做个比老公能干出色的老婆更难。

〔M："No way！我不要做那个没骨气的男人……"

W　　（向观众）讲骨气？阿爷那一代，男人要一个人撑起整头家就称得上是骨气。现在？还有多少男人胆敢拍胸口说一句不需老婆帮忙赚钱养家?！男人储钱娶老婆，也要女人出一份钱呢。（及时听到M最后那几句话，被吸引起兴趣来）什么?！你……你再说一遍，再说一遍。

〔M："我是说，乞丐随便站四个小时就赚得……"声音渐小，化作背景声。

W　　（依M说的数字按计算器，机上的纸带"吱吱"地忙碌卷动）……六百五十除以四……乘八个小时……乘三十……一个月四个weekends double 算……礼拜天休息……Saturday night O.T.……（抽着烟看计算器纸条上的总额，不由得掩嘴惊叹）Wow……net pay——non-taxable！自由工……（为自己脑子里的想法吃了一惊）Shit！我想到哪儿去了？（顿）难怪说金钱使人堕落。（摇头叹息）

〔M："……你别以为钱赚得多就可以随便伤我的自尊！"

W　　（猛吸了一口烟之后，捻熄手上的香烟，戴上护目镜，继续修理电器）Okay，Okay，让我们这样来决定谁去谁留：如果你有本事找到一份薪水和我相当的职位，又或者，至少fight赢你公司那个女人，坐上Manager的位置，我就辞职，带着B仔先往加拿大定居，而你就留下来，怎么样？

〔M："男人当自强！Okay，我Deal！"

W　　（自语）嘿嘿，就怕你硬不起来。

〔M："你这个以金钱衡量成就的市侩鬼，我要'干'掉你！"

W　　（乍喜）哦……老公，你说脏话?!（手拿着修理中的电器插头）

　　　　〔M："我要干掉你那件晚装!"

W　　（愕然）你干啥要——?

　　　　〔冷不防她那套华丽的晚装"嗖"的一声从客厅里飞进来，刚巧盖到W的头上，她手上的电器插头误插进电源插座里，火花一闪，全场灯光突然熄灭……

第四场

　　　　〔厨房里。

　　　　〔漆黑一片。

　　　　〔M步步为营地在厨房内摸索着。W则身在侧幕内的客厅里。

M　　老婆，你在哪儿?

　　　　〔灯光骤亮。

　　　　〔M背着B仔，工具箱、大大小小各式的蜡烛、手电筒抱个满怀，一副狼狈相，错愕地举头瞧着刚恢复电力的天花板顶灯。

　　　　〔W的晚礼服完好地挂在厨房一角，底下放了一双W挑好的高跟鞋。

　　　　〔W："我在客厅里，刚换好了保险丝。"

M　　叫你别摸黑随处走。

　　　　〔W："哪用摸黑? 有打火机嘛。"

M　　（不是味儿，赌气地）你干Office的，你以为自己是电器师傅?!

　　　　〔W："将来移居加拿大，这些琐事就得靠自己了，那边人工贵呢。"

　　　　〔M偶然看见计算器上留下的长长字条——是W刚才计算乞丐收入的数字，他将它撕下来仔细地读。

晚　装　（得意扬扬地笑）你瞧这双高跟鞋可衬我? 是你老婆挑的呢，她穿起来就比你高。我现在看来是否更高贵、更体面? 我早说过你扔不掉我的。（顿）你倒要跟你老婆学习学习换保险丝，不久你就要当凑仔公。在加拿大，老婆不在身边的日子，什么也得靠自己了。

M　　不! 我会是留下来的那一个!

187

晚　装　（尖刻地笑）凭什么？你已经输掉了经理的位置。嘿嘿……你说过，输了，你就得辞职。

M　我会辞职，但我还未输！

〔M一把抓起礼服欲扔出厨房外，回心一想，改而把它丢进垃圾桶里。

〔W："你在厨房里吟吟沉沉地说些什么？"

M　（沉默了一会儿）我说，我不须再跟那女人争了，我要跳槽，我刚接到一家猎头公司的电话，它邀我跳槽。

〔W："什么职位？什么title？"

M　Title？你喜欢的（顿）——MBA！

〔舞台灯光淡走。

第五场

〔警署里。同第二场。

〔漆黑中，follow spot再度照着那双红色高跟鞋。红鞋演戏。

〔P："你丈夫当真跳槽当上了MBA？"

W　（红鞋一顿地）阿Sir，你这样问是什么意思？难道我的丈夫不够Quali吗？

〔P："不，我没这个意思。那你知道MBA是干什么工作的吗？"

W　那么繁重的工作，我哪可以一一告诉你？

〔P："你丈夫当了MBA多久呢？"

W　半年左右吧。阿Sir，你现在可以告诉我，他在哪里，究竟出了什么状况吗？……

〔Follow spot熄灭，红高跟鞋也随之消失。

〔舞台灯光淡入。

〔空荡荡的舞台。然后，一大群乞儿从四面八方进入演区。

〔个别乞儿挟着 *Times*、*Asia Magazine*、*South China Morning Post*，等等，那些被W形容为成功男人爱读的英文报刊，他们将报刊垫地而坐，或者作乞儿钵或者纸帽之用……

〔群丐缓缓脱掉鞋子，赤脚行乞。

〔群丐当中一个长发披肩、满脸络腮胡、戴着墨镜、衣衫不整、赤足的乞儿垂着头慢慢踱到舞台口。

〔W吃惊地问那乞儿："你是谁?!"

乞　丐　你可以辞掉你那份工，准备带B仔去加拿大了。

〔乞丐抬起头，将假发、假须、墨镜逐一除去，竟然是M所扮。

W　（失声尖叫）Oh, Jesus! 你不是说高薪跳槽，任职MBA的吗?

M　（一脸无奈）没错，是MBA——Man Begging Around。

〔群丐一边不住轻声反复地念着"Man Begging Around"，一边赤着脚缓缓离开演区，留下满台满地的鞋……

〔歌曲 *Blowing In The Wind* 淡入。

〔M长长地呼了口气，理理头发，戴上墨镜，整理衣衫，从裤袋里掏出一条丝质领带，系上，然后慢慢踱步离开舞台，赤着脚……

〔舞台灯光淡走。

〔*Blowing In The Wind* 歌声渐大。

——剧　终

《男儿当自强》创作于1992年，同年由澳门晓角剧社首演于"澳门戏剧汇演"。导演陈伟新，演员许国权、袁惠清，获"优异整体演出""最佳导演"和两项"优异演员"奖。1993年此剧被香港大学"青年剧场"演出，之后又有多家香港戏剧团体演出。

作者简介

李宇樑　男，1955年出生，澳门著名剧作家。迄今编导的舞台作品约三十多部、广播剧十多部。代表作品有《罪痕》《警察与小偷》《虚名镇》《汤姆之死》《怒民》《危城》《悬崖上的重阳》《时间证人》《等灵》《逆旅》《死巷》《冥中行》《亚当&夏娃的意外》《男儿当自强》《二月廿九日》《今天我们逃学离家去》《澳门特产》《请于讯号后留下口讯》等。

· 淮　剧 ·

金龙与蜉蝣

罗怀臻

时　间　西周以降，华夏某诸侯国，大体为楚流裔一脉。

人　物　金　龙——代国君。

　　　　蜉　蝣——金龙的儿子。

　　　　玉　凤——金龙的妻子。

　　　　玉　莽——金龙的儿媳。

　　　　牛　牯——金龙的追随者。

　　　　孖　孓——金龙的孙子。

　　　　老　王——金龙的父亲。

　　　　优伶甲、乙，小宦者，诸先王，兵士，众嫔姬。

序幕　流亡

〔幕启。

〔玉碎宫倾，一片死寂。老王悬挂在王座上方，背后插着一柄剑。

〔马蹄声骤起。幕内一片欢呼声："公子金龙狩猎回宫！"

〔金龙猎装冲上，目睹惨状，悲怆不已。

金　龙　父王，你死得好惨！

〔杀声如潮，似由八方袭来。

〔牛牯——一员浓须战将，紧张退上。

牛　牯　叛军杀回来啦，公子快走呀！

金　龙　（沉浸在哀伤里，不可自拔）不，让我与父王死在一起！

牛　牯　公子使命在身，不可忧伤误国。公子快走，末将掩护你！

金　龙　（固执地）不，我死也不走！

〔牛牯情急，踹倒金龙。金龙愕然。

牛　牯　（催促地）公子快走！

〔金龙退着步，转头欲下。

牛　牯　（突叫）回来！

〔金龙蓦止，牛牯摘下头盔与其交换。

金　龙　（感激地）将军姓名？

牛　牯　（示头盔）在公子手里！

金　龙　（读诵）牛牯！

　　　　〔背景隐去。金龙顶盔潜逃。

　　　　〔转景：海天一角，一片湛蓝。金龙在惊心动魄的奔突中，力渐
　　　　不支。

　　　　〔蓦地，一张渔网凌空罩下，金龙被缚，动弹不得。

　　　　〔玉凤——一跣足露肘的渔家女小心逼上。

玉　凤　男人有手有脚是只狼，没手没脚是只羊……

金　龙　你是谁？

玉　凤　渔家女儿唤玉凤。

金　龙　玉凤，你见过狼？

　　　　〔玉凤摇头。

金　龙　羊呢？

　　　　〔玉凤再摇头。

金　龙　其实狼就是羊，羊就是狼！

玉　凤　不对，狼是狼，羊是羊，我娘生前讲过，不一样！

金　龙　不信你放了我，保证一样！

玉　凤　我是个单身女子，怕你不老实！

金　龙　天地为证！

　　　　〔玉凤犹豫着放开金龙。金龙随手甩开头盔，盯视玉凤。

玉　凤　大哥，你看我？

　　　　〔金龙点点头。

玉　凤　我很丑？

　　　　〔金龙摇摇头。

玉　凤　不丑也不俊？

金　龙　俊！

　　　　〔金龙冷不防扑倒玉凤，玉凤挣扎无效。

　　　　〔幕后如怨似尤的独唱声：

　　　　　　"大哥哥心太黑，

　　　　　　想得出就做得出；

小妹妹心太软，

有办法也没办法。

从今只求你一件事，

一辈子不离妹半尺……"

第一幕　出海

〔字幕：三年过后。

〔依山傍水，打鱼人家。玉凤一面烧煮头盔中食物，一面摇晃着吊网中的婴儿。

玉　凤　（唱）我家有个小儿郎，

　　　　　　　白白胖胖嫩汪汪。

　　　　　　　没病没灾见风长，

　　　　　　　长大做个打鱼郎。

〔金龙肩网提篓，兴冲冲地上。

金　龙　（唱）打鱼归来心欢畅，

　　　　　　　又见妻子与儿郎。

　　　　　　　渔家自有渔家乐，

　　　　　　　太太平平度时光。

　　　　（放下渔具，直奔婴儿）哈哈，我的儿子！

玉　凤　看你，又把孩子吓哭啦！

金　龙　是我把他吓哭了？真是怪呀，这孩子看见爹爹就哭，看见娘倒笑，爹爹终日为儿下海打鱼，真是白白辛苦一场啦！

玉　凤　谁让你风风火火，不好好逗他！

金　龙　（摩拳擦掌地）好，爹爹今天非要逗他一个笑！

〔金龙逗婴儿，婴儿咯咯笑。

金　龙　嘿，这顶头盔倒教你派上用场了。（读诵头盔，若有所思）牛牯……

玉　凤　大哥，你看这头盔上的名字，已经被水煮得模糊啦。

金　龙　模糊了好，模糊了就不再是顶头盔，而是一只锅啦！

玉　凤　大哥，你为什么从来不肯说出自己的身世？

金　龙　（掩饰地）我的身世？哈，我有什么身世，我只是一个日出而作、日没而息的渔夫。怎么，你为何总要询问我的身世？难道你对我还有什么不放心吗？

玉　凤　不，我只知道你是我男人，这是我儿子，别的什么都不管，不管……（幸福地偎着他）

金　龙　玉凤，我会陪伴你一辈子！

玉　凤　（甜美地）大哥……

金　龙　（惬意地）哎！

　　〔陆地传来龙舟号子，声势浩大。似有一支庞大船队，从海上经过。玉凤挣脱金龙，奔跑过去。

玉　凤　（欢呼地）噢噢，海上过龙船喽！

金　龙　（愣愣地）天、子、巡、朝……（唱）

　　　　忽见龙船过水上，

　　　　蓦地心底起苍凉。

　　　　往事如烟重忆起，

　　　　始觉悠然大梦长。（踱步、沉思）

　　〔金龙幻觉：死去的老王凌空显现，神秘威严。

老　王　金龙……

金　龙　（跪下，虔诚地）父王……

老　王　你是一代君主，不是一介渔夫……

金　龙　金龙知道……

老　王　回去吧，继续祖先开创的基业，登临万民仰望的宫廷，不要忘记你是谁的子孙……

金　龙　是，父王……

　　〔老王隐去。

金　龙　对！我应该走，我应该离开这地方，我应该去打天下！

玉　凤　大哥，你怎么了？

金　龙　我要去打天下……

玉　凤　什么打天下？

金　龙　我……

玉　凤　拿来。

金　龙　什么？

玉　凤　（指头盔）你这个不给我，我拿什么煮饭呀？（夺过头盔）我说大
　　　　哥，你还是好好地陪我打鱼吧！（用渔网套住他）

金　龙　（看着玉凤，扯下渔网）不！玉凤！（唱）

　　　　　　　莫再为我披渔网，

　　　　　　　我本不是打鱼郎。

　　　　　　　穷途末路相遭遇，

　　　　　　　懵懂逗留三载长。

　　　　　　　你知道我是谁，

　　　　　　　你晓我来何方？

　　　　　　　我只是匆匆过客相来往，

　　　　　　　云鹄暂栖你身旁。

玉　凤　（不解地）你在说些什么？

金　龙　（唱）玉凤啊，感激你患难之时相为伴，

　　　　　　　感激你疗伤抚痛情意长。

　　　　　　　感激你果腹御寒一张网，

　　　　　　　感激你三年相爱恩一场。

　　　　　　　今日饮你一泉水，

　　　　　　　他年报还十条江。

玉　凤　（心碎）大哥！

　　　　〔金龙欲下又止。

玉　凤　（唱）大哥呀，你一声说去就动身，

　　　　　　　好似流水风样轻。

　　　　　　　我问你忽然中了什么邪，

　　　　　　　为什么转眼有情变无情？

　　　　　　　事到今日从头问，

　　　　　　　你是何方一尊神。

　　　　　　　为何留三载，

　　　　　　　为何滞渔村，

　　　　　　　为何忍心抛妻子，

　　　　　　　为何要向远方行？

三年恩爱不算短，

三年情义海样深。

三年共织一张网，

一丝一扣不能分。

〔金龙犹豫不决，老王重又出现。

老　王　（重复地）金龙，你是君主，不是渔夫……

金　龙　（矛盾地）不、不、不……

玉　凤　大哥，你就不要走了吧……

金　龙　（推开她）不！

老　王　金龙，你是个不肖的子孙……

玉　凤　大哥，你不能这样绝情……

〔海上风浪骤起，金龙奔赴高处。

〔风雷疾电，天倾地旋。

金　龙　（唱）风骤起，雷乍响，

　　　　　　　风雷催我去远方。

　　　　　　上天先人频召唤，

　　　　　　地下妻儿欲断肠。

　　　　　　扑面万仞高山起，

　　　　　　低头脚下人一双。

　　　　　　一腔奔涌都是血，

　　　　　　斩断羁绊莫彷徨。

　　　（接过襁褓，语重心长地）儿子，爹爹走了，你不要啼哭……好好陪伴母亲，快些长大……记住，爹爹不是寻常之人，你也不是生在等闲人家……或许有那么一天，爹爹成功了，到那时，你就知道爹爹是谁，爹爹会交给你一座江山！

玉　凤　大哥，你真的要走？

金　龙　要走。

玉　凤　你往哪里走？还会回来吗？

金　龙　（摇摇头）不知道……

〔婴儿哭声。

玉　凤　大哥，我们的儿子还没有姓名，日后长大，算是谁的子孙？

金　龙　不是渔夫，就是王侯！

〔金龙毅然离去，玉凤痛心疾首。

〔幕后独唱：

　　　　"大哥哥心太黑，

　　　　想得出就做得出；

　　　　小妹妹心太软，

　　　　有办法也没办法。

　　　　从今只求你一件事，

　　　　一辈子不离妹半尺……"

第二幕　入宫

〔宫殿。一声巨响，万籁俱静。激战后的阶石下，死尸狼藉。

〔阶石之上，王座孤独地立着。

〔字幕：二十年后。

〔牛牯得胜冲上，手舞足蹈，形似疯狂。

牛　牯　啊哈，胜利啦——

〔兵士冲上，欢声雷动。

〔金龙内唱："血泊中返宫廷悲喜交迸——"上。

金　龙　（唱）偿还我二十年戎马艰辛。

　　　　叹先朝失王政玉碎宫倾，

　　　　抚王座不由得触目惊心。

　　　　（泣声）父王，金龙又打回来啦……

〔牛牯忘形地跳上王座，振臂高呼。金龙见之，悚然一惊。

金　龙　（一声断喝）牛牯！

牛　牯　（未曾经意，仍自欢呼）啊哈，老子又打回来啦，老子要坐江山啦！

金　龙　（忽地拔出剑，直指着他）你给我下来！

〔静场。

〔牛牯猛然意识到了什么，慌忙跳下。

〔金龙从容步上阶石，款款入座。

〔牛牯斜睨着，冷不防飞起一脚，金龙扑倒在地。

〔全场哗然。

金　龙　兄弟，你——

牛　牯　（顽皮地）大哥，还记得这一脚吗？

金　龙　（口气旋转温和）金龙不敢忘记。

牛　牯　大哥寻思，若没有牛牯当初这一脚，公子能有今天？

金　龙　没有，断然没有！

牛　牯　那你总该客气一声吧？

金　龙　（躬着身，佯装小心）是，金龙该死，兄弟请上座！

牛　牯　（豪爽一笑）哎，大哥说到哪里去啦！这王位本来就是大哥家里
　　　　祖传的，兄弟我怎敢犯上？来，大哥请吧，兄弟一生一世都是大
　　　　哥的忠臣！

金　龙　（固执地）不，兄弟请，还是兄弟请，兄弟称君，金龙称臣……

牛　牯　（看看他，信以为真）也罢，兄弟我就碰碰屁股，好歹也算过了
　　　　帝王之瘾！

　　　　〔牛牯调皮入座，把玩有顷。金龙潜至背后，突起一剑。牛牯死
　　　　去。金龙踢开牛牯尸体，沉稳坐定。

金　龙　来呀！鸣鼓放炮，祷告列祖列宗，公子金龙，入主临朝！

　　　　〔鼓炮声骤起，欢呼声如潮。

兵　士　大王万岁！大王万岁！

　　　　〔兵士舞蹈，舞步践踏在尸体周围。金龙正襟危坐，不可一世。

　　　　〔蜉蝣忽从金龙王座下钻出，东张西瞅，一脸冒失。金龙及众兵
　　　　士大惊。

蜉　蝣　奇怪，明明在打仗，怎么一眨眼睛就睡着啦？

金　龙　（紧张地）你是何人？

蜉　蝣　（望望金龙，有些自来熟）我叫蜉蝣，就是小虫子，一点点，这
　　　　么大，浮在水里，游呀游的！

金　龙　蜉蝣，这便是你的名字？

蜉　蝣　是呀，我娘说，起个贱名字，养得活！

金　龙　你是叛朝的兵勇？

蜉　蝣　什么兵勇，我是被人抓来的！

金　龙　抓来也是叛兵，孤王概杀无赦！

蜉蝣　（扑通跪倒）哎呀大王，可怜可怜我吧！想我蜉蝣上有老娘，下有妻房，一旦客死异乡，岂不绝了全家生望？大王将心比心，慈悲心肠，蜉蝣给你老人家磕头啦！（连连磕响头，如鸡啄米）

金　龙　（觉着有趣）这一少年，伶牙俐齿，憨态可掬，倒也招人喜欢！

蜉蝣　（愈发起劲）大王喜欢蜉蝣，蜉蝣譬如就是大王的儿子，大王饶了蜉蝣，譬如饶了自己！

金　龙　（不禁笑出声）哈哈，真是一个尤物！（俯身摸着他的头）啊，蜉蝣，你是谁家的孩子，为何吃粮当兵，与孤王从实讲来，孤王饶你不死。

蜉蝣　（磕个响头）多谢大王！（唱）

　　　　我名叫蜉蝣，

　　　　蜉蝣小东西。

　　　　从小命儿贱，

　　　　有娘没有爹。

　　　　大王啊，对头本无意，

　　　　杀戮没道理。

　　　　何不积一德，

　　　　放我去寻爹。

金　龙　看你不出，倒是个孝子！

蜉蝣　孝子孝子，饶个不死！（再磕头）

金　龙　（点头）唔，蜉蝣，看你言谈举止，倒令孤王有几分不忍。告诉孤王，你爹爹是做什么的？

蜉蝣　听娘说，他是一个威风凛凛的壮士！

金　龙　他叫什么名字？

蜉蝣　大王，我爹爹名叫牛牯！

金　龙　（一惊）牛牯？

蜉蝣　是，叫牛牯。大王纵横八方，见多识广，想必认识我爹？

金　龙　（神色陡变）蜉蝣！你爹爹牛牯本是孤王手下一员大将，只因他入宫之时，反状毕露，被孤王手起剑落，一命呜呼，你若是早来一步，或许你父子还能见上一面，如今晚了！

200　蜉蝣　哎呀，爹爹！（唱）

　　　　　　千山万水来找寻，

　　　　　　待到相逢生死分。

　　　　　　爹爹呀，早知父子无缘分，

　　　　　　蜉蝣我何必离家来寻亲。

金　龙　蜉蝣，你听着！（唱）

　　　　　　牛牯功成露反骨，

　　　　　　大王无奈才翦除。

　　　　　　念他生前战功著，

　　　　　　留你宫帷陪伴孤。

蜉　蝣　蜉蝣一不会行文，二不会杀人，大王留我有何用？

金　龙　孤王乃是喜欢你，孤王要让你成为一个俯首帖耳的侍臣。来呀，
　　　　送入内廷，施以宫刑。

蜉　蝣　宫刑……侍臣……啊！大王是要阉割我？不，我不当侍臣，不当
　　　　阉人。大王，我家中还有妻子呀！

金　龙　（冷冷地）孤王留下叛臣之子，乃是要向天下人昭示仁慈。记
　　　　住，不要学你的父亲，有始无终！带下去！

　　　　〔兵士架蜉蝣下。

金　龙　（玩味地）牛牯的儿子成了阉人……哈哈……（十分惬意）

　　　　〔传来蜉蝣受刑的一声惨叫，金龙蓦然一个趔趄，险些栽倒。

金　龙　（唱）没来由手足冷，头眩晕，

　　　　　　莫名惶恐漫上心。

　　　　　　五脏如被人牵扯，

　　　　　　一阵疼痛紧一阵。

　　　　我这是怎么啦？（接唱）

　　　　　　玉柱似风摇，

　　　　　　金殿如山倾。

　　　　　　王座荡漾若飘飞，

　　　　　　丹墀向下沉。

　　　　　　抓也抓不住，

　　　　　　唤又唤无声，

　　　　　　旁顾四遭皆无应，

真是急煞人！

〔蜉蝣受刑惨叫声持续，金龙在王座上挣扎翻腾。有顷，惨叫声戛然而止，金龙硬挺于王座上，如同僵尸。一片寂静。

〔幕后伴唱：

　　"蓦地里风起云奔，

　　转眼时浪尽波平……"

〔兵士架受刑后的蜉蝣上，金龙见之，突觉茫然。

金　龙　他是谁？

一兵士　牛牮之子，大王吩咐阉割的少年。

金　龙　是孤王的吩咐？孤王要阉割他？

一兵士　是，大王。

金　龙　如此说来，牛牮的儿子阉啦？

一兵士　是，大王。

金　龙　他再不能生儿育女，传宗接代啦？

一兵士　是，大王。

金　龙　这么说来，这江山永远是我金龙家的了……来呀，与孤王广采美女，大选嫔姬，孤王要生一群龙子龙孙！

〔众兵士簇拥金龙下场。蜉蝣挣扎呻吟，痛不欲生。

蜉　蝣　（唱）不提防受刑戮祸从天降，

　　　　　　好端端蒙耻辱身心两伤。

　　　　　　昏沉中强睁眼周遭四望，

　　　　　　不知我此时间身在何方。

　　　　　　曾记得那一日寻父把路上，

　　　　　　一家人送别我情深心意长。

　　　　　　娘为我做干粮泪水和面淌，

　　　　　　妻为我备行囊揉碎了肝肠。

　　　　　　娘嘱我路上须知寒与暖，

　　　　　　妻嘱我寻到爹爹早返乡。

　　　　　　谁知今日寻到此，

　　　　　　爹爹死在玉阶旁。

　　　　　　恨昏王无故向我把刀举，

害得我一副身心、鲜血流淌，

投亲不成，反受创伤，

有家难回，有苦难讲，

万种牵挂，都成断想，

欲死欲生，痛苦难当，

思家乡，想亲娘——

〔另一表演区。玉凤与玉荞伫立海岸，一脸期盼。

玉　凤　（接唱）娘在家乡想儿郎。

玉　荞　（唱）郎呀，你此时此刻在何方，

可曾寻到爹，身心可健康？

蜉　蝣　（唱）康健之躯不复有，

何颜重归我家乡。

玉荞妻呀，新婚二载成永诀，

一生累你守空房。

玉　凤　（唱）房里无妻不成家，

家中少男唉声长。

儿呀儿，你爹爹此刻在何处，

哪年婆媳共成双？

玉　荞　（唱）双飞双宿心向往，

一旦分离苦难当。

何日夫妻共鸳枕，

双双重入温柔乡。

蜉　蝣　（唱）双飞双宿成梦想，

父子永远难回乡。

丈夫脚下血泊路，

一程落得一重伤。

玉　荞　（唱）伤心泪，长流淌，

泪水淌出一条江。

玉　凤　（唱）江水这头是女子，

江水那头是儿郎。

蜉　蝣　（唱）郎在阶下跪——

玉　荞　（唱）妻在倚门望——

玉　凤　（唱）娘在家中想——

蜉　蝣　（唱）一想一断肠！

玉　凤　（唱）想人的日子怎么过？

玉　荞　（唱）娘啊，倒不如弃家远行走四方！

〔漫漫长路，一线延伸。

〔幕后独唱：

"寻儿归，唤夫归，

一寻一唤一伤悲。

他年亲人重聚首，

满腹滋味说与谁？"

第三幕　盘桓

〔宫墙之内，花园一景。

〔字幕：又逾八年。

〔金龙踱步寻思，形神俱衰。

〔幕后伴唱：

"后宫嫔姬三千众，

数年难得一龙种。

试遍养精百味药，

终归徒劳一场空。"

金　龙　（唱）人是从前人，

身是昔时身，

为何不中用，

忧心每如焚。

愈是盼子愈无子，

逐年减精神。

那年流亡海岛，也曾生下一子，入宫之后，派人找寻，竟然踪影全无。难道说这竟是我的一个梦吗？不，我是有过儿子的，有过……

〔蜉蝣上。他经历数载磨炼，已变得老成圆滑。

蜉　蝣　（对一小宦者）坐在这里干什么，还不去征选民女？记住，要养过儿子的！

〔小宦者应声下。蜉蝣走近金龙，一手搭肩，一手抚臂，轻揉慢捏，煞有介事。金龙头也不回地配合着，二人似已默契。

蜉　蝣　大王又在想什么？

金　龙　蜉蝣，你说孤王还行吗？

蜉　蝣　（明知故问地）大王什么行不行啊？

金　龙　自然是生养儿子。

蜉　蝣　（眯着眼，有气无力地）行啊，大王怎么不行，大王是阳刚之人，哪里会不行呢？行，大王就是行！

金　龙　可是……（有点难以启齿）怎么太医说，纵欲过甚，反倒难成呢？

蜉　蝣　那都是胡说，太医是吃大王的醋。凭大王这副钢铁身板，什么儿子养不出来？大王行，大王真正行！

金　龙　经你这么一说，孤王倒又精神些了。

蜉　蝣　精神好，精神妙，精神来了好睡觉。来呀，还不都来伺候！

〔数名美姬应上，金龙强打精神，勉力应付。

蜉　蝣　（阴阳怪气地）来呀！（唱）

　　　　　　　这一个姿容姣好，好一把剔骨钢刀；

　　　　　　　这一个杨柳细腰，似一条毒蛇缠绕；

　　　　　　　这一个妩媚万分，绝掉你子子孙孙；

　　　　　　　这一个柔弱无比，纤纤手搬走金交椅！

〔金龙力不从心，终于气喘坐地。

蜉　蝣　（对众美姬）大王今日到此，明日再请诸位，各自回宫去吧！

〔众美姬昂首挺胸，列队而下。

〔优伶甲、乙上场。

优伶甲　宫里养优伶，

优伶乙　大肉加白银。

优伶甲　每天说笑话，

优伶乙　日子蛮开心。

优伶甲乙　见过大王，见过大宦者！

蜉　蝣　（拉过一边）昨日教给你们的节目，可曾记熟？

优伶甲乙　滚瓜烂熟！

蜉　蝣　好，口齿要清，表情要真，有赏无赏，全看本领！

优伶甲乙　是！

〔优伶甲扮君主，优伶乙扮王妃，一本正经。

蜉　蝣　大王，平平气，定定神，一出优伶戏，看着长精神！

〔金龙坐起，优伶甲、乙放肆地跳上跳下。

优伶甲　这是一方御榻，我朝上头一睡，我就是国君。

优伶乙　这是一方御榻，我朝旁边一睡，我就是王妃。

优伶甲　君王是一个男人。

优伶乙　王妃是一个女人。

优伶甲　两个人合在一起。

优伶乙　要养一个小人。

优伶甲　拿来？

优伶乙　什么？

优伶甲　儿子。

优伶乙　拿去。

优伶甲　什么？

优伶乙　种子。

优伶甲　我要的是儿子。

优伶乙　种子不发芽，儿子哪块来？

优伶甲　明明怪你。

优伶乙　明明怪你。

优伶甲　怪你、怪你，就怪你！

优伶乙　怪你、怪你，怪自己！

〔优伶甲、乙争吵不休，扭打成团。蜉蝣幸灾乐祸，抚掌窃笑。

金　龙　（恼羞成怒）放肆！

〔优伶甲、乙惊愕，蜉蝣溜向一侧。金龙拔剑一挥，优伶甲、乙
　　　　奢然毙命。

蜉　蝣　（手舞足蹈）反啦，反啦！竟敢当面揭痛大王疮疤！大王杀得
　　　　　好，大王一杀人，威风全出来啦！

金　龙　（猛然抛剑，恨叹一声）唉！（唱）

　　　　　　　二优伶装鬼弄神似有意，

　　　　　　　揭出我隐在心头一种疼。

　　　　　　　帝王也有帝王苦，

　　　　　　　身后常虑一传人。

　　　　　　　巍巍宫廷总险峻，

　　　　　　　百年之后谁支撑？

蜉　蝣　只要大王舍得播种，何愁没有收成？

金　龙　孤王不信，孤王就不是一个男人！

　　　　〔金龙愤愤而下。

蜉　蝣　（一脸快意，唱）

　　　　　　　这也叫一报一报还一报，

　　　　　　　一刀一刀偿一刀。

　　　　　　　你把我废了，

　　　　　　　我将你折腰。

　　　　　　　耗干你的血，

　　　　　　　掐断你的苗。

　　　　　　　绝掉你的下一代，

　　　　　　　心头气方消。

　　　　〔小宦者上。

小宦者　启禀大宦者，大王颁令征来的少妇，俱已在册。

蜉　蝣　（拿腔作调）大王要找的乃是生过儿子的年轻婆娘，你可不要选
　　　　　错了人。

小宦者　大宦者放心，个个都是养的儿子。

蜉　蝣　挨个带上来，让我先瞧瞧。

　　　　〔小宦者应声下。蜉蝣正襟危坐，一副傲态。

　　　　〔小宦者推搡玉荞上。

玉　荞　（唱）扶老携幼到京都，

　　　　　　　八年漂泊消息无。

街头失散被征选，

强逼入宫唯呜呼。

小宦者 见过大宦者！

〔玉荞厌恶地看一眼，扭过头去。

〔蜉蝣一惊，本能地直立起来。玉荞忽觉异样，怔怔地回身打量。

〔幕后伴唱：

"只道今生难再逢，

相逢恍如在梦中。

是惊是喜怎言表，

一任热泪径自涌。"

玉　荞 你怎么这身装束？

蜉　蝣 你怎么到了宫中？

玉　荞 我被强征而来，你……

蜉　蝣 （无言以对，满面羞辱）我……

小宦者 他是大宦人。

玉　荞 大宦人？

小宦者 对，就是阉人，我们都是阉人。

玉　荞 阉人？夫啊，你……怎么成了个阉、阉人……

小宦者 蜉蝣有女人，报与大王听！（下）

蜉　蝣 （痛不欲生，砰然跪倒）玉荞，我对不起你……

玉　荞 这是为什么……

蜉　蝣 你教我从何说起……

玉　荞 难道你忘了妻儿，忘了家乡，忘了我吗？

蜉　蝣 不，我没忘，我一辈子忘不了，我每日每夜都在想、想你们呀……
玉荞……（泣不成声）

玉　荞 夫呀，你知道我们一家等你、寻你，已经整整漂泊了八年，想不
到你竟醉生梦死，做了宦臣，你教我白白辛苦一场啊……

蜉　蝣 玉荞你听我说，听我说呀！

玉　荞 我不要听，不要听……

〔小宦者上。

小宦者 大王来啦！

蜉　蝣　（忽然惊悟，拉起玉荞）玉荞，快走！

玉　荞　哪里去？

蜉　蝣　（急切地）大王征选民妇，乃是为了生养龙种，一旦被他看上，你可就永无出宫之日啦！

玉　荞　啊……

蜉　蝣　快走！

〔金龙突上，盯视玉荞，玉荞藏至蜉蝣身后，惶恐不已。

蜉　蝣　（旋即换了一副面孔）大王来啦，大王以为这个女人如何？

金　龙　（斜睨着）天然秀色，全无涂抹。

蜉　蝣　大王喜欢，那就留着受用，瞧她这模样，倒也是个天生的王妃、天生的娘娘！

玉　荞　（不解地）蜉蝣，你……

蜉　蝣　（摇着手，暗示她）不要大惊小怪，蜉蝣这是为你好！

金　龙　蜉蝣，她是你的妻子吗？

蜉　蝣　从前是，现在被大王选中，便是大王的了。

金　龙　噢，你倒做得出？

蜉　蝣　（故意一笑）蜉蝣是大王的侍臣，还要女人何用？玉荞，听我的话，留在大王身边，享受宠爱，当王妃，当国母，当……

金　龙　美人，来，孤王并非好色之徒，孤王要把一座江山，托付在你的肩上，孤王要一个传人啊！（乞求地张开手）

蜉　蝣　大王在叫你，还不快去！

〔玉荞羞怒地打蜉蝣一记耳光。

蜉　蝣　打得好，尽管打，蜉蝣侍候大王，自然也侍候娘娘。娘娘什么时候想打奴才，就打吧！（凑上去）

玉　荞　（掩面）天哪！他就是我从前的夫君吗……

金　龙　蜉蝣啊，你劝劝她，你要让她明白，伺候大王就是伺候国家，为大王养儿子就是替天下人生父母。教她像你一样，做大王的忠臣义仆，为大王排忧解难。不要把大王惹火了，惹火了，大王是要杀人的。

蜉　蝣　大王放心，奴才自会开导她，大王就耐心地等着吧。

金　龙　（点头）好，你顺便告诉她，普天之下，莫非王土。率土之滨，莫非王臣。想逃是逃不脱的！

蜉　蝣　（表情复杂地）是……送大王！

〔金龙下。

玉　荞　夫啊，你真的要把我献给大王吗？

蜉　蝣　不，不是……

玉　荞　那是要带着我逃走？

蜉　蝣　大王说了，你逃不出去……

玉　荞　那你打算怎么办呢？

蜉　蝣　我也不知道……

玉　荞　（走近他，央求地）蜉蝣，你要想个办法逃走，我们去找母亲和
　　　　儿子，我们要一起回家呀！

蜉　蝣　不，我不能回去，我不能回家。玉荞啊玉荞，我已经不是你的男
　　　　人了，我没有脸再做人了……

玉　荞　不，你是我男人，我不嫌弃你，只要你肯带我出去，带我回家。

蜉　蝣　回家，我跟你回家做什么，我已经是个废人了，难道你一点不明
　　　　白吗？

玉　荞　可是，你总不能待在宫里一辈子吧？

蜉　蝣　说得对，我就是要待在宫里一辈子，我要陪伴大王，陪伴到死，
　　　　我要报这杀父之仇啊！

玉　荞　杀父之仇？

蜉　蝣　是的，我爹爹牛牯也是被大王杀死的。

玉　荞　那你为什么不也去杀了他？

蜉　蝣　我不要他这样去死。他阉割了我的身子，我也要他生不出儿子，
　　　　像我一样，活得不舒服，活得不自在！

玉　荞　你这又是何苦呢？

蜉　蝣　何苦？哼，我这都是他逼出来的。玉荞，说句心里话，我已经不
　　　　想离开他了。

〔幕内声：“大王传蜉蝣问话！”

玉　荞　我与他拼了！（欲下）

蜉　蝣　回来！（忽然异样地看着玉荞）玉荞，你能听我一句话吗？

210　玉　荞　你要说什么？

蜉　蝣　我要你留下来当王妃，陪大王，用你的美貌和聪明去摧残他，一直摧残到死！哈哈，蜉蝣要用自己的婆娘来报这杀父之仇、阉割之恨啊！

玉　荞　不，我不去，死也不去！

蜉　蝣　玉荞，我求求你啦！

〔小宦者上。

小宦者　启禀大宦者，墙外有一老一小祖孙二人，要见玉荞。

蜉　蝣　（紧张地）啊，我娘来啦！

玉　荞　（挣脱蜉蝣）娘，娘！

〔玉凤拄杖摸上，子予身背讨饭头盔跟上。

玉　荞　娘啊，他要将我献给大王……

玉　凤　他是谁？

玉　荞　他就是你的儿子……（泣不成声）

玉　凤　蜉蝣，我的儿子？他怎么会在这里？

子　予　娘，蜉蝣不是我爹爹的名字吗？

玉　荞　正是你狠心的爹爹……

玉　凤　蜉蝣在哪里？我儿在哪里？蜉蝣——

蜉　蝣　（惨不忍睹，双膝下跪）娘，儿在这里……

玉　凤　（摸索有顷，忽然将蜉蝣揪翻在地）小畜生！（唱）

儿离家门无音信，
原来浪迹在京城。
上有老母不奉养，
下有妻儿不关心。
八年生死两不问，
到头来反将妻子献宫廷。
我问你爹爹可曾有下落，
我问你为何忘记一家人？
我问你如今良心在何处，
我问你是否还认老娘亲？

子　予　奶奶，奶奶，你为什么要打我爹爹？

蜉　蝣　子予，我的儿子……（唱）

娘啊娘，莫怪孩儿太绝情，

儿被仇恨割碎心。

娘不知，爹爹惨死在宫廷；

娘不知，亲生儿子成宦人；

娘不知，儿媳入宫难逃走；

娘不知，蜉蝣一颗复仇心。

望求娘，领带孙儿去逃命，

我一家与大王结下仇恨海样深。

玉　凤　如此说来，都是那大王将我一家害到了这步田地？

〔内声："大王有令，将玉荞沐浴更衣，送入内宫！"

玉　凤　我要闯入内宫，与大王评理！（唱）

唤一声我的儿子与孙孙，

前有呼后有应紧紧围定我这不怕死的人。

牛牯一家败到此，

说理拼命入内廷。

走！

〔蜉蝣凝眉思谋，继而亮出利刃。

第四幕　闯宫

〔沉香重帷，宫廷内景。

〔数名宦者捧玉荞过场。金龙拈香祈神。

金　龙　列祖列宗在天之灵，保佑金龙延子得孙——无后之罪，金龙担当不起。

〔金龙深伏于地，蜉蝣执刃暗上。

金　龙　（敏感地）是蜉蝣吗？这里用不上你，你下去吧。

蜉　蝣　是，大王。（隐下）

〔玉凤内声："还我亲人哪——"

金　龙　（本能一怔）谁在叫嚷？

〔小宦者上。

　小宦者　启禀大王，一个瞎眼婆婆闯了两道宫门，拦都拦不住呀！

金　龙　她是谁，如此大胆？

小宦者　牛牪的妻子，玉莽的婆婆。

金　龙　噢，她要做什么？

小宦者　她向大王讨要亲人。

金　龙　放她进来。

小宦者　这瞎眼婆子可凶得厉害呀！

金　龙　哈哈，孤王连牛牪都不怕，还怕他老婆不成。带进来！

小宦者　是！（急下）

〔玉凤内唱："一迭声三项噩耗从天降——"跌撞上。

玉　凤　（唱）丈夫死，亲儿伤，

　　　　儿媳被逼入宫墙，

　　　　好一似霹雳炸开我胸腔，

　　　　绝了我万种期盼、千回梦想、百般牵挂、一生希望，

　　　　唯剩下，满腔怨愤、冲天怒火，

　　　　我顾不得年迈之身，横冲直闯，面见君王论短长！

　　　　昏王在哪里，昏王在哪里？

金　龙　（打量着）你是牛牪的妻子？

玉　凤　（指点着）你是杀了我丈夫的大王？

金　龙　是我杀了他。

玉　凤　你是残害了我儿子的国君？

金　龙　是我阉割了你的儿子。

玉　凤　你是抢夺我儿媳的狼么？

金　龙　孤王征天下之民女，何用一个"抢"字。

玉　凤　你这无道昏王！

金　龙　（大笑）哈哈……

玉　凤　你笑什么？

金　龙　我笑你这婆婆妈妈的事情，居然拿到我的宫廷来讲。

玉　凤　难道宫廷就不讲理么？

金　龙　讲，当然讲，但不是讲这些个家长里短，悲欢离合。孤王要讲的
　　　　乃是他的江山，他的基业，他的百岁千秋。这个你就不懂得了吧？

玉　凤　我不懂。我只向你要儿子，要儿媳，要我的亲人！

金　龙　念及于此，大王才决定不杀你，大王决定与你了结这笔恩仇。说吧，你想要什么？

玉　凤　我要你偿命！（唱）

　　　　骂一声凶暴残忍的无道昏王，

　　　　我要你把我一家三口的冤债偿。

　　　　我丈夫牛牯他犯何罪，

　　　　为什么玉阶之上把命丧？

　　　　你可知我一家盼他多少载，

　　　　我盼瞎了双眼盼断了肠。

　　　　我儿蜉蝣来寻父，

　　　　你一不杀，二不放，

　　　　偏偏把他的身儿伤。

　　　　你叫他有家难返、有苦难讲，不死不活地守在你身旁——

　　　　你是何等歹毒、何等凶狂，何样的一副豺狼心肠！

　　　　这世上多少美妇与娇女，

　　　　你为何偏把我家儿媳抢？

　　　　丈夫驾前供驱使，

　　　　妻子深宫伴君王。

　　　　你究竟存的什么心，

　　　　弄出这凄凉景象荒唐又荒唐。

　　　　我斗胆犯上问一声：

　　　　你家可有姐和妹，

　　　　你家可有爹和娘，

　　　　你家如有这样事，

　　　　你将何颜立世上？

　　　　我一怒之下，手举起竹杖向前闯——

　　　　骂一声呀凶残的狼，

　　　　杀我丈夫，害我儿郎，

　　　　占我儿媳，断我希望，

　　　　人走绝路，老命拼上，

　　　　走一步，骂一声，

　　　　　骂一声，舞一杖，

　　　　　轰轰烈烈，张张扬扬，

　　　　　跌跌撞撞，乒乒乓乓，

　　　　　管你是什么王不王！

金　龙　来呀，轰出去！

　　　　〔兵士赶玉凤下。

金　龙　（愤愤地）牛牯啊牛牯，想不到孤王这一剑竟招来如此的麻烦！

　　　　（拔剑乱舞，似要驱散什么）

　　　　〔孑孓寻上，觉着新奇。

孑　孓　（冒失地）爷爷！

　　　　〔金龙一怔，宝剑失手落地。

金　龙　（诧异地）你是谁，你叫我什么？

孑　孓　老爷爷，我在看你舞剑！（顺便坐在阶石上）

金　龙　你是谁家的孩子，你叫什么名字？

孑　孓　我叫孑孓。

金　龙　孑孓？

孑　孓　就是小虫子，一点点，这么大，浮在水里，游呀游的！

金　龙　（觉得熟悉）孑孓，小虫子，游呀游的……这便是你的名字吗？

孑　孓　我奶奶说，取个贱名字，养得活。

金　龙　你奶奶是谁？

孑　孓　是爹爹的娘。

金　龙　你爹爹是谁？

孑　孓　是爷爷的儿子。

金　龙　那你爷爷又是谁呢？

孑　孓　（想了想）我奶奶说，我爷爷叫牛牯。

金　龙　（一愣）牛牯？

孑　孓　（认真地）是牛牯，奶奶教孑孓从小记住爷爷的名字，不要忘了！

金　龙　（变色）如此说来，你是牛牯的孙子？牛牯他还有孙子！

孑　孓　是啊，老爷爷，你有孙子吗？

金　龙　（阴沉地）老爷爷没有孙子，老爷爷是孤家寡人！

孑　孓　（偏着头）什么叫孤家寡人，孤家寡人就是你的名字吗？

金　龙　是的，是我的名字。可是，我也不许牛牯有孙子，我要掐死他的
　　　　孙子。(追赶)

　　　　〔孖孖逃下，遗落头盔。金龙拾起，神情顿异。

　　　　〔玉凤的声音："大哥，你看这头盔上的字迹已经模糊了……"

　　　　〔金龙的声音："模糊了好，模糊了就不是一只头盔啦……"

　　　　〔玉凤的声音："大哥，你为什么不说自己的来历？为什么不说，
　　　　为什么不说……"

　　　　〔玉凤的声音反复回响，金龙似乎灵魂出窍。

金　龙　天哪……

　　　　〔蜉蝣潜上。

蜉　蝣　他在做什么？难道他知道今天是他的末日吗？(逼近)昏王啊昏
　　　　王，我要先下手啦……

　　　　〔蜉蝣行刺，金龙本能避让，受伤。

金　龙　啊，是你！你为什么要杀我？

蜉　蝣　(高举利刃，讪笑着)哼哼，你还问我！你以为阉割了我的身
　　　　子，也阉割了我的仇恨吗？我是要杀你，我要为我的父亲报仇！

　　　　〔蜉蝣追杀。

金　龙　(突然)蜉蝣，你看那是什么！

蜉　蝣　(发现头盔)我父亲的头盔，怎么落在这里？

金　龙　告诉我，你爹爹是谁？

蜉　蝣　我爹爹是被你杀死的牛牯。

金　龙　你娘是不是名叫玉凤？

蜉　蝣　是又怎么样？

金　龙　你爹爹牛牯当年出走之时，你是不是还在襁褓之中？

蜉　蝣　是的，我是在襁褓之中，可是我记住了爹爹的名字。他叫牛牯！
　　　　(继续追杀)

金　龙　(且逃且说)蜉蝣啊蜉蝣，难道说你一家数口，都相信这头盔上
　　　　的"牛牯"二字，便是你的爹爹吗？

蜉　蝣　我娘说是便是，难道我爹爹还有假么？

金　龙　蜉蝣，你听我说，牛牯不是你的爹爹，你爹爹名叫金龙！

蜉　蝣　金龙？你才叫金龙！我爹爹叫牛牯，牛牯！(用刀抵住金龙咽喉)

金　龙　（双手力推，渐不能支）蜉蝣，你听我说，听我说呀！只因当年叛臣作乱，先王被杀，公子金龙为逃活命，与战将牛牯交换头盔，潜逃出宫。在那海岛，与你母亲玉凤相爱三年，生下了你。因我树大招风，举国追捕，唯恐被人缉拿，连累你母子，所以一直不曾流露真实姓名。三年之后，我离开渔村，无意之中留下了这顶头盔，谁知你们母子竟把这头盔上的"牛牯"二字当作了我的名字，真是大错特错啊！

蜉　蝣　（松力）啊？你说的这些，全是真的？

金　龙　是真的，爹爹一句也不曾骗你！

蜉　蝣　不，你不是我爹爹，你是杀我爹爹的仇人！（又欲刺杀）

金　龙　蜉蝣，快放下刀子，你是我的儿子呀！

　　　　〔金龙栽倒在地，蜉蝣举刀欲杀。

金　龙　（乞求地）儿子，我可怜的儿子，你就饶了我吧……

蜉　蝣　（利刃脱手）不，不，不是！我不是你的儿子，不是——（奔下）

金　龙　（惨呼）儿子——

第五幕　祭祖

　　　　〔雷声滚动，闪电曳空。帝王陵墓，一片荒凉。

　　　　〔金龙冠脱发散，蹒跚寻上。

金　龙　儿子，我的儿子……

　　　　〔雷霆炸响，诸先王出现，金龙惊骇跌坐。

金　龙　列祖列宗在上，金龙请罪来啦……

诸先王　金龙，你是个不肖的子孙……

金　龙　我是个不肖的子孙……

诸先王　你阉割了自己的传人……

金　龙　是的，我阉割了自己的传人……

诸先王　你要受到祖宗的惩罚……

金　龙　我是要受惩罚……可是，我为什么会这样做呢？我一生戎马，苦苦征伐，好不容易夺回这座江山；我盼望儿孙，祈求传人，到头来却落得如此下场，我这是为什么？

〔诸先王无语，面面相觑。

金　龙　（一跃而起，拔剑挥劈）哎，你们怎么都不说话，怎么都装聋作哑？你说呀，你说呀，你们都说呀！（砍斫碑牌，形似疯狂）

〔诸先王隐去。

金　龙　天回答我——

〔一记惊雷轰然掠过。

金　龙　（唱）擎长剑，问苍天，

苍天冷眼好漠然。

转对王陵声声唤，

列祖列宗也无言。

冷眼倒也罢，

无言便无言，

为何雷电劈打我，

分明难恕我罪愆。

我一生负重担苦苦征战，

失江山夺江山二十余年。

入宫来杀牛牯为防后患，

除祸种阉蜉蝣势使必然。

我也曾登高处思深虑远；

我也曾想大海追忆从前；

我也曾遣官吏四处寻遍；

我也曾盼儿孙苦不堪言。

桩桩件件有何错，

谁知亲儿在身边。

先圣若有后来眼，

何不及时把灵显。

亲手将，儿身残；

亲手将，儿媳占；

亲手将，妻子撵；

亲手将，亲人煎。

大错铸成悔也晚，

　　　　　一副破碎怎补连?

　　　　　一面是祖宗交与千秋业,

　　　　　一面是阖家老小共团圆。

　　　　　大路迢迢何处去——

　　　　　一片苍茫在心田。

　　　〔蜉蝣惨然泣上。

蜉　蝣　天哪天,我到底是谁家的子孙,何人的后代呀……

金　龙　他就是我的儿子,他本该继承先王的基业,可是,我已经把他废
　　　　了……

蜉　蝣　大王啊大王,你不该生我……

金　龙　蜉蝣,来,叫我一声爹爹!

蜉　蝣　不,我没有爹爹,我爹爹死了,他死了……

金　龙　他没有死,他不会死,他就站在你的面前。他是一个君主,一个
　　　　大王!儿啊,来,到爹爹身边来!

蜉　蝣　不,大王,你的儿子死了,他死了……

金　龙　我可怜的儿子……

　　　〔金龙乞求着拥抱蜉蝣,蜉蝣恐惧地躲避着。金龙一个趔趄,重
　　　　重栽倒。

金　龙　蜉蝣,你还是杀了爹爹吧。

蜉　蝣　(终于感动)爹爹!

金　龙　儿子!

　　　〔父子相认,哭作一团。

蜉　蝣　(唱)寻生父认生父噩梦一场,

　　　　　　想爹爹怨爹爹欢喜悲伤。

　　　　　　自幼儿只见娘长年泪淌,

　　　　　　今日里终见父动了肝肠。

　　　　　　抹一把爹爹泪爱恨难讲,

　　　　　　望一望爹爹面犹自心慌。

　　　　　　爹爹呀!你当年生儿大海上,

　　　　　　独自闯荡去远方。

　　　　　　不问娘亲一声短,

不问孩儿一声长。

你可知人家的儿郎多欢喜,

父母在堂喜洋洋。

蜉蝣生来少父爱,

没有爹爹唯有娘。

想不到一朝父子见了面,

爹爹挥刀把儿伤。

一颗心儿来寻父,

生生劈碎在宫墙。

早知落得这般样,

我离的什么故乡,

抱的什么希望。

寻的什么亲父,

离的什么亲娘。

如今是寻也悲伤,认也悲伤,

亲也悲伤,仇也悲伤,

生也悲伤,死也悲伤。

你教我何颜唤你亲爹爹,

你有何颜认儿郎!

金　龙　(唱)心惨惨,泪悠悠,

一行一行往下流。

问蜉蝣,心中可把爹爹恨?

蜉　蝣　(唱)一半是泪水,一半是怨仇。

金　龙　(唱)问蜉蝣,你娘因何瞎了眼?

蜉　蝣　(唱)错嫁了人儿泪长流。

金　龙　(唱)问蜉蝣,从前的日子怎么过?

蜉　蝣　(唱)白日是辛苦,梦里是担忧。

金　龙　(唱)问蜉蝣,今后还有何所求?

蜉　蝣　(唱)只求一家再从头。

金　龙　(唱)同在京城享富贵?

　蜉　蝣　(唱)蜉蝣不愿宫中留。

金 龙	（唱）留下大业谁厮守？
蜉 蝣	（唱）情愿天涯去放舟。
金 龙	（唱）江山托付谁？
蜉 蝣	（唱）霸业早厌透。
金 龙	（唱）渔夫不是帝王后，
蜉 蝣	（唱）帝王与我是对头！
金 龙	儿啊，你真的要走？
蜉 蝣	走！
金 龙	不能饶恕爹爹了吗？
蜉 蝣	不能！
金 龙	好，你走吧，爹爹不留你，可你要将子孓留下。
蜉 蝣	不，他是我的儿子！
金 龙	他是我的孙子！
蜉 蝣	子孓是渔家的后代，理当打鱼为生！
金 龙	他是龙子龙孙，理当成为一代传人！
蜉 蝣	那我就杀死我的儿子！
金 龙	我先杀死我的儿子！

〔金龙冲动拔剑，刺中蜉蝣，蜉蝣扭曲跪地。

| 蜉 蝣 | 大王，你杀得好……可是，你要记住，子孓他永远忘不了自己的爹爹！（猛一用力，抱剑死去） |
| 金 龙 | （大恸）我的儿子…… |

尾声　入主

〔宫殿辉煌。兵士匍匐。

〔金龙捧蜉蝣尸体上。

| 金 龙 | 孤王金龙，劳碌终生，不求世人宽恕，但求无负神明。 |

〔玉凤走上，身后跟着玉荞和子孓。

| 玉 凤 | （俯下去，抚摸着儿子）蜉蝣，你死了比活着欢活……（气绝） |

〔玉荞拾剑自刎，子孓哭抢上去。

| 金 龙 | （挽定子孓）来，孙儿，跨过你爹娘的尸体，走上去，你将成为 |

一代新君！

〔金龙将子子按坐在王座上，子子冷不防一剑洞穿了他。金龙艰难地回首注视子子，肯定地点了一下头，宽慰地倒下去。

〔兵士呆立良久，忽然整齐地拜倒在子子脚下。

兵　士　大王！

〔子子一惊，旋捧起那顶头盔，脸上逐渐现出迷惑的神情……

〔兵士匍匐着。

〔幕内伴唱：

"大哥哥心太黑，

想得出就做得出；

小妹妹心太软，

有办法也没办法。

从今只求你一件事，

一辈子不离妹半尺……"

〔幕闭。

——剧　终

《金龙与蜉蝣》1993年5月20日由上海淮剧团首演于美琪大戏院，导演郭小男，主演何双林、梁伟平等，此剧不仅被认为是淮剧乃至中国戏曲的里程碑之作，更是被誉为"十几年探索性戏曲走向成熟的标志"。剧本获'92—93曹禺戏剧文学奖（1992—1993），剧目获第四届文华新剧目奖。

作者简介

罗怀臻　男，1956年出生于江苏淮阴（今淮安），祖籍河南许昌，致力于"传统戏曲现代化"和"地方戏曲都市化"的创作实践与理论思考，成就卓著，影响深远，在推动中华传统戏曲的现代转型中做出了卓越贡献。代表作品有淮剧《金龙与蜉蝣》、昆剧《班昭》、甬剧《典妻》、京剧《西施归越》、话剧《兰陵王》、舞剧《永不消逝的电波》《朱鹮》等，著有《罗怀臻剧作集》《罗怀臻演讲集》等。

· 梨园戏 ·

董生与李氏

王仁杰

人　物　李氏，董四畏，彭员外，彭魂，梅香，学童甲、乙，小鬼甲、乙，婢，仆甲，鼓师，小锣师等。

第一出　临终嘱托

〔梅香扶李氏上。

李　氏　（唱【长寡·空闺恨】）

乍吟白头，

何曾到白头！

游丝悬君命，

冷月照孤舟。

虽未效孟姜哭夫，

绿珠坠楼，

但恐望夫石畔，

亦作了怨妇空自守。

（与梅香隐于竹帘一侧）

〔婢扶彭员外上。

彭员外　（唱【短滚·太子游四门】）

魂魄已到酆都游，

忽闻红粉哭声啾。

不忍骤然去，

惶惶急回头。

唉！（接唱）

舍得下，

花朝月夕，

肥马轻裘；

舍不得蛾眉粉黛，

黄昏独自愁。

董秀才……董秀才为何未到?

〔仆甲上。

仆　甲　禀老爷，董秀才即刻就到。

彭员外　速去……再请……（弥留介）

仆　甲　是。（下）

〔小鬼甲、乙上。

小鬼甲　（念）持牒出酆都，

小鬼乙　（念）勾魂不含糊。

小鬼甲　（念）阎王要你三更死，

小鬼乙　（念）谁人敢等四更鼓?

小鬼甲　兄弟呀，此宅哭哭啼啼，正是彭府，速速入内去捉人。

小鬼乙　走! 我来动手……呀，美……美……

小鬼甲　什么美美?

小鬼乙　那彭夫人真美，你看一下。

小鬼甲　都不见头面，因乜知伊美?

小鬼乙　这点我在行。你来看，小蛮腰、樊素口……

小鬼甲　臭死狗呀! 叫咱来勾魂摄魄，管人家什么小蛮腰、樊素口? 难怪你曾经做色中饿鬼，打入香粉地狱。闲话莫说，把他勾来!

小鬼乙　勾来!

〔彭魂上。

彭　魂　且慢，我有要事商量。

小鬼甲　你有乜要事?

彭　魂　二位鬼哥，事因发妻病故，前年续弦，娶得李氏青春貌美……

小鬼乙　果然，果然，此话不假。

彭　魂　因此不忍撒手而去。

小鬼乙　难怪，难怪。想我当原初……

小鬼甲　噫……阳世之人，有此艳福者多矣，人人不肯撒手，我等岂不失业?

彭　魂　哎呀，二位鬼哥，吾不忍者，实疑虑也。

小鬼甲乙　有何疑虑?

225

彭　魂　二位鬼哥，可曾读过古人怨叹之词？

小鬼甲乙　唱来相分听一下也好！兄弟啊，家伙拿过来。（整起乐器）兄弟啊，和来呀！

彭　魂　（唱【水车歌】）

　　　　　　妻妾眼前花，

　　　　　　死后冤家。

　　　　　　每是墓前草未绿，

　　　　　　则见她，别长了情芽。

　　　　　　学抱琵琶犹恨晚，

　　　　　　山盟海誓成虚设。

小鬼乙　好，唱得好！真乃古今同一慨也！

小鬼甲　说的虽是，然改嫁的多，守节的少，自古皆然。否则，这阳世岂不遍地都是贞节坊了？

小鬼乙　你双眼一闭，两脚一伸直，四大皆空，管她琵琶是直抱还是横抱？

彭　魂　鬼哥你说这话，比刺我心槽第三坎还痛苦。

小鬼乙　怕她改嫁，要不，我们连她的魂一齐勾去如何？

彭　魂　且慢！此事未尝不可。只是未知到了冥司，是否依旧结成夫妻？

小鬼乙　冥司点的鸳鸯谱，你我如何得知？

小鬼甲　难说！

彭　魂　既然如此，不可，不可！

小鬼甲　既是不可，赶路要紧，走兮！

彭　魂　鬼哥且从容，吾尚有一法。

小鬼甲乙　你有乜法？

彭　魂　吾托一人监管。

小鬼甲　你上无父母伯叔，下无昆仲子侄，谁人替你监管？

彭　魂　有秀才董四畏，蒙馆为业，与吾为邻。

小鬼乙　孔夫子只有三畏，叫作畏天命、畏大人、畏贤人之言，此君何有四畏？

彭　魂　外加一畏，畏妇人也。

〔小鬼甲、乙失笑。

彭　魂　此人虽久困场屋，然君子固穷，信而好古，好德不好色，年过四旬，尚鳏居而洁身自好……

小鬼乙　小兮，听他讲一通《山海经》，你说世上有此等人无？连咱们鬼也不信！闲话莫说，把他枷上！

小鬼甲　走兮！

彭　魂　且慢！我有纹银百两，不当作"红包"，向你们宽容一刻钟，容我将后事交代明白。

小鬼乙　大兮，明来了，你打定主意！

小鬼甲　不吃白不吃，不收白不收……

小鬼乙　有权不用，过期作废……

小鬼甲　准他乎？

小鬼乙　准他乎？

小鬼^甲_乙　准你呀！限你一刻钟，速去速回！（下）

〔彭魂隐去。此时场上只有彭员外一人。

〔内声："董秀才到！"

〔董四畏上。

董四畏　（唱【短潮】）

　　　　亦广文，亦五柳，

　　　　古人文章，

　　　　描我在前头。

　　　　今日出场缘底事，

　　　　细思量，端的无来由！

彭员外　董秀才啊——

董四畏　哎呀员外，馆务缠身，探望来迟，恕罪恕罪！

彭员外　董兄何罪之有？董兄，今有一纸，烦兄视过。

董四畏　哎呀，这都是借据！前年葬母无资，暂向员外借银十两，至今本息共二十两。一俟束脩到手，自当奉还，望员外……

彭员外　来人！

〔仆甲上。

彭员外	此纸拿下，付之一炬！
仆　甲	晓得。
董四畏	不可！借贷不还，岂不陷吾于不义不信！
彭员外	此乃吾意，非关你事，拿下。
仆　甲	是。（下）
彭员外	董兄，彭某有一事重托。
董四畏	重托？除了拟文修书诸事，尚无人对我言托，何况还是重托！未知员外……
彭员外	（将一纸予董四畏）我此处尚有一纸，烦兄视过。
董四畏	（接读）要我日探夜窥，密察夫人行止，莫使交结匪类，淫心萌起，遂生再醮之意……
彭员外	你再读，你再读下去。
董四畏	还要每月到他墓前禀告详情，夫人若有差错，可代其行家法……哎呀，不可啊不可！员外，此吾万万不能为也！（唱【浆水令】过【朝天子】）

　　　　　鸡鸣狗盗所为，

　　　　　煮鹤焚琴何异。

　　　　　吾乃堂堂儒生，

　　　　　忍教斯文扫地？

　　　　　更哪堪授人笑柄，

　　　　　一世清名毁于兹。

（还纸与彭员外）

彭员外	哈……吾正喜听你这一席话，此事更非董兄莫属！董兄恩重如山，请受彭某一拜。
董四畏	员外啊，不可。此吾万万不能为也！
彭员外	董兄你若不应允，吾死不瞑目也……
董四畏	员外！

　　　〔小鬼甲内声："时辰已到，速提去冥司复命！"

　　　〔小鬼甲、乙内声："魂兮随我来！"

　　　〔小鬼甲、乙勾彭魂过场，下。

228	董四畏	员外……来人呀，快来人呀，员外去了！

〔李氏、梅香及众人上。

李　氏　（扑向彭员外，低泣）老爷……老爷……

梅　香　去都去了，眼睛不愿闭！

李　氏　老爷……

梅　香　还不闭！手里还拿着一张纸。

董四畏　（无奈何）员外，我……我应允就是……（无奈接纸）

〔彭员外手缓缓垂下，死去。

第二出　每日功课

〔学童甲、乙上。

学童甲乙　（唱【翁姨叠】）

　　　　读书读书，

　　　　苦乐知何如。

　　　　人生识字糊涂始，

　　　　刘项原来不读书。

学童甲　（念）"人之初，性本善。

　　　　性相近，习相远。"

学童乙　（念）"苟不教，性乃迁。

　　　　教之道，贵以专……"

学童甲　子曰，君子喻于义，小人喻于利。

学童乙　孟子曰，上下交征利，国危矣！

学童甲　此话怎说？

学童乙　王争利、官争利、士争利，民亦争利，举国上下，人人见利忘义。堕纲纪，坏礼乐，不见真善美，唯有假恶丑，国岂不危哉？

学童甲　读书无用，是数百年后的事，与我等何干？

学童乙　也是。只是先生尚未来……

学童甲　先生未来，咱到里面寻一清静所在背课文，你看如何？

学童乙　好！（与学童甲同下）

〔梅香内声："夫人走好……"与李氏同上。董四畏暗随上。

李　氏　（唱【短相思】）

　　　　　　巫山云散，

　　　　　　霜雪折雁行。

　　　　　　角枕泪痕湿，

　　　　　　五更钟鼓独自伤。

　　　　　　虽每坟前细细诉，

　　　　　　又一语何曾到冥乡？

　　　　　　只落得满目萋萋芳草，

　　　　　　长随个迂腐秀才郎。

　　　　　　空对着断梗飘絮，

　　　　　　古道夕阳。

梅　香　唉！夫人也真是的……人说夫妻本是同林鸟，大限到来各自飞，割吊什么愁肠呀！再一说，我家员外……那个老冇头，死就死，眼睛还不愿闭，分明是买嘱那个老古董，托他来监视我夫人！夫妻到这份上，有乜恩义！若是换作我呀，还上什么坟？连鬼也饿死他！你看，老董又来了。老董……

李　氏　（急止）梅香，快走！

梅　香　哼……

董四畏　（唱【浆水令】过【福马郎】）

　　　　　　悔却当初受嘱托，

　　　　　　君子竟在妇人后。

　　　　　　害得我一路经书遮羞颜，

　　　　　　不敢抬头走。

李　氏　哎哟，我死了，我脚痛走不了……

梅　香　夫人有坐轿的命，轿不坐，偏要来磨死这双三寸金莲。来，待我与你揉一下。

李　氏　对，你来与我揉一下。

董四畏　（边走边读）"子见南子，子路不说。夫子矢之曰，予所否者，天厌之……"（无意中踏住李氏裙角）"天厌之……"

李　氏　（伸手牵裙，见董四畏心慌不觉）……书呆！

梅　香　（拨开着）大路通天，各走一边，没因来撞咱怎说？

董四畏　呀……我……

梅　香　你……哼，读书人不去做官，却来做跟随，好见无志气！适才我
　　　　和我夫人去上墓，你跟上的跟上，随下的随下，成何体统？

董四畏　这……

李　氏　荒郊野外，正是读书好去处。咱都到厝了，快开门入内去。

梅　香　是。狗跟屁！（与李氏开门入内，同下）

董四畏　唉，受人身后托，秀才狗跟屁！（唱【大倍·长相思】）

　　　　　　盯得我眼乜斜，

　　　　　　跟得我双足麻，

　　　　　　骂得我口变哑。

　　　　　　数月来，

　　　　　　未见蛛丝马迹、雪月风花，

　　　　　　夫人分明守节无差。

　　　　　　每月墓前报，白璧应无瑕。

　　　　（隐于台侧馆内）

　　　　〔李氏上。

李　氏　（唱【中浪·杜事娘】）

　　　　　　学馆隔巷相望，

　　　　　　尽日书声绕梁。

　　　　　　且听那诗三百，

　　　　　　九曲回肠……

　　　　　　也好见他老冬烘，

　　　　　　恼人痴模样。

　　　　〔学童甲、乙上。

学童甲乙　先生！

董四畏　唔……上课。（见学童坐定）今日功课，乃《诗·卫风·硕人》
　　　　篇。诗曰——手如柔荑……

学童甲乙　手如柔荑。

董四畏　肤如凝脂。

学童 甲乙　肤如荔枝……

董四畏　凝脂，冻结之脂油也，非食之荔枝。

学童 甲乙　是，肤如凝脂。

董四畏　领如蝤蛴。

学童 甲乙　领如蝤蛴。

董四畏　齿如——

学童 甲乙　先生，齿如什么？

董四畏　齿如瓠犀。

学童 甲乙　齿如瓠犀。

董四畏　螓首蛾眉。

学童 甲乙　螓首蛾眉。

董四畏　巧笑倩兮，美目盼兮。（禁不住向李宅长时间注目）

学童 甲乙　巧笑倩兮，美目盼兮……（也随董四畏视线看去）

董四畏　（唱【杜韦娘】过【翁姨叠】）

　　　　门儿半掩，

　　　　南风微卷珠帘。

　　　　玉影隐约识半面，

　　　　更教书生何以堪！

　　　　虽道非礼勿视，

　　　　每日里但求一瞻。

学童 甲乙　且看先生——（唱）

　　　　岂心如止水，

　　　　风乍起忽卷微澜。

李　氏　（唱【醉相思】）

　　　　　放落珠帘，

　　　　　一抹余晖入翠轩。

　　　　　小巷里，琅琅书声断，

　　　　　读书人，渐行已渐远。

　　　　　怎奈何，

　　　　　帘里人，意未阑，

　　　　　倚栏独顾盼。

　　　　梅香，将那盘榴梿，捧去给伊。

　　　　〔梅香应声上。

梅　香　（捧榴梿出门）董先生，吃榴梿。老董，吃榴梿！

董四畏　是……什么连？

梅　香　榴梿！这是我夫人恐恁口渴，叫我送来的，捧去吧！

董四畏　那……

梅　香　那什么，捧去乎！（下）

学童甲　（捧走榴梿）榴梿者，"流连"也！先生，你的份额，我们会帮你
　　　　留着！吃榴梿啦！（与学童乙同下）

董四畏　失态、失态，我今日实是失态呀！（唱【翁姨叠】）

　　　　　魂似云阶叩月宫，

　　　　　却为何忘了两鬓霜，

　　　　　竟一时有那非分想。

（下意识地摸摸袖中纸契）且来呀，想我董四畏家徒四壁，形
销骨立，尚有一念之差；李氏少年美艳，青春守寡，岂无非分
之想？然数月观察，不见有何形迹，却是为何？哎呀，是、是
了！从来男女苟合，岂在白昼？月上柳梢头，人约黄昏后……是
我一时疏忽，不知奸情也未可知。我与伊乃一墙之隔，今夜……
正是——（念）

　　　　　一语豁然解迷津，

　　　　　登墙今夕窥东邻。

第三出　登墙夜窥

〔李氏、梅香上。

梅　香　（念）一日吃三顿，

　　　　　　　百事皆不问。

　　　　　　　管他天子啥字姓，

　　　　　　　日落我就爱困。

　　　　　夫人，该要歇息了。

李　氏　梅香，你先去歇息，我要赏月。

梅　香　月有什么好赏？也不是中秋，也不是初二、十六……

李　氏　爱困就去困，啰唆什么。

梅　香　是。（打个哈欠下）

李　氏　（唱【双闺】）

　　　　　　　彩云归去月满庭，

　　　　　　　岂独对青蛾翠画屏。

　　　　　　　素手推绿窗，

　　　　　　　为向银河窥双星。

〔董四畏上。

董四畏　（唱【锦板·四朝元】）

　　　　　　　平生不沾酒，

　　　　　　　今夜微醉何由？

　　　　　　　且借杯中物，

　　　　　　　遮得秀才满面羞。

　　　　墙高过人，如何是好？那处有一竹椅，不免拿来垫脚，尚可探得
　　　　分明……这墙角有株梧桐，正好遮我身影，不致被人发现。（探
　　　　头）哎呀！好景……好景啊……（唱【寡叠】过【潮叠】）

　　　　　　　好景——

　　　　　　　月影花影树影灯影，

　　　　　　　更哪堪亭亭玉立佳人影。

　　　　　　　云汉无声，

四周好寂静。

书生何幸，

如到桃源境。

方羡得刘阮入天台，

不忍问归程。

哎呀，我死了！是乜物叮得我好疼？是蚊子。死蚊呀死蚊，明知我此时但恐出声，不敢拍你，你才来咬我，任你叮，任你咬……

（唱【寡叠】）

任你肆把凶逞，

任你咬断我颈。

且慢，人说世上万物，皆有灵性，此蚊莫非彭员外所遣，见我夜窥其寡妻，故意来警戒我也未可知！死蚊呀死蚊，非是老董钻穴逾墙，我乃受人之托，不得已而为之。况且，古人有说，目欲其颜，心顾其义，扬诗守礼，终不过差，可也！这一说，果然飞去了。待我再探来……

〔李氏一声叹息。

董四畏　　夫人赏月，为何长吁短叹？我好呆，尽日子曰诗云，不省人伦。夫人新寡，怨风愁雨，见月伤心，亦妇人常情。想她孤身一人，日子也大不易。彭员外啊彭员外，你撒手而去，好不自在，你看她呀……（唱【短潮】）

空对着朗朗窗外月，

独守那荧荧榻前灯。

谁怜她绣帏锦被，

怀抱里冷冷冰冰。

李　氏　　（唱【慢头】）

东邻多病萧娘，

西邻清瘦刘郎……

董四畏　　是元人小令"天净沙"……

李　氏　　（唱【中滚·杜韦娘】）

被无端一堵粉墙，

将人隔断，

抵多少水远山长。

董四畏　奇哉，夫人果有好才情！只是今夜为何唱出此曲？哎呀，更奇者……（唱【序滚】过【浆水令】）

乍见一身缟素，

刹那间春衫窄窄衬柳腰。

灯下对镜，

重把双眉仔细描。

虽非蜀中卓文君，

却比文君别样娇。

教人隔墙，

魂儿销，心旌摇。

（一时失足自椅子上跌倒，发出声响）

〔梅香闻声披衣上。

梅　香　夫人夫人，有贼！

李　氏　有乜贼？

梅　香　我眠中听见一声响动，定是贼仔跳入咱墙内，待我提灯四周巡巡咧……

李　氏　想必是猫在咬老鼠！

梅　香　是猫在咬老鼠？若是猫在咬老鼠，我要来睡续下去。要死，疯猫公！正是——（念）

一场好梦正待圆，

猫咬老鼠化云烟。（下）

董四畏　日间曾做狗跟屁，夜里变成猫咬鼠。李氏呀李氏！你今夕行止好跷蹊，莫非你燕约莺期。

李　氏　（唱【叠字倍工】）

骂你个短命薄情材料，

小可的无福怎生难消。

想着咱月下星前期约，

受了些无打算凄凉烦恼。

我呀，想着记着梦着，

又被这雨打纱窗惊觉了。

董四畏　又是元人小令——（唱【潮叠】）

　　　　　分明艳词淫调，

　　　　　唱与那浪子情苗。

　　　　　胸中无名火，

　　　　　熊熊燃起今宵。

　　　　彭员外呀彭员外——（唱【前腔】）

　　　　　你果然胸中有神算，

　　　　　后来事早料。

　　　　彭员外你快来看，此时她必定是……

李　氏　（唱【福马郎】过【沙淘金】）

　　　　　提灯，我今提灯出绣闱，

　　　　　掩门，我来掩门闭了双扉。

　　　　　再整罗裙共云鬟，

　　　　　绣弓鞋，莫得斜敧。

　　　　　我恰是，私奔红拂女，

　　　　　莺莺赴佳期。

　　　　　莲步今夕何处移？

　　　　　堪怜墙上那一个，

　　　　　望眼欲穿时！（下）

董四畏　李氏呀李氏！（唱【逐水流】过【杜韦娘】）

　　　　　把你行径，

　　　　　俺看了真切；

　　　　　西厢房，

　　　　　原是你风流穴。

　　　　此时那奸夫，正好跳墙而入、跳墙而入！他……她……（唱
　　　　【前腔】）

　　　　　一对野鸳鸯，

　　　　　好欢悦。

　　　　　捉奸，正大好时节。

　　　　只是呀——（接唱）

　　　　　此岂书生为，

我又何太绝?

不可呀不可,奸情一露,李氏有何面目存世?李氏呀李氏,我好恨你,好恨你呀!(接唱【短潮】)

　　我心郁结,

　　更与何人说?

　　煞费踌躇,

　　此时有计计亦拙。

罢、罢了!此时若无个彭员外有托,我也要跳墙到西厢看个明白!

(接唱【中滚·杜韦娘】)

　　我心也如铁,

　　顾不得四体不勤,

　　管不得手裂脚折。

　　学一下张君瑞,

　　我意已决。

(艰难地爬上墙头,跌了一跤)

第四出　监守自盗

〔李氏上。董四畏跟踪随上,在房门外仁步。

李　氏　(唱【中倍·麻婆子】)

　　人在西厢,

　　心事在回廊。

　　他呀,但见他咫尺如天涯,

　　禁不住我倚门望。

　　虽笑他书生行藏,

　　为何我一时也心慌忙?

董四畏　(唱【潮叠】过【翁姨叠】)

　　如临深渊,

　　如履薄冰;

　　瓜田李下走,

　　战战亦兢兢。

西厢门外，

欲进无胆，

欲退却不能。

李　氏　（一声娇柔的笑）哈哈……

董四畏　李氏呀李氏！（唱【中滚·杜韦娘】）

耳听你笑语吟吟，

无名火烧心！

排闼入，

把你……淫妇奸夫双双擒。

（欲破门，又止）且慢！我与李氏非亲非故，岂不唐突？况且，若被奸夫逃脱，到时李氏反咬一口，道我夜半闯入，欲行非礼，那时黄河水岂洗得清？然我当初受人所托，虽曾推却，但一诺千金，岂能不司其责！此时顾不得许多，待我推门而入！（推门）

李　氏　（报以笑声）哈……秀才呀！（唱【双闺】）

早知你大驾光临，

恕贱妾有失远迎。

但恐室内昏暗，

你看不清。

待我点起灯，

好教你仔细看分明。

董四畏　（唱【浆水令】过【朝天子】）

灯火忽通明，

但见她故作无事，

处变不惊。

这房内哪有他人影？

倒教我汗颜，

名不顺来言不正。

李氏，我问你，这房内尚有一人呢？

李　氏　（故作疑虑地）尚有一人吗……

董四畏　对，尚有一人在何处？

239

李　氏　在何处呀在何处？

董四畏　你莫得支吾其词，快说！

李　氏　你爱要我说乎？若爱我说，我就说！

董四畏　说！还有一人……

李　氏　还有一人，就是你！

董四畏　你……莫得乱说！

李　氏　我因乜有乱说？这房内就你我两人，都也一目了然。

董四畏　我苦！我今都没话可应她了。也对，这房里只有她和我两个人，
　　　　不见有第三个。今要怎样？正是进来容易出去难。这闺房变作了
　　　　白虎堂！彭员外呀，你真害人！你无因来托老董这事……此时怪
　　　　死人也没乜益，我现得赶紧出去……夫人……（说不出口，唯脚
　　　　步不住地外移）

李　氏　（厉声）董四畏，你且住！（一阵大笑）哈哈……

董四畏　你……你笑什么……你笑什么……

李　氏　我笑，我笑你！（唱【叠韵悲】）

　　　　　　　笑你如蝇附膻冬到秋，
　　　　　　　身后随去来。
　　　　　　　笑你夜攀东墙，
　　　　　　　失足蒙尘埃。
　　　　　　　闯深闺，胡乱猜，
　　　　　　　今夕你易入不易回！

董四畏　啊！天要灭我！天要灭我！

李　氏　（唱【锦板叠】）

　　　　　　　你，你这无用乔才，
　　　　　　　今生投了王八羔子胎。
　　　　　　　枉有贼心无贼胆，
　　　　　　　心想使坏使不了坏。
　　　　　　　阎王殿判你当男儿，
　　　　　　　贻笑天下究可哀！

董四畏　痛哉！快哉！好痛快哉！（唱【慢头】过【锦板叠】）

　　　　　　　一声臭骂好快哉！

骂得我大汗淋漓，

骂得我如芒刺背，

骂得我浑身通泰。

夫人——

〔幕内伴唱【短潮】：

"但见她一团红晕上玉肌，

纤手抚弄香罗带。

眼底里半嗔半怪，

脸庞儿万千仪态。"

董四畏 我好呆呀！（唱【序滚】）

灵魂儿飞到了天外，

一时间我万般难捱——

夫人！

李　氏 书呆！（示意门未关）

董四畏 我……（关门，与李氏熄灯，同下）

〔击乐声渐起。鼓师与小锣师于场上演奏。

〔激烈处，忽停鼓。

小锣师 （尚在倾情演奏，见鼓师停鼓）哎，师傅，"七邦鼓"正在兴头起，无因叫停做乜？

鼓　师 哪里是我叫停？是里面报停。

小锣师 里面报停？我不信，此时就是电闪雷鸣，一粒雨打死一个人，也停不下来。

鼓　师 你不知道，都是为着一句话。

小锣师 一句话？一句什么话？

鼓　师 董秀才表现良好，李氏夫人十分欢喜，称赞他说："你行他不行！"

小锣师 李氏说"你行他不行"？

鼓　师 是啊！那傻秀才反问李氏："这个他是谁？"

鼓　师 是呀，他是谁？

鼓　师 李氏说"彭员外"。这"彭员外"三字一出口，董秀才顿时脸红脸青，大汗淋漓，直至丢盔弃甲，落荒而逃。

小锣师 拉闸停电！师傅，咱们呢？

鼓　师　咱们跟董秀才收拾家私，报停。

小锣师　报停！

〔董四畏頯然上。

董四畏　明日又是我到他墓前禀告夫人"守节无差"的日子。真正是——

（念）无意春光春自临，

　　　书生暗室竟欺心。

　　　墓前怎报春消息，

　　　蒿草萋萋鬼气森。

第五出　坟前舌争

〔梅香上。

梅　香　（念）昨夜鼾声如雷动，

　　　　醒来一片灰蒙蒙。

　　　　但见夫人满脸泪，

　　　　定是伤心哭老翁。

　　　　想当初我老翁过世，死人落土，我大哭三日，哭到天昏地暗、日月无光，从此我笑脸看人，好不自在。夫人初头不肯来，经不起我三劝二说，才备了香烛纸钱和我来。夫人……

〔李氏上。

李　氏　（唱【倍工·玉树后庭花】）

　　　　跋涉过山坡，

　　　　素衣裙牵住了藤萝。

　　　　李氏恍如昨夜死，

　　　　重到墓前滋味多。

梅　香　墓庭我都扫干净了，就等夫人你来点香烛。

李　氏　香烛点好，今要怎样？

梅　香　傻夫人，你哭你叫呀！老爷在阴间就会来听，若听到伤心处，说不定他会和你一起哭。

李　氏　（哭）梅香……

梅　香　夫人，哭老爷因何哭梅香怎说？

242

李　氏　老爷，老爷啊……梅香，我不哭了！

梅　香　夫人你哭不出来是吗？梅香先来与你引一下。哎！老爷啊，死人你哪怎侥幸，放我一个守孤零；死人你哪怎无良，放我一人守空房……

　　　　〔忽然刮过一阵阴风。

梅　香　哎呀夫人，我与你引来了！一阵阴风吹，定是员外果然到。梅香我要别处去了……（下）

李　氏　梅香……

　　　　〔彭员外魂上。

彭　魂　李氏——

李　氏　我怕……

彭　魂　李氏，你怕什么？

李　氏　老爷……

彭　魂　李氏，还有一人呢？

李　氏　还有乜人？

彭　魂　你莫装聋作哑，今日正是此人来禀告之时。李氏，你看，他来了！

　　　　〔李氏被阴风扇到一边。董四畏上。

董四畏　（念）昔日来时快如风，

　　　　　　　今朝顿觉路千重。

　　　　　　　一番旧话难开口，

　　　　　　　偏教真言塞在胸。

　　　　彭员外……

彭　魂　嗯……

董四畏　奇哉，今日他为乜叫会应？待我再试叫一声。彭员外！

彭　魂　董先生。

董四畏　不但叫会应，还会叫我董先生？彭员外呀，尊夫人为你守……节，依旧……心……坚志……诚……无么……差、差……池……

彭　魂　哈……董先生，你睁眼看看我是谁？

董四畏　彭员外！

彭　魂　（唱【慢头】）

　　　　　　　人若亏心，

243

雷殛天谴。

神明有眼，

偏教我魂儿见。

董先生，当初我临终之时，曾有重托，你不受也罢，既已受了，当知一诺千金。何乃监守自盗，做出那不仁不义不智不信之事！（唱【锦板·南北交】）

只道你谦谦君子，

知书礼仪，

方寄你重托。

谁知你衣冠禽兽，

所为毁人亦自毁。

你可知罪否？

董四畏　知罪、知罪，我知罪呀！怎区处，全凭你决断！

彭　魂　……岂有如此便当之事？董四畏，当初你可曾答应，李氏若有失节败名之处，当代我行家法？

董四畏　是，我曾……答应。

彭　魂　现李氏就在这墓边。

董四畏　夫人……

李　氏　先生呀！（唱【沙淘金】）

万千事，莫惶恐，

自有妾身能担当！

彭　魂　住口！董四畏，鬼头刀一口，这贱人就交你处治！

〔鬼头刀现于墓上。

李　氏　老爷——

董四畏　哎呀员外，夫人无罪，罪在学生。要杀，该杀我才是！

李　氏　老爷，先生无过，过在李氏！（唱【前腔】）

愿甘引颈受刑，

不愿命如浮萍。

秀才快动手，

愿血溅坟庭。

244　董四畏　员外，刀下留人！

彭　魂　莫得多话，速速动手！

董四畏　你不肯谅情？

彭　魂　我说到做到！

董四畏　果然？

彭　魂　果然！

董四畏　当真？

彭　魂　当真！

董四畏　呀呸！逼人太甚，你逼人太甚乃尔！（唱【寡北】）

　　　　　　　　自古我儒生，

　　　　　　　　浊世为精英。

　　　　　　　　威武不能屈，

　　　　　　　　危难见坚贞。

　　　　　　　　董生诚不肖，

　　　　　　　　未敢污令名。

　　　　一介武夫，尚且能"冲冠一怒为红颜"，我董四畏虽无拳无勇，今日也要变成董不畏！（唱【腔】）

　　　　　　　　书中百万兵，

　　　　　　　　更作不平鸣。

　　　　彭员外，我问你，你撒手西去，留下夫人为你守活寡，一旦有差池，更以刀剑相加，你仁乎？

彭　魂　这……

董四畏　我再问你，你是人还是鬼？

彭　魂　我鬼也！

李　氏　真真，你不是人！

董四畏　好哉！你不是人。孔子曰：不知生，焉知死；不事人，焉事鬼。你明知她寡，我鳏，竟以怨妇而托旷男，你智乎？

彭　魂　我……我不智，我是啊大不智。

董四畏　员外，吾与夫人，两厢情愿，礼也，义也，信也！你若知趣也罢，若不知趣，吾秀才吾不降其志，愿舍身求仁，与你一拼到底！员外啊——（唱【序滚叠】过【锦板】）

　　　　　　　　劝你泉下安睡，

莫到人间作祟。

烧你三炷香，

供你一灵位，

你尸位素餐可矣——

何必再把活人累！

彭　魂　（唱【慢头】）

一席话，教人心折，

不容我，枉费口舌。

再多事，但恐他，

掘坟挖穴。

倒不如，识时务，

回到阴间为俊杰。

罢了，吾归去呀！（阴风中隐去）

李　氏　先生，壮哉！（唱【长滚·大河蟹】）

乍以为国中无男儿，

谁知你凛然有正气。

刮目重相看，

正儒者雄风再继！

董四畏　若非他辱我千年道统，肆意曲谤圣贤书，欲加害夫人你，学生一
　　　　时都也无言以对。夫人，我意已决，我要用红花轿，"红甲吹"，
　　　　吹吹打打，明媒正娶，和你结成夫妻。未知你愿否？

李　氏　我愿不愿，你昨夜都明白了。

董四畏　夫人……

李　氏　先生……

董四畏　贤妻！

李　氏　官人！

董四畏　贤妻！

　　　　〔梅香及学童甲、乙上。

梅　香　什么现炊啊？夫人，你真的要嫁给他？

李　氏　真的啊！

　梅　香　教书人一世人清贫，你甘愿？

李　氏　我甘愿!

董四畏　好啊!

梅　香　你们好,那我呢?

董四畏
李　氏　有我们的份,就有你的额。

梅　香　这句就中听。

董四畏　夫人啊——(唱【锦板叠】)

　　　　馆后小园屋一椽,

　　　　相如赋得白头篇。

李　氏　(唱)为君当垆效卓女,

　　　　忍教东墙眼欲穿。

学童甲乙　(唱)老树着花无丑枝,

　　　　风流古艳未曾迟。

梅　香　新人上花轿。

　　　　〔李氏上花轿。

梅　香　起轿。走兮!

董四畏　且慢!

众　　戏都完了,又要何事?

董四畏　待我烧几张纸钱,敬奉我的老前辈——

众　　老前辈?

董四畏　彭员外呀!(拿出纸契,点燃)

　　　　〔纸钱飘落,化作满空花雨。

梅　香　走兮——

——剧　终

《董生与李氏》创作于1993年,改编自尤凤伟的小说《乌鸦》。福建省梨园戏实验剧团首演,导演卢昂,曾静萍饰李氏,龚万里饰董生。剧本在'93海峡两岸(闽台)戏剧节暨福建省第19届戏剧会演中获优秀剧本奖,并获'92—93曹禺戏剧文学奖（1992—1993）。

作者简介

王仁杰　（1942—2020），男，福建泉州人，著名戏曲编剧，当代中国剧坛古典戏剧大家，享受国务院特殊津贴专家。代表作品有梨园戏《节妇吟》《董生与李氏》，昆曲《邯郸梦》（缩编）、《琵琶行》，闽剧《红裙记》，越剧《唐婉》《柳永》等，出版有《三畏斋剧稿》。剧目入选国家舞台艺术精品工程。

· 小剧场话剧 ·

同船过渡

沈虹光

时　　间　现代。

地　　点　长江边某城市，一幢高层公寓内。

人　　物　刘　强——男，三十岁出头。

　　　　　米　玲——女，二十六岁。

　　　　　方老师——女，六十二岁。

　　　　　高爷爷——男，七十岁。

　　　　　雷　子——男，三十岁左右。

　　　　　拍电视的——男，三十岁左右。

〔幕启。呈现在观众面前的，是这个城市中最普通、最千篇一律的两室一厅公房。在设计师的构思中，它是为一户人家安排的，可是由于住房紧张，不得不住了两户人家。不知谁给这种毫不相干却不得不住在一起的形式起了个好听的名字——"团结户"。我们这个戏，也可以叫作"'团结户'里的故事"。这套房子的主人刘强与米玲住左室，方老师住右室。客厅、阳台、厨房、卫生间均是两家共用的。

〔江轮浊厚悠长的笛鸣飘游而入，让我们联想到外部的大千世界，天穹下横流的大江和附近帆樯林立、繁忙熙攘的港口码头。

〔舞台灯光渐亮。

〔左室内，刘强正聚精会神地看电视，从音响效果可以知道正在播放足球比赛。米玲坐在床上，一边吃零食一边看杂志。

〔方老师右手袖口卷着，拿着一把湿漉漉的火钳，从厨房中探出身来。

方老师　米玲，水池子堵了。刘强在不在呀？

米　玲　（自顾向刘强）哎，你看哎，七十多岁还征婚！

刘　强　（目不转睛地盯着电视屏幕，赞叹地）太漂亮了！

方老师　（提高声音）米玲，水池子堵了。也不知道堵的什么，严丝合缝的，一滴水都渗不下去。

米　玲　（念）"某男，退休干部，七十二岁，身体健康，兴趣广泛，无不良嗜好。外地户口，本地有住房。妻亡，子女分居。欲寻一位善良开朗，六十至七十岁的女士为伴。"

刘　强　（随口）什么？

米　玲　征婚啊。你看看这些征婚启事，写得好玩儿死了，七十二岁还征婚。

刘　强　（随口敷衍）黄昏恋，眼下正时兴。

方老师　（见左室无反应，不满地更放大了声音）水池子堵了！米玲，听见没有？这也不是我一个人的事，米玲。

米　玲　讨厌！（只得扔下杂志出左室）什么事啊？

方老师　我已经说了好几遍，你就没有听见？

米　玲　我耳朵不好。

方老师　那你可要当心啊，这么年轻就耳背，再过几年只怕要耳聋呢。（见米玲扭身要回左室）别走别走，去厨房看看吧。同居一室，这也不是我一个人的事情，大家都有责任。

米　玲　什么事啊？

方老师　水池子堵啦，真是。（怨尤地叹气）唉……

　　　　〔米玲无话可说，只得进厨房。

　　　　〔雷子手拿摩托头盔，扛了只鼓鼓囊囊的大提包上。看门号。

雷　子　米玲，米玲……（推门入）

方老师　怎么不敲门就进来了？

雷　子　我找米玲。

方老师　找谁都应该敲门。

雷　子　您是米奶奶吧？（热情地）米奶奶您好。

方老师　（僵硬地）我姓方。

雷　子　（疑惑）这儿不是611吗？

米　玲　（袖子卷着，从厨房出）刘强，刘强！（见雷子）哟，雷子。

　　　　〔方老师入右室。

米　玲　等你好半天了，坐。

雷　子　（指右室）那个老奶奶是谁？是你妈？

米　玲　（不满地）是我妈的妈。

雷　子　噢，你外婆。

米　玲　嗨，别提她。我住这边。（指左室）

雷　子　哦，老奶奶不是你们家的？

米　玲　别叫她奶奶，（低声）她没有结过婚，忌讳。

雷　子　（恍然）啊，那叫她什么？

米　玲　叫老师。两家合住，名字起得蛮好听，叫"团结户"，哼！

雷　子　（重新打量这狭窄的套房）啊，够挤的。

米　玲　坐呀，喝茶吗？

雷　子　你爱人在家吗？

米　玲　在，我叫他出来。刘强，刘强——

刘　强　（舍不得放弃观看球赛，不回头）干什么？

　　　　〔米玲进左室关掉电视。

刘　强　（跳了起来）哎，你干什么？

米　玲　雷子来了。

刘　强　（微怔，显然心里别扭，却故作无所谓地）你让他先坐坐嘛。

米　玲　（看出刘强的别扭，低声责备）人家是客人，你别小里小气的。

　　　　〔刘强只得走出左室。

雷　子　（起身，礼貌地微笑）你好。

刘　强　（有点儿慌乱，也笑）你好。

米　玲　（郑重其事又多此一举地介绍）这就是雷子，这是我爱人刘强。

　　　　〔刘强、雷子再次点头微笑。

刘　强　你好，刚来呀？

雷　子　哎，刚来。

刘　强　坐。哎，米玲，倒茶。

米　玲　已经倒了。

刘　强　哦，那喝茶。

雷　子　不客气。

米　玲　（企图缓解两个男人之间的尴尬，向雷子表白）刘强本来有事的，局长要他去，听说你来，他硬推了。

雷　子	（一般化地客套）耽误你的工作。
刘　强	（故意实话实说）不不，我没事。今天电视转播足球赛，我在家看球。
米　玲	（尴尬，冲刘强使眼色）冯局长不是要你去开会吗？
刘　强	（拒不配合）那是明天。
米　玲	（自己圆场）哦，我记错了。
雷　子	（心里有数，转话题）哎，货我带来了。（边说边打开提包，取出裤子）

〔方老师从右室出。

方老师	刘强你在家呀，水池子还堵着呢。（指向厨房）看看吧，都成蓄水池了。
刘　强	（对雷子）你坐，我去看看。（进厨房）
方老师	这是第几次堵了？共居一室，凡事都要共同维护，不然就要妨碍别人。
米　玲	（对雷子）走，到屋里去。
方老师	嫌我唠叨了？
米　玲	我没有说你呀。
方老师	我也没说你呀，我是自言自语。
米　玲	你那叫自言自语？
方老师	不叫自言自语叫什么？我点了你的名了吗？（进厨房）
雷　子	这老太太的脾气——
米　玲	别理她，走。（拎起包与雷子进左室）住在这儿有时候真是觉得透不过气来。老是为一些无聊的小事纠缠，吵来吵去自己也变得好无聊。
雷　子	（打量居室，讪讪地笑）嗨，那时候你要不和我掰，现在我那套房就是你的了。
米　玲	（脸色一变）闭嘴，别发了点儿小财就不知轻重！
雷　子	开个玩笑嘛。好好好，来看看裤子，眼下正好卖。
米　玲	（拎起裤子打量，心里无底）我可没做过买卖。
雷　子	非常简单，不管什么事情，只要想到是为自己干，自然就会的。
米　玲	不是也有好多人栽了吗？

雷　子　那看他做什么啦。这种小生意没什么风险，我给你四十八块一条，卖五十块，你赚了；卖四十六块，你赔了，老太太都会算这个账。胳膊肘天生往里拐，你试试往外拐行不行？只要是自己的买卖，傻子也会赚！公家的事情办不好，就因为不是他自己的，要是每一口都是自己的血、自己的肉，你看他们还吃得下去？

米　玲　那我试试。多少钱一条？四十八？

雷　子　给别人六十，给你四十八。

米　玲　五十吧，不能让你吃亏。

雷　子　我没吃亏。你想啊，以前你甩了我，今天我还帮助你，不计前嫌，我大度不大度？有没有男子气？只要你想着这个，我就不亏了。

米　玲　噢，原来如此。那我真要感谢你，后悔当初不该甩你了。（脸色一沉）这裤子你拿回去吧！

雷　子　哎，别别，干吗呀？

米　玲　刘强正不愿意我干呢。你提包呢？（抱裤子出）

雷　子　（拎着提包跟出）米玲，干吗呀，就算我说错了好不好？

米　玲　可你已经说了！

雷　子　那我收回。

米　玲　我还以为你真要帮助我呢。

雷　子　我是想帮你。

米　玲　你没安好心。

〔刘强湿着手从厨房出。

米　玲　（不自然地改换语气和话题）刘强，水池子弄开没有？

刘　强　（不阴不阳地）怕是弄不开了。

雷　子　我去看看。（进厨房）

米　玲　（小声地）对人家客气一点儿好不好？

刘　强　对谁？对你？

雷　子　（由厨房中伸出头来）有粗铁丝吗？

米　玲　（搡刘强）铁丝，去找找呀。

刘　强　不去！

米　玲　（搂住刘强，推着）哎呀，去嘛。

〔刘强只得入左室，从床下找出粗铁丝，出左室进厨房。

〔米玲看看雷子拿来的裤子，迟疑少顷，还是塞回了提包。方老师从厨房出。

方老师　哎，以后不能往水池里扔东西了。

〔米玲不想搭腔，欲入左室。

方老师　米玲，你别一见我就沉下脸。咱们这不是叫"团结户"吗？"团结户"就是要讲团结，有了矛盾要开诚布公，不能回避。我当小学老师几十年，我晓得，那些一见老师就躲的学生，都是做了错事的。

米　玲　（哭笑不得，转身迎上去）我做了什么错事啦？

方老师　来来来，坐下，咱们谈一谈思想。（控制着情绪，尽量冷静，循循善诱地）咱们住到一起也快两年了，嗯，是吧？应该好好谈一谈。为什么搞不好团结，嗯？你们到底对我有什么意见，说出来嘛。有则改之无则加勉，人无完人、金无足赤嘛。我有缺点错误，也欢迎你们批评指正。

米　玲　（无奈地）我对你没有意见。

方老师　我想你也提不出意见，我对自己的要求还是比较严格的。客厅、厨房、卫生间都是共用的，我特别注意勤扫勤擦保持清洁卫生；节约用电用水，我总是随手关灯拧紧龙头；刮风下雨，我关门关窗，开窗我也要挂好风钩。这些都是小事，可从这些小事也能看出一个人所受的教育。（喘一口气，准备继续说）

米　玲　（早就不耐烦了）方老师，我还有事情。

方老师　不行，你不要回避。

米　玲　（火了）我回避什么了？我又没干坏事。

方老师　我没说你干坏事。我是说你做了错事。

米　玲　（委屈地嚷起来）我做什么错事了？

方老师　（严正地指出）上回水池子堵了是你扔了一块抹布，对不对？

米　玲　我没扔，那是不小心掉进去的。

方老师　这次又是掉进去的？又是不小心？

米　玲　（愤愤不平地反诘）你凭什么质问我？凭什么说是我堵的？

方老师　不是你是谁？（极自信地）我从来是很小心的，饭粒菜渣决不往里倒。再说，刚才我也没有洗菜淘米，我吃的是中午蒸好的馒头和咸鱼。

米　玲　我也没淘米洗菜，我们吃的是中午烧好的牛肉。

方老师　牛肉就不堵？

米　玲　（针锋相对）咸鱼才堵呢，腌得硬邦邦的刀都砍不动。

方老师　好哇，掏出来看嘛，看看是什么？

米　玲　看就看！

方老师　看嘛。

〔刘强与雷子擦着湿手自厨房出。

刘　强　（掏烟递与雷子）来来。

雷　子　我有。抽我的，来来。

刘　强　一样一样。（与雷子互相推让一番，点烟）

方老师　通了没有？

刘　强　通了，多亏了雷子。

方老师　谢天谢地。

雷　子　那个鱼头太硬了，真不好掏。

米　玲　什么，你说什么？

雷　子　鱼头，一个咸鱼头。

〔方老师愣了。

米　玲　水池子里堵的是咸鱼头？

雷　子　是啊。

米　玲　（胜利地睥睨着方老师）嗨呀，幸亏我们吃的是牛肉。哎，咸鱼头怎么到水池子里去了呢？方老师，是不是水池子里养了咸鱼呀？

方老师　（羞愧交加，却不肯认输）我没有扔。

米　玲　谁说你扔了？肯定是不小心掉下去的嘛。

方老师　我不是故意的。

米　玲　要是故意的性质就严重了。

刘　强　（听出了原委，当着雷子面显得有修养的样子）米玲，少说一句吧。

米　玲　你别做好人，背后你比我还烦她。

〔刘强语塞。

　雷　子　算啦，看她是个老人。

米 玲 就看她是个老人我才让着她的！你不知道她说话多气人，明明是
要扯皮，偏说是谈思想，有理无理地教训人，像都是我的错。好
哇，现在咱们谈谈哪。

〔方老师难堪，张口结舌。

刘 强 （推米玲进左室）算了，进去吧，进去进去。

雷 子 老奶奶，啊，（忙改口）老人家也回屋休息吧。

方老师 （自尊地挺着身子）这就是我的屋，我不走。（思索）鱼头切下来
是搁在水池边儿的，可是后来不见了，一定是谁碰下去的！

刘 强 （拉雷子）你也到里头去坐一会儿？

雷 子 不坐了，还有朋友等着呢。

刘 强 我送送你。

雷 子 不客气。（拎起大提包）

刘 强 哎，怎么又拿走哇？

雷 子 米玲她又不想做了。

刘 强 嗨，她就是这样，心血来潮，反复无常。

雷 子 她说你反对她做生意。

刘 强 （矢口否认）她怎么这么说。我反对她做生意？嗨，我怎么会反
对呢。

雷 子 是啊，我想你也不至于。

刘 强 我对做生意毫无成见。没有做生意的，社会哪有这么热闹，五花
八门，无奇不有。我是没有做生意的本事。

雷 子 那——这些货？

刘 强 留下留下。你要真的带走了，她回头又要后悔。

雷 子 没错儿，她的脾气我太熟悉了。（蓦地感到失言，尴尬）哦，我
走了。

刘 强 不送。

〔雷子出门，下。

〔刘强拎起那大提包，酸溜溜地叹了口气，欲进左室，方老师把
他拦住。

方老师 刘强，鱼头是怎么掉进去的，我怎么就想不起来了呢？（恳切
地）刘强，我是真的想不起来了，我不是故意抵赖狡辩。刘强，

257

你看我是不是老糊涂了？我的脑子一向是很好的，可是……

刘　强　（没有心思听，打断地）您别多想了，米玲也没有说您是故意的。

　　　　（欲进左室）

方老师　（追着发问）可是鱼头到底是怎么掉进去的呢，啊刘强？你说说。

刘　强　嗨，这么个小事……

方老师　小事不弄清楚也会出冤假错案。刘强，我最担心的是自己的脑子。

刘　强　（想赶快结束谈话）你脑子没问题。

方老师　是啊，早上去公园学剑，那么多动作我都记住了，我就是要试试自己的脑力。你说人要是脑子坏了，活着还有什么意思？你看那植物人……

刘　强　方老师，您该歇着了。

方老师　刘强，你说真话，我的思维、语言，还有行动，没有什么问题吧？

刘　强　（敷衍地）没有没有，挺好的，啊。（入左室）

方老师　（难过地）他烦我，不想跟我说话。他烦我。（沮丧地坐下）

刘　强　嗨，啰唆得吃不消。（把提包放到米玲面前）都在这儿，啊。想做你就做，别说我反对。

米　玲　她不在外头？

刘　强　走了，人家忙着呢。

米　玲　我说方老太。

刘　强　还在外头叨叨呢。

方老师　（伤感地）我老得让人讨厌了，他们讨厌我！

　　　　〔米玲出左室取开水瓶。

方老师　（挣扎着振作起来，锐利地）所有的人都会老的，你们也会老的。你们的脸上也会打皱，你们的头发也会发白，你们的牙齿也要脱落，眼睛要花手要颤，那时候看你们还烦不烦老年人！

米　玲　（回左室，惊骇地）这个老太太，咒我们呢。

方老师　（步履蹒跚地踱上阳台，神情凄迷地看着夜幕中的江色，喃喃自语）船上的灯都亮了……

米　玲　（余气未平）分房子的时候，还说咱们占了便宜。说老太太没几年了，到时候这一厅两室全归你们，没想到她老人家老树新芽——越活越新鲜。

刘　强　（把提包里的裤子翻了出来，自己套上一条）哎，我穿怎么样？这儿（拉裤管）是不是肥了？

米　玲　时兴这个样子，上面肥垮垮的，底下一收，裤管在脚面上堆着，一走一荡。

刘　强　我先拿一条穿穿，多少钱？

米　玲　四十八。

刘　强　这么便宜？再来一条。

米　玲　你就知道捡便宜，就不知道挣。

刘　强　干脆一个颜色来一条，换着穿，骑车上班屁股那块特别费。

米　玲　我还要卖钱的啊。哎，（向往地）有了钱我们头一件事就是买房子。

刘　强　就靠卖裤子？都说穷得卖裤子了，不吉利哎。什么不好卖，偏偏卖裤子。

米　玲　你讨厌，自己不干，还酸溜溜地说怪话。裤子怎么不能卖呢？只要能赚钱，什么都可以卖。

刘　强　只要能赚钱，什么都可以卖？这话也太赤裸裸了！

米　玲　你又想偏了啊。

刘　强　没有没有，不就是卖裤子吗？卖就卖呗。

米　玲　那好，明天一早你帮我送裤子，商店我都联系好了。

刘　强　（声音拉得老长）我送——我去送裤子？

米　玲　你就不能送？

刘　强　亏你想得出来。

米　玲　怎么想不出来？要吃饭要穿衣每天要钱花，那点儿工资够吗？成天跟着冯局长，叫冯局长给咱补助费。

方老师　（叹息般地）船开了……船走了。（缓缓地离开阳台。入右室）

米　玲　分这么半边房还叫照顾。

刘　强　你怎么也变啰唆了？有一个方老太还嫌不够哇！

米　玲　现在呀，要么当官儿，要么当款，你别两头够不着。

刘　强　算命的说了，我三十五岁以前没戏。睡吧。

　　　　〔米玲出左室欲去卫生间，不料被方老师捷足先登。米玲只好退回左室。

刘　强　（已上床，正翻着米玲看过的那本杂志）怎么啦？

米　玲　老太太蹲点儿呢，那可是持久战。唉，到处在盖房子，房地产炒得那么火，一幢幢高楼、一座座花园别墅，如雨后春笋，欣欣向荣，房子越盖越多，可咱们还是没房子住。

刘　强　别不讲良心了，现在比过去好多了。咱们小时候住的什么房？不也是好多家挤一块儿吗？人民生活还是改善得多了。

米　玲　哎，怎么是领导的口气？

刘　强　我给领导起草报告练的。米玲同志，想想往日苦，想想普天之下受苦人，老少边穷，失学的儿童，发不出工资的乡村教师，咱们应当知足了。（听见冲水声）哎，老太太出来了。

　　　　〔米玲出左室，方老师从卫生间出，二人漠然地交臂而过。米玲入卫生间，方老师入右室。

　　　　〔少顷。米玲出卫生间，复归左室。

米　玲　"团结户"这名儿起得真讽刺，哪个"团结户"是团结的，都恨不得把那一户撵出去。

　　　　〔刘强突然发出咻咻的笑声。

米　玲　笑什么？

刘　强　你想把老太太弄出去呀，倒有一个办法。（抖抖手中的杂志，戏谑地）给她登个征婚启事。

米　玲　（也用戏谑口吻）给她找个老头儿，把她嫁出去！

刘　强　（寻开心地）哎，君子成人之美，咱们还做了一件好事。

米　玲　瞧你不哼不哈的，点子真恶毒！

刘　强　那怎么办，咱们又不能咒人家死，那不是太缺德了？

　　　　〔米玲关掉房灯，床头灯发出的一团黄色的光晕笼罩着他们。

米　玲　搞烦了真给她登一个。呃，怎么写呢？

刘　强　（边想边道）嗯……一个终身未嫁的女士，期待着幸福的降临！退休小学教师方静娴，女，六十二岁，是六十二岁吧，啊？

米　玲　（咻咻笑着接）体貌端庄典雅，性情和善温柔。

刘　强　欲觅一位六十至七十岁、身体健康、无不良嗜好、有本市户口……

米　玲　（强调地）有住房！

刘　强　对，有住房的男士为伴。

〔两人继续戏谑地编派着。

〔方老师又踱上阳台。

〔船笛催眠般响起，仿佛一支黑管在江风中轻鸣。夜幕徐徐合上。

〔若干天后，一个晴朗得令人愉快的上午。方老师独自在客厅内。她端坐案前，用毛笔在书写。

方老师 （边写边吟，自得其乐）"江畔——何人——初见月？江月——何年——初照人？人生——代代——无穷已，江月——年年——望相似。"

〔一位面色红润健康的老人——高爷爷上。他一头银发，身板挺直，衣履整洁，神态中透出兴奋与忐忑。他捧着一束鲜花，抬头打量门牌号码。

高爷爷 滨江小区，十七栋，甲门六楼。（拾级而上）610，611。（停在611门前，整整仪容，敲门）

方老师 （抬头倾听）谁呀？

高爷爷 方静娴女士在家吗？

方老师 谁呀，你是谁呀？（放下笔）

高爷爷 我姓高。

方老师 听不清。（起身走到门边）

高爷爷 姓高。

方老师 卖刀？我不买刀。（自语地）这幢楼白天没人，大人上班小孩上学，你拿出把刀来，不杀人也活活把人吓死。

高爷爷 方静娴女士在家吗？

方老师 找谁？找我？我是方静娴。

高爷爷 我找方静娴。

方老师 哦，找我，那我给你开门。（开锁）你不要急呀。这是防盗锁，刚刚装上的，我还不适应，心里一着急就打不开。

高爷爷 什么？不应该？应该的，应该我来拜访你。

方老师 （念叨着）左转，再右转，再左转……（仍拧不开，焦急）咦，怎么弄的！硬要装这防盗锁，才卖了几条裤子，有几个钱呀，就要用这打不开的锁。

高爷爷 方女士，我看了你登的广告。

方老师	去报告？我出不了这门，怎么报告啊？没防到强盗先把我锁住了。（贴着门向外嚷）你找我有什么事啊？
高爷爷	什么事好？哦，嗜好，什么嗜好，是问我有什么嗜好吗？
方老师	对，有什么事啊，你说说，这锁一时打不开。
高爷爷	隔着门不好说话。我没有不良嗜好，就是爱喝点儿酒。驾船的，都好这个。方女士，你还是把门打开吧。
方老师	打不开，防盗锁，我打不开。
高爷爷	哦，打不开，是防盗锁。
方老师	怎么办呢？你有什么事啊？
高爷爷	又问嗜好？我已经说了，没不良嗜好。
方老师	急不急呀？
高爷爷	急不急呀，（按自己的理解）不急不急。我是专程来的，咱们总得见见面。老话这叫相亲，不见面怎么相呢？方女士，我等着，你慢慢开。
方老师	你走了？哎——
高爷爷	哎，我在这儿。
方老师	没走，没走好。（搬了把椅子坐在门内）
高爷爷	（自语）才装了个防盗锁就开不了，还没装铁门呢。装了铁门还得装铁窗，往里一待，活像那电影《铁窗烈火》。
方老师	哎，走了没有？
高爷爷	哎，我在这儿。
方老师	你可真是好耐性。对不起呀同志。
高爷爷	你说杂志啊？我就是看了杂志才来的嘛。船上好多杂志，那天同舱的年轻人带回一本，还是他们指给我看的。
方老师	哎，我再来开开。
高爷爷	（听见门锁响动，起身，小心地放下鲜花）我也来试试。（掏出腰间钥匙串，试开）看能不能弄开这防盗锁。
	〔米玲上。
米　玲	（见高爷爷正在开锁，惊吓而紧张地大叫）你！你干什么？
高爷爷	啊，我想开这个门。
米　玲	（目光逼视高爷爷却不敢靠近）这是你的家吗？

高爷爷　不是。

米　玲　那你想干什么?

高爷爷　我找人。

米　玲　找谁?

高爷爷　方女士,方静娴。

米　玲　啊,(释然)找方老师啊。(突然想起,恍然大悟)啊,啊啊,我知道我知道,我开门。(慌里慌张地开门,几乎与门内的方老师撞个满怀)哎哟,方老师,来客人了,老爷爷快请进。

〔高爷爷走入,与方老师见面,他手中的鲜花和不同寻常的神态使方老师一怔。

方老师　刚才在外面说话的,是你?

高爷爷　是。

米　玲　这就是方老师。

高爷爷　(极有礼貌地)方女士,你好。

方老师　(连忙回礼)我好,你也好。

高爷爷　(有些不好意思地)初次见面,不知道方女士喜欢什么。这个——(示手中鲜花)

米　玲　(夸张地)多好看的花儿呀,是送给方老师的?

高爷爷　(难为情地)哎。

米　玲　(一把抢过鲜花,塞到方老师手中)方老师,您看,多美呀。我去拿个瓶子。(进左室)

方老师　(满腹狐疑却还保持着礼貌)老先生,咱们是在哪儿见过?

高爷爷　不,没有,咱们不认识。不过,方女士和蔼友善,一见面我就有很亲切的感觉。

方老师　谢谢、谢谢。(仍不能释疑)哎,还没请教老人家贵姓?

高爷爷　免贵,姓高。

方老师　姓高?(发笑)刚才呀,我听成了卖刀,还以为你是卖刀的。

高爷爷　要是卖刀的你可不要开门。

方老师　我晓得我晓得。

高爷爷　方女士退休有好几年了吧?

方老师　不错。

高爷爷　我也退休了，可是还住在船上。

方老师　哦，高先生在船上做事。

〔米玲拿了花瓶从左室出。

米　玲　太好了，我们方老师就喜欢看船，就在这个阳台上看。（进厨房）

方老师　高先生找我有什么事情，还没说吧？

高爷爷　（顿时又局促不安）方女士，其实你是晓得的。

方老师　（迷惑不解）我晓得什么？

〔米玲拿着盛了水的花瓶从厨房出。

米　玲　把花插上吧，多美，搁哪儿？方老师，这儿行吗？（欲往桌上放，毛手毛脚地把桌上的纸张碰散落到地上）

高爷爷　哎哟！（欲捡）

方老师　我来。

高爷爷　我来我来！（殷勤地拾起纸张，发现上面的毛笔字）哟。方老师好书法。

方老师　高先生见笑，这哪是什么书法？人老了，就怕脑力衰败，把往日学的诗文拿出来背一背、写一写，是练脑力。

高爷爷　（深以为然地点头）哦，好，好！方老师写的是——

米　玲　（夸张地惊叹）方老师写的是诗呀！

方老师　（不无得意之色）唐诗，《春江花月夜》。

米　玲　好长呀！

方老师　（情不自禁地背诵）

　　　　　　　"白云一片去悠悠，

　　　　　　　青枫浦上不胜愁。

　　　　　　　谁家今夜扁舟子，

　　　　　　　何处相思明月楼？"

高爷爷　（欣赏地击节）好，好。

方老师　三十六句，二百五十二个字，我背得一字不差！还是五六岁的时候跟爸爸学的。

米　玲　方老师记性真好。

方老师　好什么，我已经老糊涂了。

〔米玲碰了软钉子，缄口。

高爷爷　（由衷地喜悦）方女士不糊涂！方女士过得还是蛮有味道的。这样好，我就喜欢这样的女人。

方老师　哎，刚才，高先生的话还没有说完吧，你说来找我做什么？坐，坐下说。

高爷爷　（又吞吞吐吐起来）我还真说不好。

方老师　你这个老先生，有什么不好说的？

米　玲　方老师是个开朗人，说吧，老爷爷。

方老师　（见高爷爷难于启齿的样子，好笑地）我可是个躁性子，老先生你快点儿。

高爷爷　（颇费踌躇，终于掏出口袋里的杂志）我看了这个——方女士登的广告。

方老师　（发笑）我登广告？我又不是美容霜，登什么广告？

米　玲　（连忙接过杂志）是《爱心》啊，这杂志办得好！那回我在上面看到一篇文章，好感人哟，说的是一对老人的恋情。方老师您没有看过呀？其实，老年人的爱情比年轻人的更动人，只是有些老人因为传统观念作祟，不敢迈这一步。

方老师　（反感米玲的搅扰）米玲，你是不是有什么事情啊？

米　玲　没有，没有哇。

方老师　没有事情请你自便。高先生是来拜访我的，我的客人我招待，不偏劳你。

米　玲　（只好把杂志送到方老师手中）那，你自己看吧，你们慢慢谈。（入左室，开柜取衣更衣，同时注意客厅内的动静）

高爷爷　她是你的女儿？

方老师　幸亏我没有这样的女儿。

高爷爷　我说呢，广告上说，你一直独身。

〔方老师疑窦丛生，正要发问。

高爷爷　和年轻人同住，即使是亲生骨肉也难免磕磕碰碰。老人有老习惯，年轻人有新想法，老人不说憋得慌，不说不行。

方老师　（连连点头）没错没错。

高爷爷　可说出来年轻人又不爱听。

方老师　嫌咱们啰唆！

高爷爷	我跟孩子们分开过啦。就是孙子孙女不在跟前，有点儿想。
方老师	（发自内心地点头）没人说话不行呀。孙子孙女多大了？
高爷爷	都上学了。
方老师	（不由自主地）上学了就要加紧教育，几年级呀？
高爷爷	都是一年级。
方老师	一年级很紧要的，好比木匠开坯、高楼打基，第一步就要走好。
高爷爷	嗨，两个孩子也在船上，跟我以前一样，没工夫管孙子孙女。
方老师	不在于时间多少，主要是教育孩子养成好的学习习惯。咱们上了年纪的人都有体会，成了习惯的事情一生都改不了。
高爷爷	没错儿，所以叫老习惯嘛。
方老师	孩子养成了好习惯，大人就无须多操心了，再说你也操不了啦。现在小学生的功课，好多大人都做不出来啦。
高爷爷	方女士退休这么些年，还是像个老师。
方老师	也是成了习惯。我十五岁去念师范，十八岁当老师，教了四十多年书。这一辈子，除了站在黑板前说呀写呀，就没有别的。
高爷爷	我这一辈子，除了驾船，也没有别的。
方老师	呃，我就喜欢看船呢。你来你来！（引高爷爷到阳台上）你看看，正好看见江上的船。小孩子喜欢看车车，我呀，就喜欢看船。
高爷爷	现在都住这新公房，上不着天，下不着地，成天没人说话，看看船，心里敞亮。
方老师	没错没错，你也是上了年纪的人，你晓得。
高爷爷	（大着胆子）以后，我带方女士去看船？
方老师	那好哇。今天先谢谢你。哎，有一个船的歌儿，（唱） "让我们荡起双桨， 小船儿推开波浪， 海面倒映着美丽的白塔， 四周环绕着绿树红墙。" 〔方老师唱时，高爷爷忍不住也随着唱，荒腔走调的，把她逗笑了。
方老师	这还是以前教学生们唱的。
高爷爷	我也是听孩子们唱来着。
方老师	哎，刚才我们说到哪儿了？广告，说是广告不是？广告呢？

高爷爷　在你手上。

方老师　哦。（找眼镜）眼镜呢？

高爷爷　这儿。（殷勤地递眼镜）

方老师　（戴花镜翻杂志）在哪里？

高爷爷　（指点）这儿。

方老师　（读）"再生精治疗脱发斑秃有奇效。"

高爷爷　不对不对。

方老师　（继续读）"滋润您的肌肤，增添您的自信。"

高爷爷　不对不对。（拿过杂志）眼镜。（接过方老师递过来的眼镜）这儿，你看这儿。（指点杂志）

方老师　（又从高爷爷手中接过杂志、眼镜，读）"征婚广告"？（继续读）"……一位终身未嫁的女士期待着幸福的降临。"谁？

高爷爷　你呀。

方老师　我？

高爷爷　这不是你登的吗？

方老师　（断然地）没有的事，我登征婚广告？荒唐，岂有此理！（讥诮地）这是什么话——"一位终身未嫁的女士，期待着幸福的降临"。肉麻不肉麻？我会说这样的话吗？嘁！（不屑一顾地把杂志一甩）

高爷爷　（被方老师的态度激恼，认真起来）方女士，你的名字可是在上面，我也不是糊里糊涂找来的。你把它看完，看完哪。

方老师　（傲慢地）我不看，你拿开。

高爷爷　你这可不对头，总要把事情弄清楚嘛。你没登这广告，那是谁登的？总不是我编排你吧。（拿过方老师手中的花镜，戴上，读）"退休小学教师，方静娴。"是你吧？你叫方静娴吧？

方老师　（不以为然）同名同姓。

高爷爷　同名同姓？好。再看年龄，六十二岁，年龄怎么样？一样吧？

方老师　（心虚嘴硬）六十二岁的人多了。

高爷爷　好，再往下看。"方静娴，六十二岁，体貌端庄典雅，性情和善温柔。"啊，和善温柔这一条不像。往下看："欲觅一位六十至七十岁、身体健康、无不良嗜好、有本市户口、有住房的男士做

267

伴。住址……"你听着，看住址是不是你的："滨江小区，十七栋甲门六楼611。"嗯？一点儿不差是不是？

〔方老师呆若木鸡。

高爷爷　方女士，（坐到方老师旁边，耐心地）我跑船几十年，什么人都见过。一眼见你，我就知道你是个好强的人，小学教师，一辈子教别人，好个面子；一辈子没找男人，也难免有点儿特别的脾气，这都没什么。人跟人就是不一样嘛，没脾气的人就跟没搁油盐的菜似的，寡淡无味儿。可是，自己做的事情要勇于承认。（忽然发现方老师神色有异）方女士，你怎么啦？不舒服？（见方老师不语，忙向左室）姑娘，姑娘！

〔米玲急出。

米　玲　方老师怎么了，方老师？

高爷爷　她有没有心脏病？

米　玲　（紧张）啊，哦，没有没有，可也说不定有突发的。

高爷爷　（简洁地）开窗。

米　玲　哎。（跌跌撞撞地跑去开窗）

高爷爷　稳住。

米　玲　哎。

高爷爷　温开水。

米　玲　哎。（倒水，并拿小凳欲把方老师的脚垫起）

高爷爷　不能动！（为方老师把脉）

〔雷子边嚷边上。

雷　子　米玲，米玲！车来了，准备好了没有？

米　玲　嘘……（示意雷子轻声）

雷　子　（见状低声）病了？（少顷，拉米玲）哎，走吧，牛老板的车都来了。（注意米玲的衣饰）你就穿这个？

米　玲　不行吗？

雷　子　不靓。脖子上、耳朵上能不能加上什么？

米　玲　（进左室，开床头抽屉，取首饰）都是假的，行吗？

雷　子　（跟入左室）马马虎虎，戴上吧。

米　玲　可是我现在不能走，你看老太太那样儿。

雷　子　怎么啦，是你弄的？

米　玲　怎么这么想？邻居病了，我不能不闻不问。

雷　子　那就送她上医院，跟咱们走，让车弯一脚。

米　玲　（与雷子出左室）高爷爷，要不要去医院呀？

方老师　（好不容易才吁出口气来，又羞又恼，悲从中来）我清清白白一
　　　　辈子，洁身自好，从无害人之心。我得罪了谁，竟这样糟践我！

高爷爷　方女士，可别这么想。这事儿要怪呢就怪我。高老头儿太冒失
　　　　啦，冲撞了方女士。

方老师　（指着茶几上的杂志）拿开，我不要看见它！

高爷爷　拿开拿开。

　　　　〔米玲拿开杂志，雷子接过，好奇地翻看。

高爷爷　方女士，喝口茶吧。（把茶杯送到方老师手中）

雷　子　（看罢征婚广告，大大咧咧地）哎，这是好事儿嘛。

高爷爷　（斥责）谁在这儿胡说呢，还想气方老师！

米　玲　（赶紧低声向雷子）老太太说，这不是她登的。

雷　子　（机灵地改口）啊，盗用方老师的名义。

方老师　盗用名义，就是盗用名义！

雷　子　这事儿不能容忍，应该严肃追查。

米　玲　查什么？

雷　子　查谁干的呀。说得轻，这是恶作剧；说得重，这是摧残老人。

米　玲　别过了啊。

雷　子　一点儿也不过，方老师这么大年纪，一气之下，万一产生严重后
　　　　果，心脏病、血栓、中风、瘫痪什么的，不是摧残吗？

米　玲　（听不入耳）哎，你走不走哇？

雷　子　等你呀，咱们一起走啊。

米　玲　我不走。

雷　子　干吗呀，说好了的，牛老板抽点儿时间不容易。

米　玲　方老师病了。

高爷爷　（看出方老师厌烦米玲和雷子聒噪）你们走吧，我在这儿呢。

米　玲　方老师，您真的没事儿了？

高爷爷　走吧，走吧，早点儿回来。

269

雷　子　（拉米玲）走吧。（与米玲出门）我发现，你今天特别尊敬老人，像真的似的。

〔米玲白雷子一眼，二人下。

方老师　我见不得她在这儿，成心看我的笑话。

高爷爷　不是已经说清楚了吗？

方老师　怎么说得清楚？广告出去了，多少人看，我能一个个地解释？我解释人家也不相信哪。我说没登，他就想你肯定登了。如今说假话的多，把人们的怀疑心挑大了，什么都不信，听话反着听，真话他也觉着是假话。

高爷爷　倒也是。不过，方老师，万一说不清楚了怎么办？比方说，我就不听你解释，你怎么办？

方老师　我把你撵出去！

高爷爷　行，把我撵出去。可你自己出去了，人家要问起来，说方老师你征婚了，你怎么办？

方老师　我不承认。

高爷爷　你刚才说，你越不承认人家越相信，对不对？

方老师　（赌气）我反正不承认。

高爷爷　方老师，我倒有个办法。

方老师　什么办法？

高爷爷　干脆承认了。

方老师　那怎么行！

高爷爷　怎么不行？你听我说。（制止要反驳的方老师）我知道，盗用你的名义登这广告不好，可征婚这事儿并不坏。你看这杂志上，登了这么多广告，这么多人给你做伴儿，有男的有女的，有青年的有中年的。

方老师　没有老年的。

高爷爷　怎么没有？你又没看。

方老师　反正不多。

高爷爷　不多才稀罕嘛。你想我们国家那大熊猫，要是跟羊似的满坡乱跑；跟人似的，满街乱窜，能成国宝吗？

270　方老师　我是熊猫哇？

高爷爷	逗你开心呢。
方老师	你这个老头子，倒话多。
高爷爷	好啦，缓过来了没有？
方老师	（赌气）没有。
高爷爷	好好，缓过来啦。哎，年轻人也走了，方老师，咱们说说真心话，好不好？
方老师	（刚刚松弛的精神又紧张起来）说什么？
高爷爷	你看你，又瞪眼，眼神就不能软和点儿？
方老师	我不会软和。
高爷爷	（宽容地笑笑）我是看了广告来的。怎么样，叫应征，是不是？
方老师	你是受骗上当。
高爷爷	没错儿，受骗上当。方老师，我想咱们将错就错，假戏真唱行不行？
方老师	（哈了几下气才笑出声来）高先生，你是不知道我呀。我不是百里挑一的人尖子，可我是百里挑一的怪脾气。早先哪，我也开过亲，成亲的当天晚上，我一脚把那个男人蹬下了床！
高爷爷	看不出，方老师脚上还有这么大的功夫。
方老师	（兀自发笑）也怪那个男人没出息，就在椅子上坐了一夜。第二天我就跑了。我这脾气呀，说不干就不干。我妈说，家里穷，你不嫁他怎么办？我说我去教书。头一回找的那所小学离家远，那是一个大祠堂。晚上，别的老师都回去了，就我一个人，点一盏油灯。夜里去茅房，要穿过天井，天井旁边的屋里歇着一口大棺材。我心里想，要是真的有鬼，要是鬼要来拿我，我就央求他宽限几天。我就跟他说："我爸爸不在了，奶奶有病，家里还有妈妈、弟弟、妹妹，他们都等着我拿薪水回去买米呢。你宽限几天，等学校发了薪水，我给家里买了米，你再拿我好不好？"哎，我居然平平安安地把书教下来了。你看，鬼也通人性呢。就我一个人，赡养老人，供弟弟妹妹念书，他们都念完了大学呀！（无比欣慰和骄傲地）我这一辈子呀，没有什么特别的，只有一样，就是一切全靠我自己，没有靠过任何人。我尽了做女儿的责任，尽了做姐姐的义务。我已经做完了应当做的事情。现在老都

老了，六十多了，我还找人？笑不笑话？

高爷爷　六十多了就不能找人？老伴老伴，越老越要伴儿。你为别人操劳一辈子了，到老了更应该给自己找找快乐吧？

方老师　算了算了，不说了，我累了。咱们还算有缘分，跟别人我还从来没说这么多话。请走吧，我要休息了。

高爷爷　你说得好，咱们还算有缘分，那我明天来看你？

方老师　谢谢你，我想清静。

高爷爷　我只说几句话。

方老师　我一句也不要听。

高爷爷　说半句？

方老师　（蓦地冒火）你走不走？

高爷爷　（吓了一跳）咦，你这个老太婆！

方老师　七老八十了，你不怕丢人我还怕现眼呢。还送花儿，酸不酸？你走吧，花儿也拿走，酸不溜丢的，走走走！（把花从瓶中抽出塞给高爷爷）

高爷爷　你这个老太婆，怎么说翻脸就翻脸呢？

方老师　我就这脾气。你走。

高爷爷　神经病。

方老师　老流氓！

高爷爷　你骂人？

方老师　我骂了，骂你，骂你这老头儿！

高爷爷　哈，我可是驾船的，要真开骂，你没我有本事！你给我小心点儿。

方老师　我偏不小心。

高爷爷　你敢再骂？

方老师　我就骂，老流氓，老流氓！

高爷爷　你——

方老师　（迎上去）你敢打人？

高爷爷　（咬牙切齿，一字一句地）你又老又丑又刁又狠，难怪一辈子没人要呢。

〔方老师震怒。高爷爷扳平战局，扬长而去。

〔方老师把适才散落到地上的几枝花拾起，冲着门外狠狠一甩，

"嘭"地关上门。不料转过身，却见一枝花遗落在地上，那花朵娇艳美丽，她忍不住把它拾了起来。

〔数日后。上午。雷子拿着头盔、扛着大提包上，敲门。左室内，刘强迷迷糊糊地从床上坐起，勉强起身，出左室。

刘　强　谁呀？（睡眼惺忪地开门）哦，雷子，米玲不在。（关门）

〔雷子又敲门。刘强只得又开门。

刘　强　她真的不在。

雷　子　（示意手中的大提包）那我把货留下，这回是T恤衫。（打开包介绍）这是五十二的，这是六十的，这种六十八，这种……

刘　强　来来，进来。写上，记不住。

〔雷子进门。

刘　强　（打哈欠）给头儿写发言稿，天亮才睡。你写啊，我去……（指卫生间）

雷　子　啊，你忙。

〔刘强进卫生间。雷子写字条。少顷，刘强出。

刘　强　吃早饭了吗？

雷　子　我早上从来不吃。

刘　强　那我不客气了。（冲奶粉拿饼干）

雷　子　米玲跟你说过了吧？

刘　强　嗯？

雷　子　我新开了一个服装店，缺个经理。

刘　强　（嘴里塞着饼干，含混地）嗯，嗯。

雷　子　她说要跟你商量。

刘　强　（连连摇头）她要干的事儿我还拦得住？

雷　子　你不同意？

刘　强　她的事情她自己做主。做生意有什么不好？我佩服做生意的。天底下就那么多钱，不是进你的口袋就是进我的口袋；就是进了你的口袋，我也能把它抠出来装到自己的腰包里，这是硬功夫。

雷　子　你把做生意的都看成了坏人。

刘　强　你又错了。现如今没有什么坏人和好人，只有聪明人和傻瓜。

雷　子　你是傻瓜？

刘　强　怎么不是？我们办公室就我最忙，接待下面的，伺候上面的。报告人家作，稿子咱们写；酒宴人家吃，事情咱们干；人家出国考察，咱值班接电话。

雷　子　你可以不干嘛，谁拦你了？

刘　强　不干我上哪儿领薪水？

雷　子　还是啊，那你抱怨什么？我就不相信现如今有傻瓜。你看那肯吃亏的，都是有指望的，吃小亏占大便宜。就像我们做生意，投进去是为了赚回来。（把写好的字条递给刘强）好了，都写在这儿了。

刘　强　（喝下最后一口牛奶）嗯，搁这儿，我也该上班去了。

雷　子　米玲的事情怎么样？

刘　强　给你当经理？她那性子，不给你整垮了？

雷　子　试试看吧。我那儿薪水高，只要肯做，以后买房子也不难。

刘　强　听起来比卖裤子强。

雷　子　还是不同意？

　　　　　〔米玲心急火燎地上，进门。

米　玲　（对刘强）我的妈呀，累得我，就怕你走了。

刘　强　什么事啊，鬼子进村啦？

米　玲　惹麻烦了！老太太不在吧？

刘　强　上公园还没回来。

米　玲　得把她找回来，还得把那个老头儿找来，十万火急。

　　　　　〔刘强不理，拿杯子进厨房。

米　玲　哎，（这才发现雷子）哟，你来了。

雷　子　我正要走。喏，货在这儿，价钱我写在这儿了。（把字条递给米玲）

米　玲　（无心应付）好，你先走吧，我这儿有事儿。

雷　子　哎，米玲，我那店可要开张了。

米　玲　知道了，回头再说。（转向厨房）刘强。

雷　子　哎，米玲，这儿有一双鞋，你要不要？（递购物袋给米玲）

米　玲　噢，我看看。

雷　子　那天你不是说喜欢吗？今天正好来货，我就要了一双。

米　玲　真漂亮！

〔刘强自厨房出。

米　玲　刘强，你看好不好？

刘　强　（满脸醋意）好，不错。

米　玲　（搡刘强）老公拿钱。（问雷子）多少钱？

雷　子　哎，别别，喜欢就留下吧。回见。（下）

　　　　〔刘强愤愤地把鞋一摔。

米　玲　（顾不上计较）刘强，不得了啦！

刘　强　（没好气）又是什么事儿？我还上班呢。一早儿起来就给你搞接待，还没当经理呢。啊？

米　玲　什么邪火呀，雷子来一趟就这样？人家给咱们赚的钱就忘了？裤子还穿在身上呢。

　　　　〔刘强不理睬米玲，兀自进左室收拾东西准备上班。

米　玲　（追到左室）你还上班？你就不问问我赶回来干什么？电视台要来采访啦。

刘　强　（一怔）电视台采访，到哪儿？

米　玲　咱们这儿。咱们"团结户"！

刘　强　采访咱们睦邻友好？

米　玲　嗨呀，咱们不是登了那个征婚广告吗？不是来了个老头儿吗？现在电视台知道了，说是新生事物，要来采访，还要拍电视片，表现黄昏恋的美好情景。

刘　强　我的天！

米　玲　我一听也傻了，怎么弄成这样！

刘　强　你就不该去登嘛。

米　玲　你干吗出这点子啊！

刘　强　这可怎么办？冯局长还等着要发言稿呢。

米　玲　你不能走，快想想办法。

刘　强　哎，你怎么知道电视台要来？可别谎报军情，虚惊一场。

米　玲　编辑部给我打了电话。

刘　强　编辑部怎么知道你？

米　玲　登广告的时候，人家不是要留电话吗？我随手就把我们单位的写上了。

刘 强	还留了你的名字？
米 玲	没有，只留了个姓。
刘 强	真是笨蛋，留了姓就等于留了名儿。姓米的有几个？你们单位又不大点儿，不是你是谁？还当经理，这么不严密。
米 玲	你呢，你严密？你严密自己去干哪。光出坏点子，操纵别人。
刘 强	好好，别内讧了，快想办法。（思索少顷）不对呀，电视台来采访，事先总得调查一下吧。
米 玲	是啊，我也是这么想啊。
刘 强	你没听错？
米 玲	没错。我还问一句，马上来吗？他们说，马上就来。
刘 强	岂有此理！你应当解释一下嘛。
米 玲	怎么解释呀？他们说，那个老头儿是退了休的老船长，多少算个人物；咱们方老太，是退休小学教师。一个老船长，一个老教师，都是为国家建设贡献了一生的人，现在双双退休结为伴侣，共度幸福的晚年，正是他们需要的典型。你说我怎么解释？说没有这回事儿，是咱们恶作剧，我说得出口吗？
刘 强	（焦急无措）那，那咱们赶快跑，锁上门儿让他扑个空。
米 玲	老太太要回来呢？
刘 强	咱们拦住她，带她去划船。
米 玲	躲得了今天躲不了明天，再说，我在那儿接电话，同事都听见了，还跟领导汇报了。领导一听就说是好事儿，说中国是个老龄社会，关心老年人的幸福是最重要的事情，要我好好配合电视台拍片儿，明天去向单位工会汇报，工会还要宣传呢。
刘 强	我的天，我真服了你了！这么说，咱们只有背水一战了。
米 玲	你还想往哪儿逃？
刘 强	（心一横，显示出果敢与决绝）好吧，咱们铤而走险、孤注一掷了。老太太快回来了，我做她的工作，她的难度比较大。你去找老头儿。
	〔方老师身着练功服，背长剑上。
米 玲	（疾出，与方老师相撞）哎哟，对不起对不起！（奔下）
方老师	喊，风急火急的。

刘　强　（格外热情地）方老师，您练完功了？

方老师　（奇怪地瞥刘强一眼）嗯。

刘　强　我正等您回来呢。今天哪，咱们这儿有一个重要活动。

方老师　咱们这儿？

刘　强　就是这儿，是关于您的活动。

方老师　我的什么活动？

刘　强　文娱活动，拍电视。

方老师　拍电视？我？

刘　强　对呀，拍您。

方老师　（不信）平白无故的，拍什么电视？还拍我？

刘　强　是啊，我也奇怪呀，可刚才街道来人通知，就是这么说的，还让我和米玲配合。

方老师　你比米玲有心眼儿，你在骗我。

刘　强　我骗您？好，待会儿您看，电视台的人来了您就知道我是不是骗您了。

方老师　蹊跷，电视台怎么知道我？

刘　强　怎么不知道您？您是退休教师，单位有档案，居委会有名单，还有派出所、公安局、区委会、市政府，一级级一层层把大家管理得井井有条。现在又有了电脑，咱们的情况都储存在里头。电视台要来采访谁，电钮一按，电脑里就调出来，姓名、性别、年龄、职业、住哪儿、有没有前科，什么都漏不掉。

方老师　可是，他们要拍我什么呢？你看电视里的人，要么是英雄：跳水里救人、汽车上抓流氓，人家到银行抢钱他不给，身上给捅了血窟窿，就是死了也给他拍个片儿，让大家学习。我有什么好拍的？还有啦：杀人抢劫的、贪污腐化的，也上电视，让大家恨他，千万别学他，这也是个意义。你说我有什么意义？

刘　强　方老师您也有意义。

方老师　那好，那你说给我听，说好了我就拍；不然哪，人家要说我爱出风头。

刘　强　这可不是个人出风头。您想啊，电视是做什么的，是做宣传的吧？

方老师　宣传社会进步、形势大好，这我懂。

277

刘　强	对，您是老师出身，明白道理。我不多说，只说一条，社会进步、形势大好怎么体现？
方老师	人民生活幸福呗。
刘　强	人民生活幸福又怎么体现？
方老师	丰衣足食、安居乐业。
刘　强	丰衣足食、安居乐业又怎么体现？
方老师	哎呀刘强，你把我当一年级小学生啦？
刘　强	对不起对不起，我是怕您思想问题没解决，等会儿电视台的同志来了不好办。
方老师	你放心，我们不是没有文化的人，知道宣传工作的重要，这个大局我会考虑的。我就是要弄清楚拍我宣传什么，你直说吧，不要绕弯子。
刘　强	好，直说。拍您这段电视就是要表现老年人的幸福生活。
方老师	（恍然大悟）早说不就完了！
刘　强	（没想到对方通得这么快，喜出望外）我怕说猛了您接受不了。
方老师	不用多说了，电视台的人什么时候到？
刘　强	恐怕快了。
方老师	我得做做准备，洗洗脸，换换衣裳。（示剑）这个要不要？我给他们舞一段？
刘　强	地方窄，恐怕舞不开吧？咱们见机行事，到时候听我的。
方老师	行，到时候你可要认真仔细。
刘　强	您放心。
方老师	我换衣裳去了。

　　〔方老师与刘强分入右、左两室。

　　〔米玲与高爷爷上。米玲欲搀高爷爷。

高爷爷	不用搀。上次我来数了，六层楼，九十级，我一步没歇就上去了，不累。
米　玲	我累，来回跑了几趟，我腿都软啦。
高爷爷	好，歇口气。
米　玲	（坐到楼梯上）累坏了！高爷爷您也来坐坐。
高爷爷	好，陪你坐坐。

米　玲	高爷爷，我先给您打个预防针：等一下，方老师不会承认的。
高爷爷	不承认她想我来？
米　玲	哎，她最爱面子了，心里想您来，嘴上不肯承认，不信等一下您看。
高爷爷	她心里真的想我来？
米　玲	当然啦。要不干吗老说您呢？高爷爷，她要是死活不承认怎么办？
高爷爷	（乐呵呵地）那我就说是我要来看她的，行不行？
米　玲	（正中下怀）行。
高爷爷	她那个脾气我也看出来了，我是个大老爷儿们，让着她，顺着她，哄着她，不就没事儿了？
米　玲	高爷爷您真大度。
高爷爷	什么大度不大度，活的年头多了，经的事儿多了，晓得人这一辈子哪些该计较，哪些不该计较。有时候啊，你争得要死要活、寸土不让的东西，倒不一定是最长远和最有分量的。
米　玲	（摇头）您老了，该有的您都有了，没有的您也没工夫去争了，可年轻人不争不行，不争谁给你呀？就像乘公共汽车，你当谦谦君子，礼让三分，哎，你就上不去，上不去也没人夸你，反而说你没用。再说君子都谦让，占便宜的不就都是小人了吗？
高爷爷	这话也有道理。只是居家过日子，左邻右舍，就不要寸土不让了。
米　玲	房子太小了，把人逼得太紧，鼻子对鼻子脸对脸，没法儿不磕碰。
高爷爷	我们那条船比你们这幢楼还大，可是四面被水包围，跟孤岛似的，几个人也是鼻子对鼻子脸对脸，都在一条船上，干吗不相容呢？我说呀，人越挤压得紧，越要调和。
米　玲	做不到。别说外人，就是父母兄弟、夫妻之间都做不到。
高爷爷	我晓得，就是不调和我才想调和呢，是不是？风调雨顺了我还想什么？
	〔刘强提了公文包由左室出。
刘　强	方老师，我出去一下啊，米玲马上回来，电视台的人来了，你们先拍。（出门，恰与米玲、高爷爷照面）
米　玲	你上哪儿？
刘　强	头儿等着要发言稿。

米　玲	你不能走。
刘　强	你先抵挡一阵。
米　玲	我可坚持不了多久。
刘　强	发言稿一交我就回来。
米　玲	头儿要不让回呢？
刘　强	我说你突发急病生命垂危。
米　玲	行。他不至于见死不救，快去快回吧。

〔刘强奔下。

米　玲	高爷爷，请进。

〔方老师内声："是记者来了？"

米　玲	是客人来了。

〔方老师出。她换了一件连衣裙，戴了耳坠、项链，给人焕然一新之感。高爷爷惊异地站了起来。

方老师	（与高爷爷照面，意外地）你又来了？
米　玲	（迅速插到二老中间）哇！方老师，您真是好看极了。
方老师	有什么好看的，我们又老又丑又刁又狠，一辈子没人要。
米　玲	这是谁说的？真不像话！
高爷爷	方老师，我该掌嘴。今天我把这些话收回，向你赔礼道歉。
方老师	哼。
米　玲	方老师、高爷爷，你们是熟人了，一起坐坐吧，我给你们泡茶。
方老师	米玲，（把米玲拉到一边）他怎么来了？
米　玲	人家已经向您赔礼道歉了，一起坐坐嘛，您不是说没人说话吗？
方老师	今天电视台要来采访。
米　玲	不就是拍片儿吗？
方老师	你知道？
米　玲	不，不知道。
方老师	刘强说的，一会儿就来。你让他走。
米　玲	那不行，今天是专门请他来的。
方老师	专门请他来的？谁请的？

〔米玲支支吾吾。

| 高爷爷 | （急忙上前）是我自己来的。方老师，咱们是不打不相识，吵一 |

架，摸了脾气，米玲那么一说呀，我就来了。

方老师 你说什么了？

米　玲 （矢口否认）我什么也没说，高爷爷是吧？

高爷爷 是是，她没有说什么，我我、我自己就来了。

方老师 嗯，我晓得你们在捣鬼。你们不说呀，好，我就装糊涂，我不问。不过记者马上要来，高爷爷你不能在这里。

米　玲 高爷爷刚来，总得让他歇一歇、喝喝茶吧？

方老师 不行。

米　玲 方老师……

方老师 不行！

高爷爷 （知趣地）算了，我走吧。

方老师 你看，高爷爷自己都要走。

高爷爷 （回身）我不想走，是你要我走我才走的。

方老师 这里要拍电视。

高爷爷 哟，拍电视呀？我就想看拍电视，我还没看过呢。

米　玲 方老师，就让他留下吧。

高爷爷 方老师……

方老师 留下吧。

〔米玲松了一口气。刘强匆匆上，进门。

刘　强 来了，电视台的来了。（看见高爷爷）这位是高爷爷？欢迎欢迎。（不容置喙地）方老师，他是您的朋友吧？来得太巧了，多一位老人，画面更加丰富热闹，可以表现出有更多的老人都享受着晚年的幸福。

〔拍电视的背着一只硕大的皮包上。他蓄着蓬乱却并不茂密的大胡子，长发在脑后揪了一个小雀儿尾似的小鬏鬏，杏黄的T恤衫外套了件多口袋的摄影背心，足蹬一双美国海军陆战队式的牛皮靴。他这副特异古怪的模样把两位老人镇住了。

刘　强 欢迎欢迎，电视台的同志，请进。

拍电视的 是这里吗？（迅速地观察环境，见刘强欲接他的大包）不不，谢谢，我自己来。请把窗帘拉上看看。（小心地放下大包）

方老师 噢，窗帘。（拉窗帘）

拍电视的　（审视窗帘，摇头）算了，拉开吧。呃，沙发搁这儿不行，挪到这边来。茶几，还有茶几，这边这边；沙发，那边那边。

〔刘强、米玲被拍电视的指挥得团团转。

高爷爷　（与方老师在一旁感慨）拍电视还有这么多麻烦，不简单。

方老师　模样就跟寻常人不一样，前头看像男的，后头看像女的。

高爷爷　要不怎么拍电视呢，衣裳上口袋也多。

方老师　要那么多口袋干什么？

高爷爷　他总有他的道理，咱们不懂。把假的拍成真的，以假乱真，要本事。

拍电视的　（从大提包中拿出灯具，忙碌中注意到高爷爷和方老师）噢，二位就是……

刘　强　（介绍）这是方老师。

拍电视的　哦，方老师，退休小学教师？编辑部介绍过了，您好您好。那么，这位就是老船长喽？您好您好。

高爷爷　（疑惑地）你认识我？

拍电视的　也是编辑部介绍的。（对刘强）请把线接上，这灯要用的，要补点儿光。

刘　强　哎。

拍电视的　（边做拍摄准备工作边说）我们最近特别忙，本来应该先见见二老，深入交谈一下，做做案头准备；二老对拍摄也可以提提要求，可现在都来不及了。现在是10点半，11点半我还要赶到另一个点，那里还有一个拍摄任务。唉，我们这一行，就是讲时效，动作慢了，新闻成了旧闻，就没有价值了。好，咱们先拍好不好？没有时间商量，对不起，只能一言堂，听我的，好不好？

刘　强　好好好，听你的听你的。

拍电视的　请二老就座。（从包中取出机器）灯，开灯。

刘　强　哎，米玲，开灯。

米　玲　哎。呃，高爷爷您也坐呀。

方老师　他也拍？

米　玲　嗯，既然来了，就让人家上上镜嘛。

刘　强　刚才不是说过嘛，几个老人在一起，不是显着更幸福吗？一个人多孤单哪！您说呢？

〔方老师无话可答。

拍电视的 各就各位，二老都坐下。

刘　强 快坐下！

拍电视的 面带幸福的微笑。

刘　强 （转述）面带幸福的微笑。

拍电视的 （边拍边说）甜一点儿，甜一点儿。

刘　强 （转述）甜一点儿，甜一点儿！

拍电视的 好。老太太给老头儿倒茶。

米　玲 我去拿茶壶。（奔入厨房，少顷取茶具出）来了。

拍电视的 准备好，开始！倒茶。

刘　强 倒茶，你，方老师，叫你倒茶！

〔方老师懵里懵懂地倒茶。

拍电视的 不行不行，老太太倒茶是给老头子喝的，要面对老头儿。倒好了递到老头儿手上，相敬如宾。

刘　强 方老师，听明白了？对着高爷爷。

〔方老师点头。

拍电视的 好，再来一遍，开始！老太太倒茶。好，好极了。OK，往下进行。你们俩，（指刘强与米玲）出去，（见刘强与米玲面面相觑）出去！你们是邻居，来向二老祝贺的。要从门外进来，老人不要动，还坐这儿。你们俩到门外去，我说开始就进来。

刘　强 哎。（拉米玲到门外）

拍电视的 预备，开始！

〔刘强与米玲进门，傻乎乎地走向高爷爷与方老师。

拍电视的 （边拍边指挥）说话、说话，祝贺二老建立了幸福美满的家庭。

方老师 （一怔）他说什么？

高爷爷 （也感到蹊跷）是啊，他说什么？

方老师 （较真儿地）刘强，他刚才说什么？

刘　强 他说，他说咱们像一个幸福美满的家庭。

高爷爷 （已看出名堂）哦，这倒是个喜庆话。

方老师 是这样吗？

283

拍电视的 不是这样的！（指米玲与刘强）你们俩是祝贺二老，祝贺他们建立了幸福美满的家庭。再来一遍。你们两个出去。

〔米玲与刘强出门。

方老师 （问高爷爷）他说什么，你听明白了？

高爷爷 （笑笑）听明白了。

方老师 他们说的什么？

高爷爷 （双关地）他们说戏词儿呢。

拍电视的 预备，开始！

〔刘强与米玲硬着头皮进来。

拍电视的 说话说话。快！

刘　强
米　玲 （吞吞吐吐）说、说……

拍电视的 快说！

刘　强
米　玲 祝贺二老，祝贺二老……（实在说不下去了）

高爷爷 祝贺我们什么呀？说呀，（意味深长地微笑）再说就露馅了。

刘　强 高爷爷，配合一下……

高爷爷 配合？配合什么，配合你们糊弄我们？

拍电视的 停！怎么回事儿？

米　玲 （忙把拍电视的拉到一边）这二老脾气不大好，时间长了恐怕不耐烦。

刘　强 （也凑过去）同志，有些词是不是不要说了，让他们自由一些，反正你们可以配音。

方老师 （对高爷爷）他们在糊弄人？

高爷爷 糊弄人。

方老师 干吗要糊弄人？

高爷爷 他们心里明白。

方老师 我不干了，为什么要糊弄人呢？刘强，米玲，过来跟我说清楚，为什么要糊弄我？

刘　强 （恳求地）方老师，是不是先拍，等拍完了再说？

方老师 不拍了不拍了，你得说清楚！

拍电视的 （莫名其妙）怎么回事儿？老人家，为什么不拍了？

高爷爷 你不要问她，要问就去问那两个小家伙。

拍电视的 （转向刘强、米玲）怎么回事儿？不是联系好了的吗？

刘　强 （央求地）咱们出去谈，这老太太的脾气怪，咱们到外面谈。

拍电视的 （生气地）你们搞什么名堂？

米　玲 （和刘强一起推搡着拍电视的）请到外边谈啊，同志！（边说边下）

方老师 （追出门）呃，不能走，给我说清楚！

　　　　〔刘强、米玲已把拍电视的拉下楼去。

方老师 （气愤地高喊）刘强，你给我站住，你站住！

高爷爷 （哈哈地笑起来）你急什么？跑得了和尚跑不了庙，家在这儿，你还怕他们不回来？来来来，回来歇歇，闹腾了一场，累了。

方老师 幸亏你在这儿啊，要不我还蒙在鼓里呢。这两个小家伙，编派我，我饶不了他们！

高爷爷 别生气啦，只当演了一场戏。

方老师 （余怒未息）哎，你说他们糊弄我干什么？奇怪不奇怪？

高爷爷 世上的怪事儿多啦，人这心眼儿里呀，什么鬼点子都生得出。别生气，等回来了我帮你审问他们。

方老师 好，有你在这儿能镇住他们。

高爷爷 （从口袋里摸出只小纸船）来来来，给你个纸船儿玩儿玩儿。

方老师 （忍俊不禁）你呀你呀，你倒是该去当老师，会哄人玩儿。

高爷爷 嗨，有时候人也得自个儿哄哄自个儿呀。

方老师 没错儿。

　　　　〔船笛声悠长舒畅地飘入。高爷爷和方老师走上阳台。

方老师 （心境明朗起来）那条船走啦。

高爷爷 那是走上水的客轮。

方老师 你驾的是这样的船？

高爷爷 我驾的是大货轮，带着几千吨的大拖驳，煤炭、矿砂、钢锭、铁坯，堆得像山一样。一出港，几个大铁驳展开来，铺满半条江呢。

方老师 好气派！

高爷爷 嘿嘿，连翻船都有大气魄。你想想，几千吨的驳船倒扣下来，那是什么样的阵势！

方老师	哎哟，可别说翻船，听着心里不舒服。哎，除了驾船还干什么？喝酒？
高爷爷	值班的时候不能喝酒。年轻人上岸去会女朋友啦，我就沏上一壶酽酽的茶，独自坐在甲板上。太阳那么红，江水浓浓的稠稠的，像烧熔的金子，托着那个太阳就是沉不下去。水鸟高兴了，腾地飞起了一片，密匝匝的那么多，它们挤着嚷着，扇着翅膀都扑向那太阳的怀里……
方老师	好景致！
高爷爷	（伤感地）再也看不到那好景致了。
方老师	怎么？
高爷爷	要下船了。
方老师	跟我一样，要退休了？
高爷爷	退休了，要上岸了。不然我怎么会被两个小家伙骗了呢？我想，船上不能待了，该上岸了。上岸得有个家吧？这就找到了方老师。
方老师	（又不自然了，偏了头似笑非笑地嗔怪）讨厌！

〔高爷爷快乐地笑了。

〔夜间的船笛声带着浓重的睡意萦绕于舞台周匝。左室内还亮着灯。刘强、米玲都换了睡衣，准备就寝。

刘　强	咱们请老头儿老太太吃顿饭吧，安抚一下，再一次赔礼道歉。开了这么大个玩笑，人家若要认真，弄到什么道德法庭上，咱们这样儿的小人物还真吃不消。
米　玲	谁会弄咱们哪？咱们又不是名人。
刘　强	万一呢？名人还有个名气扛着，管他道德不道德；咱们小人物可是一道防线都没有，直接就砸到头上来了。
米　玲	行啊，请就请吧。
刘　强	明天是周末，就明天，啊？
米　玲	请他们吃晚饭，我早点儿回来做菜。呃，你想吃什么？
刘　强	怎么我想吃什么？明天是请二老。
米　玲	（小夫妻之间的撒娇）我就要给我老公做，做我老公爱吃的。
刘　强	（心中甜蜜蜜地）米玲，我给你买了一样东西。
米　玲	什么？

〔刘强拿出一只鞋盒。

米　玲　鞋?（开盒盖，惊讶）咦，怎么跟雷子买的一样啊?

刘　强　我可不是冲雷子，我看你喜欢，就想给你买。（深情地）我希望你身上穿的都是我买的。

米　玲　（被感动）瞧你那样儿!

〔小两口一时缱绻缠绵，非常幸福。BP机不知趣地叫唤起来，打断了他们的柔情。刘强不满地背过身去。

米　玲　（看BP机）明天去找牛老板。哟，那明天晚饭回不回得来呀? 呃，你做饭好不好，买瓶好酒，高爷爷爱喝酒。我尽量往回赶，你们别等我。（起身准备第二天的衣饰，问刘强）这个搭配怎么样? 这个包，这双鞋，不会上重下轻吧? 脖子上戴这个还是这个?（手拿两串项链）

刘　强　行啦，就差武装到牙齿了。

米　玲　听天气预报没有，明天多少度?

刘　强　不知道。

米　玲　明天穿这套不会冷吧?（看出刘强的脸色，解释）牛老板欠我们一笔钱，雷子已经跟他闹僵了，我去可以缓和一下，争取把钱弄回来。

刘　强　我明白，用美人计。

米　玲　讨厌!

刘　强　那叫我怎么理解呢?

米　玲　理解不了就往邪处想啊? 这不是把我往阶级敌人怀里推吗!

刘　强　我达观得很。女人三十五岁以前总是不安分的，不满意丈夫，这山望着那山高，觉得一朵鲜花插在牛粪上，我怎么嫁了你呢? 老想跳槽。

米　玲　三十五岁以后呢?

刘　强　三十五岁一过，江河日下人老珠黄，这时候就该盯着丈夫，怕丈夫跳槽了。

米　玲　噢，那你现在是准备着我跳槽了?

刘　强　争取最好的结果，同时也要做最坏的准备。

米　玲　你就这样不在乎我?

刘　强　不是我在乎不在乎，是阶级斗争不以人们的意志为转移。好了好了，睡吧，我困了。你也早点儿休息，明天还要用美人计。

米　玲　（气得把刘强的身体扳过来）你这个死人！你要气死我呀？

刘　强　你看你，人家半夜呼我的老婆，我都不气，你气什么？睡觉。

米　玲　（不肯躺下，越想越恼）自打卖裤子你就气不顺，居然吃雷子的醋！认识你的时候，我和雷子已经好了两年，加上技校三年同学，相处了五年，可是你一插入，我马上就和他断了，这说明什么？

刘　强　这说明我有魅力。

米　玲　那个时候你是有魅力。

刘　强　现在他有魅力了？

米　玲　你再这样我就不跟你谈了。

刘　强　我没要你谈，是你自己要谈的。（一拉被子，给米玲一个后背）

米　玲　（操着刘强）我替你着急你知道吗？你看看人家，都在奔，都在想法子找事情做，你就不想过得好一点儿？

刘　强　你想得太简单。

米　玲　可我觉得你过得太没意思。

刘　强　做生意就有意思？

米　玲　起码我每天很忙，我不必上班打毛线，下班打麻将。我不想这么过。

刘　强　我尊重你的选择。

米　玲　你呢，你为什么不动弹？

刘　强　我干吗动弹？我大学毕业就到这里，快十年了。从最小的办事员干起，一步一步向前挪，就像火车站里排队买票，我已经快排到窗口了。只有排在后头的人才想折腾，像雷子。你们只是技校生，离窗口还远着哩。

米　玲　你排到了又怎么样？

刘　强　你这么折腾又怎么样？

米　玲　我每天口袋里能进钱，能进一张张摸着、看着都很舒服的钞票。有钞票我就可以过很轻松、很舒服的日子。

刘　强　未必。我看钞票没到手这日子就不轻松、不舒服了，连美人计都用上了嘛。

〔BP机又响。

刘　强　你看，怎么样？连觉都不让睡了。

〔米玲看BP机，迟疑一下，还是起身去换衣裳。

刘　强　（忍不住，拿BP机看，读）"请去白夜酒店喝通宵茶。"是雷子吧？白夜酒店，挺有情调的嘛。

〔米玲欲出门。

刘　强　（拍案而起，怒吼）太他妈欺负人了！把我的宽容看作软弱可欺！你站住。

米　玲　你要干什么？

刘　强　他要干什么？深更半夜一呼再呼，还要把别人的老婆拉出去喝酒。

米　玲　是喝茶。

刘　强　都他妈一回事！

米　玲　我们是谈业务！

刘　强　（冷笑）谈业务？花天酒地，红男绿女，男盗女娼！

米　玲　你怎么这么说？

刘　强　你要我怎么说？

米　玲　好吧，我不去。

刘　强　想去你就去，没有人拦你！

米　玲　（颓丧地卸下首饰）不，我不去了。

刘　强　（缓和下来，搂住米玲）别生我气。你想想，我是你丈夫，男人嘛，看见自己的老婆老往外跑，那心里……你想想，啊？好了，睡吧。

〔米玲默默地随刘强上了床。

刘　强　（温情地抚慰）好了好了，快闭上眼吧。

〔BP机又响起来。夜间静谧，那声音显得格外刺耳惊心。床上的两个人僵持着，BP机再次响起。

米　玲　（终于躺不住了，坐起来，尽量小心地）他夜里叫我去，一定很紧急。

刘　强　那你就去呀。

米　玲　我很快就回来。（起身穿戴）

刘　强　（爆发）你去吧去吧！跟那流氓去吧！

289

米　玲　（被激怒）去就去！

刘　强　你去了就别回来！

〔米玲冲出左室，正遇闻声诧异地走出的方老师。米玲不由得停步。

刘　强　走哇。你怎么不走了？

〔米玲一气之下冲出门去。刘强出着粗气坐到床上。方老师缓缓地摇头，走上阳台。

〔灯暗。只有刘强的烟头闪烁着一点光亮。

〔良久，室内复明，又是一个白日。刘强在室内摆酒菜，高爷爷与方老师在阳台上说话。

高爷爷　我十五岁上船。那时候，船长是个英国人，长鼻子、尖下颏，一双眼睛像猫儿似的绿莹莹的。老家伙厉害，夜里黑乎乎的，他好像从地底下冒出来似的出现在舵房里，哪儿有滩，哪儿有礁，水势怎么样，他猫眼儿逼着你要你一口答上来。不论问什么，你都得回答。他最讨厌"艾东诺"——不知道。我跟他学了驾船的本事，可我一直不喜欢他，我想人怎么生了一双猫眼呢？这家伙对女人倒是心疼，船到港，他都要买上一把鲜花送给太太。

方老师　噢。你送花是跟他学的？

高爷爷　没错儿，是学的洋派。

刘　强　方老师、高爷爷，进来吧。

高爷爷　（边入厅边问）米玲呢？那天是她把我骗来的，今天我要罚她。

方老师　（忙摇手，低声）别问，昨天晚上吵架了。跑了！

刘　强　不管她。高爷爷，我陪你喝酒。

高爷爷　媳妇跑了你还在这儿喝酒？

刘　强　我不在乎。（斟酒）高爷爷、方老师，我先自罚三杯。我恶作剧，制造了征婚事件，对不起二老，今天向二老赔礼道歉，先自罚三杯！（愣头愣脑地吞下三杯酒）

方老师　（不以为然地摇头）酒量不大胆子大。

刘　强　高爷爷，现在我敬您一杯。

高爷爷　酒杯一端，心胸放宽。（饮酒）满上。

〔刘强斟酒。

高爷爷　这一辈子谁和我做伴儿的时间最长？就是它。有人劝我戒，我说了：它是我的伴儿，我能戒吗？人能不要伴儿吗？不能吧？（一饮而尽）满上。

方老师　还说没有不良嗜好，瞧这酒喝的。

高爷爷　这么几杯酒就把你吓住了？哈，没见过世面。退回去二十年，我能喝下一条江，驾船的都是属大龙的！小伙子，来，今天高兴，就像你那天说的，咱们，嗯，像一个幸福的家庭，我就像回了家一样。

刘　强　（埋头斟酒）高爷爷，为您的船——

方老师　刘强，你少喝一点儿。（拦住高爷爷）你别劝他。刘强，（不知怎样替他排遣，极不得法地）哎，方老师给你唱个歌吧，以前我教学生唱过的。

高爷爷　（马上配合）对，唱个歌儿。

〔方老师唱《让我们荡起双桨》，高爷爷在旁助兴，和唱。

刘　强　（醉眼惺忪地抬起头笑指高爷爷）他跑调儿，我给你们唱！（站起唱《纤夫的爱》，唱着唱着蓦然哽咽失声，赶紧闭上了嘴）

高爷爷　（善解人意地拍拍刘强肩头）强子，酒杯在手心中无愁，来吧。（把刘强拉回桌边）

方老师　吃菜吧。

〔楼梯上出现了雷子和米玲。

米　玲　（止步）你走吧。

雷　子　我陪你回去。

米　玲　我说了，我不需要。

雷　子　我要当面跟他谈谈。

米　玲　你要去我就不去。（坐在楼梯上）

雷　子　那好。你不去，我去。

米　玲　（欲拦）呃——

雷　子　一起去？

〔米玲不起身，雷子便独自上楼，决绝地推开了门。室内的人们愣怔地注视着这不速之客。静场。

雷　子　我把米玲送回来了。

方老师 （惊喜地走到门口）米玲，坐那儿干什么？回来吧。

〔米玲迟疑地起身，方老师牵着她的手，把她拽进了屋。

方老师 好啦好啦，米玲回来啦。

刘　强 （头重脚轻地站起）出去！开弓没有回头箭，破镜难圆，覆水难收。你不是走了吗？走了就别回来。

米　玲 （当着众人很伤自尊，强硬地嚷）我本来就没想回来！（欲夺门而出）

雷　子 等一等。（一把将米玲拽到刘强面前）刘强，我可是把她送回来了。你把话说明白，你是不是真的不要她？你要是不要，我要。我现在就把她带走。

米　玲 （挣脱雷子的手）疯了，你疯了！

刘　强 （狂怒地逼视雷子）你这个流氓，我揍你！（摘眼镜）方老师，您给我拿着！（顺手抄起酒瓶冲向雷子）

方老师 （慌张地拦挡）刘强，君子动口不动手！

刘　强 他是小人，对小人只能动手，不必动口！（与雷子扭作一团）

高爷爷 （喝止）刘强！（一把将刘强揪开）干什么，人家是客人！人家把你媳妇送回来了，你还不谢谢人家。（朗声唤雷子）来来来，坐下，喝酒就怕冷清，多一个人多一份热闹。米玲，斟酒。（客气地向雷子）小伙子，用杯子还是用碗？我可是用碗的。

雷　子 （刮目相看）老人家海量。

方老师 小伙子你可别和他较劲儿。他是驾船的，能喝下一条江呢。

雷　子 （心底有几分敬畏）我陪老船长一碗。

高爷爷 好，痛快。

刘　强 （不甘示弱地高呼）我也用碗，给我一碗！

方老师 你歇会儿吧。

高爷爷 （举起酒碗向雷子）干啦。（和蔼地）小伙子也成家了？

雷　子 （不解其意）成了。

高爷爷 （老道世故地）成了家就免不了有麻烦，清官难断家务事，啊。谢谢你送回了米玲，做了一桩好事。（漂亮地逐客）余下的麻烦就由他们自己去解，要打要闹他们自便，就不偏劳你了。

雷　子 （心里明白，很聪明地站起）不客气，我和米玲是老同学，应该的。

高爷爷　是在做生意?

雷　子　是。

高爷爷　做生意的人,时间就是金钱,不耽误你啊。

雷　子　那,我就谢谢老人家的酒。

高爷爷　(突然看见刘强也站起)你干什么,立都立不住了还想送客。(把刘强一挡,对雷子)走吧,不是外人。就不送了。

〔雷子下。

刘　强　(嚷起来)他哪一点儿比我强?不就是有几个臭钱吗?喝酒算什么?我也能用碗。(自斟)

米　玲　(夺过酒瓶)你不能喝了。

刘　强　走开!(一巴掌把米玲打倒)

高爷爷　反啦,还打起女人来了!(一把揪住刘强,扔面口袋似的重重地把他摔进沙发中)给我睁开眼,醒醒,论打,你可不是我的对手。(听见米玲哭泣,又把威严的眼睛盯住米玲)哭什么?有什么好哭的,什么了不得的委屈啊。深更半夜往外跑,还过不过了?坐下。一夜夫妻百日恩,胡闹什么!

〔米玲低声饮泣。

〔刘强也被震慑住。

方老师　好,就得有人来治治你们。高爷爷,你今天来得正好,结结实实地给他们上一课。

高爷爷　我不是当老师的,不会说;年轻的时候嫌说话麻烦,用这个,(示拳头)三下五除二,痛快!树老根多,人老话多,现在倒想说说了。唉,我也有过小日子,我那女人没别的长处,就一个听话,家里的粗细活儿,用不着我说,更用不着我打,她自个儿就知道闷着头做。

刘　强　以前的妇女多好哇!

高爷爷　我上船,她持家,过了一年生了个儿子,又过了一年又生了个儿子。是老二会走会说以后吧,有一次我们跑上水,因为重庆的货装得快,船提前一天返回来了。到万县我上岸买了一张水竹席子,满铺的,哎,现在见不到那么好的水竹席子了。

刘　强　(舌头还发硬)现在假货多,人心都是假的。

方老师 你少说两句，听高爷爷的。

高爷爷 （越说越清醒）那张席子裁的是飞薄的竹皮，又韧又软，编得细细密密的，纹理不乱，展开来绿茵茵的一片，像树荫下面凉浸浸的清水，这样的水竹席子是可以用一辈子的。下船的时候，我把席子卷好了挟在手中，走了一会儿，突然感到不对劲儿。我好像忘掉了什么东西，忘了什么呢？这手是席子，这手是忠州豆腐乳，没忘啊。心里疑惑着还是往家里走。恍恍惚惚地，到了家门口，我腾出一只手掏门钥匙，这一掏才想起来，下船前换衣裳，钥匙落在工作服里了。我只有敲门，我家的门有些松了，一直没时间修，手一敲，那门就"咣咣"地响。你说人的感觉多灵敏，两下一敲，我就知道坏了！那是秋天，我全身出着冷汗，额头上冰凉。门开了，我说不出话，也动不了，眼睁睁地看着一个男人从我面前走过，低着头，一闪就没了。

〔几个人听呆了。

米　玲 您没看花眼？

高爷爷 我恨不得是花了眼！可她在我面前跪下来，我晓得这是真的了。事后想，她也有她的苦处。我成年累月在船上，好不容易回一趟家，回来就喝酒，船上不能喝，馋哪！她烧饭做菜，男人多少日子才回一趟，饭菜不能马虎吧？伺候我吃了喝了，我倒头呼呼大睡，她还要洗洗涮涮，忙到半夜。我给她了什么呢？不几天又要走，也就是在她肚子里留了两个孩子，让她一个人慢慢怀着生着养着。

方老师 唉，那个时候的女人，都是这么苦呀。我看多了，才绝了这个念头。

刘　强 现在的女人和男人调了个个儿。

高爷爷 后来，我找到那个男人。我说，你睡了我的老婆，我可以要你的命。可是我不，我放了你。你想要女人，我给你找一个。

方老师 （吃惊地注视着高爷爷）你给他找了一个？

高爷爷 我给他找了一个，还贴了他一点儿钱，是个乡下女人，价钱也不贵。我看着他跟这个乡下女人成了亲，回过头来就把老婆休了。

〔众人震惊。

方老师 你可够狠的！

高爷爷　人哪，什么事情做不出？一个人一辈子做几件好事容易，一辈子不做一件对不起人的事可就难啦。咱们都捂着心口问问，你这一辈子就没做过一件对不起人的事？谁敢说这话？我走的时候，她身子抖得站不住，就靠在门上。那门不是松了吗？她抖得那么狠，连带着门扇都响了起来。她说她对不起我，可我没有回头，从那以后我就没有家了。今天我向你们坦白，我在岸上连间房子都没有。人都没有了，要房子做什么？轮船公司给我分房子，分一套，给大儿子了；又分一套，又给了二儿子。其实我心里的疙瘩已经软了，我让儿子把这意思带给她，可她就是不肯见我，一次一次地把我挡回来，我才知道她也是个倔强人。后来她死了，埋在九峰山上。我去看她，孩子们照时尚的做派，把她的照片嵌在墓碑上。我看着她，心想这下你可挡不住我了吧，可她那样看着我，看得我心里发慌。她还是不愿意我见她，只是躺在地下，她没法儿挡住我。我再也不去了。有两句老话，方老师你晓得的：百年修得同船渡——

方老师　千年修得共枕眠。

高爷爷　到老了才晓得，人这一辈子，最长远、最有分量的是什么。

〔台上空气凝重，船鸣意蕴深长地划过静谧，又消散于无声之中。良久。

高爷爷　（仿佛经过了老人常有的假寐，又仿佛从沉吟中苏醒，重新抬起含笑的眼睛）该走啦，还有最后一趟船，今天晚上就要走啦。

**刘　强
米　玲**　高爷爷，我们送送您。

高爷爷　不用不用，你们去收拾收拾。（推米玲、刘强进厨房）

〔刘强、米玲会意，收拾碗盘进厨房。

高爷爷　方老师，再见啦。

方老师　（仿佛感觉到了什么重要的事情要发生，心口不一地嗫道）再见，再不见！

高爷爷　方老师，这会儿就咱们俩，（带着孩子似的天真和顽皮）咱们说个悄悄话。一把年纪了，什么面子呀、好强啊，都扔了，好不好？给我个话儿，让我心里有个底。

方老师 （放不下习惯性的矜持，明知故问）说什么？

高爷爷 你说咱们这事儿，你到底愿意不愿意呀？

方老师 （用生硬掩饰内心）不愿意！

高爷爷 （苦口婆心地）你别急，仔细想一想，你六十二，我七十，咱们都这么硬朗，活到一百岁行不行？咱们做个伴儿。你也知道我的脾气，我是一直让着你的，从现在起我不缠绵了，你愿意不愿意，我数一二三，回答我。你要不愿意，我扭头就走，以后再不迈这个门槛，嗯？同意了，好，我数了，一！

〔刘强、米玲从厨房里探头，关注着二老。

方老师 （紧张得要命）荒唐。

高爷爷 好好想想，愿不愿意？二！

方老师 （声音颤抖）岂有此理！

**刘　强
米　玲** 方老师！

高爷爷 方老师，你想好了，我说了，可就剩一个数了！（一言九鼎、一字千钧地）三！

〔沉默。方老师沉默，场上的人都期待地注视着她。方老师倔强而自尊地紧闭着嘴。

刘　强 方老师，说呀！

〔方老师依然不语。

高爷爷 （终于无奈而又失望地叹息）你这个老太婆呀，你没救啦。（毅然决然地向门外走去）

**刘　强
米　玲** （追出，意欲挽留）高爷爷……

高爷爷 （硬朗朗地微笑）走啦，上船去了！（用手势阻止住刘强和米玲，下）

〔米玲、刘强返回室内，却见适才挺胸昂首的方老师颓唐虚弱地坐在沙发上。

刘　强 方老师怎么啦？

方老师 （几乎是哭喊出来）我愿意——

刘　强 可他已经走了。

方老师　我愿意！

刘　强　（大喜，雀跃）我愿意我愿意！（喊叫着追出门，见门外已无人，又奔上阳台，情急乱喊）我愿意我愿意！

米　玲　什么我愿意。她愿意！

刘　强　她愿意她愿意！……唉，看不见了。

　　　　〔刘强、米玲只得返回室内。

刘　强　高爷爷走了！

　　　　〔方老师感激地攥攥两个年轻人的手，泪流满面。少顷，她步履迟缓地走入右室。舞台上只剩下米玲和刘强，这是昨晚冲突后第一次单独相处，双方都有些不自然，对视一瞬又不约而同地移开目光。还是刘强主动地伸出手来，米玲抬头，仿佛久别重逢，既熟悉又陌生，但双方都感觉到一种强烈的渴望，终于紧紧地拥抱在一起。

米　玲　我想也许我应该退一退。

刘　强　你不必勉强。

米　玲　不是勉强，是拿不准。

刘　强　我也拿不准。你昨晚上问我，就是排到了窗口又怎么样？我也问自己，那些东西真的值得这样孜孜以求吗？

米　玲　什么是高爷爷说的最长远和最有分量的？

刘　强　这问题也许活一天就得想一天。不过眼下我想做一件事。

米　玲　什么？

刘　强　把高爷爷接来。

　　　　〔米玲愣了一刻，扑哧笑了。

刘　强　是挺可笑的，起先要把老太太撵出去，没想到又要接进一个老头。

米　玲　（环顾狭窄的居室）四个人住，可是更挤了，到时候可别后悔。

刘　强　只要你不后悔。

米　玲　挤是挤了一点儿，不过，只要大家快活。

刘　强　老人还有多少日子呢？就是咱们，就是人的一生，其实也并不长，凑到一起是缘分，同船过渡吧。

　　　　〔一场席卷这座城市的风暴之后。上午。

　　　　〔米玲提着酒菜上。

米　玲　方老师，高爷爷的船回来了。

方老师　（高兴地）哦，太好了。昨天那么大的风，把街边的树都刮断了，我好担心。

米　玲　嗨，高爷爷驾了一辈子船，还怕这么点儿风？平安无事。

方老师　那他怎么不来？

米　玲　还不是怪您，您说不愿意，人家还来干吗？

方老师　那，那……

米　玲　（宽慰地）刘强接他去了。

方老师　噢。可是，他要是还生我的气，不来呢？

米　玲　人家高爷爷器量大，会来的。您看，酒我都买好了。

方老师　米玲。你看我给高爷爷准备了什么？（进右室捧出一只纸折的大船）你看看，这都是我叠的。别人家喜欢挂灯，咱们喜欢挂船！

　　　　（从大船中拉出连成长串的小纸船，一个个都是用旧挂历纸折的，红红绿绿煞是好看）

米　玲　（快乐地）咱们把它挂起来！

方老师　高爷爷是驾船的，他只驾一条船，咱们给他一个舰队。

米　玲　（跑上阳台眺望）哎，刘强回来了。（迎出）

　　　　〔刘强捧了一把鲜花上。

米　玲　高爷爷呢？（发现刘强神情异样）怎么了，高爷爷人呢？怎么没来？

刘　强　高爷爷他——

米　玲　他怎么啦？

刘　强　船过了三峡，高爷爷值完最后一个班，放心地睡了……

米　玲　（紧张地催促）说呀，高爷爷怎么了，他？

刘　强　他再也没有醒过来！

米　玲　（难以置信，只剩下气声）再也没有醒？高爷爷？

　　　　〔船笛声苍凉地响起，仿佛在鸣咽。

　　　　〔方老师快乐地捧着小纸船走上阳台。

　　　　〔米玲与刘强控制着情绪走入室内，缓步走上阳台。

刘　强　方老师，这是高爷爷送给您的。（把鲜花递上）

方老师　（孩子似的快乐）他没生我的气？

　刘　强　没有。

方老师	那他为什么不来?
刘　强	他还在船上,刚走的是上水,他说还要走一趟下水,要把长江上下都走到,才能下船。
方老师	(不由得有些失望)哦!
刘　强	(安慰地)高爷爷让我把鲜花带来,说等从下水一回来,就来看方老师。
方老师	(笑了)这个老头子!(闪烁着幸福的目光)

〔从阳台外斜射而入的阳光,在余韵不绝的船笛声中越加绚丽夺目了。

——剧　终

　　《同船过渡》创作于1994年,由武汉话剧院创排首演。导演王佳纳,主演胡庆树、萧惠芳。上演后引起强烈反响,被誉为是"九十年代小剧场戏剧的代表作"。剧本获'94曹禺戏剧文学奖(1994年);剧目获文化部第五届"文华大奖",入选中宣部第四届精神文明建设"五个一工程"。

作者简介

沈虹光　女,1948年出生,江苏如皋人。代表作品有话剧《五二班日志》《寻找山泉》《同船过渡》《临时病房》等,电视剧《戏剧人生》《有这样一条船》等,出版有《沈虹光剧作选》,纪实文学《壮士无言》,短篇小说集《美人儿》,散文集《戏剧人生》《岁月留痕》《落地》。

· 壮 剧 ·

歌 王

梅帅元　陈海萍　常剑钧

人　物　勒　欢——善唱山歌、风情万种的骆越王。

丹　霞——天性浪漫的皇室郡主。

韩　歧——能征善战的一代名将，征南元帅，后为岭南侯。

姐　美——美丽妖娆的骆越女子。

刘　鲁——皇室亲王，钦差大臣，丹霞之父，韩歧之恩师。

卜　加——位高权重的骆越长老，勒欢之叔，姐美之阿公。

二将军、二武士、众师公、众花娘、众蛙郎、众官兵、众山民、众姑娘、众骆越部落头人、二侍女等。

序　歌王诞生

〔众师公、众花娘、众蛙郎、众姑娘敲着铜鼓、锣、牛梆，跳着蛙舞从四面八方拥向舞台。

众　人　（唱）铜鼓敲，蛙神唱，

喜迎贵客到歌乡。

美酒开坛香十里，

山歌开台醉八方。

卜　加　（唱）今天是什么日子，

凤凰落到山冈？

众花娘　（唱）王娘就要临盆，

降生骆越小王！

产　婆　（高声唱吟）

王娘归天了，

小王落地来……

〔众人闻声匍匐。新生的小王端坐在一块巨大的壮锦中，缓缓升起。

男　童　（清唱）老子生来会唱歌，

唱天唱地唱山河。

唱得日月倒转走，

唱得江海息风波。

〔暗转。

第一场　歌阵迎客

〔二十年后，清晨。骆越山寨。古榕如盖。

〔仍然是那张巨大的壮锦，悬挂在古榕之间。已长大成人的勒
　　欢王躺在上边，似在沉睡。

勒　欢　（唱）老子生来会唱歌，

　　　　　　唱天唱地唱山河。

　　　　　　唱得日月倒转走，

　　　　　　唱得江海息风波。

〔武士甲内呼"报——"急上。

武士甲　大王！

勒　欢　（醒转，揉揉眼睛）喊哪样？唬我一跳！

武士甲　大王，官兵已过红河，擂鼓排阵，正朝寨门开来！

〔远处传来隐隐军鼓声。姐美及众姑娘上，拥至坳前，紧张眺望。

姐　美　看！好多兵崽，望不见头尾，吓死人啰！

姑娘甲　呀！还有大战船，开过河来了！

〔卜加与众头人上。

众头人　大王！

勒　欢　（从锦床上抬起身来）长老。

卜　加　官兵步步逼近，族人心急如焚，你……

勒　欢　急哪样，他们不是刚到山脚吗？

卜　加　（长叹）唉，勒欢……大王！大兵压境，骆越众部落的百姓都在
　　　　等你一句话！

众头人　（齐齐跪下）请大王吩咐！

勒　欢　依你们之见，该哪样做才好？

卜　加　大王啊——

众头人　（唱）弓箭上弦马披甲，

　　　　　　　柴刀锄头加渔叉。

　　　　　　　锣对锣来鼓对鼓，

　　　　　　　青皮蚂蚵对牛蛙。

勒　欢　（摇头，唱）

　　　　　　　人讲头人算得精，

　　　　　　　斤两哪样称不平。

　　　　　　　问你几千虾兵崽，

　　　　　　　怎敌十万虎狼兵！

卜　加　听大王的意思，是打算投降啰？

勒　欢　投降？（笑）勒欢天天斗歌，几时认过输？

卜　加　不战不降，是何主张？

勒　欢　（从容地唱）

　　　　　　　从来打仗兵对兵，

　　　　　　　牛牯顶角不聪明。

　　　　　　　勒欢今日破兵阵，

　　　　　　　不求战神求歌神！

众头人　（惊讶）歌神？

　　〔众山民上，议论纷纷。

　　〔幕后喊杀声突起。武士乙急上。

武士乙　大王，官兵已到寨前，架起云梯，准备攻打山门！

众山民　（惊慌地）大王……

勒　欢　这帮官兵，哪样恁性急？（从容地）来人。

众山民　有！

　　〔众头人架起兵器，勒欢制止。

勒　欢　哪个要你们这样！擂响铜鼓，打开寨门，迎接远方客人。

众山民　是！

　　〔灯暗。铜鼓鸣响，声如金石，穿云裂帛。

　　〔勒欢与众山民隐去。

　　〔光复明。

　　〔韩歧率众官兵上。

　韩　歧　（唱）风萧萧，路漫漫，

十万征骑下南关。

铁蹄踏碎荒蛮地，

军歌唱彻不老天。

沂蒙山深家国远，

将士马背当故园。

为效君王天下志，

华夏一统奏凯旋。

将军甲　寨门大开！

将军乙　四下无人！

韩　歧　当心埋伏！

〔突然，歌声四起，山呼水应，森林中舞出一队穿板鞋的骆越姑娘，如鱼摆尾，穿行于兵阵之间，她们风情万种地把手中的绣球抛向众官兵，众官兵眼花缭乱，不知所措。

〔勒欢出现在山坡上。

勒　欢　（唱勒脚迎客歌）

绣球抛得木棉开，

山歌引来金凤凰。

排下歌阵迎朋友，

香醇米酒请客尝。

姐美，上酒！

〔姐美捧一大碗酒来到韩歧面前。

姐　美　汉家大哥，山高水远，你一路辛苦，请先喝一碗迎客酒。

〔韩歧不接，姐美大胆而好奇地打量他。韩歧表情尴尬。

勒　欢　（笑）得骆越最美的女子敬酒，大哥好福气，不喝可不够朋友。

姐　美　（一挥手）按骆越规矩，扭耳朵灌酒。

〔众姑娘一声野喊，蜂拥上来，揪韩歧耳朵灌酒。

〔韩歧大惊。众官兵哄笑。

韩　歧　（狼狈不堪）还不快将这些蛮女赶走！

〔将军甲、乙上前，隔开众姑娘。

丹　霞　等等！

〔女扮男装的丹霞郡主闪出人群，甩鞭下马，接过姐美手中酒碗。

丹　霞　（闻酒）好酒呀，我代大元帅把它喝了！（一饮而尽）

韩　歧　郡……将军！

〔众人喝彩。勒欢好奇地打量丹霞。

丹　霞　（唱）从北到南行匆匆，

天下风物各不同。

花剑寒凝黄河月，

绣袍香染南岭峰。

万马军前歌舞阵，

一杯土酒骆越风。

豪情畅饮当得醉，

乡怨征愁一洗空。

韩　歧　（把丹霞拉过一旁，低声地）郡主你假扮军士，随军南来，我已勉为其难，若再有闪失，我如何向你父王交代？

丹　霞　人家好意敬酒，不喝不够朋友！

〔丹霞走到勒欢身旁，打量他。

丹　霞　我在京城就听说，岭南有一个生下来就会唱歌的骆越王，就是你吧？

勒　欢　小将军听闻过我的大名呀？（得意）可惜路远，要不我骑马上京城，和你们汉人皇帝对上几首情歌，难讲他要输给我呢！

将军甲乙　（断喝）放肆！（拔剑上前）

韩　歧　蛮王听好，本帅奉旨南征，一统岭南，王师所到之地，万民归顺。尔等部落虽远在边关，只要跪拜天恩，俯首称臣，本帅不会为难你们。

将军甲乙　（喝）跪下，叩头谢恩！

勒　欢　（笑）刚才这一仗，本王并未败阵，为何要向你称臣？

众山民　是呀！

勒　欢　再说嘛，刚才这位小将军已喝过我们的酒。酒一喝完，我们就是朋友了。做朋友，大家排排坐，不搞下跪叩头的礼数，免得人笑话。

韩　歧　（恼怒地）这么讲你是不肯臣服啰？

勒　欢　勒欢这双膝盖，只拜美人，不跪刀剑，除非你在歌场唱得赢我。

韩　歧　（冷笑，一挥手）来人，将这蛮王拿下！

将军甲乙　是！（押住勒欢）

众山民　（急切地）大王！

勒　欢　大将军，你要讲道理呀！

丹　霞　韩元帅，我看这小蛮王年幼无知，何必为难于他？

韩　歧　郡主差矣。此人临危不乱，敢于在万马军中排歌阵对抗，绝非等闲之辈，若不打杀他的威风，日后恐生事端。众将士！

众官兵　有！

韩　歧　将蛮王绑赴刑场，听候发落！

众官兵　是！

众山民　大王！

〔暗转。

第二场　刑场歌台

〔夜。刑场。

〔火光熊熊，映照夜空。隐约可见众山民围满四周。

〔士兵们手执刀斧，排列森严。勒欢端坐刑台，神情自若。

〔四周传来山民们的歌声，似吟似唱，神秘空旷。士兵们听闻，表情紧张。

〔韩歧与丹霞及将军甲、乙上。

将军甲　元帅，满山遍野都是山民，他们在为蛮王守夜。

〔歌声陡然增大，如同天籁，漫山遍野。韩歧惊愕。

韩　歧　严加防范！

将军甲　是！

〔众士兵执枪过场。

丹　霞　（好奇地四下打量）勒欢王，本将军今夜奉命监斩，要取你人头回京报功。

韩　歧　郡主，本帅几时封你为监斩官？请你马上回去！

丹　霞　我不嘛。（打量勒欢）嗬，这小蛮王他不怕哩！（发现勒欢盯着自己）你，你看什么？

勒　欢　小将军唇红齿白，眉清目秀，像个妹崽家，要是换上我们骆越土裙……

韩　歧　（喝断）蛮王，死到临头，不思归降，还在这里说男道女……众将士！

众官兵　有！

韩　歧　准备行刑。

众官兵　是！

众山民　大王！

丹　霞　且慢！（对勒欢）我问你，临死之前有什么要求？

勒　欢　我要唱歌。

丹　霞　唱歌？

勒　欢　人讲勒欢是歌神转世，一出娘胎就会唱，今晚就是挨杀头，也该给我唱够瘾嘛！

丹　霞　（好奇）世传骆越王善唱山歌，出口成诗，不听倒也可惜。韩元帅，你就让他唱吧。

韩　歧　（低声）郡主，别忘了这里可是刑场……

丹　霞　（转对勒欢）勒欢王，本监斩官准你唱歌，若唱得好，本官高兴，杀头的事……好商量。松绑！

韩　歧　郡主……

勒　欢　多谢小将军！

将军甲　元帅！

韩　歧　（无奈，对二将军）加强警戒，保护郡主！

将军甲乙　是！

〔韩歧与将军甲、乙下。

勒　欢　（对四周姑娘凄然一笑）本歌王今天摆下这断头歌台，痛快地唱他一夜。太阳一露脸，难讲我就走了，以后听不见勒欢的歌，你们日子难过哟！

众姑娘　　大王！

　　　　　〔众悲恸，哭声四起。

姐　美　　（走出人群）姐妹们，今夜我们陪歌王唱够瘾！

众姑娘　　好！唱够瘾！

勒　欢　　唱哪样？

众姑娘　　唱情歌！

勒　欢　　（拍掌）那就唱起来！（唱开台歌）

　　　　　　　哎——

　　　　　　　河鱼上树不见怪，

众姑娘　　（合歌）不见怪。

勒　欢　　（唱）哪比刑场摆歌台，

众姑娘　　（合歌）摆歌台。

勒　欢　　（唱）要死也做风流鬼，

众姑娘　　（合歌）风流鬼。

勒　欢　　（唱）莫把情字乱丢开，

众姑娘　　（合歌）乱丢开。

姐　美　　（唱）哥呀哥，

　　　　　　　往日唱歌打花伞，

　　　　　　　今夜唱歌坐刀山。

　　　　　　　妹是蜘蛛在滩口，

　　　　　　　风急浪大吐丝（思）难。

勒　欢　　（唱）蜘蛛结网鹰嘴边，

　　　　　　　它敢开口挨丝缠。

　　　　　　　山歌引得鹰展翅，

　　　　　　　飞丝走线和妹连。

姐　美　　（唱）难了难，

　　　　　　　妹家隔岭又隔山，

　　　　　　　哥要还愿到妹屋，

　　　　　　　路中有人种刺拦。

勒　欢　　（唱）妹莫慌，

　　　　　　　荆棘拦路哥割光。

翻墙爬楼进妹家，

和妹成双拜花堂。

众山民　大王！

〔官兵们听得入迷，不觉放下兵器，坐听斗歌。

〔韩歧复上，见状大怒，众士兵紧张站起，列队。

〔这边众姑娘答不上勒欢的歌，互相商量。

丹　霞　姑娘们，你们快点儿答歌，不然要败阵啰！

〔勒欢见状，歌锋一转——

勒　欢　（唱）斗嘴情歌收进箱，

鸳鸯枕头摆上床。

试问那头小将军，

要想唱歌早登场。

丹　霞　（拍手）好！待我来回他几首玩玩！（对勒欢）来，来，来，你下来呀！

韩　歧　郡主不可！俚语粗俗，有伤大雅。

丹　霞　权当吟诗作赋，有何不可？我要让这小歌王知道天外有天！

勒　欢　莫忙。小将军，你可知骆越歌场规矩？

丹　霞　不知，你且道来。

勒　欢　若是女子，歌场输了山歌，是要嫁给得胜的后生哥的啦。

丹　霞　（大笑）这话不通，我若是女子，输了嫁你不妨……

韩　歧　（急）郡……你……

勒　欢　好爽快！我们讲定了啦……

丹　霞　可我是堂堂七尺汉子，如何嫁得？哈哈……

〔众官兵哄笑。

勒　欢　（注视丹霞，胸有成竹地）小将军莫笑，本歌王自有道理，到时你可不得反悔！

丹　霞　少啰唆，要是你败了呢？

勒　欢　你取勒欢脑袋，我心服口服！

众　人　（急）大王……

丹　霞　（笑）好，我们一言为定。韩元帅，擂鼓，为本将军助威。

〔韩歧摇头，无奈地上鼓台。

310

韩　歧　擂鼓助威!

丹　霞　(沉思片刻)蛮王听好,接你刚才唱的——(唱)

　　　　　　世人婚嫁靠媒娘,

　　　　　　哪有爬墙拜花堂?

　　　　　　家奴棒棍来侍候,

　　　　　　门前打杀风流郎。

　　　　〔众官兵叫好。韩歧摇头不已。

勒　欢　(笑,从容答歌)

　　　　　　哥死路旁变山樟,

　　　　　　叶子又尖树又香。

　　　　　　妹你走往树下过,

　　　　　　叶子落下又成双。

丹　霞　(唱)你变山樟站路旁,

　　　　　　天边来了打柴郎。

　　　　　　樵歌一曲斤斧落,

　　　　　　树断山道枝横江。

　　　　〔众官兵叫好。韩歧擂鼓。

勒　欢　好口才!

丹　霞　答歌呀!

勒　欢　(唱)落水横江我不慌,

　　　　　　我变鲤鱼三尺长。

　　　　　　守候小将来饮马,

　　　　　　游近身边——

丹　霞　怎么样?

勒　欢　(接唱)又成双。

众姑娘　(合歌)落水横江我不慌,

　　　　　　我变鲤鱼三尺长。

　　　　　　守候小将来饮马,

　　　　　　游近身边又成双。

丹　霞　(唱)游江鲤鱼休轻狂,

　　　　　　寒江垂钓有渔郎。

煮酒烹鲜吟诗赋，

文章风流万古扬。

〔众官兵叫绝。勒欢惊叹。

〔勒欢沉思片刻，转身走进姑娘之中，对众人耳语。

众姑娘　（答歌）将军真正好肚量，

又吃鱼肉又喝汤。

奈何进了将军腹——

来年添了个……

丹　霞　什么！

勒　欢　（接唱）小歌郎！

〔丹霞一怔，满脸羞红。

〔众姑娘欢呼雀跃。

勒　欢　（走到丹霞面前，唐突一揖）将军阿姐，勒欢得罪了。

丹　霞　（一怔）阿姐？谁是阿姐？

勒　欢　阿姐莫装了，其实今早你喝酒时，我就晓得你是个女人。

〔众人惊讶议论。

丹　霞　你、你从何得知？

勒　欢　阿姐的小手软绵绵的。

丹　霞　（笑）算你有眼力！（索性脱下头盔，露出一头秀发）

〔众人哗然。勒欢看呆了。

丹　霞　蛮王听好——（唱）

我是檀木云中栽，

金枝玉叶出天台。

皇帝用我做龙椅，

左丞右相谁敢挨？

〔众官兵喝彩，合歌叠唱，为丹霞撑腰。

勒　欢　（唱）你是檀木出天台，

哥是鲁班下凡来。

皇帝请我做龙椅，

任我锯来任我裁。

众姑娘　（唱）为柴劈崩千把斧，

为鱼砍败万山竹。

为爱踩窝石板路，

为情哭干相思湖。

〔众山民欢呼雀跃。舞蹈合歌。

〔韩歧怔住了。

〔众官兵叹服。

〔丹霞傻眼了，呆呆地望着勒欢，一股倾慕之情油然而生。

姐　美　将军阿姐，为何不答歌呀？

丹　霞　到底是歌王，本郡主甘拜下风。（转身欲走）

勒　欢　阿姐莫走，等下我抬花轿来接你回家啵！

丹　霞　（一跳）花轿？

勒　欢　耶，刚才不是讲得好好的，你若是女的，歌场唱输了山歌，是要嫁给我做老婆的啵！

丹　霞　（耍赖地）儿戏岂能当真？婚姻大事，须父母做主。（欲走）

〔姐美与众姑娘拦住丹霞。

众姑娘　阿姐你要赖婚啊！（羞闹丹霞）

韩　歧　（喝断）荒唐！别忘了这里可是刑场！

姐　美　大将军，你好像是站错地方了吧？

〔韩歧"哇呀"一声退下刑台。

韩　歧　来人，时辰已到，开刀问斩！

〔众官兵将勒欢架上刑台。

勒　欢　（大呼）阿姐救我！杀了勒欢，你就挨做寡妇了啵！

丹　霞　休得乱说！（上前对韩歧）韩元帅，这小蛮王疯疯癫癫，杀他何益，不如把他送我，做个歌奴。

韩　歧　送你做歌奴？（连连摇头）不成不成，那样岂不坏事？

丹　霞　你就答应我嘛！

韩　歧　不行！

丹　霞　（踩脚）答应了嘛！

韩　歧　不行！

〔幕内传来一声呼喊："钦差大人驾到！"

〔亲王刘鲁上，韩歧率众官兵跪迎。

丹　霞　爹爹!

刘　鲁　王儿!

丹　霞　爹爹,孩儿在此,孩儿见过爹爹!

刘　鲁　(爱恨交织)王儿,你不辞而别,要不是韩元帅派人告知,岂不是急煞为父……

韩　歧　恩师驾临,恕学生未曾远迎!

刘　鲁　韩元帅平定南疆,劳苦功高,可喜可贺!

韩　歧　恩师过奖,我等不日班师回朝,复命皇上……

刘　鲁　韩元帅接旨——

〔众下跪。

刘　鲁　(展圣旨念)"奉天承运,皇帝诏曰:征南元帅韩歧平定岭南,勋劳卓著,封岭南侯。望屯田戍边,抚民兴业,大赦岭南,以保我华夏一统,天下归心。钦此!"

韩　歧　万岁!万岁!万万岁!

〔众齐呼万岁。

勒　欢　耶,你们汉人皇帝都讲了大赦岭南,怎么还不把本王放了?

丹　霞　岭南侯。(指指勒欢)

韩　歧　来人,将勒欢开释。

士　兵　是!

勒　欢　嘻,我不挨杀头了,这汉人皇帝还是蛮够朋友的啵!

刘　鲁　(对韩歧)老夫此次请旨南来,还有一事相商……

韩　歧　恩师请讲!

刘　鲁　小女丹霞,生性刁顽,难以管束,如贤契不弃,老夫此次就择吉日为你们成婚,让她有人管教,以免老夫终日挂心,不得安宁。贤契认为如何?

韩　歧　(大喜过望)这……

众官兵　恭喜元帅!

韩　歧　谢过恩师!(作揖)

刘　鲁　嗯?

韩　歧　(醒悟)谢过岳父大人!(欲跪拜)

〔勒欢急不可耐地跳下刑台,抢先跪拜。

314

勒　欢　见过岳父大人!

〔刘鲁愕然。

〔暗转。

第三场　哭嫁婚变

〔夜，军营。

〔红烛高照，秋月朗朗。丹霞对镜梳妆，似有所思。

〔女声伴唱:

"红烛艳，秋月明，

笙歌鼓乐闹军营。

清风乱幽怀，

谁解嫁娘心?"

丹　霞　(唱)春日里悄悄离闺门，

女娇娥做了回小将军。

曾梦想，马背托起巾帼志，

十万须眉拜罗裙。

谁料想，十月惊雷动岭南，

来了个风情万种唱歌人。

刑场笑谈风月事，

刀丛窃取女儿心。

因何故心绪如麻理还乱?

没奈何，输了山歌乱了情。

〔侍女甲、乙手捧婚装上。

侍女甲　启禀郡主，岭南侯差人送来新衣。

丹　霞　放过一旁。

侍女甲　吉时将到，郡主还是试试吧。

丹　霞　(无奈)也罢，那就试试。

〔侍女甲、乙为丹霞试装，惊叹。

侍女甲　好漂亮!(作揖)见过侯爷夫人!

丹　霞　罢了。备好马匹，帐外散心去。

侍女乙 遵命！（递过马鞭）

〔丹霞策马出帐，被将军甲、乙拦阻。

将军甲 请郡主转回。

丹　霞 这是为何？

将军甲 岭南侯有令，郡主不得擅自离开营帐。

丹　霞 我还没嫁他呢，就管起我来了？以后还了得。（发火）我今天偏
　　　　要出去走走。

将军乙 （再拦）请郡主转回。

丹　霞 （冷笑）什么，你们真的不放我过去？

将军甲乙 末将不敢违抗军令。

丹　霞 混账！（抽了将军甲一鞭）

将军甲乙 （坚定地）请郡主回营。

丹　霞 （气极）岂有此理。

〔韩歧上。

韩　歧 丹霞，为何在此胡闹？

丹　霞 哼！（扭身不理）

韩　歧 （规劝）丹霞，你将是岭南侯夫人，应守规矩，疯疯癫癫到处
　　　　跑，成何体统？

丹　霞 （惊诧）你是说我？

韩　歧 无端殴打将领，有失身份，今后不可如此。去，向王将军赔礼。

丹　霞 （冷笑）岭南侯好大的口气！

韩　歧 （无奈地）郡主，你要耍脾气，回京城去耍，这里可是军营。

丹　霞 是吗？哼！

韩　歧 听着，我要与你约法三章。

丹　霞 好呀！我倒要洗耳恭听。

韩　歧 第一，你虽贵为郡主，既嫁与本帅，就该遵守妇道，改一改你的
　　　　脾气。

丹　霞 第二呢？

韩　歧 在家从父，出嫁从夫，此乃女子美德。婚后你必须安守内室，不

可抛头露脸，让将士们笑话！

丹　霞　三呢？

韩　歧　为国以礼，君臣有别，贵贱有序。为家以礼，夫妻有别，长幼有序。南蛮之地，缺少礼教。你将是侯爷夫人，当谨慎检点，身体力行，为万民做个表率。

丹　霞　（气极而笑）好个约法三章。既然如此，我也和你约他三章。

韩　歧　请讲。

丹　霞　第一，我要你每晚给我唱情歌……

韩　歧　（打断丹霞）胡扯！你把我当成你的歌奴吗？

丹　霞　我看你远不及他……

韩　歧　（怒）好好好，迎亲时辰要到了，我没工夫和你胡扯。你赶紧回营帐，梳妆打扮，准备上轿！（下）

丹　霞　（气极）你回来……这是结亲吗？分明是让我做囚徒！（愤怒地将头饰扔到地上）本郡主今天不嫁了！

〔暗转。月华如水，天地透明。

〔哭嫁歌轻起，如泣如诉：

　　　“娘呀娘，

　　　你狠心送女去嫁狼（郎），

　　　今后日子哪样过？

　　　思乡想娘哭断肠……”

〔歌声中，姐美率众姑娘舞蹈上。

丹　霞　（踏歌寻觅）这是什么歌，如此伤怀？

〔勒欢抱月琴出现在月光下。

勒　欢　是哭嫁歌……

丹　霞　（激动地）勒欢，是你吗？

勒　欢　郡主大喜，我与众姐妹特来哭嫁唱别。

丹　霞　哭嫁？

勒　欢　我家女人要跟别人走了，心里有苦说不出，也只好放嗓哭他一场。

〔众姑娘围上，挥泪而歌。

勒　欢　（唱）姐呀姐，

317

　　　　　　　你忍心丢哥在路旁。

　　　　　　　你一步走错错一世，

　　　　　　　夜夜山猪上妹床……

丹　霞　（闻歌掩面）你……讲得好怕人。

勒　欢　阿姐，你要是真的害怕呀，勒欢有办法帮你。

丹　霞　什么办法？

勒　欢　比方讲，我们骆越妹崽，要是不喜欢郎家，她就和喜欢的男人一起逃进深山，不落夫家。

丹　霞　（惊讶）不落夫家？

勒　欢　等来年，有了娃崽，生米煮成了熟饭，再回部落，给原先的男人赔几斗米，认个舅爷，恩怨就了结了。

丹　霞　赔米认舅？（神往，转而沮丧）可惜丹霞不是骆越女子……

勒　欢　可阿姐是有情有义的女人啊……

丹　霞　（动心）你是说，我该学骆越女子，不落夫家啰？

勒　欢　阿姐心里也是这样想的吧？

丹　霞　呸！深山野岭的，你叫本郡主住哪里呀？

勒　欢　山中到处是岩洞，冬暖夏凉，那才真正叫洞房呢！

丹　霞　本郡主金枝玉叶，住那种地方，岂不成了山野村妇了？

勒　欢　你是山野村妇，那我就是砍柴樵夫，夫唱妻和，天配一对嘛！

丹　霞　那深山老林，怪寂寞的，怎生打发日子嘛？

勒　欢　我给你唱歌呀。

丹　霞　对呀，我要你天天唱！

勒　欢　那我就天天给你唱——

丹　霞　我要听情歌！

勒　欢　（拍拍肚子）我这里有十万八千箩。（兴奋地放歌）

　　　　　　　哎——

丹　霞　（转念）不行不行，我不能去。

勒　欢　又为何？

丹　霞　爹爹已将我许配给岭南侯，越礼逃婚，我怕伤了他老人家的心！

勒　欢　阿姐，你就不怕伤我的心呀？

318　丹　霞　（无奈叹息）勒欢，多谢你今晚为我唱别，非是丹霞无情，实是

父命难违，我也身不由己呀，我们还是就此别过吧！（欲走）

勒　欢　（急）阿姐，你真的走了，你不愿再听勒欢唱歌了吗？

丹　霞　（痛苦）勒欢，我……

勒　欢　（抚琴悲叹，唱）

哎——

姐狠心，

给哥一把断弦琴。

琴弦断了歌也断，

从此勒欢不唱情！（摔琴）

丹　霞　勒欢！

〔丹霞回身，震惊。静场。

丹　霞　盘古开天，女娲造人，怎会造出你这多情冤家？

〔远处传来接亲的唢呐声。丹霞、勒欢惊觉。

〔唢呐声增大，吹破曙天。远处，接亲的士兵舞蹈而来。

众士兵　（戏谑地唱）

一顶花轿悠悠地晃，

我为将军迎嫁娘。

迎来嫁娘进花帐呀，

俺的心那个憋得慌……

〔姐美在歌声中急上。

姐　美　大王，接亲的花轿都来了，你怎么还不抢亲？

勒　欢　阿姐！

丹　霞　傻瓜，你还不快动手，就来不及了。

勒　欢　阿姐，勒欢得罪了。（向内呼）喂——

〔骆越抢亲队伍上，丹霞上轿，众人下。

〔众士兵花轿舞至前台，狂放诙谐。

〔韩歧与刘鲁上。

众士兵　（唱）一顶花轿悠悠地晃，

我为将军迎嫁娘。

迎来嫁娘进花帐呀，

俺的心那个憋得慌……

士兵甲	（领唱）回家去问俺的娘——
众士兵	（合歌）俺的娘！
士兵甲	（领唱）孩儿何时做新郎？
众士兵	（合歌）做新郎！
士兵甲	（领唱）娘说我儿轿夫命，
众士兵	（合歌）抬完新娘睡空床！

〔幕后传来奔腾的马蹄声，将军甲急上。

将军甲 报——侯爷，丹霞郡主跟勒欢跑了！

〔众人大惊，韩歧变色。

刘　鲁 （气得发抖）孽子……还不快追！

众　人 是！（簇拥刘鲁急下）

〔韩歧取下胸前红花扔到地上，随下。

第四场　醉饮红河

〔紧接前场，红河荒滩。

〔山雨欲来，电闪雷鸣，马嘶阵阵，众官兵怒冲冲杀至河边。

将军甲 与我杀过河去！

将军乙 斩杀蛮王，夺回郡主！

众官兵 杀！

〔韩歧内呼："慢！"趱马上。

众官兵 侯爷！

韩　歧 偃旗息鼓，撤回军营！

将军甲 奇耻大辱，岂能忍受！

众官兵 杀！

韩　歧 违令者斩！

〔众官兵无奈驻足。刘鲁上。

刘　鲁 王儿，丹霞……

韩　歧 恩师，山高路险，你不该来此。

刘　鲁 （痛心疾首）老夫有何面目见列祖列宗于九泉之下。来日擒拿此女，定当严惩，以正纲伦！

韩　歧　（安慰刘鲁）恩师息怒，保重身体要紧。

刘　鲁　（满面羞愧地）贤婿，我……

韩　歧　来人，送钦差大人回营歇息！

〔官兵送刘鲁下。

韩　歧　取酒来！

〔一军士捧酒上，将军乙接过奉给韩歧。

将军乙　……侯爷！

韩　歧　你等下去，让我一人在这红河边上清静片刻！

将军甲　侯爷……

韩　歧　（怒）下去！

〔众人退下。

〔韩歧捧酒狂饮，拔剑，寻不着对象，狠狠地砍向岩石！

韩　歧　羞辱啊！（掩面，唱）

　　　　　　羞！羞！羞！妒火烧得人难受，

　　　　　　利剑出鞘无对手。

　　　　　　空有十万虎狼兵，

　　　　　　不敌骆越一歌囚！

〔女声伴唱：

　　　　　　"风拍手，浪摇头，

　　　　　　可笑可怜岭南侯。"

〔韩歧痛楚地豪饮。

韩　歧　（唱）韩歧啊！

　　　　　　可叹你铁血大将军，

　　　　　　曾把威名播九州。

　　　　　　雷霆声中山河动，

　　　　　　龙泉剑下鬼神愁。

　　　　　　却不料，

　　　　　　龙游浅海遭虾戏，

　　　　　　山歌一唱万事休！

　　　　　　都道是兵来将挡，水来土掩，

　　　　　　有甚兵器抵挡得这山歌风流？

〔不胜酒力，终于醉倒河滩〕

〔暴风雨铺天盖地，似要将世界淹没。

〔雨过天晴，轻柔的岚气在河滩飘荡……

〔山中传来众姑娘的嬉闹声。少顷，姐美与众姑娘沿石梯下山，到河边汲水。

姐　美　哟，今天的水好清呀，我们在这里洗个澡吧！

众姑娘　好呀！

〔众姑娘纷纷下河，嬉闹戏水，一件件衣裙扔上岸来。

韩　歧　（醉喊）丢人呀！

姑娘甲　（发现韩歧）哎呀，有人！

〔众姑娘惊叫，躲入岩石背后。

〔少顷，姑娘甲探出头来。

姑娘甲　噫，你们看，像是个兵崽啵！

姑娘乙　好耍。我们撩他！

众姑娘　（唱）官兵哥哥你嚣多，

　　　　　　　哪样拿背对娇娥？

　　　　　　　别人眼睛长在前，

　　　　　　　哥眼长在后颈窝。

〔韩歧一动不动。

姐　美　这个兵崽，不理我们啵！

姑娘甲　头都不回，太不懂礼了！

姑娘乙　（气恼地）你看不起我们呀！

众姑娘　（戏谑地，唱）

　　　　　　　哥你当兵可怜多，

　　　　　　　拿根长矛当老婆；

　　　　　　　白天扛在肩上耍，

　　　　　　　夜晚拿来哄被窝。

〔众姑娘哄笑，不见动静，越发放肆，走近韩歧。

〔韩歧挣扎欲起。

姑娘甲　（大惊）不是兵！

322　　姐　美　是岭南侯！

〔众姑娘惊叫散开。

姐　美　哎，他喝醉了。他的女人不要他，跟勒欢王走了。

众姑娘　哦，可怜多了！

〔众姑娘悄悄走近韩歧。

姑娘甲　（打量）你莫讲，这个汉人细看还是蛮威的啵。

姑娘乙　姐妹们，我们把他抬回山寨，（戏谑地）拿他当几天新郎耍耍，
　　　　好不好呀？

姑娘甲　你莫癫，他醉倒像个娃崽，醒来可是只老虎，莫惹他。我们走吧！

〔众姑娘下。

韩　歧　（醉喊）丢人哪……

〔姐美看着醉倒的韩歧，心有不忍，欲走又留。

姐　美　（不知所措）莫难过，你莫难过呀……

〔幕内伴唱：

　　　　　　"将军去了刀和剑，

　　　　　　一样凡胎血肉身。

　　　　　　无人之处将军泪，

　　　　　　一样多情一样真……"

〔一种母性的柔情油然而生，姐美将韩歧扶起，用手轻轻擦拭他
脸上的泪痕。

〔轻轻地摇篮曲启，四周顿时变得恬静安详。

韩　歧　（醒转，木然地）你是谁？

姐　美　我是姐美。

韩　歧　姐美……（茫然）我，怎么会在这里？

姐　美　你喝醉了，跌下河滩，大喊大叫，像个娃崽……

韩　歧　（惊跳起来）我喊了什么？

姐　美　你喊丢人哟，做了乌龟……

〔韩歧突然拔剑，脸现杀气。

韩　歧　（阴沉地）倒霉的女子，是你运气不好，看了不该看的，听了不
　　　　该听的……（一步步逼近姐美）

姐　美　（吃惊地）你要杀我？

〔韩歧将剑指到姐美胸前，冷笑。

姐　美　（合眼，叹息一声）侯爷好可怜……

韩　歧　什么？

姐　美　郡主不要你，你只敢躲到河边来哭，姐美好心扶你，你却要杀姐美，你连姐美都怕，是吧？

　　　　〔韩歧震惊，长剑落地，欲哭无声。

姐　美　（柔情地）大哥，你莫担心。这里除了姐美，再没有别人。姐美不讲，是不会有人晓得的。（拾剑，奉给韩歧）

韩　歧　（感动，看着姐美）姑娘，你真好……

　　　　〔静场。远山传来天籁般的山歌声。天渐黄昏，群山苍莽。韩歧循声远眺，似有感悟。

韩　歧　姑娘，你会唱很多的山歌，你……你愿意教我吗？

姐　美　（惊异地）大哥，你也要学山歌？

韩　歧　我为山歌所败，不得不服呀。

姐　美　（笑）大哥你要学山歌啊，你先听我讲！

　　　　〔山歌在河谷间回荡。

　　　　〔韩歧正襟危坐，静坐倾听。

姐　美　（娓娓道来）听老人讲，我们的歌祖是棵会唱歌的古树，树上的每片叶子都是一首歌。它唱了九千九百九十年，叶子落了，落在河里，水就会唱歌；飘在风中，风也会唱歌。吃河水吹山风长大的骆越人都会唱歌，后生哥不会唱，没有妹崽爱他；妹崽家不会唱，找不到婆家……出嫁有哭嫁歌，生崽有怀胎歌，赶圩走场唱情歌，盘歌猜歌浪花歌，嘹歌排歌勒脚歌……骆越人，从生到死都离不开歌……

　　　　〔山歌声增大，渐近渐强，如水漫来。韩歧沉浸于歌声中，如受洗礼。

　　　　〔暗转。

第五场　春孕云岭

　　　　〔次年阳春，云岭深处。

　　　　〔光渐亮。丹霞与众骆越姑娘在麻栏前织锦，各色彩锦晒满山林溪畔。

丹　霞　（唱）自那日逃婚进山冈，

娇郡主做成了山大王。

结茅舍伴渔樵自甘寂寞，

饮土酒食米粥且乐清狂。

结亲不拜天和地，

只拜歌神做媒娘。

众姑娘　（唱）有歌深山变闹市，

有歌麻栏胜天堂。

长夜拥歌当枕睡，

寒天织歌做罗裳。

〔众姑娘在溪畔浣锦晒锦，捶捶打打，好不热闹。

〔卜加、姐美、众头人上。

姐　美　（高兴地）阿姐，我阿公给你们送贡米来了！

丹　霞　山高水远的，长老费心了。

卜　加　郡主不必客气。

姐　美　阿公，应该喊王娘。

卜　加　王娘？（淡淡一笑）众头人，卸下贡米，歇息去吧！

众头人　是！

〔卜加、众头人、众姑娘下。

丹　霞　（望着众人背影，忧心地）长老和众头人像是不肯认我嘛。

姐　美　人讲骆越王娘是蛙神转世，阿姐，除非……

丹　霞　除非什么？

姐　美　除非阿姐帮我们生下小王……（转话题）阿姐，部落里这几天好
热闹，岭南侯韩大哥颁布政令，开垦荒地。又要开河道，听讲还
会有好大的船要开来啵！

丹　霞　岭南侯宽容大度，真是骆越人的福星。

姐　美　韩大哥还拜我做师父学会了好多山歌咧。

丹　霞　（注视姐美，似有所悟）人讲姐美是骆越最美丽最善良的姑娘，
果然不假，我要是个后生哥呀，也会一见倾心。难讲有一天我也
会叫你一声侯爷夫人呢！

325

姐　美　（羞）阿姐……

丹　霞　姐美，我送你一样东西。（下）

姐　美　侯爷夫人？

　　　　〔丹霞取新婚嫁衣复上。

丹　霞　姐美！

姐　美　（惊喜）呀，好漂亮的衣裳！（穿上）

丹　霞　哟，真正像个侯爷夫人了。

姐　美　（学丹霞步态）来呀，备好马匹，帐外散心去。

丹　霞　姐美，是这样子。（示范）

　　　　〔丹霞欲呕吐。

姐　美　阿姐，你不舒服呀！

丹　霞　没什么……

姐　美　阿公，你快来，阿姐她、她要吐……

　　　　〔卜加上，注视丹霞。

　　　　〔众头人复上。

卜　加　（关注地）郡主近来饮食可好？

丹　霞　不思饮食……

卜　加　（为丹霞把脉，少顷，惊喜地）天送吉祥，天送吉祥啊！（大喜过望，跪到丹霞面前）卜加拜见王娘！

丹　霞　（迷惑）长老，这是为何？快请起！

卜　加　（对众头人）快快请回勒欢王！准备搬回部落，赔米还情。（对姐美）你在此好好侍候，不得粗心！

姐　美　（不解）阿公，哪样事嘛？

卜　加　傻妹崽，我们骆越人要有小歌王了！（大笑而下）

姐　美　（惊喜）阿姐，（向内大喊）姐妹们快来呀，我们有小歌王啰！

　　　　〔众姑娘、众花婆上，欣喜地围住丹霞。

　　　　〔勒欢荡藤蔓上，兴奋倚听胎音。

众姑娘　拜见王娘！

众花婆　（唱怀胎歌）

　　　　　　　怀胎正月正，王娘好精神，

　　　　　　　脸挂七彩霞，祥云绕福身。

姐　美　（唱）怀胎三月三，姐喊要吃酸，
　　　　　　　　龙肉不合口，嘴淡眼睛馋。

众花婆　（唱）怀胎五月五，崽未懂礼数，
　　　　　　　　拳打又脚踢，肚里练功夫。

丹　霞　（唱）怀胎七月七，娘心甜似蜜，
　　　　　　　　夜半挑灯起，赶缝小娃衣。

勒　欢　（唱）怀胎八月八，烧香敬神蛙，
　　　　　　　　蛙娘送贵子，落地就喊爸！

丹　霞　喊妈！

勒　欢　喊爸！

　　　　〔众人笑。

丹　霞　（唱）怀胎九月九，夫莫嫌妻丑，
　　　　　　　　身坐火塘边，肚在大门口。

　　　　〔众人笑。

众　人　（唱）怀胎十月整，花婆来接生，
　　　　　　　　生下小歌王，降福骆越人！

　　　　〔歌毕，众姑娘、众花婆下。

勒　欢　（仰目）王娘，恭喜你了！

丹　霞　夫君同喜！

勒　欢　（扶丹霞）王娘坐稳，我要先给娃崽传歌。

丹　霞　（喜悦地）请师父指教！

勒　欢　本歌王要先传他唱歌的道理。

丹　霞　（正襟危坐）孩子，仔细听来——

勒　欢　（唱排歌）

　　　　　　哎——喝口水酒润嗓音，
　　　　　　腹中徒弟你听清。
　　　　　　山歌民谣千百首，
　　　　　　不懂歌理唱不明。
　　　　　　唱歌先讲打比方，
　　　　　　铜铃打鼓两重音。
　　　　　　看见驼背莫唱驼——

丹　霞　（唱）要唱天下有奇峰。

勒　欢　（唱）看见瘸子莫唱瘸——

丹　霞　（唱）要唱人间路不平。

勒　欢　（唱）田螺肚里弯弯转，

丹　霞　（唱）歌路打转才耐听。

勒　欢　（唱）人讲唱歌靠喉咙，

　　　　　　　我讲诀窍在脚跟。

丹　霞　（大惑）脚跟？

勒　欢　（唱）骑匹矮马天下行，

　　　　　　　南疆北土拜歌神。

　　　　　　　圩场斗酒寻佳句，

丹　霞　（唱）书斋抚琴论歌经。

勒　欢　（唱）偷得诗经风雅韵，

丹　霞　（唱）吟成勒脚排歌声。

勒　欢　（唱）汉家诗文骆越歌，

丹　霞　（唱）日月胸襟唱歌人。

　　　　　　　喝尽三江五湖水，

　　　　　　　开口四海八方音。

勒　欢　（唱）再讲山歌情为本，

　　　　　　　唱歌要紧是真情。

　　　　　　　情到深处歌潮涌，

　　　　　　　春江水涨天飞云。

　　　　　　　顽石为情也落泪，

　　　　　　　旱天为情响雷霆！

　　　　　　　万首山歌同一理，

　　　　　　　有情山歌才有魂。

丹　霞　（惊喜地）勒欢哥，你的徒弟像是听懂了。

　　　　〔勒欢贴近丹霞，倾听胎音。

〔清朗的童声传来：

　　　　"万首山歌同一理，

　　　　有情山歌才有魂。"

〔童声如同天籁。

〔霞光似锦。

〔暗转。

第六场　赔米还情

〔红土荒原。春晓。

〔一声粗犷的吆喝："开犁啰！"

〔马嘶阵阵，热闹非凡。众将士布衣短衫，打马扶犁，吼着山歌，跳垦荒舞过场。

〔山坳上，众骆越姑娘跳挑秧舞过场。

〔幕内男声唱：

　　　　"呢啰喂——

　　　　阿哥打马进山坳。"

〔幕内合唱：

　　　　"呢啰呢啰进山坳。"

〔幕内男声唱：

　　　　"见妹挑秧走山腰。"

〔幕内合唱：

　　　　"呢啰呢啰走山腰。"

〔幕内男声唱：

　　　　"妹是好田哥是犁。"

〔幕内合唱：

　　　　"呢啰呢啰哥是犁。"

〔幕内男声唱：

　　　　"插秧播种乐逍遥。"

〔幕内合唱：

　　　　"乐呀乐逍遥。"

〔歌声此起彼伏，粗犷诙谐，山谷回音。

〔韩歧荷锄上，极目远眺，心潮起伏。

韩　歧　（唱）习习春风二月天，

铸剑为犁拓新田。

轻雷动南岭，

蛙鼓兆丰年。

数月里废寝忘食为政勤勉，

做了这岭南父母一方青天。

抛开羞辱与私怨，

只把皇命放心间。

拓荒坡，播五谷，

息烽火，燃炊烟。

易陋习，倡礼乐，

疏河道，迎商船。

身处百越蛮荒地，

共建岭南新家园。

〔姐美吹竹叶挎竹篮上。

姐　美　哟，都讲岭南侯骑马打仗厉害，哪晓得还会种田啵！

韩　歧　（笑）骑马打仗之前，我在家就是种田的嘛！

姐　美　（倍觉亲切）难怪你不嫌姐美……（从篮中取出酒）韩大哥，山里早上冷，你喝杯酒暖和暖和。

韩　歧　（嗅酒）好酒呀……（欲接酒碗）

姐　美　（收手）大哥，要按规矩来。（示意，要揪韩歧耳朵）

韩　歧　这个……（四望无人，笑）那就按规矩来。（听话地让姐美揪耳朵灌酒）

姐　美　（笑）这碗酒，你总算挨喝了！

〔韩歧凝视姐美，似有醉意，姐美娇羞无语。

韩　歧　（尴尬，找话题）嘿嘿，姐美，你教了我那么多的山歌，我该怎样谢你呢？

姐　美　（含羞地）等勒欢王来了，你就晓得啰。（跑下）

330　韩　歧　（一怔）勒欢？他来为何？

〔将军乙上。

将军乙 启禀侯爷，丹霞郡主与勒欢王求见！

韩　歧 （烦躁地）不见！

〔勒欢上，将军乙欲拦，勒欢闪过。

勒　欢 岭南侯！韩大哥！

〔丹霞上。

丹　霞 （深深一揖）韩大哥，小妹这厢有礼了！

勒　欢 岭南侯，好久不见，你瘦多了啵。

〔丹霞瞪勒欢一眼，勒欢意识到唐突，收口。

韩　歧 （冷笑）勒欢，你真够胆，还敢来见我？（抽出将军乙腰间剑，抛给勒欢）要是男子汉，我们先斗三百回合。

丹　霞 （劝阻）韩大哥，勒欢他、他是诚心诚意来赔礼的。

勒　欢 是啊，生米都煮成熟饭了，不来赔礼哪样得？总不能让王娘一辈子住在山里呀！

韩　歧 （恼怒）你……（捏拳）我真后悔当初没有杀了你。

丹　霞 （急上前）是呀，当初真该杀了你，省得惹大哥生气。（赔笑）韩大哥，小妹年幼，不知深浅，得罪了大哥，还望多多包涵。（作揖）

韩　歧 （无奈，叹气）罢了！你还是回避为好，钦差大人为此事大为恼怒，四下张榜，要拿你回京城治罪。

丹　霞 我去见父王。

勒　欢 王娘。

韩　歧 郡主。

丹　霞 莫担心，爹爹从来把我当成掌上明珠，哪舍得拿我治罪。

韩　歧 郡主，你要多加小心。

丹　霞 多谢大哥！（欲走，不放心）你们……

勒　欢 王娘去吧，我们男人的事，自己了结，大不了挨一顿打，松松筋骨，不要紧的。

丹　霞 韩大哥，勒欢他只会唱歌，你要打他，要轻点儿喔。（下）

〔静场。

勒　欢 韩大哥……噢，岭南侯……你……你也种田喔？

韩　歧 （喝断）有话快讲！

勒　欢　（赔笑）我今天……备下了几斗好米，要赔给你啵！按你们的话，喊作"负荆请罪"。

韩　歧　赔米？我看就免了！

勒　欢　要赔！要赔！打死也要赔，按我们的规矩，赔完了米，还要认舅爷啵！

韩　歧　（不解地）谁是舅爷？

勒　欢　哦，你听我讲嘛，你认丹霞之父为师，丹霞就要认你为兄，你就得承认丹霞是你老妹，我就是你老妹夫，以后我的娃崽就要喊丹霞之父做外公，那当然就喊你舅爷了。

韩　歧　（哭笑不得）荒唐！

勒　欢　哎，哪样荒唐嘛，这可是祖先定下的规矩！大哥要是不领情呀，人家会讲你不懂礼数。

韩　歧　（冷笑）礼数！你也配讲礼数？（光火）你抢人老婆，私婚野合，胆大包天！要不是看在骆越百姓的分上，我……

勒　欢　大哥，你这样讲勒欢就不服了！（认真地）郡主她歌场输了山歌，答应嫁我做老婆，按你们的话讲，就是我家娘子。是大哥你不讲礼数，抬花轿来抢我家娘子，害得我与娘子躲进山沟，住岩洞吃米粥受几多清苦！按理讲该是你来给我赔米才对！

韩　歧　你……你……（竟不知如何作答）我与你讲不到一起。

勒　欢　（宽容地）讲不到一起没关系。不过话讲回头，大哥来到岭南，帮我们开田垦荒，疏河通船，得骆越百姓爱戴，我这做王的，也就不计较了。今天我们理要讲明，米要赔清，这舅爷也要认下——（对幕内）来呀，赔米认舅！

〔众姑娘、众山民、众头人担米舞蹈上。卜加随上。

众山民　赔米认舅！

勒　欢　（唱赔米歌）

　　　　一担糯米白花花，

　　　　赔给舅爷包粽粑。

　　　　若是礼性还不到，

　　　　再搭腊肉两三挂。

　众姑娘　（唱）两担香米黑油油，

　　　　　　赔给舅爷熬甜酒。

　　　　　　好酒开坛十里香，

　　　　　　几多情义在里头。

韩　歧　我已戒酒，免了！

众头人　（唱）三担谷种黄又黄，

　　　　　　赔给舅爷播春秧。

　　　　　　新开良田栽好苗，

　　　　　　禾生九穗送吉祥。

众　人　请舅爷收下！

韩　歧　（为难地）咳！

勒　欢　（叹气）阿叔啊，看来我们的礼数还不够，你看……

卜　加　（拍掌，对内）来啊！

　　　　〔鼓乐声中，山民抬大铜鼓上，鼓上坐一壮锦蒙面的女子。

　　　　〔韩歧一时愣住。

勒　欢　舅爷，请看！

　　　　〔勒欢揭开红绸，姐美端坐鼓上，她身着汉家婚装，光彩照人。

韩　歧　（情不自禁地）郡主！

勒　欢　舅爷，看清楚，莫搞错啵！

众山民　是呀，莫搞错了啵！

姐　美　韩大哥！

韩　歧　（惊奇）姐美！

姐　美　韩大哥！（下鼓，学丹霞步态，作揖）小妹这厢有礼了！

韩　歧　（忙不迭）嘿……有礼了！

姐　美　韩大哥，你给郡主的衣裳，她送给我了，你看，我穿起来漂亮吗？

韩　歧　（情不自禁）漂亮！

勒　欢　（亲热地）舅爷。

韩　歧　我真拿你没办法，如此，谢过了！

　　　　〔众人欢呼，簇拥韩歧。

　　　　〔将军甲急上。

将军甲　侯爷，丹霞郡主回营谢罪，被钦差大人绑在帐中，要送往京城治罪。

〔众人大惊。

勒　欢　（急切地）舅爷，王娘已有身孕，千万不能让她走呀！

众山民　王娘不能走呀！

韩　歧　就是我收下你的米，钦差大人也难认你这个婿呀！（急下）

卜　加　大王，死活都要留下王娘，你快拿主意！

勒　欢　摆拦路歌阵！勒欢今天就是唱干红河，也要把王娘留下。

〔暗转。

第七场　红土歌潮

〔紧接前场，红河坳口。

〔韩歧，刘鲁，将军甲、乙及士兵押丹霞上。

刘　鲁　贤契，岭南初定，百业待兴，贤契任重道远，就此别过吧。

韩　歧　恩师放心，学生当竭力报效朝廷，不负重托。只是……郡主……

刘　鲁　老夫主意已定，送京治罪，告诫天下。

丹　霞　爹爹，女儿不回京城！

刘　鲁　（喝）住嘴！

〔探马内呼："报！"急上。

探　马　大人，前面有人拦路！

韩　歧　是骆越人送客摆的拦路歌阵。

刘　鲁　拦路歌阵？

〔梆声阵阵，山呼水应。姐美率众骆越姑娘上。

众姑娘　（唱拦路歌）

盘山河水九道弯，

拦路歌阵三道关。

行船无舵过滩险，

唱歌不赢过关难。

刘　鲁　你等拦路为何？

姐　美　求钦差爷爷放了王娘！

刘　鲁　理由何在？

334　姐　美　大人！（唱）

> 金屋金门安金锁，
>
> 金打秤钩配金砣。
>
> 金鸡本该配金凤，
>
> 拆散良缘理不合。

刘　鲁　自古婚配，父母做主，离经叛道，何理之有？

众姑娘　（唱）北栽大蒜南栽葱，

> 王法族规各不同。
>
> 强拿牛蹄钉马掌，
>
> 木棍吹火你不通。

刘　鲁　荒唐！人人都像你们这样，天下谁人敢做丈夫？

众姑娘　这……

刘　鲁　理不服人，让道吧！

姐　美　（急）韩大哥！

〔韩歧无语。

〔官兵推开众姑娘，打马前行。

〔卜加与众头人跪伏道中。

卜　加　卜加率骆越众部落头人恭候钦差大人！

刘　鲁　老人家，你白发苍苍，这是为何？

卜　加　请留下王娘！

众头人　请留下王娘！

刘　鲁　此乃老夫家事，与尔等无关，请回吧！

卜　加　大人啊！（唱）

> 王娘虽是汉家女，
>
> 族人敬她为蛙神。
>
> 有她田禾生九穗，
>
> 离她宗庙要断根。

刘　鲁　长老言重了！休怪本王无礼，实是这王法纲常不可违啊！众侍卫！

众官兵　有！

刘　鲁　开道！

众官兵　是！

卜　加　王爷慢行！

〔众头人跳起粗犷怪诞的傩面舞拦住刘鲁。

卜　加　（唱）昨夜蛙神降福音，

　　　　　　　王娘已有孕在身。

　　　　　　　耐烦等到秋风起，

　　　　　　　恭喜王爷抱外孙。

刘　鲁　（大惊）啊！逆女她……

韩　歧　长老所言不差！

刘　鲁　（掩面）羞煞老夫也！来人，与我棍棒开道！

〔众官兵拦开众头人。

卜　加　老王爷，卜加礼数已到，若再不肯留下王娘，卜加这颗白头还要它何用？

众头人　拼死留下王娘！

〔众官兵护住刘鲁，双方剑拔弩张。

〔丹霞急上。

丹　霞　卜加长老！休得如此……退下！

〔卜加与众头人退下。

丹　霞　爹爹，女儿虽为郡主，可如今已是骆越王娘。越礼逃婚，郡主有错；和亲岭南，王娘无过！女儿不回京城。

刘　鲁　孽女，犯下大过，还敢如此饶舌。来人，将这孽女押解上马。

丹　霞　爹爹，你再逼迫女儿，我就从这山崖上跳下去。

刘　鲁　你……

众官兵　郡主！

丹　霞　（悲泣）勒欢哥！你的歌声偷得走丹霞的心，难道就留不住丹霞的人吗？

〔勒欢幕后音："王娘讲哪里话，我们夫妻是糍粑命，这一世注定要粘在一起的，哪个拆得开？"

丹　霞　勒欢哥！

〔勒欢出现在山岩上。

丹　霞　勒欢哥！（扑上前去）

勒　欢　王娘，让你受委屈了。

336　丹　霞　父命难违，只怕……

勒　欢　王娘莫忧，我既然能偷得走你的心，就留得下你这个人。

刘　鲁　（冷笑）就凭你单枪匹马一人，也敢阻拦老夫？

勒　欢　岳丈你还嫌不够热闹是吗？（跳上岩石）岳丈请看——（对群山放歌，唱）哎——

　　　　　高山打鼓响雷霆，

　　　　　水涌风生山回音。

　　　　　歌排云阵岭连岭，

　　　　　不怕老天不留人！

〔歌声落处，千山回唱。

〔众山民击鼓踏歌而来，铜鼓阵气势恢宏，鼓声震天动地。

〔刘鲁、众官兵惊愕。

众山民　留下王娘！

刘　鲁　这……

〔韩歧示意众官兵护住刘鲁。

勒　欢　岳丈休惊！这是骆越众部落的父老乡亲，为勒欢求亲来了！（上前，深深一揖）岳丈大人，今天我们来唱他一板拦路酒歌，若是唱得在理……

刘　鲁　（打断）免了，你那些俚语野调，老夫不听，省得红河洗耳！

勒　欢　岳丈啊！（唱）

　　　　　火烧芭蕉心莫焦，

　　　　　莫把山歌比野调。

　　　　　勒欢平生只唱情，

　　　　　今天学唱理一条。

　　　　　先唱百越荒蛮地，

　　　　　不比中原有舜尧。

　　　　　钟鼓鸣凤阁，

　　　　　百官穿锦袍。

　　　　　礼乐倡教化，

　　　　　文采弄风骚。

　　　　　拜岳丈我是拜天恩，

　　　　　敬王娘我是敬圣朝！

337

丹　霞　（情不自禁地）唱得在理！

勒　欢　（唱）深山郎崽见识少，

　　　　　　　年年唱歌半山腰。

　　　　　　　幸得王娘不嫌弃，

　　　　　　　牵手上山见天高。

　　　　　　　岳丈若是伤王娘，

　　　　　　　是伤骆越众父老。

　　　　　　　岳丈若肯认郎崽，

　　　　　　　红河如歌水来潮。

　　　　　　　要讲忠，这是忠，

　　　　　　　要论孝，这才孝。

　　　　　　　为忠为孝拜岳丈，

　　　　　　　不怕石板跪成槽！

　　　　（跪下）大人呀！求大人留下王娘，给骆越苍生百姓留下一条根吧！

丹　霞　爹爹！（跪下）

韩　歧　恩师！（跪下）

刘　鲁　贤契，你……

韩　歧　恩师，郡主她和亲岭南，骆越归顺，上不违圣意，下顺乎民心，实是我朝之大幸！请恩师留下郡主！

众山民　（跪）大人！留下王娘！

众官兵　（跪）留下郡主！

众　人　（跪）留下小王——

　　　　〔天籁般的山歌又一次响起，天地为之动容。歌声中，山石裂开，出现羽人和巨大的花山崖画。

刘　鲁　（终于被感化）小女何德，让百姓如此厚爱，也是她的福分。老夫还有何说……（长叹，老泪纵横，扶起丹霞和勒欢）孩子们，都起来吧……老夫愿应承这门亲事。

　　　　〔众人雀跃欢呼，群山回荡。

　　　　〔酒歌起，欢腾豪迈，众狂欢舞蹈。

　众　人　（唱酒歌）

卜洛喝，卜洛喝，

筛啰筛啰筛啰筛。

卜洛喝，卜洛喝，

酒呀酒呀酒呀酒。

〔酒歌声中，霞光似锦，百姓仰目。

〔暗转。

尾 声

〔次年。

〔音乐辉煌庄严，预示着新一代歌王的诞生。

〔黎明的晨曦中，传来嘹亮的婴啼——

〔幕内男童歌声：

"老子生来会唱歌，

唱天唱地唱山河。

唱得日月倒转走，

唱得江海息风波！"

〔多声部民歌带着南北两大主题汇成交响……

〔云飞霞涌，红日喷薄而出。

〔山民举起双手，感谢苍天。

〔卜加、刘鲁携手从太阳里走来。

〔韩歧、姐美携手走来。

〔勒欢、丹霞抱着初生婴儿缓缓而来。

〔音乐回荡。

〔幕落。

——剧 终

《歌王》1995年广西壮族自治区壮剧团首演。剧本获'97中国曹禺戏剧文学奖（1996年），剧目获第七届文华大奖、入选中宣部第五届精神文明建设"五个一工程"。

作者简介

梅帅元　男，1957年出生，广东台山人，中国山水实景演出创始人，著名导演，一级编剧。代表作品有壮剧《羽人梦》《歌王》（合作），舞剧《妈勒访天边》（合作），儿童音乐剧《太阳童谣》等。创作山水实景演出《印象·刘三姐》《禅宗少林》等三十余部。

陈海萍　男，1953年出生，江西萍乡人，代表作品有《牛二宝经商》《苦寒寨志异》《芦花湾》，电视剧《京九情》，出版有《陈海萍剧本选集》，长篇小说《炭之魂》《上帝的吉它》《魔鬼野狐禅》《玄妙珞珈山》，小说集《秋水蜘蛛赋》，长篇报告文学《推不倒的长城》《梦幻时间》，散文集《跳楼短语》等。

常剑钧　男，仫佬族，1955年出生，广西罗城人，广西艺术创作中心一级编剧。代表作品有《哪嗬咿嗬嗨》《天上恋曲》《水街》《牵云崖》《新刘三姐》等。出版有《常剑钧剧作选》《广西当代作家丛书·常剑钧卷》《广西当代剧作家丛书·常剑钧剧作集》《天上恋曲——常剑钧剧作选》《水街——常剑钧剧作选》《常剑钧戏剧杂谈》等。

· 无场次川剧 ·

死水微澜

（根据李劼人先生同名小说改编）

徐　棻

题　语

这是一幅川西平原的风情画，

也是一幅黑暗岁月的写意图。

这里有一个女人对封建婚姻的大胆反抗，

也有一个民族对外来侵略的本能拼搏。

短短一则故事反映了国家的内忧外患，

小小一段悲欢沉浮着几个人物怪物。

人　物　邓幺姑，罗德生，顾天成，蔡兴顺，邓大娘，顾幺爸，陆钟和，官兵队长，执十字旗者，众土老财、轿夫、吹鼓手、袍哥、男仆、官兵、教民、农妇、喜娘、妓女。

〔幕在唢呐声中徐徐拉开。

〔帮腔：

　　　"川西平原一方土……"

〔邓幺姑背身缓缓出。

〔帮腔：

　　　"土生土长邓幺姑……"

〔邓幺姑转身亮相，百无聊赖地漫步。

〔帮腔：

　　　"朝夕漫游田间路……"

〔邓幺姑伫立远眺。

〔帮腔：

　　　"满怀春情望成都……"

〔幕内女声哀呼："苦哇，苦哇……"

〔一群衣衫破旧的农妇上，她们都背着背篼。

〔农妇们都是黑发的青年妇女。她们以简单而沉重的舞姿走各种队形。

〔邓幺姑于众农妇之间载歌载舞。

邓幺姑　（唱）农妇苦，农妇苦。

农妇们　（接唱）苦呀，苦呀……

邓幺姑　（唱）三岁割草，五岁喂猪。

农妇们　（半唱半讲）算不得苦。

邓幺姑　（唱）七岁砍柴，九岁晒谷，

农妇们　（半唱半讲）算不得苦。

邓幺姑　（唱）十二栽秧到十五，

农妇们　（半唱半讲）算不得苦。

邓幺姑　（唱）十六七嫁个憨丈夫，

农妇们　（接唱）那才苦。

邓幺姑　（唱）十八九背起娃儿做活路，

农妇们　（将围裙搭在背篼上晃动，看似背着婴儿，接唱）

　　　　真是苦。真是苦。

邓幺姑　（唱）二十几崽崽生了一堂屋，

农妇们　（接唱）说不出的苦。说不出的苦。

邓幺姑　（接唱）黄花女眨眼成老妇，

农妇们　（青青黑发一霎变成苍苍白发，并手拄拐杖脚步蹒跚，接唱）

　　　　苦呀，苦！苦呀，苦！

邓幺姑　（唱）一辈子这样过死不瞑目。

农妇们　（接唱）要瞑目。要瞑目。

　　　　自从开天辟地有盘古，

　　　　农家女世世代代哪个不？

邓幺姑　（唱）我就不！

农妇们　（唱）除非你不做农家妇。

邓幺姑　（唱）就不做！就不做！

农妇们　（轻蔑地，唱）

　　　　只怕你命薄，没得那个福。

343

没得那个福……

〔农妇们向邓幺姑做脸做色地下。

邓幺姑　（向远去的农妇们）我绝不像你们，绝不像你们！

　　　　〔帮腔：

　　　　　　"只盼有人把媒做，

　　　　　　花轿抬我上成都。"

　　　　〔邓幺姑伫立远望。邓大娘端竹椅上。

邓大娘　（一边吆鸡一边叫）啊……幺姑……啊……幺姑。

邓幺姑　（应声）哎——（圆场，见邓大娘）妈，叫啥子？

邓大娘　（放下竹椅）叫啥子？我问你，你又在路上望啥子？

邓幺姑　我望……小麦灌了浆没有。

邓大娘　望啥小麦灌浆啊！妈晓得，你在望媒人。

邓幺姑　（难为情地撒娇）你乱说！你乱说……

邓大娘　（叹息着坐下）今天呢，倒是真的来了一个媒人，还是从成都来的。

邓幺姑　（大喜）真的呀？（又掩饰）我不信！

邓大娘　不骗你，真是成都来的。那会儿，你正在后院儿坝喂鸡。人家从窗户上，悄悄地把你看了个一清二楚。论模样儿，没得说。可是……

邓幺姑　（紧张地）妈……

邓大娘　可是，那当家奶奶嫌我们是庄稼人，门不当户不对，不肯要你。

邓幺姑　啊……

邓大娘　幺姑，我的幺姑啊。

　　　　〔帮腔：

　　　　　　"我的闺女一枝花，

　　　　　　远远近近谁不夸。"

邓大娘　（唱）做媒的，牵起线线儿来作伐，

　　　　　　算一算也有二三十家。

　　　　　　不是你，嫌弃人家茅草棚棚儿矮，

　　　　　　就是人家，嫌我们竹篱笆笆儿差。

　　　　　　二十二岁你还未嫁，

　　　　　　急得为娘拜菩萨……

邓幺姑	（哭）妈……
邓大娘	莫哭，莫哭。乖女，听妈的劝，答应前几天来说的那门亲事吧。
邓幺姑	（哽咽）哪门嘛？
邓大娘	就是天回镇那家姓蔡的。人家好歹是个杂货铺的掌柜，又无父母兄弟姊妹，你过门便是掌柜娘子。再说，天回镇离成都只有二十里。你嫁到天回镇，要算半个成都人了。也免得呀……

〔帮腔：

　　"花谢色衰不值价，

　　受人轻贱泪巴巴。"

邓大娘	幺姑啊，答应了吧。高不成，低不就，取个中间也好嘛。

〔邓幺姑无可奈何地点头。

邓大娘	乡亲们，我家幺姑娘要嫁给天回镇兴顺号杂货铺的蔡掌柜了。

〔幕内声："邓幺姑嫁人了，邓幺姑嫁人了。"

〔吹鼓手和喜娘们上，当场为邓幺姑换上嫁衣，搭上盖头，众人舞蹈。

众　人	（唱）半是喜来半是恨，

　　　　邓幺姑只做了半个成都人。

　　　　半喜半恨，半个成都人。

　　　　哎呀呀，嫁到天回镇，

　　　　哎呀呀，半个、半个成都人。

〔切光。

〔追光下，罗德生执酒壶、蔡兴顺执酒碗上。

〔蔡兴顺头上歪戴着有两朵金花的瓜皮帽，领口敞开，肩褡扎成花朵的红色长绸，长绸拖了一半在地上。

〔罗德生、蔡兴顺相扶相依、踉踉跄跄地醉舞。

罗德生	（唱）我帮你，接、接、接婆娘。
蔡兴顺	（念）接、接婆娘。
罗德生	（唱）了却为兄事一桩，
蔡兴顺	（念）事、事一桩。
罗德生	（唱）姑父母九泉当欢畅，
蔡兴顺	（念）欢、欢那个畅。

罗德生	（唱）兴顺号有了掌柜娘，
	财源茂盛达三江。
蔡兴顺	（念）三江，四江，六七八九江，江、江——那个江。
罗德生	喝！（自饮）
蔡兴顺	大、表哥。你也接、接一个。我们，一家一个、婆娘。
罗德生	我不、不接。
蔡兴顺	不接，我们就、就打伙一个、婆娘。
罗德生	女人，我、不爱。
蔡兴顺	爱、爱。
罗德生	没有哪个女人，把我拴、拴得住。
蔡兴顺	拴，拴住。
罗德生	没有哪个女人，把我迷、迷得倒！
蔡兴顺	迷、迷倒！
罗德生	袍哥人家，爱，（拍酒壶）爱酒。
蔡兴顺	酒、酒。

〔罗德生把酒壶伸向蔡兴顺，绕一圈后却将酒倒进自己的口中。

〔蔡兴顺捧碗接酒，追着酒壶不觉跪在罗德生面前。

〔罗德生喝酒，蔡兴顺仰面接那流下的。两人晃晃悠悠。

〔罗德生晃悠中抓住蔡兴顺肩上的红绸，踉跄着走向一边，昏然倒下。

〔蔡兴顺接着罗德生丢下的酒壶，一边喝一边走到另一边，踉跄倒下，两人鼾声此落彼起。

〔光渐暗。罗德生与蔡兴顺隐去。

〔鸡鸣。邓幺姑出现在舞台后部的定点光中，她轻轻掀起盖头，窥视。

〔帮腔：

　　　"夜沉沉，宾客散尽。"

〔邓幺姑慢慢站起，张望。

〔帮腔：

　　　"静悄悄，四下无人。"

〔追光中，邓幺姑轻步行走。

邓幺姑	（唱）羞怯怯，悄悄去到店堂里，
	（圆场，接唱）

　　　　　　喜滋滋，把蔡家铺子看分明。

　　〔光复明。

邓幺姑　（接唱）只见那——

　　　　　　金字招牌黄灿灿，

　　　　　　雪花粉墙白生生。

　　　　　　双间铺面多宽敞，

　　　　　　三张方桌品字形。

　　　　　　几排木架靠墙站，

　　　　　　各色杂货满柜陈。

　　　　　　柜台内外分宾主，

　　　　　　主人的座椅油漆新。

　　（绕椅而舞，接唱）

　　　　　　油漆新，亮铮铮，

　　　　　　雕花刻朵带描金。

　　　　　　这么长的脚脚这么高的背，

　　　　　　这么宽的扶手这么大的身。

　　　　　　稳当当，重沉沉，

　　　　　　不动不摇如生根，如生根。

　　（上椅，接唱）

　　　　　　生了根的宝座归了我，

　　　　　　我高坐宝椅收金银。

　　　　　　掌柜娘子胜农妇，

　　　　　　邓幺姑我不开心来也开心。

　　〔帮腔：

　　　　　　"新郎一夜无踪影，

　　　　　　你的男人是怎样的人？"

　　〔邓幺姑慢慢滑下椅子，悄悄寻找。光区缩小，只照邓幺姑。

　　〔罗德生与蔡兴顺出现。

邓幺姑　（踩着了什么，见红绸末端，拾起红绸，顺绸来到罗德生面前）

　　　　是他？

　　〔光复明。

邓幺姑　（拿开罗德生胸前的红绸花，细细端详，轻轻自语）他就是兴顺号的掌柜，我的丈夫……（喜）啊！你看他，五官端正，身强体壮。醉酒酣睡之中，眉宇间也有一股英气。万不料我邓幺姑竟嫁着这样一个男子。虽然未进成都，我也心满意足了。（跪下）菩萨呀，多谢菩萨！多谢菩萨！（虔诚叩头）哦，天色都麻麻亮了，少时定有街坊邻里前来。我要把掌柜的叫起，免得人家笑话。（摇罗德生）掌柜的，天亮了。掌柜的……噢，叫不醒。我去做碗醒酒汤来喂他。（拿红绸下）

〔罗德生呻吟，起身，揉眼，伸懒腰。

〔帮腔：

"耳边仿佛有人唤，

声轻情重扣心弦。"

〔邓幺姑端碗上。

邓幺姑　（直奔罗德生，含羞而热情地）醒酒汤，你喝嘛……（低头递上）

〔罗德生一怔，慢慢转身。

邓幺姑　掌柜的，你……喝嘛……

罗德生　（尚未完全清醒）你……是……

邓幺姑　（大胆地抬起头来盯着罗德生）我是……（一笑）你的婆娘……

罗德生　（惊醒）啊，不！（忙后退）不不不。你是，是……（踢着蔡兴顺，指着蔡兴顺）你是他的婆娘！

邓幺姑　（惊）他？……那你，你是哪个？

罗德生　我，我是他的，大老表……（望着邓幺姑）

邓幺姑　（怔住）大老表……

罗德生　（将蔡兴顺提起，吼）傻子，你的婆娘给你送醒酒汤来了。傻子！

邓幺姑　傻子……（看着傻子，汤碗掉地，大叫）妈呀！（捂着脸跑下）

罗德生　（向邓幺姑下的方向）喂……（又向蔡兴顺）傻子，快去看看你的婆娘！（在蔡兴顺脸颊上拍打着）傻子傻子，快去看看你的婆娘！

蔡兴顺　（迷迷怔怔）婆娘！嘻嘻。（被罗德生推着跟跄而去，嘟哝着）婆娘……婆娘……（下）

〔切光。

　〔追光罩住罗德生，他若有所失。看见邓幺姑掉下的碗，不觉拾起，捧到胸口上。

〔帮腔：

　　"傻子的婚事我操办，

　　红颜薄命实可怜。"

〔罗德生隐去。

〔光起。

〔土老财甲、乙、丙、丁上。土老财甲、乙手拿空瓶、长烟杆，
土老财丙、丁手提钱袋、短烟杆，舞蹈性地走来。

土老财甲　（唱）蔡傻子，有傻福，

土老财乙　（唱）把一个美人抬进屋。

土老财丙　（唱）癞蛤蟆吃着天鹅肉，

土老财丁　（唱）气得我捶胸又顿足，

土老财甲乙丙丁　（唱）为把那婆娘勾搭上手，

　　　　　我一趟一趟去铺子——

土老财甲　（念）打酒。

土老财乙　（念）打醋。

土老财丙　（念）称盐巴。

土老财丁　（唱）买蜡烛。

　　〔土老财甲、乙、丙、丁圆场。邓幺姑拿围裙上。

　　〔帮腔：

　　　　"都说幺姑命太苦，

　　　　嫁了个傻头傻脑的傻丈夫。"

邓幺姑　（唱）满腹悲怨向谁诉?

　　　　只恨红绳错系足。

　　　　打起精神把生意做，

　　　　半夜枕上——

　　〔帮腔：

　　　　"慢慢哭。"

甲		蔡大嫂！（奔到邓幺姑面前）我打二两白干……
乙		我打一两陈醋……
丙		五个钱的盐……
丁		一支蜡烛……

土老财

邓幺姑　一个一个地来，一个一个地来。

甲		（讨好地笑着）要得，要得……（互相推）你去，你去……
乙	
丙	
丁	

土老财

（又争先）我买……

〔在土老财甲、乙、丙、丁的推搡中，罗德生上。

罗德生　（冷眼旁观，猛然向内）傻子！

〔众人吃了一惊，回头盯住罗德生。蔡兴顺抱着算盘跑上。

罗德生　傻子，柜上那么忙，你还不去帮一下。

蔡兴顺　（放下算盘）哦。（把众土老财的瓶子和铜钱接过来，与邓幺姑虚下）

罗德生　（向众土老财）你们，怎么都变得这么勤快了？每天自己跑到乡场上来打酱油买醋？

甲		（赔笑趋近）罗五爷……
乙		我家的长工病了……
丙		（参差不齐地）我家的丫头子跟别人跑了……
丁		我的婆娘把脚崴了……

土老财

罗德生　（微怒）莫给老子打假叉！我的兄弟伙早就跟我说了，你们一个二个都是耗子腰杆上别洋枪——

甲		怎讲？
乙	
丙	
丁	

土老财

罗德生　起了打猫心肠！（暗指邓幺姑）

土老财甲乙丙丁　（连声）不敢，不敢……

土老财甲　罗五爷，您老人家是本码头仁字号舵把子的大管事。纵横百里，您一句话算数。我们，咋敢对傻子的婆娘起打猫心肠啊。

土老财乙　是呀。哪个不晓得罗五爷你和蔡傻子是至亲骨肉？傻子的家就是你的家，傻子的婆娘就是你的婆娘……

土老财甲丙丁　（附和）哦……

罗德生　（点头）嗯。（忽惊觉）啥话？！

土老财乙　（连忙）哎哟！说包了，说包了！（打自己的脸颊）打嘴打嘴！傻子的婆娘是你的表弟媳妇……

罗德生　明白就好。就把花花肠子给我收起来！

土老财甲乙丙丁　喳。收起来，收起来。

土老财丙　罗五爷，其实，我们不想做啥，也不敢做啥。我们跑到这儿来，不过是想看她一眼。未必然，连看她一眼也不许嗦？

土老财丁　（附和）再说，我们看她一眼，还要花钱买东西。傻子的生意，就更加红火了噻！

土老财甲乙丙　（附和）哦……

罗德生　看一眼哪？不——行！

351

土老财 甲乙丙丁　（失望）啊?!

罗德生　看半眼嘛……无……妨!

土老财 甲乙丙丁　半——眼? 五爷，那个半眼，咋个看?

罗德生　不会看哪? 不会看就不要看!

土老财 甲乙丙丁　好好好，半眼就半眼。半眼，半眼……

罗德生　只要你们落教，五爷请你们喝酒。（叫）傻子，来两斤绵竹大曲、两盘花生米豆腐干。

〔蔡兴顺应声，与邓幺姑来回端酒端菜。

罗德生　（招呼土老财甲、乙、丙、丁）喝酒，喝酒。

土老财 甲乙丙丁　多谢罗五爷。（喝酒）

〔罗德生高坐抽烟。蔡兴顺与邓幺姑虚下。

〔顾天成风风火火地跑来。

顾天成　（叫着）哪个跟我进城去，看教堂里的死娃娃? 哪个跟我去……
　　　　（拉土老财甲）走，进城去看死娃娃!

352　土老财甲　死娃娃有啥好看? （低声）傻子的婆娘才好看。

顾天成　傻子的傻婆娘有啥好看?

土老财甲　哪个说她是傻婆娘?

顾天成　不是傻婆娘怎么嫁给蔡傻子? 跟你说，教堂里的东西才好看
　　　　哟! (唱)

　　　　　　洋人拿些玻璃罐罐儿，

　　　　　　把两三月的胎儿泡在里边儿。

　　　　　　还泡些腰子、肚子和脑花儿，

　　　　　　泡出陈色就晒成肉干儿。

　　　　　　再擂成面面儿、捏成片片儿、搓成圆圆儿，

　　　　　　说它是洋药赛过灵丹儿。

　　　　　　教民们吃了要成神仙儿，

　　　　　　寻常人吃了要发疯癫儿。

　　　　　　洋鬼子做事没得心肝儿，

　　　　　　阎王爷咋不拉他上刀山儿?!

　　　　依我说，就该放一把火，把教堂给他烧了。(见众土老财害怕)
　　　　走呀，一路去看! (见众土老财不动)你们不去，我去了。(转身
　　　　见罗德生)啊，罗五爷，你去不去?

罗德生　要去，各自去。

顾天成　那我就走了。(脱帽弯腰，下)

　　　　〔顾天成说话时，邓幺姑端菜碟上，在一旁静听。

邓幺姑　这个人神戳戳的。他是哪个?

土老财甲　土老财顾天成。

邓幺姑　(放菜碟)他说的洋人洋教，我在乡下也听人说过。说洋教好凶
　　　　好凶，连官府都害怕。又说，不管是开铺子的还是收租子的，只
　　　　要奉了洋教成了教民，官府也要怕他们。我就不明白，中国人有
　　　　这么多，为啥就奈何不得几个洋人? 为啥官府不但害怕洋人，还
　　　　要害怕奉了洋教的教民? 大老表，你说呢? (望着罗德生)

罗德生　(没有料到)这…… (望着邓幺姑)

　　　　〔帮腔:

　　　　　　"这婆娘与众不同!"

邓幺姑　(转向土老财甲、乙、丙、丁)你们说呢?　　　　　　　　353

土老财甲 蔡大嫂有所不知。洋教者，邪教也。邪者，妖魔鬼怪也。洋人会使魔法，故而官府也不能不怕……

土老财乙 （不甘示弱）最厉害的，是洋教要来毁我们的教。我们的读书人有儒教，和尚尼姑有佛教，阴阳八卦有道教，除病驱灾有巫教……

邓幺姑 （不屑地）说这些做啥？人家洋教供的菩萨是上帝，名叫……耶稣。

土老财丙 蔡大嫂比你们有见识。上帝者，天也。所以，耶稣就是天子。天子者，皇帝也。所以，耶稣也是一个皇帝！

土老财丁 莫听他打胡乱说！那耶稣不是皇帝，不兴磕头。再说，洋人的腿杆是直的。叫他磕头，他的腿杆也弯不下去！

邓幺姑 （轻蔑地）我才不信！洋人也是人，免不得白天要走路，夜晚要睡觉。要是腿杆不能弯，未必然他们站起睡，直起走？（走两步直膝行路状）

〔土老财甲、乙、丙、丁大笑。罗德生亦笑。

邓幺姑 （高声）大老表！

〔众人笑声戛然而止，齐盯着邓幺姑。

〔罗德生一愣，忘了吸烟，盯着邓幺姑。

邓幺姑 （大大方方地）大老表，洋人洋教的事，你一定清楚。你说，我们的官府为啥害怕洋人？而且，还要害怕奉了洋教的老百姓？

罗德生 这……（望着邓幺姑）

〔帮腔：

　　　"这婆娘，这婆娘，

　　　与众不同的这婆娘！"

邓幺姑 大老表，你说嘛。

罗德生 好……（慢慢从高处下来）这件事，说简单也简单，说深沉也深沉。

土老财 甲乙丙丁 （附和）你说，你说。

罗德生 从根本上说，是我们中国又穷又弱，洋鬼子又富又强。洋人用洋枪洋炮打进来横行霸道，我们的官府害怕洋枪洋炮所以就害怕洋人。一些中国人奉了洋教成了教民，洋人就认为他们是自己人，就保护他们。不安分的教民就拿洋人来吓唬官府。官府因为他们有了洋靠山，所以就害怕这些教民。

〔土老财甲、乙、丙、丁边听边点头应声。

〔舞台后部灯光渐暗。

〔土老财和掌柜椅隐去。

〔两束强光罩住罗德生、邓幺姑，二人四目相对。

〔帮腔：

　　"相对忽觉心儿慌！"

邓幺姑　（唱）大老表见多识广，

　　　　　你比他们百倍强。

　　　　　一团乱麻巧梳整，

　　　　　话虽短来理却长。

　　　　　我从此再不乱猜想，

　　　　　再不会，脑如面浆眼如盲。

〔帮腔：

　　"心敬仰……心敬仰……"

邓幺姑　（唱）待我把好菜炒几样，

　　　　　敬你一杯表衷肠。

罗德生　（向转身欲去的邓幺姑大叫）不！

〔邓幺姑止步回头。

罗德生　不不不。我要走……（转身走）

邓幺姑　大老表！

　　　　　（唱）问一声你到哪里去？

罗德生　（唱）跑江湖，走四方。

〔追光照罗德生圆场。邓幺姑后退，隐去。

罗德生　（唱）翻龙泉，过简阳，

　　　　　资阳、资中到内江。

　　　　　哥老会中多杂事，

　　　　　一年四季都在忙。

　　　　　忙里偷闲逛柳巷——（身段）

〔灯光渐渐亮起。妓女们出现，分组亮相，搔首弄姿，与罗德生舞蹈。

妓女们 （向罗德生）我是真心对你……我只爱你一个人……你把我忘了呀……我要嫁给你……

罗德生 （唱）姐儿妹子味道长。

　　　　有的娇滴滴，

　　　　有的泪汪汪。

　　　　有的耍刁蛮，

　　　　有的灌迷汤。

　　　　有的装乖卖妖娆，

　　　　有的纠缠说从良。

　　　　我无真情和真意，

　　　　今夜相好明朝忘。

〔妓女们散去，光渐暗。只有追光照住罗德生。

罗德生 （接唱）袍哥惯在江湖闯，

　　　　英雄豪气荡八荒。

　　　　从不把女人放心上，

　　　　也难得思亲念故乡。

　　　　却为何，却为何，如今常想天回镇，

　　　　似觉挂肚又牵肠。

　　　　身不由己踏归路——（圆场）

〔帮腔：

　　"鬼使神差意惶惶。"

〔全台灯亮。掌柜椅高踞一角。

〔袍哥甲、乙、丙、丁迎出。

袍哥 甲乙丙丁 （欢呼）罗哥回来了。（迎罗德生入店，替他更衣）

〔蔡兴顺闻声跑上。

蔡兴顺	（傻笑）嘿嘿嘿……大老表，嘿嘿嘿……
罗德生	傻子，你还好吗？
蔡兴顺	好，好。嘿嘿嘿。
袍哥甲	如今的傻子每天笑得合不上嘴啰。
袍哥乙	你那表弟媳妇替他生了个儿子，名叫金娃子。
罗德生	啊？傻子你当爹了！
蔡兴顺	当爹。当爹。嘿嘿嘿。（跑下）
罗德生	（落座）我走了这一年多，天回镇咋样？成都咋样？
袍哥丙	咋样也不咋样。天回镇和成都还是死水一潭，啥子都和从前一样。
袍哥丁	罗哥，近日有一大笔钱可以弄到手。只是你哥子不在，我们几个兄弟不敢动手。
罗德生	（笑）莫非你娃想打家劫舍？
袍哥丁	那倒不是。是为顾天成那个土老财，（与罗德生耳语）从成都背回来的一千两银子……
袍哥 甲 乙 丙 丁	罗哥，干不干……
罗德生	不干！袍哥人家，要正大光明！不做这些个亏心事。
袍哥甲	我才不觉得亏心哩。顾天成又不是善良百姓。一只蠢猪，就该烫他的毛子！
袍哥乙	对。就该烫他的毛子！他那一千两银子是拿去捐官的。哪晓得帮忙的人走了，官没有捐成，才把银子又背了回来。这样的钱，我们做啥不要？
袍哥丙	罗哥，只要你哥子睁只眼、闭只眼，兄弟们就……
罗德生	说不干，就不干！（向一边走去）
袍哥 甲 乙 丙 丁	罗哥！（追罗德生）

357

〔幕内传来婴儿啼哭声。罗德生止步回头。四袍哥围住他游说。

袍哥丁 罗哥你看！（指幕后）顾天成仗着有几个臭钱，天天来勾引你表弟媳妇。再不给他点颜色看看，傻子就要戴绿帽子了！

罗德生 （望着幕后）哦？老子们打过招呼，他竟有这么大的胆子？

袍哥丙 常言道，色胆包天！

袍哥乙 顾天成赌咒发誓，说了：不把你哥子的表弟媳妇弄到手，他就不姓顾。

罗德生 （怒）呸！

〔顾天成幕内声："蔡大嫂，蔡大嫂。"

袍哥甲 （拉罗德生后退，低声）他们来了。罗哥你悄悄看嘛。

〔罗德生与四袍哥退到一角。罗德生低坐，四袍哥蹲下。

〔邓幺姑抱着"布卷子"（婴儿）摇晃着上。顾天成跟上。

顾天成 （讨好地）金娃子怕有十几斤了。你抱起好累呀，让我替你抱一下。

邓幺姑 （闪）笑话。我这双手，打铁都打得。抱个娃儿有啥累？（向掌柜椅走去）

顾天成 （赔笑，紧跟邓幺姑）你是掌柜娘子，抱个娃儿坐在掌柜椅上，也不方便嘛。

邓幺姑 （把背小孩的包布扔给顾天成）帮我铺开。

顾天成 （接住包布，夸张地屈膝高声答应）嗦。（帮邓幺姑把"布卷子"绑到背上）

〔罗德生不觉站起来看，四袍哥拉他坐下。

〔邓幺姑去坐掌柜椅，顾天成赶紧扶她，邓幺姑厌恶地打掉他的手。

〔罗德生再次站起，又被四袍哥按下。

顾天成 （抚摸着接触过邓幺姑的手，喜不自禁，从怀中摸出一根银簪）蔡大嫂，你看这是啥子？（高举银簪）

邓幺姑 （斜睨一眼）一根银簪嘛。

顾天成 （轻声地）给你买的。

邓幺姑 （冷笑）打发丫头子的东西，我才不稀罕呢。

顾天成 （忙掏出另一件东西）你再看这个。

邓幺姑 那是啥？

顾天成 （抖开，拿出一顶缀有许多银饰银铃的婴儿帽子）给金娃子买的

帽子！（玩得帽子上的银铃乱响，身段恰似小丑）

邓幺姑　无亲无故，我才不要你花钱买的东西。

顾天成　我收金娃子做干儿子嘛。（把银簪与帽子放在一起）这就是我们认干亲的礼信。往后呀，我就是金娃子的干爹！

罗德生　（站起，高声）金娃的干爹——是我！

邓幺姑　（欣喜）大老表！

罗德生　（回身向四袍哥）你们要烫他的毛子，就烫他的毛子。（向邓幺姑走去）

　　　〔邓幺姑从掌柜椅上下来。

　　　〔四袍哥把不知所措的顾天成拉下。

邓幺姑　（奔到罗德生面前，盯着他）大老表……

罗德生　（尴尬）哦，让我看看金娃子。（从邓幺姑手中接下“布卷子”）

邓幺姑　这娃儿长得倒是胖嘟嘟的，就是五官不端正，像他那个傻子爹。

　　　〔蔡兴顺上。

邓幺姑　傻子，你怎么还在打算盘？大老表回来了也不叫我一声。（从罗德生手中抱回“布卷子”交给蔡兴顺）去，把柜台看好，不要来烦我。（推蔡兴顺下，转向罗德生）大老表，走嘛。你还是住你从前住的那个房间。

罗德生　等一下。（拿出一个精巧的圆盒给邓幺姑）拿到。

邓幺姑　（打开圆盒）啊，一对金镯子！（故意地）给哪个买的？

罗德生　哪个戴起好看，就是给哪个买的。

邓幺姑　（把金镯戴上）好不好看？好不好看？

罗德生　（忘情地握住邓幺姑的手）好看，好看。

邓幺姑　大老表，为啥送我这么贵重的礼物？

罗德生　（松手）我……我是金娃子的干爹呀。

邓幺姑　（一笑）我去给你打洗脸水。

罗德生　不忙。（取出一块衣料）你看。

邓幺姑　衣料！（打开衣料左看右看，然后把衣料裹在身上转向罗德生）好看吗？

罗德生　（痴痴地望着邓幺姑）好看，好看……（突然跪下紧紧抱住邓幺姑，把脸贴在她的身上）

359

〔邓幺姑喜出望外。

〔幕内合唱：

"得到了，得到了，得到了——"

〔幕内男声唱：

"浑身涌热浪，"

〔幕内女声唱：

"满脸堆红云。"

〔幕内男声唱：

"无酒已沉醉，"

〔幕内女声唱：

"不言也销魂。"

〔罗德生、邓幺姑起舞。

〔幕内男声唱：

"给你半世积攒的爱，"

〔幕内女声唱：

"给你平生所有的情。"

〔幕内男声唱：

"给你半世积攒的爱，"

〔幕内女声唱：

"给你平生所有的情。"

〔幕内合唱：

"干柴烈火冲天起，

恨不得烧化血肉体——融为一个人。"

〔幕侧出现耳帐，将罗德生、邓幺姑二人遮蔽。

〔蔡兴顺背着"布卷子"上。婴啼，蔡兴顺抖动身体哄孩子。

〔婴啼声止。蔡兴顺推门，走近耳帐。

邓幺姑　（在帐内）傻子，这里没有你的事儿。你出去。

〔蔡兴顺转身，说不清什么感觉。

邓幺姑　出去把门带严。

蔡兴顺　（答应）哦。（走出门，转身把门带上）

　〔蔡兴顺发呆。灯暗。罗德生、邓幺姑与耳帐等隐去。

〔黑暗中传来掷骰子的声音与众人赌博的吆喝声。

〔两束追光照两个骰子（由小演员饰）跃出，滚动，现出点数，隐去。

〔光复明，赌博的顾天成和袍哥们出现。

袍哥甲　你输了。

顾天成　小输无妨，再来。

袍哥甲　掷几点？

顾天成　比小。

袍哥甲　刚才下家输了，这回该我当庄。下注。（高叫）牌打精神骰掷劲，饭吃热烙汤喝鲜。开庄啰。

〔袍哥们暗地换了骰子，掷骰。

〔灯暗。两个骰子出现，滚动，现出点数后，隐去。

〔光复明。照见赌博的顾天成和袍哥们出现。

袍哥
甲乙丙丁　你又输了。

顾天成　怎么回回都是我输？让我来摇。

袍哥乙　说好的，赢家摇。

顾天成　那，我就不耍了。

袍哥丙　好好好，你摇，你摇。掷几点？

顾天成　比大。来不来？

袍哥乙　来！哪个怕你？（暗地再换骰子）

顾天成　我不信，回回都是我输！

袍哥甲　（高叫）眼睛明亮亮，盯在大碗上！

顾天成　看我的！（摇碗，揭碗）

袍哥
甲乙丙丁　两点。还是你输。拿钱来！

顾天成 才几回啊？我一千两银子就输光了！

袍哥甲 你想赖账？

顾天成 哪个赖账了？（抖索着摸出银票）我的一千两银子！（伸出手又缩回）

〔袍哥们上前抢银票，藏在怀里的骰子落在地上，四袍哥抢得银票正高兴，没有注意到骰子掉落。

顾天成 （拾起骰子，明白了，一跳八丈，大吼）你们！你们用灌了铅的骰子，烫老子的毛子！

〔四袍哥吃惊地回望顾天成，心虚胆怯。

〔罗德生与邓幺姑上。

罗德生 吵啥子？吵啥子？

顾天成 （举起骰子向罗德生）罗五爷！你的兄弟伙用灌了铅的骰子，烫老子的毛子，诈骗老子一千两银子！

罗德生 （一把抓住顾天成举骰子的手）住口！你到哪里弄来灌了铅的骰子，栽诬我的兄弟伙！（顺手拿下顾天成手上的骰子）

顾天成 （气极）你你你，原来你罗五爷跟他们是一伙的！老子跟你拼了！（一头向罗德生撞去）

邓幺姑 （忙抢到罗德生面前，拦住顾天成）顾三爷，算了，算了。

顾天成 （一把抓住邓幺姑的手，一边从手背摸到胳膊，一边哭声喊叫）蔡大嫂，你要替我主持公道呀……

罗德生 （见状大怒，掰开顾天成的手）你敢调戏良家妇女！

顾天成 还我银子，还我银子！

罗德生 （抓住顾天成，向袍哥们）给我打！（把顾天成推开，与邓幺姑下）

〔四袍哥背向观众站成一排，口里叫着"啪，啪，啪"，对顾天成左右开弓做打耳光状。顾天成口里叫着"哎哟，哎哟，哎哟"，面孔两边摆动做挨耳光状。

〔袍哥们将顾天成推倒在地，围着他做拳打脚踢状。顾天成做挨打等滚动状。在此过程中，顾天成"当场变衣"，将好衣变成破衣。

〔最后，四袍哥叫着"喝酒去"，扬长而下。

〔光区缩小。

362 顾天成 （哼哼唧唧地爬起来，反顾自己被撕破的衣衫）啊，把老子烫成卷毛猪啦！（咬牙）哎哟……姓罗的，不怕你是仁字号的大管事，在码头上吃得开，我顾天成死活跟你拼了！（跺脚）哎哟……（一瘸一拐地圆场）

〔陆钟和上，手臂上搭着件衣服，胸前挂个硕大的十字架。

陆钟和　（见顾天成）哟，这不是顾三爷吗？

顾天成　陆老二啊……

陆钟和　你怎么弄成这副样子？

顾天成　我倒了血霉了……

〔幕内吹打声起，顾天成手势比画前情。

陆钟和　原来这样。罗五爷这个人平素间堂堂正正的，怎么会支使兄弟伙烫你的毛子，还把你打成这个样子！

顾天成　陆老二，你说，我咋个才能报仇雪恨？你要是帮了这个忙，我就送你……送你五十两银子。

陆钟和　五十两银子呀？好，好。（思索片刻）有了。想报仇，你就入洋教，当教民。

顾天成　（恐惧，退缩）入洋教？当教民？

陆钟和　对。当了教民，背靠洋人。牯逼官府，整你的仇人。

顾天成　好。入洋教就入洋教。立马带我去教堂。

〔传来教堂钟声。陆钟和给顾天成换上衣服。

〔身着黑袍的执旗者上。他高举一面比"帅旗"还大的黑旗。黑旗四周镶着白色狼牙边，中间有个大大的白色十字。旗后跟着些全身裹在黑袍中的教民，黑袍的前胸都有一个硕大的白色十字。众人缓缓圆场后，十字旗停于台中。教民们在旗后列成一排。陆钟和隐去。

〔顾天成跪在十字旗前。十字旗从他身上三拂而过，顾天成起身面向观众。这时，他胸前已挂上一个硕大的白色十字架。

〔钟声中，执旗者率教民们下。钟声止。

〔顾天成亲吻十字架，跑到台沿跪下，双手胸前合十，闭目做祈祷状。

顾天成　（画十字）阿弥陀佛，阿门！（起）如今我是教民了！老子有了洋靠山，定教官府捉拿罗德生，与我报仇雪恨。（矮身法舞动

十字架）

〔顾幺爸领男仆甲、乙从顾天成背后冲上。

顾幺爸　（大叫）三娃子，给老子站到！

顾天成　（回身）哦，是幺爸呢。

顾幺爸　（跳起来劈头一巴掌）哪个是你幺爸？

男仆甲乙　（吼）跪到！

顾天成　（跪）幺爸。侄儿只是有点儿爱赌，有点儿爱嫖，并没有什么大错。

顾幺爸　还说没有大错？你入了洋教！

顾天成　入洋教有啥不好？连官府都害怕。

顾幺爸　背时娃娃，世道变了！（念）

　　　　　前些年洋教吃得开，

　　　　　入教的百姓都很歪。

　　　　　现而今，义和拳在北京受拥戴，

　　　　　打教堂、杀洋人——都说是"应该，应该"。

　　　　　教民要把脑壳宰，

　　　　　同宗同族都受灾。

　　　　　族长们决心除祸害，

　　　　　要把你——

〔帮腔：

　　　　　"逐出祠堂撵上街！"

〔男仆甲、乙冲过去，剥下顾天成的衣服，让他只剩贴身衣裤。

顾天成　咋个的？说逐出祠堂就逐出祠堂了啊？

顾幺爸　从此不许你再姓顾。

顾天成　那我姓啥呢？

顾幺爸　百家姓随便你姓一个。

顾天成　那我的田地房产呢？

顾幺爸　田地房产没收，充公交与祠堂。

顾天成　这这这！安心把我整成叫花子呀？

顾幺爸　当得上叫花子还是你的造化。只怕你——要被捉去砍脑壳！

顾天成　（大惊）真的呀？

顾幺爸　识相的，赶快找个地方躲起来。（率男仆甲、乙下）

顾天成　（魂不附体）躲起来，躲起来……（东跑也不是，西跑也不是）

〔幕内声："杀。"顾天成躲在一角偷看。

〔罗德生率众袍哥执大刀奔上，一段"奔袭之舞"。

〔幕内伴唱：

"咬钢牙，举大刀，

腹中肝胆烈火烧。

打教堂，灭洋教，

敢和洋枪比低高。

不许洋人行霸道，

袍哥们义气薄云霄。

偏不信，世道就是这世道，

袍哥们要教死水起波涛。起波涛！起波涛！"

〔罗德生率袍哥们下。

顾天成　（从躲藏处出来，目送罗德生）姓罗的领着袍哥打教堂，幸好他
们没有看见我。我要赶快躲起来。（下）

〔幕内邓大娘叹息："唉！"提着包裹，拄拐杖，慢步上。

〔帮腔：

"嫁出的女儿泼出的水，"

邓大娘　（唱）邓幺姑如今住天回。

镇上人七舌又八嘴，

传过来，闲言碎语一大堆。

说她枉自生得美，

不守妇道品行亏。

与她的大老表……夜夜成双又成对，

把她的亲丈夫……无情无义往外推。

这些话，为娘的听了难入睡，

背上犹如锥子锥。

去劝她，三从四德莫违背，

顾惜名节——

〔帮腔：

365

"少惹是非。"

〔邓幺姑跑上。

邓幺姑　（欢喜地）妈，你来了！妈，我好想你哟！

邓大娘　想我？想我就不该气我，不该丢我的脸！

邓幺姑　妈！您老人家进门就发脾气。我哪儿丢你的脸了？

邓大娘　还要装疯迷窍！我问你，你和你那个大老表有什么勾扯？

邓幺姑　啥叫勾扯？只怪你老人家找了那么多人给我说媒，为啥不把我说给大老表？你明明晓得蔡兴顺傻头傻脑的，为啥要瞒着我？

邓大娘　啊？说来说去，还是我的不是了？

邓幺姑　妈……我不是怪你老人家，我只怪这个世道不许我自己找男人。可是，我也不想让这个世道，把我一辈子糟蹋了！

邓大娘　你说些啥?！你想做啥!?

邓幺姑　我呀，别的都不想。只想和大老表恩恩爱爱过一辈子。

邓大娘　你！你你你……（拿起拐杖要打邓幺姑，突然拐杖在空中停住，低声地）你就是有这个心嘛，也要偷偷摸摸的嘛。

邓幺姑　我就是不想偷偷摸摸！我们真心相好，就要正大光明。我们两个呀，人前人后都一样的恩爱。

邓大娘　你就不怕人家戳你的背脊骨？

邓幺姑　不怕。我就要这样。看哪个又能把我咋样！

邓大娘　（顿足）天哪，天哪……（向内）蔡兴顺，你给我过来，过来！
　　　　〔蔡兴顺上。

蔡兴顺　来了来了。

邓大娘　来了？是你来了还是我来了？唉，兴顺哪，你要把你的老婆管好。不许她和你的大老表……这个……那个……

邓幺姑　傻子，你要是不许我和大老表恩爱，你就给我一纸休书，我们两个打脱离。你要是不和我打脱离，我就跟大老表逃走，走到很远很远的天涯海角，你找都找不到我。你说！

邓大娘　她是你的婆娘，咋能让她乱来？你说！

邓幺姑　准许我和大老表恩爱。你说！

邓大娘　不许她和大老表勾扯。你说！

　邓幺姑　你说！

邓大娘　你说！

邓幺姑　（逼着蔡兴顺）说，说！

邓大娘　（逼着蔡兴顺）说，说！

蔡兴顺　（不住向两边点头）哦，哦！（最后望着邓幺姑）我，不管你……

邓大娘　（责怪）兴顺！

蔡兴顺　（向邓大娘）只要每天，每天能够看到她。她，她做啥我都不管。

邓大娘　（无奈地用拐杖跺地）呃！（生气地背转身去坐下）

邓幺姑　傻子，你真乖！（伸出下巴远远地做"亲一下"状——效果声
　　　　"啵"）

蔡兴顺　（喜出望外，摸着面颊）嘿嘿嘿嘿。（把另一边脸颊伸过去）

邓幺姑　（笑）哟，才惯使不得咧！（再远远地"亲一下"——效果声
　　　　"啵"）

蔡兴顺　（大悦）嘿嘿嘿嘿……（笑着一蹦一跳地下）

　　　　〔邓大娘气得拿起包袱拐杖往外走。

邓幺姑　（赶紧拦住邓大娘）妈，莫恼气，莫恼气。我的事你就不要操心
　　　　了。（安抚邓大娘坐下）我还要感谢你把我嫁给了傻子。若不
　　　　然，我哪会认得大老表？若不然，我哪会晓得生活是这样的快
　　　　乐，这样的舒坦，这样的称心如意！有了大老表，我这一辈子算
　　　　是没有白活了。

　　　　〔罗德生幕内亲昵地叫着："幺姑、幺姑！"提着一条鱼跑上。

邓幺姑　大老表。（奔过去扑到罗德生的怀里）

罗德生　（趁势搂住邓幺姑甩了个圈，然后远远地做亲她面颊状，发出一
　　　　连串"啵啵啵"的亲吻声，抬头突然看见邓大娘，连忙放开邓幺
　　　　姑，难为情地）姻伯母来了……

邓大娘　（扭头）哼！

邓幺姑　（笑）妈，你就在这里耍一会儿，我请你老人家吃鱼。（跃上罗德
　　　　生的肩头）妈，等到吃鱼哈！

　　　　〔罗德生扛邓幺姑下。

邓大娘　（目送邓幺姑、罗德生）这世道，像要变了……（自语）这世
　　　　道，像要变了……

　　　　〔灯暗。邓大娘隐去。

〔顾天成出现在追光中，他穿着一身不合体的女人内衣裤。

顾天成　（大叫）变了！变了！哈哈……变了！（念）

　　　　　这世道真好比王大娘的皮蛋——

〔帮腔：

　　　　"说变就变。"

顾天成　（念）八个国家的洋人结成伙——

〔帮腔：

　　　　"来打义和拳。"

顾天成　（念）西太后与皇上躲出北京——

〔帮腔：

　　　　"去逃难。"

顾天成　（念）洋人洋教又可以——

〔帮腔：

　　　　"无法无天。"

顾天成　（念）想从前，被烫毛子——

〔帮腔：

　　　　"牙根咬断。"

顾天成　（念）报深仇，雪大耻——

〔帮腔：

　　　　"去找洋靠山，呼儿嗨，呀嗬嗨，去找洋靠山。"

〔顾天成下。

〔光复明。顾幺爸上，后面跟着手捧衣冠的男仆甲、乙。

顾幺爸　（念）世道变逼得我——

〔帮腔：

　　　　"赔礼道歉。"

〔顾幺爸与顾天成碰面。

顾幺爸　哎呀，三娃子！（念）

　　　　　族长们请你到祠堂——

〔帮腔：

　　　　"还你的房产，还你的田。"

368　顾天成　（作色）不去！

顾幺爸　三娃子，大量些！（向男仆甲、乙招手）

〔男仆甲、乙替顾天成穿衣服，戴帽子，又以手为"轿"，把他抬起来。

〔陆钟和衣冠不整地跑上。

陆钟和　顾三爷，顾三爷，你欠我的五十两银子呢？

顾天成　哪个欠你五十两银子了？

陆钟和　哟，你就忘了？那回你说，你要报仇，为了天回镇的那个……

顾天成　（打断）晓得了。住轿。（从"轿"上下来）

顾幺爸　（拉住顾天成）三娃子，到祠堂去！

顾天成　（打掉顾幺爸的手，神气地）老子今天有事，不去！回去跟那些老不死的东西说，明天在祠堂为我披红挂彩放鞭炮，当着众人退还我的田地房产！

顾幺爸　（点头哈腰）遵命照办，遵命照办……（率男仆甲、乙退下）

顾天成　（向陆钟和）罗德生领人打教堂，我是人证。

陆钟和　真的呀？那我也做个人证。

顾天成　对，跟着做人证，包你有糖吃。

陆钟和　走，找洋人去！

〔顾天成、陆钟和圆场，向后台跪下。

〔十字旗出。后随一排裹在黑袍中的教民。顾天成、陆钟和隐去。

〔十字旗摆动之后，把背面换为正面。这一面有个大大的白圈。圈里有个大大的白字"拿"。

〔"拿"字旗摆动。官兵们执枪冲上，围着"拿"字旗奔跑后，下。

〔"拿"字旗下。官兵复上，过场下。

〔教民们形成黑色的屏障。

〔罗德生内唱："恨教民为虎作伥……"奔上，"空翻""甩辫""膝行"等身段与教民"共舞"过场。

〔教民下。

罗德生　（接唱）密告我攻打教堂。

　　　　官府派兵将，

　　　　袍哥齐遭殃。

　　　　弟兄们，抛妻别子闯罗网，

我只得，离乡背井去逃亡。

不怕性命今日丧，

怕只怕，与心爱的人儿——

〔幕内合唱：

"天各一方！天各一方！天各一方！"

罗德生　（急煎煎叫）幺姑，幺姑……

〔邓幺姑奔上。

罗德生　（将邓幺姑紧紧抱住，一口气说下去）我的心肝我的宝贝我的人哪，我招了杀身之祸官兵正在捉拿。我不怕杀不怕剐不怕砍头，只是舍不得你舍不得你舍不得你呀……

〔袍哥甲、乙狼狈奔上。

袍哥甲　（惊叫）罗哥，快走！（拉罗德生）

邓幺姑　（大叫）我跟你走！（拉住罗德生不放）

罗德生　你不能走！你有儿子，还有傻子。你要好好活着。只要我不死，有朝一日，我一定回来，一定回来——

邓幺姑　（哭喊）我跟你走——

〔幕内传来过山号声。

袍哥乙　过山号响了，快走！快走！

〔袍哥甲、乙撕开罗德生与邓幺姑，拉走罗德生。邓幺姑追去，被袍哥甲推倒在地。罗德生见状又奔回，与邓幺姑紧紧拥抱在一起。

〔幕内合唱：

"生离死别，生离死别。

嘶声悲号，肠断肝裂。"

〔幕内女声独唱：

"情难舍，情难舍，情难舍……"

〔幕内合唱：

"肠断肝裂，生离死别。"

罗德生　（不住叫着）幺姑，幺姑，我舍不得你呀……（被袍哥甲、乙拉下）

邓幺姑　（在地上膝行追去，哭叫）大老表，我的大老表呀……（晕倒）

〔蔡兴顺提着算盘出来，见状大骇，忙过去连扶带抱地拉起邓幺姑。

　蔡兴顺　幺姑，幺姑……

〔官兵们冲上，列队。跛足的官兵队长上。

〔蔡兴顺惊骇地把邓幺姑藏在自己身后。

官兵队长 罗德生就住在这个兴顺号，给我搜！

〔官兵们乱窜一气。二官兵抬出掌柜椅给官兵队长坐。

众官兵 （窜毕列队）没有人！

官兵队长 没有人？蔡兴顺，你把罗德生藏在哪里？

蔡兴顺 没、没有……

官兵队长 不肯说？（吼）给我打！

〔众官兵拥上。邓幺姑抢出，护住蔡兴顺。

邓幺姑 站住！巴掌大一间店铺，你们搜也搜了，查也查了，没有就是没有，哪个把人藏了！

官兵队长 （跳上椅子）咦，公事场合，哪有你妇道人家说话的！打她的男人！

〔众官兵拥上，邓幺姑保护蔡兴顺，身段过场。众官兵把邓幺姑和蔡兴顺分开。

官兵队长 （吼）把蔡兴顺拉出去往死里打，看他说不说出罗德生藏在哪里！

邓幺姑 （拼命阻拦，叫）不要打他，他什么都不晓得！不要打他，他什么都不晓得！

〔众官兵拖蔡兴顺下。

邓幺姑 （满腔仇恨发向官兵队长狂叫）我与你拼了！（抓起算盘冲向掌柜椅，用算盘打官兵队长）

〔官兵队长躲避，两人围着掌柜椅打斗过场。官兵队长不时惊叫。

〔终于官兵甲、乙闻声跑上，抓住邓幺姑。

官兵队长 （狂叫）打死这个恶婆娘！

〔众官兵围打邓幺姑，身段过场。

〔官兵队长击打邓幺姑头部。邓幺姑"僵尸"倒地。

官兵队长 看她死了没有？

官兵甲 （试试邓幺姑的鼻息）还有一丝儿游气。

〔其余官兵上。

官兵队长 蔡兴顺说了没有？

官兵乙 没有说。只怕也说不出话了。

官兵队长 好。把他拖回衙门去交差。（走几步，发现众官兵未动）哦。这店铺里的东西，你们喜欢啥就拿啥。

众官兵 （欢呼）啊……（正要动手）

官兵队长 站住！现钱，是我的！

〔众官兵四面跑下。

官兵甲乙 （争夺掌柜椅）我的，我的。

官兵队长 放下！椅子归我。抬起走。（下）

〔官兵甲、乙抬椅子下。

〔灯光渐暗，只有一束红光照着地上的邓幺姑，她的手轻轻动了一下。

〔少顷，红光灭。邓幺姑隐去。

〔幕内顾天成的叹息声："唉——"

〔追光中出现顾天成。他胸前未挂十字架，手上提着许多礼品。

〔帮腔：

"不该不该大不该，"

顾天成 （唱）顾天成做事——

〔帮腔：

"不成材。"

顾天成 （唱）怂洋人逼官府把罗德生陷害，

万不料与心上的人儿惹祸招灾。

出脱了兴顺号几十年的好买卖，

邓幺姑被打得：皮开肉绽、骨断筋折、三魂悠悠、七魄渺

　　渺、只差丁点儿——赴泉台。

那时节，我正在祠堂闹气派，

收回了田地房产，我好不乐哉快哉。唉！

事过后才晓得，我糊里糊涂戳了拐。

我只得，厚着脸皮、三番五次、五次三番，追到幺姑的娘

　　家来。

且喜得，我心爱的人儿不知是我在作怪。

我定要，千方百计、百计千方——

〔帮腔：

"拿起花轿把她抬。"

〔全台灯亮。邓大娘抱"布卷子"上。

邓大娘 （哄着婴儿）金娃子莫哭莫闹，让你妈多睡一会儿……

顾天成 （殷勤恭敬地）邓大娘……

邓大娘 哟，顾三爷，你又来了……

顾天成 我来看看蔡大嫂好些没有。

邓幺姑 好些了。昨天下午，她都出来晒了一会儿太阳。

顾天成 阿弥陀佛（画十字）。这一下我就放心了。哦，这些东西是送给蔡大嫂滋补身子的。

邓大娘 哎呀，你往天送来的东西还没有动过……我们穷家小户受不起这么重的礼。

顾天成 你老人家一定要收下，好让你的幺姑早些好啊……

〔邓大娘推着不接。顾天成追着要送。

〔邓幺姑头缠带血的白布蹒跚而上。

邓幺姑 妈……

顾天成 蔡大嫂，好些了吗？（搬竹椅让邓幺姑坐）

邓幺姑 （慢慢坐下）好些了。

邓大娘 幺姑你看，顾三爷又送来这么多的补品。

邓幺姑 （向顾天成）自从我遭了难，你请医熬药送补品。那么远的路，你差不多每天都来看我。你不如明说，是不是还想做金娃子的干爹？

顾天成 （大叫）不！我才不想做金娃子的干爹咧！

邓幺姑 那，你想做啥？

顾天成 我想……（跑去抱过"布卷子"，叫着）我要做金娃子的后爹！

邓大娘 金娃子的亲爹还活起的，那咋个要得！

邓幺姑 （冷冷地）有啥要不得？

邓大娘 啊？！

顾天成 你答应了？

邓幺姑 （往竹椅上一靠，不看顾天成，悠悠地）我，可以答应你。不过，你要依我五件大事。

373

顾天成	漫说五件，就是五十件、五百件，我件件依从。
邓幺姑	口说无凭，要拿纸笔写清楚。还要画押按手印儿，永世不得反悔。
顾天成	依你，依你。都依你。（把"布卷子"塞给邓大娘，跑下）
邓大娘	（觉得在做梦）幺姑，幺姑，你想做啥？你要做啥？
邓幺姑	（自语似的）我要找一条……我能够找到的……最好的……生路……

〔顾天成拿纸笔上。

顾天成 （殷勤地笑着）幺姑，你说嘛，我写。

邓幺姑 听——清——楚！

〔帮腔：

"眼中已无泪，

心底尚流血。"

邓幺姑 （唱）一要开释蔡兴顺，

让他平安度日月。

你疏通官府莫骚扰，

他受凌辱我凄恻。

二要银子整三百，

修理兴顺号，生意再搞热。

我与傻子认兄妹，

常来常往，你不能做脸色。

三要金娃子不改姓，

依旧蔡门一骨血。

长大后，送进学堂读子曰，

须继承，蔡、顾两家，两家的产业。

四要财产归我管，

管房管地管金帛。

你花银子向我要，

戒嫖戒赌戒纳妾。

五一条……只怕你不肯写……

顾天成 我肯我肯。你说嘛！

邓幺姑 （唱）五一条，把罗德生案子快了结。

说他并非为首者，

闹事的袍哥已剿灭。

有一朝，他回转……

我与他续旧情，你不许干涉。

顾天成　这……（背念）

我料定罗德生回不来也！

写几句讨好她——

〔帮腔：

"有啥要不得？"

顾天成　写好了。押也画了，手印也按了。（交纸给邓幺姑）

邓幺姑　（接纸，边看边说）回去准备三聘六礼，花红果酒，全堂吹打，八抬花轿。等罗德生的事结了案，等我哥哥蔡兴顺出了牢，你就可以选个吉日来接我。（揣纸入怀）

顾天成　（欢喜而顺从地应着）嗯。（跑下）

邓大娘　幺姑，虽然他写了字据画了押，但人家有钱有势，你就不怕他反悔？

邓幺姑　（轻蔑地）哼，像他这样猪头猪脑的男人，我随随便便也把他降得住。（听婴儿哭，抱过"布卷子"）金娃子，为了你的亲爹和你的干爹，也为了我们娘儿母子的生活，妈要……改嫁了……（蹒跚而去）

邓大娘　（自语）这世道……真是……要变了……（把礼品放在竹椅上，拖着竹椅走去，自语着）这世道……真是……要变了。（下）

〔切光。

〔台左一束光照见蔡兴顺。他蓬头垢面，衣衫褴褛，赤着双脚，拄着竹竿，神情呆滞。他慢慢挪步到台中。

〔台右，另一束光照见邓幺姑。她手捧钱褡裢慢慢走到蔡兴顺面前，心疼地理顺他的头发。蔡兴顺一动不动。片刻，邓幺姑把钱袋搭在蔡兴顺的手腕上，望着他一步步退到舞台后部。

〔蔡兴顺慢慢转身，慢慢退向台角，顺竹竿滑到地上，蜷成一团。隐去。

〔邓幺姑在舞台后部已由喜娘们换上嫁衣、嫁裙，戴上凤冠，搭上盖头。

〔光渐亮。轿夫们与吹鼓手们默默走上。

〔喜娘们扶邓幺姑"上轿"。邓大娘穿新衣、抱"布卷子"上。

〔鼓乐声起。迎亲的队伍就像一行送葬的队伍，开始慢慢往前走。

〔这一行队伍走到台前，突然定格。

〔鼓乐声戛然而止。万籁俱寂。

邓幺姑　（慢慢掀开盖头，望远而呼）大老表，我等你回来……

〔盖头从邓幺姑手上滑落，她慢慢蹲下，跪坐在地，遥望远方。

〔帮腔：

　　　　　"死水微澜澜又静，

　　　　　何日风暴起大波？"

——剧　终

　　《死水微澜》由四川省川剧学校的青年川剧团首演，1996年12月晋京演出。导演谢平安，田蔓莎饰演邓幺姑。剧本获'97中国曹禺戏剧文学奖（1996年），剧目获第二届文华大奖、入选中宣部第一届精神文明建设"五个一工程"。

作者简介

徐　棻　女，1933年出生，重庆人。代表作品有川剧《死水微澜》《欲海狂潮》《马克白夫人》《田姐与庄周》《马前泼水》《尘埃落定》《目连之母》《红梅记》《卓文君》《燕燕》《秀才外传》《王熙凤》，话剧《辛亥潮》，舞剧《远山的花朵》，京剧《千古一人》等。剧本多次获曹禺戏剧文学奖，剧目入选全国精神文明建设"五个一工程"、获得文华大奖等。

·话 剧·

地质师

杨利民

时　间　1961年至1994年。

地　点　北京站前大街38号楼的一个单元。

人　物　洛明（绰号骆驼）、罗大生、芦敬、曲丹、刘仁、铁英、送信人。

第一幕

〔1961年9月4日傍晚，4点10分。

〔站前大街一幢楼房中的单元。这是一个故去的地质学者的家，透过四楼的窗子可见到北京火车站的大钟，甚至可以听到钟声……客厅的陈设很朴实，重要的是有一张大照片挂在显著的位置——上面一个老者牵着骆驼面对苍凉的大沙漠。一个老式的花架上摆着一截岩心，还有一盆仙人掌之类的东西放在墙角。客厅有四个门，左侧是进来的门，右侧是通往厨房的门，中间的两个门通往卧室和卫生间。通过卧室的门可以看见室内的床和书架。

〔幕启。芦敬刚洗过头，她甩着湿漉漉的长发从厨房出来。芦敬穿着60年代常见的白衬衣和蓝色的背带裤，别着一枚北京石油学院的校徽。此刻她正抖干头发，编着辫子。

〔洛明悄悄地推开门，露出半个身子。他又瘦又高，还有点儿驼背，穿着一件褪色的旧学生服，别着两支钢笔，手里拎着一包饼干。他显得极敦厚真诚。

芦　敬　（惊喜地）洛明？——骆驼！

洛　明　（笑笑）正是在下。

芦　敬　干吗站在那儿，快进来快进来！你先坐，我把头发编起来。……哎，你怎么找到我家的？

洛　明　你忘了，三年前咱们班在十三陵水库劳动，你亲口告诉我的。

芦　敬　那你为什么才来？

洛　明　（停了一下）我想……下周一我们就要大学毕业分配了。也许从今后，我们在生活的大海里就要分湾自流了，从此天涯海角……

芦　敬　（笑了）没想到你还那么浪漫。

洛　明　我想，总该来认认门儿。你是咱们班家在北京的女同学，将来路过这里，兴许有个落脚的地方。

芦　敬　看你说的！我们不光是同学，还是好朋友呢。你、我，还有罗大生，咱们三个是班级的课代表啊！你干吗总站着？坐嘛。我给你泡茶。哎，上周咱们三个人在天安门前的合影呢？还没取回来呀？

洛　明　大生说他去取。（递过饼干）这个……

芦　敬　你怎么还买东西呀！骆驼，咱们三个的合影纪念照上，应该写一句话。

洛　明　应该写上——当我们在一起的时候！

芦　敬　对对！太棒了！

　　　　〔停顿。

洛　明　本来想多买一点儿，可我只有半斤粮票。

芦　敬　这就不错了。听外地的同学说，全国许多地方遭受自然灾害，人们在饿肚子。

洛　明　生活在北京总是幸福的。

芦　敬　首都嘛，全国都得保着它。

洛　明　你妈妈呢？

芦　敬　她值夜班。

洛　明　（走到窗前）你们家的位置挺特别。

芦　敬　为什么？

洛　明　从这儿可以看见火车站的大钟。

芦　敬　静的时候，还能听到钟声呢。

洛　明　（朝外望着）钟声……

芦　敬　你看什么呢？

洛　明　看站前广场上的人群。我想起两句诗——"有多少时钟阅尽人间沧桑，茫茫的人海啊你将去向何方？"是啊，多少人从这里出发，多少人又从远方归来……多少人凯旋荣升，多少人又从这里流放他乡……

芦　敬　你今天是怎么了？同学五年也没听你说这么多话，还满嘴的词儿。喝水吧。

洛　明　可能是要分别了吧……（站在那幅在沙漠里拉着骆驼的地质学家的照片前久久地凝视着，透过背影可以看出非常激动）

芦　敬　怎么，你又在……

洛　明　不！我为这幅照片激动。

芦　敬　那个拉着骆驼的人就是我父亲。

洛　明　（自语）太美了！骆驼是沙漠里的船，是有生命的帆……芦敬，你父亲是个了不起的人！

芦　敬　（伤感地）两年前，就是59年9月，也是北京香山枫叶初红的时节，爸爸永远消失在塔克拉玛干大沙漠里。他是第一位拉着骆驼走进大沙漠寻找石油的人。走时，他对妈妈说，在第一个五年计划里，唯有石油没有完成国家计划，这是搞石油地质的人的耻辱！他走了，再没回来……

洛　明　他会回来的……

芦　敬　在梦里，我常常看见他回来。爸爸背着地质包，大漠的太阳把他晒得黑亮……我就倚在窗口，望着北京火车站上的大钟，看着那指针，等待着南来北往的车辆……（一只手挡住眼睛，说不下去了）

〔洛明走过去，颤抖着想抚摸她的秀发，但没敢。

芦　敬　（抬头看着洛明那只手）你，你刚才……

洛　明　（慌乱地）我，我是想，想劝劝你。

芦　敬　那为什么不劝劝我呢……

洛　明　我……

〔停顿。

芦　敬　在咱们班，大家都觉得你很神秘，有时也很古怪，总是一个人躲起来看书，从没听你谈起过自己的家庭和亲人。

洛　明　……有什么好谈的，我是孤儿。

芦　敬　（震动）孤儿？真看不出！

洛　明　有一次你在班委会上赞扬我，说我天一亮就起床在操场上读书，其实我是饿得睡不着觉。还有……

芦　敬　什么？

洛　明　能看到你在小树林里梳头。

芦　敬　（笑了）你还干这事儿！

洛　明　反正要毕业分配了，我就都向你交代了吧。你知道，每次在饭堂排队买饭，我为什么总是站在你后面吗？我是……

芦　敬　你是个敦厚的大坏蛋！要是让老师知道，非给你操行打三分。

洛　明　我不在乎了！

芦　敬　是啊，该说再见了……你打算去哪儿？

洛　明　服从分配。

芦　敬　听说，我们可能去大东北的松辽平原。那儿，一过哈尔滨非常寒冷，最冷的时候可达零下四十多度。

洛　明　没关系！

芦　敬　听你宿舍的同学说，你连条棉裤也没有，被子也太薄。

洛　明　（笑着）没关系！我是骆驼。你知道骆驼吗？它除了耐饥渴、耐干旱、有韧劲儿，还有一个特殊的功能，那就是当它死后，它的体内还有一个水囊，拿出来还能救人。……芦敬，我要去远方，去天边外，一直朝下走去！走进土地，走进地层……

芦　敬　（激动地）骆驼……

洛　明　（激动地）芦敬，我喜欢你！真的喜欢你……

芦　敬　……

洛　明　我没勇气说出来。芦敬，我真的……（顺势亲了一下芦敬的脸颊）

　　　　〔芦敬慌乱地闪开他，这使洛明一下摔倒在地上。两人尴尬地对视着。

　　　　〔突然传来敲门声。

芦　敬　你看你呀，真糟糕！快起来吧。

洛　明　不，我要你扶我起来。

芦　敬　（扶洛明起来）你这个坏蛋。请进。（开门）

　　　　〔罗大生风风火火地走进来。

罗大生　怎么才开门？（看见洛明）啊，你在这儿？

洛　明　我使你感到吃惊了？

罗大生　没什么。你和她在一起，还是比较安全的。

洛　明	（愤怒地）我不安全！
罗大生	我可不喜欢争先恐后。
洛　明	但也要抓紧时间。
芦　敬	行了！小伙子们，别闹了。

〔停顿。

罗大生	朋友们，我们三个人在一起应该是最快活的，今天是怎么了，突然别扭起来了？
洛　明	我还是先走吧……
罗大生	那我可要荣幸地留一会儿。
洛　明	时间不早了。
罗大生	你不想看看我们三个人的合影吗？（掏出照片）
芦　敬	（夺过）快给我看看！

〔芦敬看照片，洛明、罗大生站在她身边——那正是照片上的画面。

罗大生	我让摄影师写了一句话——未来的地质师！怎么样？
芦　敬	太棒了！这是咱们三个人共同的梦想！
罗大生	来，把手都伸出来，让我们握在一起！到艰苦的地方去，到祖国最需要的地方去，为祖国的石油事业贡献一生，实现我们的梦想！
芦　敬 罗大生 洛　明	乌拉！
罗大生	洛明，你快到学生处去，我跟他们说好了，给你补助二十尺布票、三斤棉花票、十五元钱。快去吧，马干事正等着你。
洛　明	那我先走了。（下）

〔停顿。

罗大生	芦敬，我有一个最重要的消息！
芦　敬	什么重要消息？
罗大生	（跃跃欲试地）在东北的高寒地区，松辽石油大会战已经全面打响了！
芦　敬	这些同学们都知道一些呀。咱们上一届的同学有的已经去那儿了，其中还有我一个不错的朋友呢。

罗大生 具体的是松基三井见到工业油流后，他们甩开勘探，挥师北上，先后在杏南、萨尔图又打了两口探井，都喷出了高产油流。这样，三口井就定了乾坤。中共中央在今年2月25日批转了石油部关于组织松辽石油大会战的报告。

芦　敬 要是爸爸还活着多好啊！祖国贫油的日子就要结束了！

罗大生 这是个好机会，你懂吗，芦敬，这是个施展才能和锻炼自己的好机会呀！人生紧要之处就是几步的事儿！你想，陆相沉积大油田，它粉碎了传统的只有海相沉积才能生油的理论，在全世界也是一个崭新的课题。任何一个项目，只要搞成了，都是世界级水平的！你明白吗？

芦　敬 我们要服从分配，谁知道自己会分到哪儿去呢？玉门、青海、新疆？谁知道呢……

罗大生 我正是要告诉你这些！我从学院领导那儿透来了消息——我们这届毕业生，可能连锅端！

芦　敬 都去东北？一个不剩？

罗大生 （抓住芦敬的手）是这样！芦敬，我们又在一起了。一起工作，一起生活，一起学习，永不分离，是同学也是战友，这多好啊！

芦　敬 （也很感动）是啊，我们班这个集体，相互帮助，相互支持，为祖国的石油事业奉献青春和生命，无论是吵架还是和好，都说明我们在前进。

罗大生 等有一天，我们老了……我们会对后人说，我们这一代……（激动地拥抱了芦敬，但这种拥抱完全是同志式的）

　　　　〔洛明悄悄地返回来。

洛　明 对不起……和他在一起是有点儿不安全。

罗大生 （惊奇地）哎？你怎么又回来了？

洛　明 看院子的老头儿把大门锁了，我出不去……没办法，我又不能总待在楼道里。

罗大生 这下好了，看来我们得在这儿住一夜了。

洛　明 正好有点儿头晕。

芦　敬 什么？

罗大生 要不，我们三个聊他一夜。

洛　明	总能找到话题的。

〔罗大生和洛明都坐下来。芦敬睁大了眼睛，看看这个看看那个。

罗大生	走前，学院要举办一次联欢会，咱们班要搞个合唱——《地质队员之歌》。

洛　明	（唱）"是那山谷的风， 　　　　吹动了我们的红旗。" （声音高起来，接唱） 　　　　"是那狂暴的雨……"

罗大生	对对。

芦　敬	（发火地）行了！你们俩都给我爬出去！

罗大生	爬出去？

洛　明	这可不好，都是亲同学。

芦　敬	妈妈回来怎么说，屋里有两个大小伙子？走吧，我带你们从院墙爬出去。

洛　明	（不情愿地）那好吧……

罗大生	我大小也是个班干部啊。

芦　敬	（笑着）放下架子，请吧。

〔暗转。

〔第三天上午9点30分。

〔室内的阳光很明亮。光线从窗口射进来，一切都显得十分和谐。

〔胖姑娘曲丹戴着高度近视镜在纫针，她与芦敬正往一条新棉裤上缝扣子。

曲　丹	你妈妈可真厉害，一夜缝了一条新棉裤，早晨又匆匆去医院。

芦　敬	给我吧。看你那个费劲劲儿。

曲　丹	我就不相信我穿不上这条线！

芦　敬	我也是多嘴，跟妈妈说了我们一个同学没有棉裤。

曲　丹	可我们缝个扣子还这么困难……芦敬，你妈妈总是那么忙忙碌碌，一辈子为了别人。我在路上碰到她，看她手里端个小饭盒，说一个烧伤的孩子吃不了硬东西，她给熬了面糊糊。她真好。

芦　敬	可妈妈常常独自流泪。

曲　丹	为什么？

芦 敬　她想念爸爸……爸爸常年外出，她一次都没送过。可后来我发现，每次爸爸远行的时候，她都站在窗口望着他的背影，一直等他消失在检票口……

曲 丹　这才是真正的爱情！

芦 敬　而爸爸每次回来，一下火车也总是先望望我家窗口的灯光……

曲 丹　（突然抽泣起来）别说这些了！我受不了……

芦 敬　你怎么了？

曲 丹　我，我昨晚出事了。

芦 敬　你别吓唬我。

曲 丹　真的。你知道刘仁吧，就是那个学储运专业的，全院有名的吹牛大王，他说他爷爷在东北给林彪剃过头。

芦 敬　知道知道。他不是给你写过情书吗？

曲 丹　别提了！昨晚他在学院的小树林里正式提出要跟我谈对象，而且还拥抱了我，吻了我……

芦 敬　你没反抗？

曲 丹　没有……关键是我不想反抗！浑身像触电一样，心跳得不得了，幸福极了。芦敬，我是不是堕落了，想过资产阶级生活了？可他是那么真诚，浑身发抖，流着泪水……他说一辈子都不让我受委屈。

芦 敬　这是不是太快了点儿？

曲 丹　他说，爱情就像北京的水爆肚，得掌握火候，时间短了不熟，时间长了咬不动，一开锅就得下笊篱！你说这理论站得住脚吗？

芦 敬　（大笑起来）我不知道。

曲 丹　像你爸爸妈妈那样多好！默默的，深深的，长久的……

芦 敬　我爸爸妈妈可不是水爆肚，他们是六必居的老咸菜，越老越有味儿。快把这几个扣子缝上吧，一会儿骆驼来取棉裤。

　　　〔曲丹和芦敬缝棉裤上的扣子。

曲 丹　哎，你怎么样？

芦 敬　什么怎么样？

曲 丹　罗大生和骆驼你喜欢哪一个？

芦 敬　都喜欢。

曲 丹　那又不能两个都要。

芦　敬　你说什么呀！

曲　丹　芦敬，你必须选择！他们两个，哪一个最好，你更倾心哪一个，你懂吗？

芦　敬　咱俩最好。

曲　丹　去你的。这可是严肃的问题。

芦　敬　你说呢？

曲　丹　当然是罗大生。他是咱们学院的白马王子，聪明能干，人长得又帅气。你看骆驼那个熊样儿，怪里怪气，吭哧瘪肚，一副穷酸样。你要是嫁给他，那就是一朵花插在牛粪上了。

芦　敬　（停了一下）……可我更喜欢骆驼。

曲　丹　天哪！爱情是魔鬼。

芦　敬　喜欢是喜欢，爱是爱。我想工作几年再说吧。

　　　　〔敲门声。

　　　　〔洛明和罗大生进来。罗大生显出一副颓丧的样子。

曲　丹　取条棉裤还要两个人吗？

洛　明　我有什么办法。人家是咱们的班长嘛，说要代表学院找芦敬谈话。

罗大生　（举起拳头）我今天不想说话，可没准拳头会说话。

曲　丹　你疯了？还想动武！芦敬给骆驼做条棉裤就把你难受成这样！啧啧啧，真小气。是啊，嫉妒就是爱，就是动力呀。可我告诉你，这条棉裤，是芦敬的妈妈用一夜时间做的。

洛　明　（拿起棉裤）妈妈！谢谢。

芦　敬　穿上试试吧。

洛　明　还是回宿舍试吧。

芦　敬　不合适，好改。

罗大生　（烦躁地）快脱吧，试完好走！

芦　敬　（制止地）大生！

　　　　〔洛明不好意思地脱掉外裤，露出带补丁和大窟窿小洞的旧线裤。他显得很滑稽，抖抖地穿上新棉裤，感到又温暖又幸福。罗大生不耐烦地看着洛明。

洛　明　（走到罗大生面前）班长，你看，又合身，又暖和。

曲　丹　骆驼，你就别说了。

芦　敬　大生，你找我有什么事儿？

罗大生　哎，怎么说呢……

　　　　〔停顿。

　　　　〔刘仁出现在门口，他手里拎着一捆口罩。

刘　仁　我能进来吗？

曲　丹　你怎么找到这儿来了？

芦　敬　快请进来。坐，坐嘛。

刘　仁　（进屋）我叫刘仁，咱们虽然不是一个系的，但却常见面。我这
　　　　次也要去东北，咱们将一路同行。我不知道我是成功或是失败，
　　　　但我必须积极努力。请同学们多指教。

曲　丹　你快坐那儿吧！

刘　仁　（看看周围的人）是。

曲　丹　你干吗买这么多口罩？

刘　仁　给同学们一人发一个。你们知道吗？我爷爷在东北抗联打过日本
　　　　鬼子，曾经在大雪地里冻掉过半口牙。

洛　明　（换好裤子）为什么是牙，而不是别的？

刘　仁　这也是知识！如果在寒冷中待得太久，进屋就喝开水，那牙齿就
　　　　会立刻炸掉——嘭！

　　　　〔大家一愣。

刘　仁　我生在大北方。到了冬天，狂风卷着碎雪，在冻裂了的土地上像
　　　　跌扑的小银蛇，贴着地皮，嗖嗖地钻来钻去，当地人叫大烟泡！

　　　　〔大家战栗了。

刘　仁　所以，同学们得先戴口罩，等习惯了就好了。我爷爷的一个战
　　　　友，在雪地里待了三天三夜，结果回到屋里，一摸，鼻子掉了，
　　　　又一摸，耳朵也掉了。所以，冻伤以后不要碰，得用碎雪一点儿
　　　　一点儿地缓。

曲　丹　这太可怕了。

刘　仁　不过，为了甩掉祖国贫油的帽子，值得！你们知道吗？建国初期
　　　　我们的石油只有十二万吨，而美国的日产量是一百八十万桶，一
　　　　天的产量相当于我们两年。到了60年代，美国的洛克菲勒石油
　　　　家族，从华尔街到华盛顿，从政治到经济，无不打上这条石油大

鳄的烙印。所以他们才这么霸道。

曲　丹　你就白话吧，早晚得犯错误。

刘　仁　这没啥，我根红苗正，苦大仇深。我爷爷给林彪同志剃过头。

曲　丹　又来了。

〔大家都笑了。

刘　仁　昨天我在决心书上写了一首诗。

芦　敬　念给我们听听。

刘　仁　（念）"石油滚滚乘东风，

　　　　　　革命青年代代红。

　　　　　　社会主义往上升，

　　　　　　帝国主义倒栽葱。"

〔大家沉默不语。

刘　仁　不怎么样吧？

〔大家又都笑起来。

曲　丹　快跟我走吧，别在这儿出洋相了。

刘　仁　东北见！

〔曲丹拉刘仁下。

芦　敬　小伙子们，都坐下吧。他挺有意思的。

洛　明　曲丹和他好上了。昨天晚上我看见他俩在小树林里……

芦　敬　你干吗跟我说这个？

罗大生　他离了爱情就没法活了！

洛　明　男子汉没这个也能活！

芦　敬　都给我住嘴吧！要么走，要么在这儿坐一会儿。你们俩是怎么了，平时好得像一个人似的，可这几天见面就吵。

洛　明　（拿上棉裤）看来，还是我走吧。

罗大生　回来！

芦　敬　大生，你今天有点儿不对劲儿。

〔停顿。

罗大生　……芦敬，你可能去不了东北了。

芦　敬　（一惊）为什么？

罗大生　学院教务处让我给你透个信，好让你有个思想准备。

芦　敬　准备什么？

罗大生　准备留校当、教、师！

芦　敬　（不相信地）不，不不！这不是真的。为什么大家都能去，只把我一个人留下来……这不公平！不公平！（扑到桌子上哭起来）

罗大生　（不知如何是好）你看，当教师也很光荣，总得有人去干。祖国的石油事业发展得这么快，培养后备人才，也是件大事嘛！洛明，你说是吗？

洛　明　对对，你在北京，我们会来看你……

罗大生　学院也是好意，觉得你品质好、学习成绩优秀。不是谁都能当教师的。还有，你母亲她一个人，身边也没有……

芦　敬　不！我不是懦夫，我不留恋大都市，贪图安逸，我什么苦都能吃，我不怕死……

　　　　〔洛明走过去想安抚芦敬。

芦　敬　你把手拿开！不要你们安慰我。都给我出去！

　　　　〔罗大生和洛明默默地站着。

　　　　〔有一列客车鸣着笛声驶出火车站。

　　　　〔暗转。

　　　　〔三天以后，下午4点30分。

　　　　〔室内的小桌上摆着一点儿糖块和瓜子，还有几个苹果和一壶茶水。

　　　　〔气氛非常热烈，罗大生、洛明、刘仁、芦敬和曲丹都在场。他们有的手里拿着杯子，有的在嗑瓜子。大家七嘴八舌地谈论着未来的生活。

罗大生　先静一静，静一静。芦敬老师要给大家说几句。

芦　敬　在你们面前我还不敢称老师。……三天前，我还为不能跟你们一起去东北而哭了一鼻子，真不好意思，但这会儿我想通了。不然"服从分配"就是一句假话。

刘　仁　你是我们的留守大将军。

曲　丹　别插嘴。

芦　敬　明天，当北京火车站的钟声响到六下的时候，我亲爱的同学，就将远离母校，远离北京，去到那遥远的地方了……这会儿，我多想说一句：我舍不得离开你们，我爱你们……（哽咽）现在你们都打好了行装，捆好了书本，整装待发了。但是，我想让你们记住，北京还有你们的一个老同学，这儿就是你们的家！无论走到哪里，无论地老天荒，我们的友谊是长存的！

〔有的人已经流下泪水。

芦　敬　明天，我就不去送你们了……我，我怕挤在人堆里受不了，不愿意说那声"再见"……来吧，妈妈让我把你们请来聚一聚，为你们饯行。咱们以茶代酒，干杯！

〔大家举起了杯子，相互碰了一下，接着便沉默下来，谁也不说一句话。

〔敲门声。芦敬开了门。

〔是送信人，一位十八岁的女孩。

送信人　401，你家的报纸和信。

芦　敬　谢谢。怎么……

送信人　妈妈退休了，我接了班。

芦　敬　你可真年轻，漂亮。

送信人　我这是第一天，还不熟，送晚了请原谅。再见。（下）

芦　敬　（惊喜地）快看！东北来信了！

〔曲丹夺过信，看地址。大家都凑上来。

曲　丹　怎么是安达县农垦302场？

刘　仁　现在松辽大油田对外还是保密的，要防止外来间谍窥探情报。据我爷爷讲，安达县就在松辽大平原的腹地。

曲　丹　快看信上写些什么？（欲撕开信封）

罗大生　慢，这得芦敬同意，或许这封信也是保密的呢？

芦　敬　别酸溜溜的，保什么密，这是上届校友阿南写来的。快拆开看吧，大家也了解一下东北的情况。刘仁，你给大家念念。

刘　仁　（激动地念信）"芦敬，你好！分别已久，然而回信却是迟了一步。如果你能想象出我是在何种艰苦的环境里生活和工作的，那你就一定不会生我的气了。"（停了一下）"去年冬天，随着一声火车汽笛的长鸣，我永远告别了北京。列车掠过一片片田野、一条条河流、一座座城市，把我们带到了一望无际而又无依无托的大荒原上。第一夜，大风雪就撕开了我们的帐篷，卷走了我们的图纸……"（跳过几行）看这儿！"没有经过革命战争洗礼和艰苦岁月考验的年轻人说，到了这里，更懂得了什么叫革命。身经百战的将军们赞誉这里的石油人是'一支穿着蓝制服的解放军'。"

罗大生 下面下面。

刘　仁 （接着念）"芦敬，你知道吗？这儿有一个石油工人，叫王进喜，是从玉门来的，大家都叫他'铁人'。他身上有一种克服困难的伟大的民族精神和对人的博爱的人格力量。他是1205钻井队的队长。去年3月，钻机运到了，没有起重设备怎么办？他同工人们一起，硬是人拉肩扛，将六十多吨重的钻机，搬到十公里外的井位。绳子拉断了，撬杠撬弯了，肩头、手上流出了血，但没有一个人叫苦……铁人王进喜说：宁肯少活二十年，拼命也要拿下大油田！"

〔停顿。大家沉默不语。

〔刘仁擦了一下眼泪，把信递给芦敬。

罗大生 太伟大了！我们知识分子要好好学习铁人，努力改造世界观，勇往直前，天天向上。

洛　明 我看，搞油田地质的，最好天天向下。

芦　敬 好了。不管向上向下，我们都是一个目标！再过二十年、三十年，会是什么样子呢？我想起了保尔说过的一段话："当回首往事的时候，不因碌碌无为而羞愧，也不因虚度年华而悔恨。"我提议，在这即将离别之际，咱们一同唱首《地质队员之歌》吧。曲丹，你起个头。

曲　丹 （唱）"是那山谷的风——"
　　　　唱！

众　人 （充满着激情，眼里涌满泪水，唱）

　　　　"是那山谷的风，

　　　　吹动了我们的红旗。

　　　　是那狂暴的雨，

　　　　洗刷了我们的帐篷。

　　　　我们有火焰般的热情，

　　　　……"

〔火车站的钟声响起。

〔暗转。

〔幕落。

第二幕

〔1964年1月6日下午3时。

〔幕启。仍是那间房子，但有了些变化——因为近三年的时间过去了。

〔天空在飘雪，北京火车站的时钟响了三下。芦敬显得成熟了，她梳着齐耳短发，出落得亭亭玉立，文静而又漂亮。此刻，她正在批改学生作业，身旁放了许多教科书和笔记本。

〔送信人上。

送信人　401，报纸和信。

芦　敬　（开门）谢谢。

送信人　今天的报纸上有好消息。（掏出几块糖）吃几块喜糖吧。

芦　敬　为什么？

送信人　我昨天结的婚。

芦　敬　祝你们幸福！怎么，结婚也没休几天？

送信人　不行啊，一个萝卜一个坑。再说别人对用户也不熟。明天见。（下）

芦　敬　（翻开报纸，被头版的消息震惊了，立刻欣喜若狂，下意识地读起报纸）"我国石油基本自给，《第二届全国人民代表大会第四次会议新闻公报》宣布：我国需要的石油，过去绝大部分依靠进口，现在已经基本自给了，中国人民使用洋油的时代一去不复返了！"（跳起来）太棒了！

〔电话铃响。

芦　敬　（接电话）是我，是我……（停顿）怎么不说话？别沉默了，请讲话呀……（惊叫）什么……是你吗？天哪！真的是你吗？终于回来了……你现在在哪儿？楼下？那你为什么还不立刻上来，让我在电话里跟你说废话！快上来，我等你！当然……我还是一个

人。（放下电话，有点儿慌乱，突然笑了，接着又有些伤心，照了照镜子，迅速把屋子整理一下）

〔传来敲门声。

芦　敬　（快步走到门边，又返回原处，稍平静了一下）请进。

〔罗大生推开门。他穿着旧军大衣，围着围巾，肩头洒满雪花，黑了，还隐隐地生出了胡子。他手里拎着旅行袋，默默地站在那里。

芦　敬　干吗站那儿？快进呀！

罗大生　我，我真想拥抱你。

芦　敬　还是握握手吧……勇士。（主动走过去）

罗大生　我梦想着我们重逢的这一天。

芦　敬　我也是……

〔罗大生和芦敬紧紧握手。

罗大生　（兴奋地）你看报纸了吗？

芦　敬　看了，中国人民用洋油的时代一去不复返了！这是个伟大的创举。

罗大生　（炫耀地）我们把石油的年产量，一下子搞到一千多万吨，是建国初期的一百多倍！

芦　敬　快把大衣脱下来吧。外面下雪了？

罗大生　下雪了。今天下午，一走出北京站，看到宽阔的站前广场，还有那飘飘洒洒的雪花，抬头望着这世界上唯一的北京的天空，我就觉得像做梦一样——难道我真的回来了吗？（笑了）一下子就回来了？

芦　敬　（也笑了）你回来了——真的……

罗大生　我怕我这副尊容吓着你，就先打个电话。

芦　敬　你黑了，瘦了，还长了胡子。你们一定吃了很多苦。

〔停顿，芦敬为罗大生倒了一杯茶。

罗大生　……怎么说呢？那种艰苦是超出人们想象的，甚至超出人的承受能力。（自豪地）可我们是男子汉，真正的男子汉！你相信吗？我曾三个月没脱衣服睡觉，浑身长了虱子，头发长得像囚犯。冬天，手脚都生了冻疮；夏天的雨季，打着雨伞在帐篷里画地层图，脸被蚊虫咬得像馒头……你吃过黄花菜吗？

芦　敬　就是那种叫金针的干菜吗？它可以炒肉。

| 罗大生 | 肉？（笑了）要是只放点儿盐，让你拿它当饭吃，你就会觉得自己是食草动物。有的人当了逃兵，有的人生病死在那里……可我闯过来了，连续三年被评为"会战红旗手"。 |

芦　敬　这真像一场战争！

罗大生　（从大衣兜里掏出一包东西）路过哈尔滨的时候，我给你买了一条围巾。

芦　敬　（接过围巾围在脖子上，走到镜子前）怎么样？

罗大生　你真漂亮，像林道静。

芦　敬　你呀，真是个会讨好女人的家伙！生活那么艰苦，也没忘记给女同胞捎点儿东西。饿了吧？

罗大生　有点儿。（还想说）我一到那儿，就成了临时负责人，搞分层对比、开发方案……

芦　敬　（打断）等一会儿，我去弄饭。

罗大生　你妈妈呢？

芦　敬　她当了医院的副院长，更忙了。

罗大生　是啊，你在信中说，家里装了电话。

芦　敬　我是怕失去联系。哎，你这次是来北京开会，还是路过？

罗大生　不是开会，也不是路过，我是调回北京工作了，三天后报到。

芦　敬　（惊喜地）真的？

罗大生　调我去开发研究院工作。当接到通知的时候，我自己都不相信。

芦　敬　真该好好庆贺一下。

罗大生　领导特别看重我！（发现芦敬有点儿异样）这些年你生活得怎么样？……有没有什么变化？

芦　敬　我在咱们学院地质系，教大学一年级。

罗大生　挺好吧？

芦　敬　生活中不能应有尽有，一切如意——至少我没能像你们一样，悲壮一次。

罗大生　（动情地）别这么想。我回来了……这不是我的错。要是……我们能在一起……你知道，我爱你……（抚摸着芦敬的手，比常礼略显久了一点儿）

394　**芦　敬**　（抽回手）我得去做饭了。

罗大生　好。

芦　敬　什么好？

罗大生　去做饭的时间选得好。

　　　　〔芦敬、罗大生对望着，突然沉默了。

芦　敬　你住哪儿？

罗大生　（有点儿烦躁）还没报到，谁知道住哪儿？我这个傻瓜，头不梳、脸不洗就闯来了。

芦　敬　（抱歉地）别这么说……

罗大生　（发火）行了！你想知道骆驼的情况就直说！

芦　敬　至少你该跟我提到他，还有曲丹和刘仁……

罗大生　那你为什么不问？

芦　敬　还用我问吗？三年前的秋天，你和骆驼，还有曲丹、刘仁和我，咱们在这间屋子，唱着歌儿一起分手……大生，那是永远也忘不了的，对吗？

罗大生　他没给你写信吗？

芦　敬　没有。这个该死的家伙，见到他，我非踢他两脚！

罗大生　刚一到油田的时候，我和骆驼一起分到地质指挥所，共同参加油田开发项目。不到两年，我们就取得了重大成果。就在准备向油田开发技术座谈会汇报的时候，他突然出了问题……

芦　敬　什么问题？

罗大生　"四清"中查出，他父亲1947年逃到香港，后来去了印度尼西亚……

芦　敬　这跟他有什么关系？

罗大生　你该去问"四清"工作组！……那次油田开发技术座谈会，我的开发报告引起了极大震动。接着，地质指挥所升为油田研究院，搬进了新房子，我被提升为开发室主任，而他却去了基层——北区东部试验区……别生我的气。我从石油大会战的前线调回来，而他没有，这不是我的错。真的，我和骆驼是最好的朋友，这你知道。

芦　敬　（停了一下）你认为他不可能回来了，是吗？

　　　　〔罗大生没回答。

芦　敬　　你干吗这样认为？……你要骆驼他怎么样？

罗大生　　你，你想说什么？

芦　敬　　你心里明白。

罗大生　　（大叫）别说了！

芦　敬　　（跌坐在椅子上）你看，这，这是怎么搞的……

罗大生　　（慢慢地走到衣架前，取下大衣，拎起旅行袋）我，我还是走
　　　　　　吧……到石油招待所去。

芦　敬　　（突然从背后抱住罗大生）别走！听见了吗？……你这样走了，
　　　　　　我会很难过的……

罗大生　　你需要我吗？

芦　敬　　……今天，要不是见到你，我几乎把他给忘了……

罗大生　　我真想喝些酒，大哭一场……

　　　　　　〔火车站的时钟响了四下。

　　　　　　〔暗转。

　　　　　　〔三天后，晚9点20分。

　　　　　　〔室内无人，十分安静。

　　　　　　〔敲门声。过了一会儿，铁英慢慢地推开门走进来。她头戴狗皮
　　　　　　帽子，身穿四十八道杠的棉工服，前后搭着两包东西。

铁　英　　人呢？……门也没锁。

　　　　　　〔芦敬抱着几本厚厚的书，头也不抬地上。

芦　敬　　（进门，发现铁英，一愣）你是——

铁　英　　这是芦敬老师的家吗？

芦　敬　　我就是。

铁　英　　我从东北来，是油田试验区的采油工，我叫铁英。（放下背着
　　　　　　的包）

芦　敬　　（放下书）快请坐吧。

铁　英　　这是地质员洛明给你捎的东西。没啥好玩意儿——都是东北特
　　　　　　产，黄豆、瓜子儿，还有安达产的铁罐奶粉。

芦　敬　　这么远的路，还背这些东西，真辛苦你了。

铁　英　　没啥！

芦　敬　　那你来北京是……

396

铁　英　我是来部里参加劳模大会的。

芦　敬　祝贺你呀！

　　　　〔两人相互端详着对方。

铁　英　你这儿挺好找的，离火车站不远。其实，洛地质员不告诉我，我
　　　　也能找到。

芦　敬　那为什么呢？

铁　英　（憨厚地笑了）……有一次，我给他拆洗被褥，发现他枕头底下
　　　　有一大堆信，都是写给你的！邮寄地点——站前大街38号——
　　　　芦敬。没错吧？

芦　敬　没错……来，喝水吧。

铁　英　（端起水杯）我就纳闷儿，他写了信，为什么不发出去呢？……
　　　　还有，这个叫芦敬的女同胞长得什么样呢？

芦　敬　（笑了）不就这样嘛。

铁　英　你长得可真文静，一看就像有文化的人。

芦　敬　他怎么样？

铁　英　（泼辣地）别提了，这人太窝囊。我给他洗衣服，就没发现两只
　　　　一样色的袜子，那些脏衣服全塞在床底下。不过，这人可好了，
　　　　啥事也不争！试验区好多科技成果都是他挑头搞出来的，可都是
　　　　别人拿去汇报。像什么注水采油、分层开发，这可都是国际水平
　　　　的呀！

芦　敬　为什么？

铁　英　他有海外关系，不能出头。有一次可逗了，汇报的人是个外行，
　　　　于是就把他藏在隔壁，不懂的地方打发人来现问。就这样，他也
　　　　不争。你说这人……

芦　敬　其实，他是个孤儿……

铁　英　我们工人都对他挺好，油田领导对他也有话。

芦　敬　什么话？

铁　英　此人可以使用。

芦　敬　就这些？

铁　英　哎呀，你没看，就这个批示都把他乐坏了。他说，可以使用就行
　　　　了，这说明我有用，还要求什么呢？

芦 敬 （突然流出泪水）是啊，还要求什么呢……

铁 英 你，你怎么了……我哪儿说错了吗？

芦 敬 没有。他怎么不来北京？

铁 英 来北京？他连节假日都不休，上厕所都小跑。今年过元旦，我们试验区食堂给每个人半斤面、六两肉馅，你猜怎么样？这老兄一共包了两个大饺子，一煮成了一锅粥。（大笑起来）这人可太滑稽了！（停顿）可我喜欢他，我就崇拜有文化的人。都说石油工人一声吼，那石油是吼出来的？那是科学，这个大油田没有秀才们能行？石油工人一声吼，这口号也就是表表我们的豪情壮志。

芦 敬 油田试验区条件怎么样？

铁 英 （站起身）那还用说，苦呗！人家研究院都搬进新楼了。不过，你别小瞧试验区，将来油田长期高产稳产，得靠它拿出方案来！在那个二点六平方公里的区域内，洛明带着大家搞了各种试验，分层开采、酸化、压裂……说要超过美国。

芦 敬 （忘情地）骆驼……

铁 英 （看了一眼墙上的照片）对，我们也叫他骆驼！……好了，我得去报到了。

芦 敬 等等。你走时，能再来我这儿一趟吗？我给他捎点儿东西。

铁 英 没问题！咱们也算认识了，交个朋友。

芦 敬 那……再见！

〔暗转。

〔五天后的傍晚，5点10分。

〔芦敬紧张地收拾屋子，像是要迎接什么贵客。透过窗户可见北京火车站的灯光。

〔收音机里播放着《地质队员之歌》："是那山谷的风，吹动着我们的红旗……"

芦 敬 （将收音机音量扭小，拨起电话）大生吗？你快来一下……找领导谈话可以改个时间！你知道吗？我接到了曲丹的电报，她和刘仁今天到北京！……说是旅行结婚，顺便看看母校，看看老师和同学……对了，你在路上买瓶酒吧！（又收拾屋子，还把一瓶花摆到桌子中间）

〔楼道里传来杂沓的脚步声。

〔芦敬赶紧梳了几下头发，这时传来敲门声。芦敬快步去开门，但当她把门打开的时候，惊呆了，因为刘仁是坐着轮椅被曲丹推进来的。

刘　仁　对不起，学生不能站起来给芦老师敬礼了。

芦　敬　（不知如何是好）……怎么……这是……（帮助推轮椅）……这边，这边……这是怎么了？你刚才说什么？

刘　仁　我是个淘气的学生，总给你们添麻烦。

曲　丹　别理他！他就那个德行，天塌了也不知愁。

芦　敬　（帮助曲丹把轮椅推到合适的地方，然后长出一口气，深情地拉住曲丹的手）非常想念你们。

曲　丹　真像在梦里……

刘　仁　别煽情了。给我弄点儿水喝。

〔芦敬立刻去倒茶水。

〔曲丹从随身带的旅行包里拿出湿毛巾给刘仁擦脸。

刘　仁　我一再和曲丹阐明，我成了残废，不能拖累她一辈子。如果一个男人不能给女人带来快乐，那他就应该走开。

曲　丹　你又来了！

刘　仁　我的全部财富，就是我今后的孤独。世界上最可怜的人，就是让人同情和怜悯。

芦　敬　你真有个性。

刘　仁　培尔说：如果你获得了整个世界，但要失去自我，那就等于将一顶王冠扣到苦笑的骷髅上。

曲　丹　（发火地）行了！别白话了！

〔停顿。

芦　敬　你的脚到底是怎么搞的？

曲　丹　你记得当初我们要去东北的时候，他给同学们买了一打口罩吧？

芦　敬　记得。

曲　丹　他说怕同学冻掉鼻子。

芦　敬　当然记得。

曲　丹　他这人就是穷白话！大家鼻子没冻掉，他却把双脚冻掉了。

刘　仁　（纠正）不是冻掉了，是冻伤了。

曲　丹　冻伤了截肢，不跟冻掉了一样吗？

刘　仁　当然不一样。截肢了，将来我还可以装假肢，重新站起来。

曲　丹　你知道他为什么冻伤的吗？

刘　仁　别说了！那只是一个小小的疏忽。

芦　敬　我想知道……

〔罗大生拿着一瓶酒进来。

罗大生　我来告诉你。

曲　丹　大生？

刘　仁　应该是上级领导！

罗大生　芦敬，你不知道吧？刘仁是油田上有名的英雄！

刘　仁　可别拿我当下酒菜。

罗大生　61年冬天，油田的产量迅速增加，原油外运就成了关键问题。美国情报部门发出这样一条消息："红色中国在东北高寒地区，发现高产工业油流。但由于不能解决石油在长途运输中的散热系数，他们将一筹莫展。"

刘　仁　于是……

罗大生　对。于是，刘仁接受了这个挑战。他带着两个同志，选择在零下四十五度的最低点出发，站在油罐车的尾部，拿着测温仪，随时观察气温，每隔一小时记录一次。他像哨兵一样，迎着凛冽的风雪，坚守岗位，行程万里，终于攻克了石油外输的难题。

刘　仁　你几乎把那篇报道背下来了……别总说这些了，我自己都不好意思了。（苦笑）像哨兵，我可没说。其实，当时冻得我差点儿没跳车自杀。

芦　敬　曲丹，我想跟妈妈说一下，让刘仁在北京装上假肢。

曲　丹　那可太好了！谢谢……

芦　敬　今晚，你们俩就住这儿吧。来，帮我把刘仁推卧室去，让他躺一会儿，总坐着太累。（和曲丹推刘仁进卧室）

罗大生　我去洗菜。（进厨房）

〔芦敬和曲丹从卧室出来。

　芦　敬　你很幸福……

曲　丹　他能干这样一件事，就值得我爱他一辈子。不管今后怎样，我都不离开他……现在我在资料室工作，不下现场，剩下的时间都照顾刘仁。

〔刘仁从卧室向外喊着："大生，你们怎么样？什么时候把行李搬过来？"

〔罗大生手里拿着芹菜从厨房走出。

罗大生　有关这方面的资料，还得芦敬提供。

芦　敬　这一点儿也不幽默。

罗大生　（失色）对不起。好了好了，我去弄菜。（赶紧又进厨房）

芦　敬　熟食都准备好了。

曲　丹　简单点儿。

芦　敬　曲丹，那个叫阿南的校友怎么样了？他再也没给我来过信。

曲　丹　他当了逃兵，听说从广州逃到了香港。

芦　敬　当年他那封信真叫人激动，没想到他会那样……（拉曲丹坐下）

曲　丹　芦敬，我要告诉你好多事情。真正到生活里去，就跟在学校不一样了……

芦　敬　今晚，咱们聊他一夜！

曲　丹　我会告诉你骆驼的事。

芦　敬　骆驼……

〔停顿。

〔暗转。

〔两个月以后，星期六傍晚5点30分。

〔室内充满着春天的气息，透过窗可见吐绿的柳枝。

〔罗大生像主人一样，舒适地靠在窗台旁翻书。

芦　敬　（进屋放下讲义）嘿，你来得真早！

罗大生　还早？你整整迟到了二十分钟。

芦　敬　我们开了一个教学会。（奇怪，但很快活）你怎么进来的？

罗大生　这两个月，我成了这儿的常客，连看门的老头儿都混熟了，他把你家的钥匙给了我。

芦　敬　那是我告诉他的。

罗大生　那老大爷甚至问我——咱俩什么时候结婚。

芦　敬　（猛抬头）那你是怎么回答的？

罗大生　我说，在这方面可不敢乱开玩笑。

芦　敬　（笑了）这次回答得还算及格。

　　　　　〔停顿。

罗大生　（恳求地望着芦敬）……今天的天气真好。阳春三月，柳绿含情，碧桃如火……

芦　敬　晚风徐徐，令人惬意。

罗大生　我建议，咱们到北海公园去坐坐，然后到后门桥去吃炒疙瘩，再来上两杯。

芦　敬　非常好。不过，你一喝酒，胆子总是大起来。

罗大生　你要是以为我是借酒壮胆，那就大错特错了。

芦　敬　你又来了……

罗大生　（沉默片刻）……我是个令人讨厌的家伙吗？

芦　敬　有点儿，但我喜欢……

罗大生　（坚决地）那就该定下来！

芦　敬　我又飞不了。

罗大生　你影响我正常工作，你让我神魂颠倒！

芦　敬　嗬，我有那么厉害？走吧，兴许还能赶上场电影。

罗大生　你等等。你今天就得回答我！

　　　　　〔敲门声，响了两下。

芦　敬　有人敲门。

罗大生　我不管！今天咱们得好好谈谈，一定要取得突破性进展。

　　　　　〔芦敬去开门，但人已经不见了。她发现地上有张纸条。

罗大生　（夺过纸条，扔在一边）见鬼！先别看这个。

芦　敬　（拿起纸条）是他写的！

罗大生　谁？

芦　敬　骆驼。

罗大生　（夺过纸条看着）这个家伙，他是从天上掉下来的吗？

芦　敬　写的什么……（几乎屏住呼吸）

罗大生　（念）"我是路过这里，非常想见到你们。我怕突然出现会弄得尴尬，就写了这个条子。我这就上楼去。你们的老同学，骆驼。"

芦　敬　（一动不动）他回来了……

罗大生　（高兴地）真是时候！

芦　敬　（急切地）他怎么还不上来？不行，得下去迎他一下……（惊叫着）他不会走了吧？（冲出屋子）

罗大生　（笑了）……骆驼！（对着镜子将将自己的头发）

芦　敬　（返回）找个手电吧，走廊里太黑……

罗大生　你干吗这么激动？

芦　敬　（扶住罗大生）是啊，没什么……他应该来看看我们……

罗大生　你怎么了？

芦　敬　头有点儿晕。（朝门走去）我去迎迎他。

罗大生　把衣服披上。

　　　　〔门开了，洛明穿着杜杠棉工服，脚穿大头鞋，手里拿着狗皮帽子，提着旅行袋满头大汗地进来。他显得粗糙而老相。

　　　　〔三人对望了一下，罗大生与洛明突然抱在一起。

罗大生　（惊喜地）骆驼！（流下泪水）

芦　敬　不跟我握握手吗？

洛　明　（紧紧地握住芦敬的手）你好……

芦　敬　怎么还穿着棉衣？看把你热的。

洛　明　我来时，东北正下着大雪。千里油田一片洁白，天空蓝得几乎能醉人。（突然伤感地）是啊，我几乎把北京的气候温度给忘了……走在街上，人们像看怪物似的看着我。

芦　敬　北京的树枝都吐绿了。谁像你，到现在还不脱棉衣。快脱下来吧，又不是租的。

　　　　〔芦敬帮洛明脱棉衣，罗大生在一旁看着。洛明习惯地走到那幅拉骆驼的照片前。

　　　　〔楼上传来长笛的演奏声。

洛　明　谁在吹长笛？

芦　敬　楼上新搬来一位中央乐团的长笛手。

　　　　〔都坐下来，沉默片刻。

罗大生　（关切地）油田形势怎么样？

洛　明　日新月异！用诗人的话说：炼塔烧温银河水，雁过井架碰着

403

腿。到处是沸腾的生活、可歌可泣的英雄人物，但也存在着严重的难题。

罗大生　什么难题？

洛　明　原油含水量上升。

芦　敬　你怎么样？

洛　明　我？没什么可说的，挺快活。

芦　敬　就这些？

洛　明　对，就这些。能从事自己喜欢的工作，这就是幸运。咱们搞石油地质的，能摊上世界一流大油田，这是多少代人的梦想。哎，对了，你们结婚了吗？

罗大生　用外交辞令——无可奉告。

芦　敬　听说你也与世无争？

洛　明　（猛地站起来）谁说的？那要看什么事儿。追求幸福，那是人生的天性。为了爱情，我愿献出生命。

罗大生　看来你不安全。（笑着）是最危险的对手！

洛　明　失去对手，比失去朋友更悲哀。等等……她说过她爱你吗？

罗大生　没有。

芦　敬　（发火地）可我对你也没说过！

罗大生　（争论）幸福有多重含义，首先是为别人！

洛　明　但也不能排除自我！

罗大生　自我有自私的意味！

洛　明　别人是个不确定的概念！

芦　敬　（大声地）行了！你们还想像三年前一样，都从这儿爬出去吗？
　　　　〔罗大生、洛明、芦敬都沉默了。
　　　　〔长笛声更悠扬了。

洛　明　大生，请原谅……

罗大生　你刚回来我就……太不应该了。

芦　敬　（放松地）行了，勇士们！还是那句话：无论是吵架还是和好，都说明我们在前进！今晚，咱们得好好喝一杯，聊他个通宵。

洛　明　（从提包里摸出一瓶酒）我这儿带着一瓶呢！

芦　敬　我去烫烫，再弄两个菜。

洛　明　对。凉酒伤肝。

罗大生　热酒伤肺。

洛　明　没有酒伤心……

　　　　〔北京火车站的钟声响了六下。

　　　　〔暗转。

　　　　〔接前场，午夜12点10分。

　　　　〔室内显得很安静，整个城市都进入到睡梦中。只有在空旷中传来的火车汽笛声，提醒着长途远行的人们。

　　　　〔餐桌上残留着一点儿吃剩下的食品，酒瓶早已空空。洛明、罗大生都有些疲惫，看来他们已经聊了很久。

罗大生　骆驼，有件事我心里很不安……那次引起轰动的开发报告，主要是你……

洛　明　打住打住！把它忘了吧，什么你的我的，咱俩合作的！

罗大生　可命运对你不公平！我想把真实的情况告诉芦敬。

洛　明　（火了）你要是这样，我就永远不见你们！……这不怪你，当时我是那么个情况，你不去做报告，谁去做？

罗大生　可我心里……

洛　明　（闭着眼睛，靠在椅子上）……在平原上，一切都是那么渺小——小房子，小树趟子，人群像蚂蚁……哎，大生，你记得3214钻井队吗？

罗大生　当然记得。咱俩在那个队实习三个月，他们一次取岩心九十米，打破了世界纪录！

洛　明　（来了精神）今年春节，他们出了一点儿事故。

罗大生　什么事故？

洛　明　把取到的岩心掉到井底一截。就为打捞这截岩心，他们全队在钻台工作了三天三夜……大家表示，不打捞上岩心，不吃年饭！……炊事员和老部长都端着饭碗在旁边等着，他们流着泪……科技成果，不是一个人的……它有感情……

罗大生　当然……

洛　明　我今天说得太多了吧？你怎么样，回北京这几个月还顺利吗？

　　　　〔芦敬从厨房擦着手上。

芦　敬　他在步步高升，马上就要提处长了。

洛　明　行！又进步了。

芦　敬　他都快飘起来了。到处做报告，谈体会，找领导谈话。这几天正闹心呢。

罗大生　我不过是说说。

芦　敬　说说？我看你是动心思了。他在领导那儿看到了提干名单，上面画着各种符号。他就反复琢磨，到底是画圈的提呢，还是画对号的提。

洛　明　当领导，就得心细。

罗大生　还是骆驼通情达理。唉，在科研单位当个小头头，太不容易了。你不管大家的事，大家对你有意见；你自己没成果，大家又瞧不起你……我这也是牺牲！

　　　　〔停顿。

芦　敬　（拿起茶壶）我再泡点儿浓茶。（下）

罗大生　（望着芦敬的背影）骆驼，你就要走了，有什么忠告吗？

洛　明　让我说真话？

罗大生　对。一定说真话。

洛　明　她不爱你。

罗大生　也许是这样。可我没有她就打不起精神，一切都得垮下来。

洛　明　我看没那么严重。

罗大生　也许，一个人东西越少，越怕别人拿走。

洛　明　我懂了。大生，你不是要写《陆相沉积油田》这部专著吗？

罗大生　我现在还坐不下来。等有时间，我一定完成它……

洛　明　人的一生好像很长，其实只有几天、一会儿……三年前的事儿，不就像昨天吗……

罗大生　（动情地）骆驼，我真的喜欢你……

洛　明　我也是。

　　　　〔芦敬端茶上。

芦　敬　（看墙上的挂钟）天哪，都快后半夜一点了。大生，你快去把车票取回来，还有两个小时就开车了。

406　罗大生　是啊，我总得给你们留一点儿时间，让你们单独在一起。

洛　明　（发火地）我已经讨厌开玩笑了！

罗大生　你不能在北京多待几天吗？

洛　明　我得赶回油田去。

罗大生　那好吧。我得翻院墙爬出去，一会儿还得翻院墙爬回来，为一张车票。

洛　明　为基层服务嘛。

　　　　〔罗大生走后，洛明和芦敬对视了一下。

洛　明　（站起身）我帮你把餐桌拾掇一下。

芦　敬　（按住洛明的手）你放这儿，别动。

　　　　〔停顿。

芦　敬　我问你，你给我写了那么多信，为什么不寄给我？

洛　明　……我拿不定主意。

芦　敬　为什么？

洛　明　怕你跟了我吃苦……

芦　敬　你怎么知道我能跟你……

洛　明　别欺骗自己了。你爱我，从你的眼睛里我看到了这些。

芦　敬　（笑）你这个自信的家伙！（伤感地）……是啊……我一直犹豫不决，迟疑不前，或许是真的爱上你了……（哭了）骆驼，你使我想起了父亲……我总是站在窗口，望着北京火车站上的时钟，等待你回来……

洛　明　还有两个小时，我就要回油田去了……在繁华的大街上找不到石油，我的生命在远方，在土地里……

芦　敬　骆驼，别忘记我……（哭起来）

洛　明　芦敬，你知道我为什么来北京吗？我那个没见面的父亲，从印尼派来了他的私人律师，要我回去接收他的财产——一座岛屿、两千公顷的橡胶园、亿万家产……可这些都不重要——我是来看你的呀！芦敬，我非常爱你，可是……

芦　敬　我要跟你去油田。

洛　明　别傻了。大生还不错，他不能没有你……真的。他会让你幸福，而我不能。

芦　敬　为什么？

洛　明　我是个没有爱情也能活的傻瓜……也许到我老的那一天，我会悔恨自己……

芦　敬　看来你已经决定了……

洛　明　还能怎么样呢？我说过，我要做一个你父亲那样的人，永远在艰苦中跋涉，为了能在你的梦中出现！芦敬，再见了……

芦　敬　骆驼……（激动地拥抱住洛明）

　　　　〔远处的钟声又响了两下。

　　　　〔罗大生拿着火车票上。

罗大生　车票到手了，还是下铺呢。

芦　敬　还有一个多小时，都睡一会儿吧。

洛　明　我还是去火车站吧。

芦　敬　别。书房有一张床，你们俩去躺一下。我去卧室眯会儿，到点了我叫你们。

罗大生　（打哈欠）真是有点儿困了。

洛　明　我就在长椅上躺一会儿吧，习惯了。大生，你去书房。

罗大生　随便吧，我可得睡一会儿。

洛　明　要不，你们就别送了。

罗大生　（朝书房走去）还是送送吧，说不上何年何月君再来。

　　　　〔芦敬朝卧室走去，她突然回了一下头。

　　　　〔相连的几个门都没关，三个人分三处睡下。洛明躺在长椅上，用棉衣盖着身子。

　　　　〔芦敬随手关了大灯，但室内依然很明亮。

　　　　〔停顿片刻，似乎罗大生和芦敬都睡熟了。

　　　　〔一声空旷的火车汽笛声过后，接着仿佛传来长笛手晨练的声音。

　　　　〔洛明悄悄起来，拎起他的旅行袋，轻手轻脚地退到门边，停了一下，然后离去。

　　　　〔洛明画外音："再见了北京，再见了老同学。祝你们幸福！我永远爱你们！——骆驼"

　　　　〔钟声响起。

　　　　〔芦敬并没有睡，她似乎知道会发生这种结局。她没有喊住洛明，也没有惊动罗大生，而是独自一人朝窗口走去，靠在那里，望着北京火车站的时钟。

〔灯光全暗。

〔幕落。

第三幕

〔1977年11月6日，下午3点40分。

〔幕启。这间屋子显得很凌乱，但充满生气，因为有一个小生命在这里诞生了。到处是婴儿的用具：宝宝车、奶瓶子、彩色的气球。

〔阳光柔和暗淡，收音机里正播送着一首激昂的歌曲：

"美酒飘香歌声飞，

朋友啊请你干一杯。

胜利的十月永难忘，

杯中洒满幸福泪。"

〔罗大生戴着眼镜在看报纸，芦敬埋在教科书里紧张地工作着。

罗大生 （读报）"北京冬储大白菜降价，服务周到，送货上门。"……"拨乱反正，加快落实知识分子政策，积极准备明年3月全国科技大会。"……"解放思想，实事求是……"……"青年剧院上演《于无声处》"……"地安门副食店取消票证"……

芦　敬 这回可以随便买了。大生，你应该在全国科技大会前，把专著写出来。

罗大生 我？还是先等等吧。我十二年前就是正处级干部，总不能降职使用吧？（念报纸）"晚7点新闻，7点35分天气预报，8点05电视剧……"

芦　敬 当初，你、我，还有骆驼，咱们三个不是梦想当地质师吗？

罗大生 这十年浩劫，我什么都看透了。地质师？那也就是一场梦吧。

芦　敬 有一位作家说过：无论堕落到何种地步，总要保持一种梦想，最后的梦想。牛奶凉了吧？

〔卧室里传来婴儿的啼哭声。

芦　敬 去看看孩子。

409

罗大生　你就不能去吗?

芦　敬　明年恢复高考,我得准备教材。

罗大生　(朝卧室走去)我就不明白,这有妻子和没妻子有什么区别?

芦　敬　(吻罗大生一下)算你帮我了。

罗大生　(从卧室抱出婴儿)我为所有的人奉献热情,可"文革"中还是把我打成黑典型。人们全都疯了……芦敬,要是咱们十年前就要个孩子,这会儿能怎么样?

芦　敬　那我可能成为寡妇,孩子成为孤儿。

罗大生　有那么严重吗?(对婴儿)饿了吧,来,吃点儿。(喂奶)

芦　敬　我母亲是一个多好的人,生被折磨死了。结果,我就成了个大孤儿……

罗大生　你还有我呢!

芦　敬　是啊……现在人民胜利了,到处是欢乐的节日。北京,是世界上最幸福的城市!

　　　　〔芦敬站起身走到罗大生身旁,他们幸福地望着自己的女儿。

罗大生　想想也挺悲哀,四十多岁了,女儿还不满一百天。(望着婴儿)这都怨你妈妈呀。

芦　敬　怨我?

罗大生　要不是你拖来拖去,何必等到"文革"前夕才结婚。

芦　敬　行了,别翻旧账了。

罗大生　这小家伙又睡了。(进卧室)

　　　　〔敲门声。芦敬开门,送信人站在门口。

送信人　芦老师,你的这封信退回来了,查无此人。

芦　敬　怎么会呢?

罗大生　(从卧室返回)写给谁的信?

芦　敬　骆驼。

罗大生　现在落实知识分子政策,他可能提升了吧?

芦　敬　你就知道提升!

送信人　楼下有个人打听你家。

芦　敬　什么样的人?

送信人　像是外地人,问完就走了。

芦　敬　谢谢你。

送信人　明天见。（下）

芦　敬　外地人，是谁呢？会是骆驼吗？

罗大生　你想骆驼都想疯了吧。

芦　敬　（生气地）我不许你开这种玩笑！

罗大生　不会是他。要是骆驼到北京，不来看我们，我得臭骂他一顿！

芦　敬　这个古怪的家伙，连封信也不写。

罗大生　你呀……总是……

芦　敬　（有点儿火）我不过是为他担心！

　　　　〔停顿。

罗大生　可能是我把骆驼得罪了。

芦　敬　别胡思乱想了。我去准备饭。（收拾餐桌）

罗大生　74年6月3日，骆驼给我寄来一份有关油田形势的报告，要我转交给石油部或国务院。

芦　敬　什么内容？

罗大生　说"文革"中油田遭到严重破坏，地下情况恶化，整个管理混乱，油田的命运……

芦　敬　你害怕了？

罗大生　（发火地）我不是害怕！我是自身难保！老部长们都被打倒了，关在哪儿的都有。国务院大了，我找谁去？要是这份报告落到别人手里，他们就得把骆驼整死！

芦　敬　别发火了。谁也没说是你的错。

罗大生　我当时，真的怕出事。可骆驼会怎么想，他会认为我怯懦、自私、没有正义感。

芦　敬　骆驼不是那种人。（端上一盘凉菜）

　　　　〔罗大生伸手去抓。

芦　敬　（打了一下）一会儿让你喝一杯，顺顺气。

罗大生　这才像个好妻子。

　　　　〔敲门声。罗大生去开门。

　　　　〔刘仁出现在门口。他穿着一身不合时宜的新衣服，背了个黄书包，旁边还系了个茶缸子，两条新换的假肢走起路来很别扭。

罗大生	（吃惊地）刘仁？
刘　仁	（胆小地）没外人吧？
芦　敬	你怎么一个人跑到北京来了？曲丹呢？
刘　仁	（高兴地）我……落实……政策了！还新换了……假肢……你们看，我……站起来了，能走了……我是偷着跑出来的……我有十几年没来北京了……我要看看，看看……在北京走一圈儿！
芦　敬	快坐这儿。你偷着跑出来，曲丹多着急呀。
刘　仁	我给她发电报了，过两天就回去。
罗大生	你这些年怎么样？
刘　仁	我犯错误了。本来要劳改的，后来说我是残废，就在家里写检查，写了半麻袋。
罗大生	为什么呢？
刘　仁	我说我爷爷给林彪剃过头，可惹了大祸了！他们说这是污蔑副统帅。后来林彪死了，又查我祖宗三代与林彪的关系……
芦　敬	真荒唐。
刘　仁	（哭起来）我想死来着，钻了汽车，结果把假肢压碎了。（又笑起来）……司机吓坏了，抱着我的脚直喊。我说，别喊了，那是假的……没事儿……
芦　敬	你跟曲丹怎么样？
刘　仁	（又哭起来）没，没有曲丹，我活不到今天。她对我太好了，为了我，她、她牺牲了自己的事业……
芦　敬	把外衣脱下来吧。我去弄菜，你跟大生喝一杯。
刘　仁	是，是该喝一杯。生活在北京，多幸福啊。天安门、北海、颐和园，咱们学院，我都去了。（从书包里掏出资料）看，这些书又出版了！明年春天，要修通往港口的输油管线，我要主持高精流量计的研制项目。芦敬，你能帮我找些资料吗？
芦　敬	完全可以！
罗大生	（看了一眼芦敬）骆驼在干什么？他怎么样？
刘　仁	他在试验区监控使用，工作了十二年。听说身体垮了……骨关节强直症，人废了……前些时候，铁英送他到汤岗子，也没治好，又抬回来了……

| 罗大生 | （急切地）他为什么不来北京治病？ |

罗大生　（急切地）他为什么不来北京治病？

刘　仁　我不知道……

罗大生　（非常冲动地）我在北京可以找到最好的医生！我一定要让他站起来！铁英的地址你知道吗？

刘　仁　采油厂试验大队。

罗大生　（穿衣服）刘仁，你先坐，我出去一下。

芦　敬　你去哪儿？

罗大生　我去邮局给铁英拍电报，要她马上送骆驼来北京治病！

芦　敬　（感动地）大生，我们等你回来吃饭……

刘　仁　还是……老同学呀……

　　　　〔暗转。

　　　　〔七天后，午夜12点30分。

　　　　〔室内很暗，只有窗户透出一片都市的灯光，一切物品都如同油画一般。

　　　　〔罗大生和芦敬都在卧室里睡下了，场上无人。

　　　　〔少顷。突然传来敲门声，一次比一次重。

　　　　〔罗大生穿睡衣从卧室走出，他打开室内的灯。

罗大生　谁呀？

　　　　〔铁英的声音："是我呀！我从东北来。"

罗大生　芦敬芦敬，快起来！可能是骆驼他们到了！

　　　　〔芦敬慌乱地一边穿着衣服一边走出来。

罗大生　（对门外）你稍等，我这就开门。（对芦敬）哎呀，别穿那么整齐了，这又不是迎接总统。

芦　敬　你看我这头发……（赶紧用手梳了几下）我的鞋……

　　　　〔罗大生去开门。铁英扶着身体僵硬的洛明进来，肩上背着挂着许多东西。罗大生和芦敬赶紧迎上去，将洛明搀扶到一张藤椅上。

　　　　〔洛明十分消瘦，目光似乎都有些呆滞。

芦　敬　快坐下，快坐下。

洛　明　（坐下）呃……呃……大生、芦敬……你们好……

芦　敬　骆驼，你……

罗大生　（对铁英）就你一个人送他来的？

铁　英　单位还有两个人，一直送到楼下，我让他们找旅店去了。

芦　敬　怎么不到家里来呢？吃点儿东西再走……

铁　英　这就够麻烦的了！现在能办入院手续吗？

罗大生　明天吧，他这不是急诊。

铁　英　那……

芦　敬　卧室我都准备好了。我去煮点儿热汤面。（下）

铁　英　真不知该咋感谢你们两口子。（哽咽了）

罗大生　不是晚上8点的火车吗？我和芦敬都去接了呀！

铁　英　那趟特快没买上票。

〔洛明呆呆地瞅着四周，他回头望着墙上那幅拉骆驼的照片。罗大生看着他。

洛　明　（抖抖地）大生……很想念你们……

罗大生　（难过地）骆驼……你怎么成了这样？（找拖鞋）快把外衣脱下来，换上拖鞋，外边那么冷……

〔铁英接过拖鞋，跪在地上帮洛明换拖鞋，又帮他换衣服，给他擦脸。

〔芦敬从厨房出来，看着这一切很感动。

洛　明　（努力地笑笑）芦敬，你还那么漂亮……

芦　敬　（不让泪水掉下来）骆驼，你早就该来北京治病了，把身体都拖垮了……

洛　明　事情太多……走不开……

罗大生　你感觉怎么样？

洛　明　（活动手指）关节……不灵活……疼痛……躺下，起不来；起来，躺不下……真糟糕……

芦　敬　这是怎么搞的？

铁　英　你问问他自己吧！（泪下）在油田试验区前线一蹲就是十几年，整天跑资料，不好好吃饭，熬夜、住板房，那床底下长草跳蛤蟆。冬天，外头刮大风，里面刮小风，啥身板能扛住这么糟害……

罗大生　水开了吧？把面下了。

〔芦敬下。

414　罗大生　铁英，别说了……这种生活我经过。

| 铁　英 | 文化大革命开始了，造反派又到处追他。有一次，他躲进了我的油井房。我说，你别怕，谁要敢动你一根汗毛，我就叫他跪着扶起来！我举着大管钳对他们那些人吼着，我说，不看在毛主席的面子上，我就打得你们满地找牙！滚！ |

〔芦敬返回听着，笑了。

罗大生	你可真厉害！骆驼，你找了个好媳妇。
洛　明	她……傻……
铁　英	你不傻！有一次下大暴雨，他去一口试验井取资料，掉进泥浆坑里。我正好路过……冷不丁一看，这是什么？……狗，不对；人，不像。结果细一瞅，是他，像个泥猴子似的，还往上爬呢——爬上来，出溜下去；又爬上来，又出溜下去……不是我，他就得死在坑里……
芦　敬	骆驼多亏遇到你了。虽然苦点儿，但你们一定很幸福。
铁　英	幸福……我怀孕九个月，他还关在板房里写地质报告。结果，我把孩子生在回家的路上。
芦　敬	（扭头离开）面好了。你们俩吃点儿东西吧。

〔铁英将洛明的座椅朝餐桌前移了移。

| 铁　英 | 来，往前点儿。（像对待婴儿一样，给洛明围上围嘴） |

〔芦敬将面条端上来。

罗大生	给你筷子。
铁　英	他的手拿不住筷子。
芦　敬	吃吧。等你病好了，咱们喝一杯。

〔铁英喂着洛明。

洛　明	太烫。等一会儿吧。
罗大生	试验区吃得怎么样？
洛　明	还行。
罗大生	你那儿的供应条件怎么样？
洛　明	还行。
罗大生	你在那儿能看到报纸文件吧？
洛　明	能。

〔罗大生与芦敬相互看了一眼。

罗大生	油田形势怎么样？

洛　明　出现一些麻烦。（突然精神起来）地层压力下降，原油含水量上升。不过，你放心，我们有能力解决好，一定让油田长期高产稳产！

罗大生　（笑了）你这个家伙头脑很清醒！

芦　敬　（松一口气）骆驼，你都把我吓坏了，还以为你痴呆了呢。快吃吧，吃完睡一会儿。

洛　明　（从铁英手里夺过筷子）我，自己吃。（吃了一口）大生，芦敬，你们结婚，我应该赶来。

罗大生　你不是寄来贺卡了吗？还写了一句莫名其妙的话——别忘了我，牵着骆驼走向太阳！

洛　明　你母亲好吗？

　　〔停顿。

芦　敬　她去世了，没能逃过……

洛　明　（放下筷子）扶我去躺一会儿，我太累了……芦敬，你母亲那条棉裤，帮我度过了最寒冷的冬天……她、她怎么会……

　　〔铁英和芦敬扶洛明进另一间卧室。罗大生坐着没动。

芦　敬　铁英，你也睡一会儿吧，明天还要办住院手续。

　　〔罗大生关掉室内的大灯，打开台灯，独自倒了一杯酒。芦敬从卧室走出。

芦　敬　大生，快去睡吧。

罗大生　我不想睡……

芦　敬　怎么还喝起酒来了？

罗大生　芦敬，你坐这儿。我问你，假如64年1月从油田调回北京的不是我，是骆驼，那会是什么情况呢？

芦　敬　生活，没有假如。你就是你，他就是他。生命，就像画图——不！画图还可以修改，而一次性的生活，没有任何涂改的机会。

罗大生　是啊……

芦　敬　你怎么想起问这个？

罗大生　（自语着）那个冬天，真冷啊……我们地质所的人，坐着卡车去参加大会战，修输油管线，十字镐刨下去就是一串火星，一个白点……冻得尿尿都系不上裤子……（停了一下）人们很容易遗忘，过些年，谁会相信呢……没人相信！

芦　敬　你是个幸运儿……

罗大生　我欠骆驼的。

芦　敬　为什么这样想？

罗大生　（烦躁地）别问了！难道这一切都是我的错吗？

〔停顿。

芦　敬　大生……原谅我。（吻着罗大生的头发）

〔洛明在暗淡的灯光中，扶墙艰难地走出来。

洛　明　我，我能坐一会儿吗？

芦　敬　天哪！你怎么起来了？（扶）快坐这儿吧。

洛　明　我，我只想，在你们中间坐一会儿，什么都不要说……

罗大生　是啊，说什么呢……

〔停顿。

〔罗大生为洛明倒了一点儿酒。洛明突然捂住脸大哭起来。虽然没声音，但整个身体都在颤动。

〔北京火车站的钟声响起。

〔灯光渐暗。

〔幕落。

第四幕

〔1994年10月9日，早晨7点15分。

〔幕启。还是那座房屋，但又过了十七年。在这段岁月里，一切都在悄悄地改变着，旧东西不止一次地更换——大屏幕彩电、电冰箱、华丽的家具、真皮沙发，几乎应有尽有。墙壁似乎也重新装修过，茂盛的透叶莲和各种花卉摆在适当的位置，室内显得十分温馨和宁静。

〔这天早晨刚下过雨，北京的天空格外清新，透过窗可见到北京火车站周围增加了许多高层建筑，但车站的时钟还看得见。

〔罗大生晨练回来，远处还淡淡地响着迪斯科音乐。他手里拿着一柄宝剑，进屋后又比画了两下。他保养得很好，也很富态，但毕竟老了，头发也白了。罗大生开始给花浇水，十分细心。

〔芦敬端一杯热牛奶放到桌子上。

芦　敬　把热牛奶喝了吧。我加了"钙天力"，说能防止老年骨质疏松症。

罗大生　谢谢夫人……我说老太婆，你每天是不是早起一会儿，跟我去练练太极拳？

芦　敬　我每天晚上用电脑写教案，你不是没看见。

罗大生　还差几天就退休了，折腾什么呀。

芦　敬　（照镜子，眨眨眼睛）那我也不能误人子弟呀。

罗大生　我说，昨儿晚上兰兰从学校回来，絮叨些什么呀？

芦　敬　说她要考重点大学，还要读研究生。（长叹一口气）唉，一晃兰兰都十八岁了。

罗大生　十八岁？哼，要不是我们结婚晚，现在我都该抱外孙了！

芦　敬　……我突然想起当年骆驼说过的一句话：人的一生好像很长，但又很短，好像只有几天，甚至一会儿。

罗大生　这个该死的家伙，从77年来北京治了一回病，再就没露过面儿！真有点儿想他……

芦　敬　（梳头，照镜子）你昨天回来很晚，怎么，又有吃请？

罗大生　你做梦都想不到，我碰见谁了？

芦　敬　（一愣）碰见谁了？

罗大生　就是上届的校友——阿南！

芦　敬　他？……他不是当了逃兵吗？

罗大生　可别这么说。他现在是港澳的金融巨头，这次是回大陆投资。听说还要重返油田，旧地重游，搞点儿石油生意。

芦　敬　真不能想象……

罗大生　是啊。他昨天还问起你，想来看看。

芦　敬　你该替我谢绝。

罗大生　干吗那样？你还是太保守了。今天晨练，我碰到一个老芭蕾舞演员……

芦　敬　你不是要找情人吧？（进卫生间）

罗大生　这老太婆，开不得玩笑。（看时钟）哎呀，《东方时空》到点了。（打开电视）

〔电视里正播广告："千万里，千万里我一定要回到我的家——孔府家酒叫人想家。"

〔《东方时空》片头音乐。紧接着出现《东方之子》栏目。主持人："各位观众，早晨好。今天我们《东方之子》栏目向您介绍著名的油田地质专家——洛明副总地质师。"

〔罗大生愣愣地站在那里。

〔主持人幕内声："日前，我们终于在油田上追踪到了这位地质师，因为他从不接受任何人的采访。"

〔图像出现洛明，背景是磕头抽油机。

〔主持人幕内声："洛总，您好。"

〔洛明幕内声："你好。"

〔主持人幕内声："听说，您在油田试验区工作了十四年？"

〔洛明幕内声："是的，这是我的项目……"

芦　敬　（从卫生间出来）今天《东方之子》介绍什么人？

罗大生　（突然激动起来）芦敬，你快来看哪！快看哪！看看这是谁？

芦　敬　（戴上眼镜）这人咋这么眼熟？……（惊喜地）是骆驼！（将音量放大）

〔电视中主持人："听说您有二十多部专著，有四十八项科技成果奖项，其中有两项获国家科技进步奖，有一项获世界石油组织奖？"

〔洛明幕内声："这不是我一个人，是整整一代人！"

〔主持人幕内声："您很客气。"

〔洛明有点儿火："这不是客气！当年有三万大学生到这里，华罗庚的弟子在这儿用优选法喂猪。"

〔主持人幕内声："全国人民都很关心这个大油田，它到底还能高产稳产多少年？会不会像苏联的巴库油田，成为一个废都？"

〔洛明幕内声："这要看我们的工作。但我想决不会的！"

〔主持人幕内声："据介绍，您在研究表外储层的开发，而有十九口油井获得成功。仅这一项就为油田增加十一亿吨的储量。"

〔洛明幕内声："是的。这是我们共同搞的。"

〔主持人幕内声："有人说，您不能成为科学巨人，就因为您太正统。"

〔洛明幕内声："我是共和国培养的，也许改变不了。"

〔主持人幕内声："北京方面和国外都邀请您，您为什么不去？还听说您夫人是个普通工人……"

〔芦敬将电视音量扭小，因为她发现罗大生像是突然衰老了。

罗大生 （笑得很不自然）骆驼，这家伙……不紧不慢地，总能达到目的……

芦　敬 你还吃点儿点心吗？

罗大生 不用了。我得上班去。芦敬，什么时候，把你的情人接家来聚一聚。

芦　敬 你觉得他安全吗？

罗大生 这家伙，确实不安全。（停了一下）我不是他的对手。他有点儿……像中国的老酒……后劲儿。

芦　敬 （真诚地）别这么想……

〔敲门声，芦敬开门。那个送信人已经成了老女人，但她仍然认真地把每一封信送到人们手里。

送信人 芦教授，你的信。

芦　敬 谢谢。哎，孩子的工作解决了吗？

送信人 解决了，接我的班。芦教授，你能给我签个字吗？

芦　敬 当然可以。不过，这是……

送信人 （眼里突然涌出泪水）这是我最后一次送信了，明天我就退休了。我想让所有我送过信的人家，给我签个字。想你们的时候，拿出来看看。

芦　敬 （在小本子上签字）你这一辈子，认认真真、实实在在干好一件事儿，很了不起，也很伟大。

送信人 伟大？谢谢……（转身下）

〔罗大生若有所思地站在那里。

〔暗转。

〔当天午夜12点40分。

〔透过窗口可以看见远处高层建筑上的霓虹灯，隐约还可以听到现代爵士乐曲的声音。

〔罗大生想写点儿东西，完成那部《陆相沉积油田》的专著，但却一个字也写不出来。他非常痛苦，从书房走到客厅，翻翻这个看看那个。他第一次点燃了烟，抽起来……

〔芦敬披着睡衣走出卧室。

芦　敬　怎么啦？还不睡，都后半夜了。

罗大生　你别管。

芦　敬　怎么还抽起烟来了？

罗大生　……我在思考问题。

芦　敬　（爱抚地）把烟掐了吧。我去给你煮杯浓咖啡。

罗大生　你快去睡吧，让我一个人……

〔芦敬朝厨房走去。

〔罗大生走到窗前，望着远处的灯火。他转过身，拿起酒瓶倒了半杯酒，独自饮起来。

〔芦敬端热咖啡从厨房里出来。

芦　敬　（发火地）怎么又喝起酒了？

罗大生　（猛地站起）请你走开！别烦我！（不小心将热咖啡碰翻在地）

芦　敬　（赶紧擦地）你看看，你看看……

罗大生　都是我不好，算了吧……

芦　敬　我知道你想什么……

罗大生　（痛苦地）知道就好……去睡吧，别管我！让我一个人待一会儿……

芦　敬　你想写那部《陆相沉积油田》的专著，是吗？

罗大生　我逃不过你的眼睛。

芦　敬　可那不是一天的事啊！

罗大生　（大声地）可我总得开始呀！

芦　敬　（绝望地）你算了吧……你这人，就是这样……生活在热情的泡沫里。

罗大生　今晚，你总算把这句话说出来了。是啊，骆驼又从远处……

芦　敬　（发火地）你别提他！（跌坐沙发上）

〔长久的停顿。

罗大生　（走到芦敬身旁，像孩子似的把头依偎到她的怀里，流着泪）……都是你把我惯坏了。你总是那么善解人意，怕伤害我，像哄孩子似的顺着我。甚至，不提起我学过的地质专业。可我看得出你心里不快活……

芦　敬　都快六十岁了，还能怎么样呢？

罗大生　（几乎是绝望地）……芦敬，我完了……今天我想写点儿东西，可一个字也写不出来。翻翻这个，看看那个，但都是别人的专著，一个字也抄不得。（哭着）……我已经停不下来了，我已经不会用自己的头脑思考问题了……我不知道死亡哪一天降临到我头上，但觉得它在悄悄地走近……可我回头看看，却觉得……

芦　敬　不，不不，别都说出来！

罗大生　（激动地）我得说，不然错过这个机会，我就更没勇气了。

芦　敬　别把自己打碎……

罗大生　……我每天夜里都在想，第二天重新开始生活，撕去虚伪的面纱，老老实实地做事！可到了第二天，生活还是老样子。我总能找到理由，这个集会得到场，那个领导得拜访。到了晚上，新闻要看，《焦点访谈》不能落下，接着就是疲惫……生活，也许生活太优越了……可我又害怕，时光就这样一天天过去。有时，我真想让死亡早一点儿到来，不至于拖得太久……

芦　敬　（哭着）这不是你的错……

罗大生　别打断我！还有比这更严重的呢。你记得我说过，几十年前，我的一次引起轰动的开发报告吗？那不是我一个人搞的，主要是骆驼。还有，应该调回来的是他，而不是我。可命运就这样安排了我们两个人……芦敬，你惩罚我吧！

芦　敬　（突然抱住罗大生）大生，我等着你自己说出这些，已经等了许多年了……大生，我爱你。从现在开始，我真的爱你了……

罗大生　可是太晚了……

芦　敬　不晚！临死前一天重新开始生活也不晚……

　　　　〔火车站响起了晨钟。

　　　　〔暗转。

　　　　〔六天以后，秋雨绵绵的下午；3点20分。

　　　　〔室内的光线有点儿暗，秋雨把一切空间都弄得潮湿、清冷。

　　　　〔录放机里正播着肯尼基的萨克斯管独奏曲《回家》，声音深邃而凄婉。

〔室内无人。有人在敲门。隔一会儿又敲一次。门轻轻地开了——洛明走进来。他环视着屋子，朝窗口走去，站在那幅照片前。洛明显得比相同年龄的人要苍老些，他很瘦，而且有点儿驼背。

〔芦敬从卧室走出来。她想去厨房，但突然感到室内有人。

芦　敬　（转身）你是谁？……怎么闯到别人家里来了……

〔洛明仍背着身站着。

芦　敬　要是走错了门儿，就赶紧出去吧。……真是怪人，还站着不动。（停了一下）你到底是谁？

洛　明　（转过身来）……你看我是谁？

芦　敬　（眯起眼睛端详着）天啊！是骆驼！

洛　明　（不好意思地）正是在下……

〔停顿。

〔那首《回家》的曲子很有穿透力，突然高亢起来。

芦　敬　……你总算来看我们了……

洛　明　我来过。每次到北京，一下火车我总是朝这窗口望一望……我想象着你们在干什么……

芦　敬　那为什么不上来，看看我们？

洛　明　我怕打扰你们。许多年过去了。我们的生活发生了多大的变化呀！（朝芦敬走过来）在大学的时候……

芦　敬　别走过来！

洛　明　为什么？

芦　敬　别动。就站在窗口那儿别动……再站一会儿。（欣赏着）你还是当年的那个样子。只是老了点儿……我真想大哭一场……（走过去帮洛明脱大衣）把风衣脱下来吧。外面的雨下得大吗？

洛　明　我真喜欢北京的秋雨，它使我想起许多往事。……还，还带着那么一点点的忧伤。

芦　敬　喝点儿什么？

洛　明　这可是现代语言。从前，你总是肯定地说——我去泡茶。

芦　敬　是啊，现在什么都有了——饮料、咖啡、长城干白，还有……

洛　明　可我喝遍所有的饮料，最后觉得什么也不如一杯清茶。

芦　敬　（边泡茶边说）上周，大生在电视里看到了你。我们的骆驼上

《东方之子》了。

洛　明　我更适合上《讲述老百姓自己的故事》。

芦　敬　你妻子怎么样？铁英她好吗？

洛　明　她退休快八年了。

芦　敬　怎么那样早？

洛　明　女职工五十岁就退。

芦　敬　你不会是喜新厌旧了吧？

洛　明　到了这种年龄，谁还能离开谁而独自生活呢？文化大革命中，她
　　　　保护过我，不嫌我是"臭老九"，咱得知恩图报哇。

芦　敬　看来，你很爱她……

洛　明　过日子呗。

　　　　〔停顿。

　　　　〔那首《回家》的曲子很悠扬。

芦　敬　你这次来北京，又要领什么大奖？

洛　明　你在讽刺我。

芦　敬　那你是来看我的？

洛　明　准确地说，是看你们两个的。

　　　　〔芦敬突然转过身去。

洛　明　你，你怎么了？

芦　敬　你把大生……

洛　明　我？这怎么可能，他是个强者。在大学是我的班长，现在依然是
　　　　我的领导。我们所有的人，都是北京的下级呀！

芦　敬　骆驼，我求你，别在大生面前炫耀你的成就，也别提地质专业。

洛　明　（站起身）看来，我还是走吧……

芦　敬　你要不怕挨骂，你就走吧。

洛　明　谁会骂我？

芦　敬　大生……大生一直在骂你，说你一走许多年，连封信也不写。说你确
　　　　实把我们给忘了……骆驼，大生很想念你，他是个有感情的人……

洛　明　（眼里含着泪）我怎么能忘呢……77年冬天，我在油田试验区
　　　　患了骨关节强直症，被抬到北京，许多人认为我再也站不起
　　　　来了……是大生东奔西跑地给我联系医院，找那些权威中医给

我开药方……还有你妈妈……（大声地）难道一个人做了一点儿事，就可以忘记别人吗？（悲哀地）芦敬，我一直觉得你是了解我的呀……

芦　敬　（拍了洛明一下）是啊……是啊……

洛　明　……不瞒你说，我这次来北京……

〔门开了，罗大生进来。

罗大生　（一直盯着洛明）——骆驼！

〔罗大生、洛明紧紧地拥抱着。

洛　明　要骂我吗？

罗大生　（高兴地）算啦！见到你我的气就消了一半。真想你呀，想在一起聊聊，像从前那样……芦敬，是不是该开怀畅饮呢？来点儿烈性的。

芦　敬　来点儿啤酒吧，免得喝多了又要胡说八道。

罗大生　你看你看，这个老太婆她虐待我，用爱的方式虐待我。（停了一下）许多年了……我们也老了……可我觉得你像是从来也没离开过！

洛　明　我们有许多东西，都留在这座房子里。

罗大生　（把茶杯换成酒杯）这个时候，怎么能喝茶呢。（启开一罐啤酒，倒进三个杯子）来，咱们三个干一杯。

洛　明　为什么呢？

罗大生　为你的成功——东方之子！

洛　明　算了吧，还是喝杯闷酒吧。

〔停顿。

洛　明　（有些忧伤，低头望着杯子里的酒）是啊，这回我真的成名成家了。许多人向我祝贺，记者围着采访，大会小会必到场，每次都把那些过了时的成果提上几句，还有那些耀眼的头衔，这个协会的理事，那个学会的会长……我真的要飘起来了，悬浮在空中。（激动地）可我是地质师！我得走进地层深处，朝下，一直朝下……走到一个沉甸甸的世界里。

芦　敬　（制止地）骆驼！

洛　明　芦敬不让我说，可我不会撒谎。（苦笑）成功？我能跟谁说呢？老婆，还是儿子？……也许，人的任何一点点成功，都是以时光

425

和岁月作代价的……（含着泪）我只有你们两个，我是求你们帮助我的……

罗大生　我？帮助你？

洛　明　正是！我们三个不是同做一个地质师的梦吗？我是请你们跟我合作的！

罗大生　合作？

洛　明　我接受了"九五"期间的重大攻关项目，整个大油田的二次勘探，三次采油。这可是跨世纪的工程！难道你们不想参加吗？

芦　敬　可我们……

洛　明　你们俩可是我们班的高才生啊！你们又在北京，信息灵通，情报及时。

罗大生　唉，要是年轻些该多好。

洛　明　现在也不老啊！

芦　敬　对！临死前一天开始生活也不晚！

罗大生　我的专著一定要完成！

芦　敬　把铁英接家里来住吧。兰兰又不在家——（立刻停住）对了，上午曲丹来电话，说她陪刘仁去桂林，路过北京。

罗大生　咱们聚一聚吧。你来吗？

洛　明　当然！

　　　　〔暗转。

　　　　〔两天以后，晚7点40分。

　　　　〔室内的气氛很热烈，当年的老同学在这里聚会。他们都是年近六旬的老者了。

　　　　〔饭已吃了一个多小时，还在继续着。此刻吃饭已不重要，人们在兴致勃勃地聊天，在追忆往事。

　　　　〔场上是三对夫妻——罗大生与芦敬，洛明与铁英，曲丹与刘仁。但刘仁又坐在了轮椅上。

　　　　〔一阵大笑过后，光复明。

铁　英　别笑了，真的？当时老洛瘦得像只鸡似的，叫我一把抓过来，就塞进油井房里了。我说：咱们结婚吧……

　　　　〔大家又一阵大笑。

罗大生	铁英，我们当年住的地窨子，现在还有吗？
铁　英	早没了！那儿建了儿童公园，可漂亮了！现在是高楼大厦，舞厅酒吧，美容桑拿，高速公路，四通八达。整个油城二百多万人口。
芦　敬	发展真快！
洛　明	可到底有多少人为油田的命运操心呢？
铁　英	就你，一脑门子官司！什么长期稳定繁荣、搞好二次创业、为子孙负责，你累不累呀？离了你地球就不转了？
洛　明	你别总说我。你也一样！
曲　丹	是啊，在火车上，有个人说油快采完了，结果铁英跟人家打起来了。还骂人家：你懂个屁！ 〔大家都笑了。
铁　英	谁让我是地质师的夫人呢！ 〔大家又是一阵笑。
洛　明	行了行了……（点燃烟）帮着芦敬收拾一下吧。
芦　敬	都别动。
铁　英	（有点儿粗鲁地夺过洛明手上的烟）谁让你抽烟了？不要命了，你身上有八种病。
洛　明	我都快蹬腿儿了。（又端起酒杯）
铁　英	（夺下酒杯）别喝了！快吃口饭吧。 〔停顿。几个人的目光都看着洛明，洛明无奈地笑笑。
罗大生	生活整个变了个样。想都不敢想……
铁　英	有一年……（突然沉下来）不说了……我还是到商场吧。给朋友捎东西，真烦死人了。
洛　明	我陪你去吧。
铁　英	你？待着吧你！（转笑）……好了，你们坐，谁也别动，我走了。（下） 〔大家望着铁英的背影，有说不出的滋味，突然一阵冷场。 〔刘仁中风以后，嘴角总是流口水，曲丹不住地给他擦着。
罗大生	刘仁，你这个吹牛大王，今天怎么一声不吭？
刘　仁	（勉强地笑笑）我，我我……我前半生说、说得太多了。
曲　丹	刘仁那年装了假肢，一直工作来着，搞了精密流量计，还写了几

427

本专著，直到去年中风……

〔停顿。

芦　敬　曲丹，你的职称怎么样？

曲　丹　说我没有论文，没有成果……

洛　明　（气愤地）他们要什么成果？你给一个油田英雄当了近三十年的保姆和妻子，你管的资料，齐全准确，百万个数据无差错，这就是最好的论文！

曲　丹　我不在乎。这一切都是我自愿的。……尽管医生说刘仁没有多少时间了，可我还是要陪他到最后，让他看看祖国的好风景。

罗大生　明天，我陪你们一起走。我争取到了一个差事儿，到新疆塔里木油田工作一年。（走向窗口，望着那幅拉骆驼的照片）生活，就像时钟的指针，过去的一刻，永远不会再回转，只有抓住此时此刻，抓住明天！有人说，临死前一天重新开始生活也不晚。这话虽然有点儿夸张，但它有道理！（望着芦敬）

〔静夜里传来北京火车站的钟声。

〔这些三十年前的老同学沉默着。

芦　敬　又要分手了……不知何年何月再相见，但愿……这是暂时的……（停顿）来，再唱一回那首《地质队员之歌》吧。曲丹，你起个头。

曲　丹　（哼唱）"是那山谷的风……"

〔先是罗大生、芦敬跟着唱，接着是洛明，最后是刘仁哭泣着唱起来。一个唱不下去了，另一个接上来，不会词的就哼着曲儿。

众　人　（唱）"是那山谷的风，

　　　　　　吹动了我们的红旗。

　　　　　　是那狂暴的雨，

　　　　　　洗刷了我们的帐篷。

　　　　　　我们有火焰般的热情……"

〔灯光渐渐地暗下来。

〔幕落。

——剧　终

　　《地质师》创作于1996年，同年8月由大庆市话剧团首演。导演陈力。同年9月参加黑龙江戏剧调演，获一等奖。1997年2月进京展演前，在十二个省会城市及十八个油城上演一百五十多场。1997年剧目入选中宣部第六届精神文明建设"五个一工程"，同年获文化部第七届"文华奖"，剧本获'97中国曹禺戏剧文学奖（1996年）。

作者简介

杨利民　男，1947年出生，黑龙江齐齐哈尔人，一级编剧，黑龙江省作家协会副主席、省文联副主席，大庆市文联名誉主席，南京传媒学院驻校艺术家。代表作品有话剧《黑色的玫瑰》《黑色的石头》《大雪地》《大荒野》《危情夫妻》《黑草垛》《地质师》等，影视剧《家族的荣誉》《北方往事》等，小说散文《暴风雪中》《灰色的羽毛》等。

·话 剧·

虎踞钟山

邵钧林 嵇道青

时　间　20世纪50年代初期。

地　点　石城南京，紫金山麓。

人　物　刘伯承——男，六十岁上下，中国人民解放军军事学院院长兼政委。

汪荣华——三十余岁，刘伯承夫人。

杨　震——男，三十余岁，原某师师长，解放军军事学院高级系学员。

崔保山——男，四十岁上下，原某骑兵支队司令，解放军军事学院高级系学员。

吴觉非——男，五十余岁，原国民党中将司令，解放军军事学院教员。

甘有根——男，四十多岁，原某军分区副司令，解放军军事学院高级系学员。

黄　矛——女，二十一岁，解放军军事学院文化教授会教员。

巴谢洛夫——男，六十余岁，苏联军事顾问。

钟汉钧——男，四十余岁，解放军军事学院合同战术教授会主任。

柯月秀——女，三十岁，志愿军战地救护模范。

丁铁蛋——男，二十岁，崔保山的警卫员。

赛艳秋——三十余岁，京剧坤伶。

门卫，所长，秘书，参谋，警卫，车夫，学员甲、乙，公务员等。

序　幕

〔1949年春，清晨。

〔石城南京。

〔枪炮声、喊杀声、军号声中，灯渐亮。

〔硝烟弥漫，炮火闪烁。

〔一面残破的国民党"青天白日"旗在风雨中飘摇。

〔各种响声渐隐，硝烟渐散。一阵急促的冲锋枪射击声中，"青天白日"旗飘落而下。

〔崔保山踩着破旗，拾级而上，仰天长笑。

〔一面鲜艳的八一军旗冉冉升起。

〔丁铁蛋押吴觉非上。

丁铁蛋　（敬礼）报告崔司令，俘虏已押到。

崔保山　啊哈，中将司令官吴觉非阁下，幸会幸会。

吴觉非　你是……

崔保山　骑兵司令崔保山，我想你不会不知道吧？

吴觉非　哦，是你！洞山之战你我交过手，你差点儿成了我的俘虏。

崔保山　好记性。我早就想见识见识你这位对手，赫赫有名的吴觉非将
　　　　军。你的坦克到哪里去了，洞山之战的威风到哪里去了？

吴觉非　（倨傲地）少啰唆，胜王败寇，如何处置，悉听尊便。

丁铁蛋　（把缴获的手枪递给崔保山）这是他的枪。

崔保山　嘿，勃朗宁，好枪！

丁铁蛋　刚才这家伙想用这枪自杀，被我夺下了。

崔保山　哦，还挺有种！

吴觉非　不成功，则成仁！战死沙场，是军人最好的归宿。

崔保山　好，我成全你。（把手中的勃朗宁手枪一挥，厉声地）转过身
　　　　去，向前走十步！

丁铁蛋　（使劲推了吴觉非一把）走！

　　　　〔吴觉非踉跄几步，稳住身子，缓缓向前走去。

　　　　〔崔保山举枪对准吴觉非的后背。

　　　　〔静场。

　　　　〔吴觉非转身面对崔保山。

崔保山　（扔过手枪）还是你自己解决吧！

　　　　〔吴觉非举起枪对向自己的太阳穴。

　　　　〔崔保山掏出自己的枪，朝天开枪。

　　　　〔吴觉非手中枪落地，愣神。

　　　　〔刘伯承和钟汉钧坐黄包车上。

　　　　〔秘书、参谋、警卫随上。

刘伯承　（下车）崔保山，你在搞啥子名堂？

崔保山	刘司令员，钟主任！（敬礼）
钟汉钧	崔司令，你怎么能这样？这可是违反战场纪律的！
崔保山	我是戏弄戏弄他。那是一支空枪，子弹在这儿呢！（松开拳头，子弹落地）解放军不杀俘虏，老子给你留条生路，押下去！
丁铁蛋	（推吴觉非）走！
刘伯承	等一下。
吴觉非	（转身）你是……（敬了一个美式军礼）刘伯承将军！
刘伯承	久违了，觉非先生。
吴觉非	败军之将，何谓先生……
刘伯承	败军之将，也不必轻生嘛！中国的古德里安，坦克闪击战专家，为何成为败军之将，倒是需要好好想一想啊！（对丁铁蛋）你送他去俘虏营。记住，放下武器，就要以礼相待。
丁铁蛋	是！（对吴觉非）请。（押吴觉非下）
崔保山	今天我总算报了洞山战役这一箭之仇。哎，刘司令员，你怎么坐黄包车进城了？
刘伯承	陈赓兵团都还没用上，南京就解放了！车马还没过江，我们又认不得路，只好劳驾这位师傅了。（指车夫）
钟汉钧	早在西柏坡，中央已经任命刘司令员为南京市第一任市长了，可我们的市长还不知道在哪儿办公呢！
崔保山	（得意地）总统府被我们占领了，老蒋的窝给连锅端了，这仗总算打得差不多了。我也要像刘司令员一样坐上黄包车，好好逛逛这南京城。
刘伯承	南京古称石头城，大江东去，虎踞龙蟠，历来是兵家必争之地，也是屯兵习武的好地方。汉钧，等全国解放了，我要向毛主席请缨，在这里办一所军校，来当一个教书先生。
钟汉钧	当年我在红军大学当学生时，你就是我们的校长。
刘伯承	我刘某人和教书有缘啊！保山，你也该进进学堂了。
崔保山	我是带兵打仗的，进什么学堂？
刘伯承	正因为你是带兵打仗的，才更需要学习！主席说过，革命胜利，只是万里长征走完了第一步。从现在开始需要向现代化、正规化进军了，要实现这个伟大而又艰难的转折，就得好好学习。

崔保山　（不以为然地）江山都打下来了，还有什么过不去的沟坎？

刘伯承　你这个崔保山，打仗像只老虎，可现在也得把身上的虱子抖搂抖搂了，不然非掉队不可。（转对钟汉钧）汉钧，我们上哪儿去啊？

钟汉钧　你是市长，我们跟你走啊！

刘伯承　到了家门口，反倒找不着家了。南京我光知道有个总统府，我们就去那儿！保山，（诙谐地）你去通知蒋大总统，他重金悬捕的刘匪伯承登门拜望来了！

〔众人笑。

〔收光。

〔歌声起。

<h2 style="text-align:center">一</h2>

〔光起。

〔1951 年初，晴日。

〔南京军事学院大门口。

〔歌声中起光。彩坊、彩旗、标语，处处洋溢着喜庆的气氛。

〔黄矛坐在报到处的长桌后，忙着接待扛行李的、背背包的、穿军装的、着便服的报到者。

学员甲　（对学员乙）你是四野的，从海南来？

学员乙　对！你从哪儿来？

学员甲　我从西北来。

学员乙　哦，一野老大哥！（下）

〔刘伯承上。他见学员甲肩扛手提的行李很多，便主动上前帮忙。

学员甲　（登记完毕，对刘伯承）请把我的行李送到基本系宿舍。

刘伯承　（愣了一下）好。（提行李欲下）

黄　矛　哎，老同志，你还没登记呢。

刘伯承　小同志，我是工作人员。

黄　矛　工作人员？我怎么不认识？

刘伯承　我也不认识你呀！

黄　矛　我叫黄矛。

刘伯承	哦，黄矛！黄毛丫头，名如其人嘛！
黄 矛	不是黄毛丫头，是"矛盾"的"矛"。
刘伯承	你是文化教员，华燕大学数学系应届毕业生，今年二十一岁，属大龙，对不对？
黄 矛	（傻了）对啊。哎，你是哪个部门的？
刘伯承	我嘛，就算个管理员吧。

〔汽车喇叭声。

〔钟汉钧引甘有根上。

钟汉钧	刘院长。
学员甲	（惊愕地）刘院长？（急忙接过行李）
刘伯承	（对学员甲）对不起，我不能帮你了。

〔学员甲急下。

〔黄矛愕然。

刘伯承	怎么，没有接到巴谢洛夫顾问？
钟汉钧	我们在码头等了半天，也不见人影。（指甘有根）这位同志是来上学的，顺便捎了来。
刘伯承	（辨认）甘有根？（迎上前去）
甘有根	刘司令员！（敬礼）
刘伯承	（紧紧握手）延安一别，已经十几年没有见面了！
钟汉钧	你们认识？
刘伯承	我们是老战友了，南昌起义时就在一起。
甘有根	当年刘司令员是参谋长，我只是个小参谋。
刘伯承	撤离南昌时，他救过我。到了延安，他调到中央警卫团工作，我们才分的手。他现在是军分区副司令。
钟汉钧	（敬礼）甘有根同志，失敬了！（接过甘有根的旅行箱，为他登记）
刘伯承	老甘，你来报到怎么不来个电话，我应该去接你。来，坐，坐。
甘有根	怎么能让你来接呢？我是学员，应该自己来报到。碰巧让他们捎了个脚，我都过意不去了！（习惯地掏出烟袋）
刘伯承	（笑）你啊，还是老样子！
甘有根	听说你要请陈老总来当政委？
刘伯承	他在上海当市长，来不了。不过，这座学院能办起来，多亏了他

和南京人民的支持啊！

〔巴谢洛夫坐黄包车上。

巴谢洛夫 （俄语）亲爱的刘，我们又见面了。

刘伯承 （俄语）老同学，你好啊！（与巴谢洛夫紧紧拥抱）老同学，当年我在贵国伏龙芝军事学院上学的时候，说的是俄语。现在你到我们学院当顾问，就得说汉语了。

巴谢洛夫 好！用你们中国的一句成语，这叫"入乡随俗"。

刘伯承 我们合同战术教授会的钟主任在码头恭候半天，你怎么……

巴谢洛夫 （大笑）我是有意不上他们的车。听说南京解放时，你是坐黄包车进的城，今天，我也享受享受和你一样的待遇。我是斯大林同志派来的，是毛泽东同志请来的，老同学，我得和你平起平坐。

刘伯承 我可不敢，你是苏联老大哥！（笑）老同学，你看，紫金山下，玄武湖畔，这院址选得怎么样？

巴谢洛夫 好极了，好极了，就像这位姑娘一样可爱！（指黄矛）

黄 矛 （敬礼）巴谢洛夫顾问，你好！

巴谢洛夫 哦，好可爱的中国姑娘，很荣幸认识你！（向前欲拥抱）

〔黄矛灵巧地从巴谢洛夫的臂下钻了过去。

刘伯承 （笑）老同学，你还记得吗？1928年我到贵国求学，你第一次拥抱我，我也像她一样难为情。

巴谢洛夫 你们中国人就是古怪。

〔众人笑。

刘伯承 汉钧，你陪巴谢洛夫顾问去休息，我送老甘到宿舍去。老甘，走，我们得好好摆摆龙门阵。

〔众人下。

黄 矛 （拉住钟汉钧）钟主任，刘院长怎么对我的情况这么清楚？

钟汉钧 不光对你黄矛，全院一千多师生的花名册都在他的脑子里。（下）

〔黄矛目送钟汉钧远去，愣神。

〔杨震身背背包，风尘仆仆上。

杨 震 同志，我来报到。

〔黄矛仍在发愣。

杨 震 （提高嗓门）同志、同志，报到！

黄　矛　（回过神来）噢，来了。（发现甘有根的旅行箱）对不起，请你稍
　　　　等一下，我送下箱子，马上就来。（提箱欲走）

　　　　〔吴觉非身着战俘服装急上，与黄矛交臂而过，两人止步，对望
　　　　一眼，黄矛跑下。

　　　　〔战俘管理所所长手捧军装追上。

所　长　（严厉地）028号，你给我站住！

吴觉非　（止步，傲然地）我有名字，何必呼叫号码？

所　长　好好，吴觉非，请你回去！

吴觉非　直呼姓名便可，"请"字可以不必。

杨　震　（一震）吴觉非？（上前，审视吴觉非）你就是吴觉非？

吴觉非　你是……

杨　震　你不认识我，我可知道你！你……（冲动地抓住吴觉非的胸襟）

所　长　哎哎，同志，别冲动，他是学院打算请来当教员的。

杨　震　当教员？（将吴觉非推开）他不配！

所　长　他是不配！让他当教员，太抬举他了。（对吴觉非）吴觉非，你
　　　　别给脸不要脸！（递军装）你给我把军装换上！

吴觉非　（推开）承蒙抬举。我是军人，我有我做人的准则。请你送我回
　　　　战俘管理所去！（急下）

所　长　你……（追下）

　　　　〔黄矛上。

　　　　〔杨震紧追几步，欲说什么。

黄　矛　对不起，让你久等了，请登记一下。（递过登记簿）

　　　　〔杨震掏出钢笔登记。

黄　矛　（接过登记簿看了看，目光落在杨震的脸上，欣喜地）杨震，是你！

杨　震　（疑惑地）你是……

黄　矛　想想看，我们哪里见过面？

杨　震　想不起来。

黄　矛　你是在应付，根本没有仔细地想。

杨　震　……实在想不起来。

黄　矛　（夺过杨震手中的钢笔）请问，这支钢笔是你自己的吗？

杨　震　（恍然大悟）噢，是你啊！真对不起，那天人太多，挤来挤去

的，签完名就找不到你了。

黄　矛　堂堂的解放军英雄师长，到大学作报告，那么多崇拜者围着你，当然找不着我了。幸亏有钢笔做证，要不你还不承认我们见过面呢！

杨　震　（尴尬地）实在对不起，直到今天才把这支笔还给你。

黄　矛　（把笔插进对方的口袋）算了，这支笔就送给你，留作纪念吧。

杨　震　（不知所措）这……

黄　矛　哎，你不是说要上朝鲜打仗去了，怎么……

杨　震　是啊，都到鸭绿江边了，一纸命令把我劫到了这儿，真是活见鬼。

黄　矛　你好像很有情绪嘛。

杨　震　当然有情绪！

　　　　〔门外传来马的嘶鸣声和人的吵嚷声。

　　　　〔门卫跑上，丁铁蛋一手持马鞭，一手拎步枪紧随其上。

丁铁蛋　（气冲冲地）这城里的怪名堂就是多，放着这么大的门不让走马，搞什么搞？

门　卫　（委屈地）这是规定，你吵也没有用！（对黄矛）黄教员，你来评评理！

黄　矛　（迎上去）怎么回事？

门　卫　他们两个硬要骑着马闯进大门。我不让进，他们就训我，连枪都被他缴了。

丁铁蛋　老子们刚从剿匪战场下来，不组织欢迎也就算了，连门也不让进，搞什么搞？

黄　矛　我说同志，进大门必须下马，这是规定。

丁铁蛋　"龟腚"？哼，还王八屁股呢。哪个定的？

黄　矛　上级。

丁铁蛋　上级是谁？告诉你，来的是我们崔司令，他就是上级！崔保山司令，骑兵打坦克的英雄，你们听说过没有？

　　　　〔崔保山手执马鞭，腰佩勃朗宁手枪，气概威武地上。

崔保山　铁蛋，你胡咧咧什么？

丁铁蛋　崔司令，他们还是不让进。

崔保山　（傲然地）你跟这丫头片子啰唆什么？去给我把老钟——钟主任找来，今天，我非要骑着马进这个门。

黄　矛	首长，请你说话文明一点儿。
崔保山	文明一点儿？我从生下来就这么说话！
黄　矛	你，你……（跑下）
崔保山	老子骑着马在战场上拼杀了十多年了，还没有人能挡住我的马头！
杨　震	（忍无可忍）同志，既然上级有规定，你就得按规定办。如果大家都像你这样，骑兵骑着马，那开坦克的不就得开着坦克进来了？
崔保山	你是干什么的？也是看门的？
杨　震	我是刚报到的学员……
崔保山	我是高级系的学员。（上下打量着杨震）你大概管不了我吧？
杨　震	对违反规定的事，谁都有权利管。

〔黄矛引刘伯承上。

崔保山	我今天倒要看看你怎么管我？别说你，就是刘司令员——刘院长，也得给我三分面子。
丁铁蛋	我们崔司令当年是刘院长手下的一员虎将！
崔保山	铁蛋，别胡吹！走，骑马进门！（"啪"地甩了一鞭子，掉头欲走）
杨　震	（挡住去路，一把攥住马鞭）今天我非得管管你！
崔保山	你敢！

〔杨震夺过马鞭，摔出老远。

崔保山	（急怒）你！（下意识地去摸腰间的手枪）
刘伯承	（捡起马鞭）好大的胆子，竟敢给我们堂堂的崔司令一个下马威！
崔保山	刘司令员！
杨　震	刘院长！（敬礼）
刘伯承	（对杨震）你是……
杨　震	报告刘院长，高级系学员杨震向你报到！
刘伯承	噢，你就是陈毅司令的爱将杨震师长。
崔保山	（头一扭）我不管什么师长军长，今天的事得给我一个说法。
刘伯承	当然得给个说法。你不是说我会给你三分面子吗，今天给你十分！（顿时严肃起来）丁铁蛋！
丁铁蛋	到！
刘伯承	你真行，把门卫的枪都缴了！

〔丁铁蛋赶紧把枪交还门卫。

刘伯承	（递过马鞭）把马送到学院的马厩去，统一管起来。所有的警卫员也要集中管理，你马上去教导团报到。
丁铁蛋	（迟疑地）崔司令……
崔保山	刘院长，这……
刘伯承	服从命令！（对门卫）你领他去，把袖标留下。
门　卫	是！（取下袖标递给刘伯承）

　　〔丁铁蛋随门卫下。

刘伯承	崔保山！
崔保山	到！
刘伯承	（递过袖标）把它戴上。你的任务，到校门口值勤。
崔保山	（傻了眼）我？
刘伯承	如果你能纠察到像你这样违反校规的人，就让他来顶替你；否则，你就一直值勤到全体学员报到完毕！
崔保山	刘院长……
刘伯承	听我口令——立正，向后转，目标：校门口，齐步走！

　　〔崔保山按照口令快快而下。

刘伯承	黄教员！
黄　矛	（吓了一跳）到！
刘伯承	（笑）别那么紧张。文化课就要开课了，你准备得怎么样了？
黄　矛	正在准备。
刘伯承	找个时间我想看看你的教案。你先送杨震去宿舍。
黄　矛	是！（引杨震下）

　　〔汪荣华身着军装匆匆上。

汪荣华	伯承！
刘伯承	哎，你怎么来了？有急事？
汪荣华	刚才周总理来电话，说毛主席要你马上去北京一趟。
刘伯承	好，君命召，不俟驾而行！走！

　　〔汪荣华拉刘伯承走向舞台一侧。

　　〔主演区收光。

　　〔追光起。

汪荣华	（担忧地）伯承，听说你要请六百多名国民党旧军官来当教员？

441

刘伯承 （严肃起来）汪荣华同志，不要忘了我们的规矩。

汪荣华 我这不是夫人参政，我只是想给你提个醒。全院一共八百多名教员，旧军官占了一大半，从国民党的陆军副总长、作战厅长、御林军的头头，从少将到上将，你都想收罗来。有人说，鱼虾鳖蟹全有了。

刘伯承 （叹息一声）锣鼓家伙敲起来了，总得有唱戏的啊。现在学院最大的困难就是教员奇缺，这些旧军官都有一技之长，我只能出此奇招了。

汪荣华 奇招就是险招，现在全国正在开展大规模的镇压反革命运动，我真为你捏一把汗啊！你别忘了，红军时期，你就被李德撤过职。

刘伯承 此一时彼一时，你这是想到哪里去了。

汪荣华 听说，你亲笔写的报告，主席和军委还没有批下来。

刘伯承 （缓缓落座）我想主席一定会批准的。

汪荣华 伯承，没想到这办军校比打仗还难啊！

刘伯承 （摘下眼镜擦拭着，感叹地）离开四川时，小平同志对我说，带兵打仗是个苦差，办军校是苦差中的苦差。

汪荣华 你是自找苦吃。

刘伯承 （站起身，乐观地）有的人把我们看作人上人，我们就得吃苦中苦嘛！

〔收光。

二

〔光起。

〔几天后的一个清晨。

〔高级系宿舍。

〔早操的脚步声、口令声中追光渐起。杨震坐在桌前看着手中的照片，陷入深深的思念之中……

〔音乐淡起。

杨 震 （内心独白）月秀，你在哪里？现在革命已经胜利了……

〔柯月秀身穿新四军服装，手缠绷带，出现在窗口。

柯月秀 杨震！你对我说过，等革命胜利了，你就娶我……

杨　震 月秀，你不会想到，我来学院报到那天，遇见的第一个人竟然会是吴觉非！

柯月秀 吴觉非？就是在皖南事变时和你交过手的那位国民党师长？

杨　震 对，就是这个混蛋！不是他，你不会被俘。

柯月秀 不是他，我俩也不会整整十年没有见面……

杨　震 月秀，你在哪里？

柯月秀 杨震！

杨　震 （起身迎向柯月秀）月秀！

〔光起。黄矛站在窗前。

〔宿舍内，杨震的床十分整洁，被子叠得方方正正。崔保山蒙着被子还在睡觉。临窗的墙上，贴着一张手绘的地图，上书繁体字标题——《朝鲜半岛军事"熊"（态）势图》。

〔窗外，晨雾袅袅，紫金山隐约可见。

黄　矛 杨震，大清早的，你没睡醒啊？

杨　震 （尴尬地）是你？你怎么来了？

黄　矛 我不能来吗？

杨　震 什么事？

黄　矛 喂，你这个人怎么不讲礼貌？你让文化教授会的黄矛教员就这么干站在窗户外面？

杨　震 哦，请进，门开着呢！

黄　矛 走个捷径，来，扶我一把。（伸过手）

杨　震 黄毛丫头，哪像个老师？（拉黄矛）

黄　矛 （从窗口跳进室内，顺手夺过杨震手中的照片）好漂亮的姑娘！难怪看得那么入神，是你夫人？

杨　震 不，是未婚妻！

黄　矛 她在哪儿？

杨　震 （伤感地）我也不知道。

黄　矛 （诧异地）怎么回事？

杨　震 皖南事变时被捕了，至今下落不明。（取回照片，自顾自地走到地图前，摆弄着上面的红绿小旗）

443

黄　矛　（愣了一会儿，解下腰带在崔保山被子上抽了一下）哎，崔司令，该起床了。今天出操，刘院长第一个到，站在排头，你还好意思压床板。

崔保山　（伸出头来，不耐烦地）吵什么吵？老子打了十几年仗，没睡过一个安稳觉，现在总得让我补补觉吧！（蒙头又睡）

黄　矛　那你昨天晚上干什么去了？

崔保山　（兴奋地）上大鸿楼听戏去了。嘿，有个角儿叫赛艳秋的，那戏唱得，啧啧……

黄　矛　你们啊……（无奈地摇了摇头。走向地图，扑哧一笑）嘻！

杨　震　你笑什么？

黄　矛　（指地图）这上面的字是谁写的？

杨　震　放牛娃出身，字写得不好。

黄　矛　（念）"朝鲜半岛军事'熊'势图"。

杨　震　什么"熊"势图？態（态）势图！

黄　矛　你啊，写了个大别字！把"态（態）势"的"态"写成了"狗熊"的"熊"了。（掏笔改字）

杨　震　（尴尬地）哦，写错了一点。

黄　矛　（顶真地）一点也不能错，一个军事家笔下的每个字，都关系到千百个士兵的生命哩！喂，听说你想到朝鲜去，不上学了？

杨　震　对，前方在拼杀、在流血，战局到了关键时刻，我没法安下心在这儿念叨 X 加 Y！告诉你，我已经向上级递交了请战报告！

黄　矛　（尖锐地）你这是小农意识，目光短浅！缺少文化能打胜仗吗？

杨　震　（激烈地）行了，你不懂得什么叫军人！对军人来说，枪声就是命令，求战是一种本能，对战争无动于衷的人，就不配穿这身军装！

黄　矛　（委屈地）就你勇敢，就你伟大，你是标准的军人，别人都不是！

杨　震　我不想评论别人，但在我看来，穿上了军装，不一定就是真正的军人！如果他不具备一个军人的情感，那他充其量只是个穿军装的学生。

黄　矛　（一怔，泪花涌出）你、你，我一直把你当作英雄，很崇拜你，可你……太叫人失望了。我送你钢笔，是希望你好好学习……

杨　震　我现在要的是枪，不是笔！（将笔递还给黄矛）还给你！

黄　矛　你？（接过笔，掉头急跑下）

崔保山　（从被窝里探头出来）你这人也真是的，好端端的把人家给气跑了。我看，这姑娘对你有点儿那个意思。要模样有模样，要文化有文化，和我老家那个小脚黄脸婆，真是一个天、一个地。你小子艳福不浅啊！

杨　震　你睡你的回笼觉吧！（继续看地图）

崔保山　（一摸耳朵，发现夹着两个票夹）咦，我耳朵上怎么夹着两个票夹子？

杨　震　我夹的。

崔保山　搞什么搞？我说怎么老梦见老婆揪我耳朵呢！

杨　震　你的呼噜质量太高，我实在受不了，只好用这个土办法。

崔保山　哎，灵吗？

杨　震　（笑）你别说，还真灵！

崔保山　（大笑）不瞒你说，安排住房时，我可以住单间，是我主动要求和你同住的。

杨　震　为什么？

崔保山　不是冤家不聚头啊！你让我在校门口下不了台，我要让你晚上睡不好觉！

杨　震　（笑）嘿，真看不出，你老兄还有这份心计。

崔保山　（得意地）没两下子，还能带兵打仗？算了，扯平了，我还是搬出去住吧。

杨　震　别搬了，不打不成交，不过你老兄这双脚可得要勤洗点儿。我已经递了请战报告，说不定很快就走。

崔保山　不是我说你，你这人太死心眼儿，打了那么多年的仗，也该歇歇了。原来我也不想来上学的，可没想到进了城，才晓得天外有天、山外有山。昨天我带铁蛋上夫子庙逛了一趟，那满街的灯红红绿绿，那满街的姑娘一个比一个标致，把……把铁蛋的眼都看直了。

杨　震　（笑）恐怕你的眼比铁蛋还要直吧？

崔保山　你去看了眼也得直，反正我是不走了。再让我回到那深山老林里，每天坐在马背上，我是一天也受不了。

〔赛艳秋着列宁装，背着腰鼓，捧一束鲜花上。

赛艳秋 请问，崔保山崔司令是在这儿住吗？

〔崔保山赶紧钻进被子。

杨　震 请问你是？

赛艳秋 我叫赛艳秋，金陵京剧社的演员。

崔保山 （跳下床）哎呀，你怎么来了？（发觉不妥，急忙上床）

赛艳秋 哟，崔司令，病了？

崔保山 这，没什么，小病，小病。（用被子把脚捂上）找我有事？

赛艳秋 昨晚你到新街口大鸿楼听我唱戏，给我献花，我怎么担当得起？今天南京市组织我们这些文艺工作者到你们学院来慰问，我特地买了这束鲜花，来献给你这位英雄。（递花）

崔保山 哟哟，这……（接花）

赛艳秋 另外送几张戏票，请你们去看戏。（递票，对杨震）请这位同志一起去。

杨　震 谢谢。

赛艳秋 我走了，晚上大鸿楼见！（下）

〔崔保山急忙穿衣下床，冲到窗前，朝外挥动鲜花。

杨　震 别忙乎了，人家早走远了。老崔，今晚我不去了。（递票）

崔保山 不不，你一定得去。那戏唱得，啧啧，看了顺眼，听了舒坦……（学唱两句，跑了调）坏了，有人来了。哎，老兄，就说我病了。（急钻进被窝，蒙起头）

〔刘伯承、钟汉钧上。

〔杨震敬礼，欲说话，刘伯承用手势制止，径直走到崔保山的床边，伸手拍拍被子。

〔崔保山在被窝里翻了个身，故意发出响亮的鼾声。

〔刘伯承耐心地再拍被子。

〔丁铁蛋拎着水瓶，哼着小调上。

丁铁蛋 （见状大惊，急唤）崔、崔司令……

崔保山 （猛地翻身下床，抓起一只鞋子，佯揍丁铁蛋）原来是你这个小兔崽子，搞什么搞？

〔丁铁蛋朝崔保山身后使眼色。

〔崔保山回头发现刘伯承，大惊，手忙脚乱地穿鞋。

〔刘伯承不动声色，盯着崔保山，扔过另一只鞋。

钟汉钧　你看你，像什么样子？

崔保山　嘿嘿，刘院长、钟主任……

刘伯承　（不理崔保山，转对丁铁蛋）小鬼，你们这位骑兵司令，经常睡懒觉不出操吗？

丁铁蛋　不常……不过，三天两头是……有的。

崔保山　（瞪着丁铁蛋，恼怒地）你……

刘伯承　（摘下眼镜，擦擦镜片）小鬼，我给你一个任务。

丁铁蛋　（双脚并拢）是！

刘伯承　以后，每天早上起床号一响，你就把他的被子给我掀了！

丁铁蛋　是，保证完成任务！（欲走）

刘伯承　等等。院部规定，士兵一律不许留发，你知道吗？

丁铁蛋　知道。

刘伯承　那你为啥还没把头发剃光？

丁铁蛋　这个……这个，大伙儿说，剃个光葫芦头像个二杆子。

刘伯承　（摘下自己的帽子，露出光光的头顶）嗯？二杆子？

〔众人欲笑，又忍。

〔丁铁蛋吓得不知所措。

钟汉钧　（欲训斥）你这个小鬼……

刘伯承　（用手势制止钟汉钧）二杆子，二杆子？我看就是既要抓枪杆子，又要抓笔杆子，你们说对不对？大家坐吧。

〔众人笑，落座。丁铁蛋松口气，溜下。

〔杨震蹲在凳子上。

刘伯承　哎，杨震，有凳子不坐，干啥子蹲着？

杨　震　进城前很少有凳子坐，蹲习惯了。

刘伯承　有些习惯可得改一改，不能老让人家叫咱们土八路喽。昨天我才从北京回来，毛主席和军委批准了我们的办学方案，特别强调了学院的正规化问题。

崔保山　（习惯地把脚往床上一搁）正规化？

447

〔钟汉钧用手点了点崔保山。

〔崔保山赶紧放下脚，坐端正。

刘伯承　来自野战军的不许"撒野"，干过游击队的也不许"冒油"。

崔保山　刘院长，你放心，保证不"撒野"，不"冒油"！我先去方便一下。（欲溜）

钟汉钧　等一下，还有个事顺便给你说一下，我们想在学员中选几个人担任各班级的干部，想让你担任第二班级的副主任。

崔保山　副主任？我不干！

钟汉钧　为什么？

崔保山　我从当连长起，营长、团长，直到骑兵司令，干的都是正职，从来没有当过副的。

刘伯承　嘀，这也算个理由？那好，既然你不愿意当副主任，就担任一个学习小组的组长吧。

崔保山　学习小组长是正的还是副的？

钟汉钧　学习小组只设一名组长，自然没有副的！

崔保山　是正组长，我干，就这么着！

刘伯承　（挥手）你们先走，我和杨震谈点儿事。

〔钟汉钧、崔保山下。

〔杨震有些紧张地笔挺站好。

刘伯承　（掏出杨震的报告）你这个请战报告我已经看了，理由很正当、很充分！好嘛，你去，我也去，我们一起走，你看几时动身呀？

杨　震　（一愣，讷讷地）你是院长，你怎么能走？

刘伯承　学员都跑了，要我这个光杆院长做什么？

杨　震　不，我没有要大家都去，我只是说我自己……

刘伯承　关心前线局势，渴望参加战斗的，难道只有你杨震一个？你给我站到军事学院的大门口去问一问，从教员到学员，从院长到士兵，哪一个人的心不是跟志愿军跳在一个节拍上？（走向地图，把图上的蓝军标志从三七线移至三八线附近，又把一面小蓝旗插在仁川上）

杨　震　（吃惊地）什么？美军重新占领了仁川，我军又撤回到汉江，看来战场的形势比我想象的要严重得多。

刘伯承　是啊，你画的这张态势图，对战局的反应很不灵敏嘛！其实，地图只能显示表层的军事态势，至于美第八集团军新任司令官李奇微，这位二次大战诺曼底登陆时的空降师师长，与他的前任沃克有些什么不同？他与麦克阿瑟的战役思想有些什么差异？他的这一次攻势，究竟是以攻为守，还是更大规模行动的一次前奏？对付这样的对手应采取何种战略战术？我志愿军要以弱克强，有哪些战例可以借鉴？这些你都认真想过没有？

杨　震　我……我心里着急啊！（抓下军帽，蹲下）

刘伯承　杨震啊，我心里难道就平静吗？如果现在批准你返回前线，当初又何必把你从鸭绿江边召回来？我们面对的是用现代装备武装到牙齿的敌人，这在我军作战史上还是第一次。如果让你现在上前线，凭过去的老经验，还是用小米加步枪的打法，不熟悉多兵种协同作战，你有必胜的把握吗？

杨　震　（缓缓起身）我……

刘伯承　（缓缓坐下）彭老总几次催我，向我要人，尤其需要熟悉现代作战的优秀指挥员。杨震啊，你知道我为啥子要办这所军校？这是我多年来的一个愿望啊。早在战争年代，就是坐在马背上，我也经常在思考这样一个问题：我们这支军队，是以农民为主体的，在危难中诞生，在战火中成长，尤其需要进行正规化的训练，可一直没有机会和条件。现在江山打下来了，这个问题就更突出了。打江山难，守江山更难啊！我们要有这个紧迫感，要有这个忧患意识。

杨　震　（深受触动）忧患意识……

刘伯承　（站起身，语重心长地）杨震啊，我们只有不断学习新的东西，跟上时代的发展，才能永远立于不败之地！现在你我的阵地在哪里？就在这脚下！（递过报告）

杨　震　（羞愧地）刘院长！（接过报告，一撕两半）

刘伯承　你去找黄教员。

杨　震　找她？

刘伯承　对，向她道歉！

杨　震　是！

〔甘有根端两碗饭菜上。

甘有根　开饭喽，开饭喽！（发现刘伯承，愣）刘院长……

刘伯承　老甘，你怎么当起炊事班长了？

甘有根　我来对一下这两天上课的笔记，顺便把早饭给捎了来。

杨　震　老甘资格最老，可每天都为大家忙这忙那，大伙儿都说他不愧是
　　　　张思德的战友。

刘伯承　老甘，你像张思德，还得像白求恩，在学习上可得多下下功夫。

杨　震　他学习比谁抓得都紧，每天晚上都是最后一个熄灯。

甘有根　我是只被赶着上架的鸭子，没办法。

刘伯承　（抚着甘有根的双肩）眼睛都熬红喽！（接过甘有根的笔记本，翻
　　　　看）怎么，这么多的空白？

甘有根　（愧疚地）我，我记不下来。

刘伯承　（拉甘有根至桌边坐下）来，我帮你补上。

　　　　〔音乐渐起。

　　　　〔刘伯承讲着、写着，甘有根和杨震分站两侧，听着、想着……

　　　　〔光渐收，音乐响起。

　　　　〔一演区灯亮。

黄　矛　（坐在石凳上）咦，你这个人，老这么站着，不嫌累啊？

杨　震　你这里通不过，刘院长那边我交不了差。

黄　矛　啊，说了半天，你只是为了交差呀？

杨　震　不，不！一半是为了交差，另一半嘛……思想认识上也确实有一
　　　　点儿提高。

黄　矛　好，说说看，认识上有什么提高？

杨　震　缺少文化，不懂科学，这是旧社会在工农身上刻下的愚昧伤痕，
　　　　我们不能以大老粗为荣。

黄　矛　这是你的话？

杨　震　不，是刘院长对我说的。

黄　矛　我想听你自己的话。

杨　震　……你们这些教员是给我们送金钥匙的人，让我们打开知识的大
　　　　门，去攀登现代军事科学的高峰！

　黄　矛　（兴奋地击掌）说得好！你真是这样想的？

杨　震　不，这也是刘院长对我讲的话。

黄　矛　啊，闹了半天还是刘院长的话。

杨　震　刘院长的话句句说到了我心里。他已是六十的老人了，身上带着九处战伤，却放着高官不做，辛辛苦苦跑来办学，图啥？还不是为了我们。

黄　矛　（笑）这也是刘院长说的？

杨　震　不，这是我自己的话。

黄　矛　这还差不多。

杨　震　黄教员，你……（伸手）把笔还给我吧。

黄　矛　（掏出钢笔，欲递又收）不行，还得看你行动。

　　　　〔暗转。

三

　　　　〔第二天，雪后初霁。

　　　　〔中华门城堡。

　　　　〔巴谢洛夫身穿中山装，头戴笠帽，倚着墙垛，眺望远处。

　　　　〔刘伯承、钟汉钧和随从进入城门。

钟汉钧　（举目四顾，对巴谢洛夫背影）同志，请问有没有见到一个外国人？

巴谢洛夫　（转身，摘下笠帽，风趣地）我见到的全是外国人！

　　　　〔众人大笑。

刘伯承　老同学，据说这中华门城堡是世界上最大的城堡，你有何观感？

巴谢洛夫　太壮观了。昨天在讨论战术教材的时候，我说过，中国是个五千年的文明古国，应该多选编一些中国的古今战例。现在我站在这个古战场上，更坚定了我的想法。别的不说，就你这个老同学也打了不少胜仗嘛，人称"战神""当代孙武"……

刘伯承　好了，好了，别抬举我了。我军自建军以来基本上是单一兵种作战，而你们苏联伟大的卫国战争，进行的是多兵种协同作战。我们很需要向老大哥学习，当然应该多选编一些贵军的战例。我看这个问题就这样定了吧。

巴谢洛夫　老同学，大雪天把我约到这儿来，总不会是讨论教材问题吧？

刘伯承　你不是向我要一个对坦克有研究的专家吗？我倒找了一个，可他不愿干，今天请你一起来见见他，做做工作。

巴谢洛夫　（指钟汉钧）你说的是他？

钟汉钧　不，不是我，刘院长请的人还没到呢。

巴谢洛夫　钟主任，听说要调你去总参当部长？

钟汉钧　有这事，总部来了个商调函。

巴谢洛夫　现在学院很缺教员，我们很需要你。

刘伯承　（诚恳地）我也舍不得让他走啊。可总参的部长是个很重要的岗位，对个人发展也很有好处，我看还是去吧。

钟汉钧　（感动地）刘院长，还是让我考虑考虑再说吧。（掏出一盒子，递给巴谢洛夫）巴谢洛夫顾问，听刘院长说，今天是你的结婚纪念日，这是我们教授会的同志送的小礼物，表示祝贺。

巴谢洛夫　（笑）老同学，你的情报太准确了。（打开盒子）刮胡刀！好，太好了！（突然发现盒子上的字母，念）U—S—A！（将盒子递还给钟汉钧）对不起，这个礼物我不能收。

钟汉钧　（纳闷地）为什么？

巴谢洛夫　这是美国货。美国是我们的敌对国，我们苏联军人坚决不用美国货！

刘伯承　（笑）汉钧，这个情报你可没弄准确哦！老同学，我送你夫人一件礼物。（从随从手中接过一个纸包，递给巴谢洛夫）

〔巴谢洛夫打开纸包，抖出一件粉红色的京剧青衣戏装。

刘伯承　怎么样？

巴谢洛夫　（欣喜地在自己身上比画着）知我者伯承也！我夫人酷爱中国文化，我代表她谢谢您。（抱拳作揖）

〔众人笑。

警卫甲　刘院长，您请的人到了。

刘伯承　好，有请！

〔战俘管理所所长手捧军装引吴觉非上。

刘伯承　觉非先生，别来无恙？

452　**吴觉非**　（惊讶，讷讷半晌）刘伯承将军，你怎么在这儿？

刘伯承　（笑吟吟地）你我是川中故旧，约你到此一聚。

吴觉非　（惶恐地）阶下之囚，岂敢劳动大驾。

刘伯承　（一一介绍）这位是苏联军事顾问巴谢洛夫中将，这位钟主任想
　　　　必你已认识。（对巴谢洛夫）这位是吴觉非中将，黄埔一期高才
　　　　生。曾到德国陆军大学深造，潜心研究过坦克闪击战，人称"中
　　　　国的古德里安"。

巴谢洛夫　久闻大名，欢迎欢迎！

吴觉非　徒有虚名，惭愧之至！

刘伯承　觉非先生，我们三顾茅庐，你不愿出山，今天只好"城门立雪"了。

吴觉非　刘公，请不必再为我费神。败军之将，实难从命，恕我不识抬举。

钟汉钧　你岂止是不识抬举，简直是冥顽不化！你知道你这样做，会是个
　　　　什么下场吗？

吴觉非　要杀要关，悉听尊便。

钟汉钧　（转对刘伯承）刘院长，你都看见了吧？整个儿一个无药可治！

刘伯承　（制止钟汉钧）觉非先生，听说这些天你在战俘管理所，用馒头、
　　　　碗、筷子摆沙盘，研究川陵之战，是不是输得有些不服气？

吴觉非　我的坦克怎么会输给骑兵？还不是江南丘陵水网地带捆住了战车
　　　　的履带，闪击战术无从发挥！再说我的前卫师长临阵倒戈，电台
　　　　台长居然又是中共地下党员……这个仗叫我怎么打？

钟汉钧　你真是千年胡豆，难进油盐。哼！

巴谢洛夫　你是不是想摆开阵势，和他们再较量一次？

吴觉非　（长叹一口气）国民党的气数尽了，蒋先生的气数尽了……

刘伯承　看来，这些天的闭门思过，你还是悟出点儿道理来了。来，坐
　　　　下谈。

吴觉非　在刘公面前，哪儿有我的座席？

刘伯承　（举目四顾，大笑）此地没有座席，你没有，大家都没有嘛。我
　　　　们就来个平起平坐，促膝而谈。（坐在台阶上）
　　　　〔巴谢洛夫、钟汉钧也随之坐下。

吴觉非　这……恭敬不如从命。（相向而坐）

刘伯承　想当年，你我投笔从戎，参加熊克武的混成旅，讨伐北洋军阀，
　　　　你表现得很勇敢嘛！尤其是磨刀溪一战，拼死苦斗，奇袭取胜，

受到过中山先生的称赞。

吴觉非　惭愧，惭愧，觉非岂敢与刘公这样的战神相提并论！

刘伯承　觉非先生，你今天坐在这座中华门城堡上，一定别有一番感慨吧？南京沦陷时，你率三千壮士在此地抗击日寇，喋血城堡，这在中华民族的反侵略战争史上应该记上一笔。

吴觉非　（大感意外）刘公还记得这些？唉，这些都已是往事了。

刘伯承　前事不忘，后事之师。可惜你从这城堡撤离之后，步步走入歧途，尤其在皖南事变中走得更远了，最终导致了彻底覆没，连枪带人成了我崔保山部的战利品，而你至今仍未悔悟。

吴觉非　（涨红脸，扭过头去）……胜败乃兵家常事。

刘伯承　（陡然起身）难道你吴觉非铁心要做蒋家王朝的殉葬品？国民党蒋介石逆历史的潮流而动，背叛人民群众的意志，最终的失败绝不是什么兵家常事，而是历史必然。

〔吴觉非惶惶不安地站起身。

〔巴谢洛夫、钟汉钧起身。

刘伯承　你说过，你不怕死，但你害怕真理。这就是真理！

巴谢洛夫　听说你把爱国作为做人的第一准则，现在新中国成立了，我们外国军人都来为她出力了，你就不愿为她做些有益的工作？

吴觉非　怎能让一个败军之将去执掌教鞭，给胜利之师上课？

刘伯承　有何不可？过去走错了路不要紧，改过来就好了嘛！我奉劝你当人如其名——觉非觉非，觉今是而昨非。这中华门城堡是你从光荣走向耻辱的转折点，希望你从这儿开始，重新书写你的人生历史，从耻辱走向新的光荣。

吴觉非　（苦笑）刘公，你这是救我出苦海，又逼我上梁山啊！

刘伯承　不管是请上梁山、逼上梁山，还是捆上梁山，上了梁山都是好汉！

〔黄矛手捧教案匆匆上。

黄　矛　报告！（敬礼）刘院长，我来了！

刘伯承　（笑）又来了一个上梁山的巾帼英雄！

黄　矛　（不好意思地）我怎么能算英雄。刘院长，这是我的教案，请你审阅，不知道行不行？（递过教案）

454　刘伯承　（未接教案）我不看了，你就给我们大家试讲一下吧。来来来，坐下，坐下，听黄教员授课。

黄　矛　（紧张地）刘院长，这……

刘伯承　教员是无冕之王，就像李太白，遇官高一级，没有什么好怕的。

〔众人在台阶上坐下。

黄　矛　（低着头，似背书般地）……同学们，今天我开始上数学课。数学是一个美丽的童话，数学是一个智慧的迷宫，数学是用一组组枯燥的数字组合成的美妙乐曲。现在让我们一起撩开它那神秘的面纱，走进那迷人的数学王国……

巴谢洛夫　（鼓掌，喝彩）好，太动听了！

刘伯承　（笑着站起身）你讲得很浪漫，很有诗意。不过你面对的学员大多是工农出身，可不可以说得朴实一点儿，少用些形容词？

黄　矛　（难为情地）……是！

刘伯承　吴觉非先生，你是专家，能不能给我们的黄矛教员指点指点？

黄　矛　（惊愕地审视着吴觉非）吴觉非？

吴觉非　（惊愕地站起身）黄矛？（仔细端详黄矛）你是矛矛？我的女儿？

黄　矛　（情绪复杂地）我……你……

吴觉非　矛矛！我是你父亲啊！

黄　矛　（扭过头去）我没有你这个父亲！十多年了，你把妈妈和我抛到哪儿去了？我一辈子也不想见到你！

吴觉非　（愧疚地）爸爸对不起你们……

刘伯承　父女久别重逢，理应高兴才是。人世间，最难割断的莫过于骨肉亲情。（对吴觉非）觉非先生，你女儿的进步可是比你快了！（从所长手中接过军装，递给黄矛）黄矛同志，请你帮帮你父亲，把军装穿上、穿好！（朝众人示意后，悄然离去）

〔众人随下。

〔灯光渐收，仅留一束追光映照着父女俩。

吴觉非　（激动地抚着黄矛的双肩）你和你妈年轻的时候一个样。

黄　矛　我妈现在可是人老珠黄了。（推开吴觉非）

吴觉非　你妈现在好吧？

黄　矛　你还知道关心她？她活得比你好。希望你能悔过自新，重新做人。

吴觉非　（苦笑）做人？矛矛，你看父亲还能做人吗？

455

黄　矛　这就看你自己了。（递过军装，掉头欲走）

吴觉非　矛矛，你就不能叫我一声爸爸吗？

黄　矛　（止步，回首）我……（急步跑下）

吴觉非　矛矛！

〔暗转。

〔江潮的澎湃声。

四

〔几天之后，上午。

〔高级系教室内。

〔下课铃声响。一群身着新式呢料军装的学员围站在沙盘旁，听
钟汉钧讲课。

钟汉钧　今天的战术课就讲到这儿，下课。

杨　震　（臂佩课代表袖标）立正！解散！

〔众学员解散。

甘有根　钟主任，你刚才讲的，有几个地方我还不太明白，能不能给我开
个小灶？

钟汉钧　老甘，我今天讲的是不是理论性的东西多了一点儿，不够通俗？

甘有根　不，不，是我底子实在太薄！

钟汉钧　我马上要到基本系去上课，这样吧，你晚上来找我。

甘有根　好，谢谢！哎，钟主任，不是说你要到总参当部长吗，什么时候
走啊？

钟汉钧　我已经决定不去了。

甘有根　不去了，为什么？

钟汉钧　学院刚刚创建，白手起家，人手很缺，走不开啊。

甘有根　（感慨地）你们这些教员，大多是很有发展前途的军师一级指挥
员。可你们就像刘院长和我说的，是那匹驮着唐僧到西天取经的
白龙马，默默无闻，不计名利得失，做出了很大的牺牲啊！

钟汉钧　要说牺牲，谁也比不过刘院长。他主动请缨办这所军事学院，不
仅辞去了西南军政委员会主席的职务，连总参谋长都不愿出任。

甘有根　是啊，刘院长常说，他活着要当个好教书匠，死了就埋在紫金山。

钟汉钧　刘院长就是这么个人。我上课去了，晚上见。

崔保山　（已在讲台上摆好象棋）老甘，来来，杀一盘！

甘有根　不，不，我哪儿有心思下棋哦！（坐到一边翻笔记本）

崔保山　（端起棋盘走向台口，挑衅地）谁上？怎么，都不敢？好，今天，我就干我的老本行，不用车，光用马！行了吧，谁上？

杨　震　我来！你老兄也太狂了，我就不信这个邪！（摆棋）

崔保山　（摆棋）信不信下完再说。（抓起一个棋子往边上一拍）让你一个车！

杨　震　（抓起棋子往棋盘上一拍）我不用你让！

崔保山　你有种！红先黑后，你先走！

杨　震　黑棋领先，你先来！

　　　　〔上课铃声响起。

崔保山　妈的，真扫兴！下课再战！（与甘有根走入观众席坐下）

　　　　〔杨震把棋盘放进讲台，整理军容。

　　　　〔吴觉非身着解放军军装，夹着教案，步履迟疑地上。

　　　　〔杨震一愣，盯视着吴觉非，别过头去。

崔保山　（腾地站起，大叫一声）吴觉非？哎，怎么会是他？

　　　　〔吴觉非一惊，教案滑落在地上。

杨　震　（竭力控制自己的情绪，制止崔保山）老崔，别胡来，这是在课堂上。（跑过去捡起教案递给吴觉非，转身发出口令）全体起立——（转向吴觉非，敬礼）教员同志，高级速成系二班，实到学员三十七名，请您上课。课代表杨震！

吴觉非　（回了个美式军礼，忐忑不安地）好，好……

杨　震　（心绪复杂地愣了片刻，转向台口）坐下！（跑下观众席）

吴觉非　（走向讲台，打开教案，转身在黑板上写下：tank——水柜，随后画圈将其圈起，又画箭头将其引向坦克模型，转向观众）今天我们讲坦克在合同战术中的运用。第一次世界大战时，英国有个叫斯文顿的，建议将一种"霍尔特"拖拉机装上厚厚的钢甲，改装成战车，这种战车最先是在水柜工厂里生产出来的，为了保密，他们把这种战车称作水柜，英文叫tank……

〔学员们静静地听着，崔保山侧头望着窗外。

吴觉非 （顾虑渐消，恢复自信，目光离开教案）坦克的首次运用，是在第一次世界大战英法联军与德军对垒的战场上。半个世纪以来，坦克之所以能在战场上纵横驰骋，在于它有坚厚的装甲防护、强大的机动火力，能在复杂的地形下高速行驶，成了地面战场之王……

崔保山 等等！（忍无可忍，冲上舞台）我想提个问题！

吴觉非 （一怔）课堂上提问之前，请先举手。

崔保山 扯淡！投降才举手，我可没这个习惯！

吴觉非 （语塞）你！

〔甘有根冲上舞台劝阻。

崔保山 （推开甘有根）请问，在战场上，是坦克跑得快，还是骑兵跑得快？

吴觉非 （就事论事地）这是很难类比的，要看是在何种地形下。总的来说，坦克的机动性能、加速性能以及越野性能，都是其他地面兵种难以比拟的。

崔保山 （怒冲冲地）笑话！我再问你，知不知道骑兵打坦克的战例？

吴觉非 （想努力淡化争论）这……今天我们讲的是坦克课……

〔杨震奔上台。

杨　震 （劝阻）崔保山同志，有话下课再说。

崔保山 课代表无权限制我讲话！（转对吴觉非）你，回答我的问题！

吴觉非 当然，是有过骑兵钳制坦克的事……

崔保山 （哈哈一笑）所以嘛，别把你的坦克吹得那么神！我的骑兵和炸药包，照样掀翻你那乌龟壳！（用手掀翻讲台上的坦克模型）

吴觉非 骑兵也罢，炸药包也罢，我以为万不可因此而忽视装甲的威力！

崔保山 什么意思？

吴觉非 从军事科学的发展趋势来看，坦克的地位正在加强，而骑兵势必逐步被淘汰。

崔保山 （大怒，在讲台上重重一拍）大胆！该淘汰的不是骑兵，而是你！

吴觉非 （冲动地）崔司令，我想你不会忘记，国军在克复洞山的战斗中，曾经用坦克长驱直入，大败贵军！

杨　震 （训斥地）吴觉非，你少给我提你的国军！

吴觉非	对不起，口误口误。（垂下头去，无目的地一页页翻着教案）
崔保山	哼！一年前，我用机枪手榴弹把你欢迎了过来，现在竟然给我上起课来了，笑话！（瞄了瞄吴觉非，又瞄了瞄天空，夸张地）啊哈，要不是在光天化日之下，我还以为你是从战俘管理所溜出来的呢。
吴觉非	（将教案重重地拍在讲台上）士可杀不可辱！我是刘伯承院长请来的！
崔保山	你别拿刘院长吓唬人！（对甘有根）走，找刘院长去！我看老头是不是花了眼了。（拉甘有根欲走）
甘有根	哎，你瞎咧咧什么？刘院长坐在后排听课呢。

〔刘伯承出现在观众席里。

〔全体学员起立。

刘伯承	崔保山，你要检查我的视力啊？（边说边上台）我刘伯承虽然只有一只眼，视力只有0.2，可我自信不会看花眼，不是有句成语，叫"一目了然"嘛！

〔众人窃笑，落座。室内紧张气氛缓和下来。

吴觉非	刘院长！（敬美式军礼）
刘伯承	吴教员，你这个军礼可不大标准，这是国军的军礼，不是我们解放军的军礼。
吴觉非	（递过教案）江山易改，禀性难移。刘院长，请你还是把我送回战俘管理所去吧！
刘伯承	（接过教案，笑）没有这么严重吧？
吴觉非	败军之将没有资格任教，我是一名旧军官……
刘伯承	我刘伯承也是旧军官出身。毛主席说过，革命不分早晚，不计先后。你是我请来的老师，大家都应该尊重你！
崔保山	哼！让我尊重他？
刘伯承	尊师重道，理所应当。
崔保山	他懂什么？
刘伯承	他懂坦克，你懂吗？你懂，这堂课就请你来上。（转对众人）大家坐好，请崔司令上坦克课。
崔保山	我不懂，我上不了。

刘伯承　这就对了嘛，不懂就得学！

崔保山　（仍不服气地）我的骑兵也不是没有打过坦克……

刘伯承　不错，你确实炸毁过几辆坦克，可你的骑兵付出了伤亡两个营的代价。你知道坦克真正的对手是什么吗？你会使用磁性手雷、无座力炮、反坦克炮来对付坦克吗？你能想象出在苏德战场上，数千辆坦克近距离集群格斗的壮烈场景吗？可以这样讲，只有坦克本身才具备同敌方坦克格斗的最有力条件，可是你崔保山对今天的坦克又了解多少？

崔保山　（咕哝）古今中外哪有打败仗的教打胜仗的？

刘伯承　孤陋寡闻嘛！古越武王就曾以敌为师，苏军伏龙芝军事学院就用俘获的沙俄军官当教员，红军时期，我们活捉的国民党将领陈时骥，也让他到红军学校当了教官。

杨　震　刘院长，我提个意见，吴教员既然穿上了解放军的军装，就不应该讲什么国军、什么克复的！

刘伯承　对头。希望吴教员尽快改变自己，从语言到内心。（对众人严肃地）不管怎么样，大闹课堂的事决不允许再发生！说服说服，心悦诚服；如若不服，那就阿弥陀佛！

众学员　是！

刘伯承　吴教员，（递过教案）请你授课吧。

　　　　〔吴觉非看看崔保山，欲接又收回手。

刘伯承　（沉吟片刻）好，今天我来当一回课代表。（走向台口）全体起立！（转对吴觉非）课代表刘伯承请你继续授课！（敬礼）

　　　　〔音乐起。

　　　　〔吴觉非手足无措，欲回礼，深鞠一躬。

　　　　〔暗转。

<h1 style="text-align:center">五</h1>

　　　　〔几个月后的一个仲夏之夜。

　　　　〔军人俱乐部一侧，月牙湖畔。

　　　　〔从俱乐部里隐约传来《莫斯科郊外的晚上》的乐曲声。

〔月色溶溶，玉兰树、石凳、石桌。

〔赛艳秋着旗袍，崔保山着便装边谈边上。

崔保山　（走着舞步，兴奋地）土包子，不会跳，踩了你三回脚了。

赛艳秋　你啊，确实是个土包子！你第一次到大鸿楼戏院看我唱戏，我就发现你土得掉渣。

崔保山　我怎么啦？

赛艳秋　该喝彩的时候不喝彩，不该喝彩的时候乱咋呼！

崔保山　（不服气地）哪有那么多讲究？

赛艳秋　会看的看门道，不会看的看热闹。你是有身份的人，以后这些小节也得注意。

崔保山　那你得指点指点。

赛艳秋　其实也很简单，喊在板眼上就行。哎，我唱一段，你试试看。

崔保山　（兴高采烈地）那太好了！

赛艳秋　（唱）"苏三离了洪洞县，

　　　　　　将身来在大街前。"（示意）

〔崔保山击掌喊好。

赛艳秋　（接唱）"过往的君子听我言，

　　　　　　哪一位去往南京转，

　　　　　　与我那三郎把信传……"

崔保山　（大叫一声）好！

赛艳秋　你看，又喊在腰眼儿里不是？应该等我把拖腔唱完了再喝彩。算了，下次再练吧。咱们谈点儿正事。

崔保山　什么正事？

赛艳秋　我们俩的事。

崔保山　我们俩什么事？

赛艳秋　什么骑兵英雄？躲躲闪闪的，到现在还在和我打游击。打开天窗说亮话，你觉得我怎么样？

崔保山　很好啊，戏唱得棒极了。

赛艳秋　别给我兜圈子了。胜利了、解放了，从上到下，不少家庭重新改组，你就没有打算？

崔保山　糟糠之妻不下堂。我能有什么打算？

赛艳秋	啊,你那口子比我强?
崔保山	这就看怎么比了,论长相你比她好看,她还是个小脚,论文化她大字不识一个……
赛艳秋	这不就结了嘛!
崔保山	嘿!就算要种稻子,也得等割了麦子再说。走,还是先教我跳舞去。(与赛艳秋欲下)

〔刘伯承和巴谢洛夫上。

刘伯承	保山,你也跳起舞来了?
崔保山	不会跳,瞎跳。请这位小姐来给我单兵教练。(对赛艳秋暗示)首长来了,你先走,我马上来。

〔赛艳秋下。

刘伯承	(望着赛艳秋的背影,若有所思地)保山,学院允许接家属来,怎么没见你那口子啊?
崔保山	粗胳膊笨腿的,上不了台面。
刘伯承	你可别脑壳子长毛,让坦克开到床上来了!哎,你这个小组长,得找个时间和吴觉非谈谈。
崔保山	谈什么?
刘伯承	他有三个老婆,到现在还没处理好。你去帮助帮助他,如果他还舍不得割爱,你帮我问问他,是不是得抓阄喽!(笑)
崔保山	这些旧军官实在让人挠头。
巴谢洛夫	是啊!他们有很多毛病,有的崇拜英美、迷信德日,有的生活方式一下子还难以适应。我们既要用其所长,又要帮助和改造他们……崔保山改造他们,谈何容易。
刘伯承	改造他们是很难,我们要有诚心,还得有足够的耐心。保山,你搞你的单兵教练去吧。

〔崔保山下。

巴谢洛夫	走,今天是周末,一块儿去跳舞。
刘伯承	你知道我一向没这个雅兴。
巴谢洛夫	老同学,我得给你提条意见。
刘伯承	(站定)哦?(与巴谢洛夫在石桌边坐下)
巴谢洛夫	你啊,学院成立这几个月以来,你每天除了工作读书之外,没

有一点儿娱乐生活。不抽烟，不喝酒，不会下棋、打球，连舞都不会跳。

刘伯承　（笑）你的这条意见不新鲜了，小平同志在我五十岁生日时写了篇贺文，就批评过我这个缺点，到现在我也没改好。

巴谢洛夫　今天我要逼着你改，走，跟我跳舞去！

刘伯承　你们苏联老大哥就是喜欢跳舞，造了这么多舞厅。老实说吧，我是有看法的，只不过出于对你这位顾问的尊重罢了。

巴谢洛夫　你的尊重恐怕是有限度的吧？今天上午讨论课程设置，你就没有尊重我的意见。

刘伯承　我怎么会不尊重顾问的意见呢？我们不过是在对人民战争的认识上，有点儿不同看法罢了。我们是两个国家，国情不同，我不能完全照搬你们的做法，希望你能理解。

巴谢洛夫　我无法理解！到了今天，你们怎么还抱着山沟里的马列主义不放？

刘伯承　我的老同学，山沟里的马列主义不是产生在山沟里，而是马列主义在山沟里的运用。这是我们制胜的法宝，当然得抱住不放。

巴谢洛夫　你看，我们又吵架了！今天不和你吵了，你去抱你的法宝，我得去抱我的舞伴去了。

刘伯承　我可不敢和你吵架。少奇同志和我说，对苏联老大哥要尊重，不然，有理三扁担，无理扁担三。我可不想挨板子。

　　　　〔柯月秀身着志愿军服装上，手里捧着一束插在炮弹壳内的金达莱花。

柯月秀　老同志，请问有没有见到高级系的学员崔保山同志？

刘伯承　你是志愿军回国英模报告团的吧？

柯月秀　对，我所在的901团是崔保山同志的老部队。团长托我捎来这束花，请崔司令转送给刘院长。

巴谢洛夫　（大笑）用不着转了，把花直接给他吧。

柯月秀　给他？

巴谢洛夫　当然，他就是刘院长！老同学，你们谈，我走了。（下）

柯月秀　（激动地）你就是刘院长？

刘伯承　（站起）在下正是刘伯承。

柯月秀　（敬礼，递花）刘院长！

刘伯承　这是什么花？

柯月秀　金达莱。朝鲜战场上满山遍野都是。

刘伯承　（深情地嗅了嗅花）战地之花分外香啊！（将花放到石桌上）

柯月秀　刘院长，我们团长还让我带来一句话，希望有机会能来上学。

刘伯承　好啊！坐。（坐下）你叫什么名字啊？

柯月秀　（入座）我叫柯月秀！

刘伯承　（陡然起身）柯月秀？你原来是不是新四军战地服务团的？

柯月秀　（奇怪地）是啊！

刘伯承　皖南事变时你被捕过？

柯月秀　（站起）首长，你怎么知道？

刘伯承　你是怎么获救的？

柯月秀　我被关押过好几个地方，在押往南京的路上，我被游击队救了出来。后来去延安学了医，毕业后分到了东北，上了朝鲜战场……

刘伯承　难怪十年找不到你！

柯月秀　你找我？

刘伯承　（激动地抓过柯月秀的手）走，我带你去见一个人！（拉柯月秀急下）

〔杨震用手电照着笔记本边看边上。黄矛追上。

黄　矛　（娇嗔地）杨震，陪我跳几曲？

杨　震　我不会。我还得去找吴教员。

黄　矛　吴觉非？找他干什么？

杨　震　我有一些问题要向他请教一下。

黄　矛　你还向他请教？

杨　震　学生请教老师，理所当然。

黄　矛　你……杨震，今天就别去了，你看月牙湖边的夜色多美啊！你不愿跳舞，那就在这里一起聊聊天吧。我正好还有件事要跟你说。（在石阶上坐下）

杨　震　说吧，什么事？

黄　矛　（似有难言之隐）告诉你怕你不高兴，不告诉你吧，我心里又过不去……

杨　震　当兵的，有话直说。

　黄　矛　你坐嘛。

〔杨震入座。

黄　矛　你知道我父亲是谁吗?

杨　震　不知道。

黄　矛　你认识。

杨　震　我认识? 谁?

〔黄矛掏出笔,拉过杨震的手,在他掌心上写字。

杨　震　(看字,陡然一震) 吴觉非!

〔静场。

黄　矛　(嗫嚅地) ……不过,直到现在,我还没有叫他一声爸爸……

杨　震　为什么? 是因为他是旧军官?

黄　矛　不全是。他找了两个小老婆,把我妈和我就扔在一边不管了。十几年了。我妈一直生活在农村……我是靠我舅舅才念完大学的。我恨他! 杨震,你不会因为我是他的女儿而看不起我吧?

杨　震　你怎么会是他的女儿呢?

黄　矛　我也希望自己不是他的女儿。(递笔) 你的笔!

杨　震　(下意识地摸口袋) 我的笔?(醒悟) 噢,我的笔。(接笔)

黄　矛　……你,会写情书吗?(故意靠近杨震)

杨　震　(避让,掏出柯月秀的照片) 就算我会写,写了也不知道往哪儿寄啊!

黄　矛　(接过照片) 战争太残酷了! 柯姐,她现在到底在哪儿?

杨　震　有人说她牺牲了,可我恍恍惚惚地总觉得她还活着,在天底下的某一个角落,说不定哪天就会碰上……

〔吴觉非上。

吴觉非　杨师长,矛矛……

黄　矛　我早跟你说过了,不要叫我矛矛,叫我黄教员。

吴觉非　是,黄教员。

杨　震　吴教员,我正要找你呢。

吴觉非　哦,找我有事?

杨　震　今天你在课堂上,讲到了双梅集战斗,这次战斗是我指挥的。我想向你请教一下。

吴觉非　哎,这次战斗你指挥得很好,我是作为正面战例说的,你怎么……

465

杨　震	今天听了你的课，觉得这次战斗我指挥得还不够高明，还可以打得更好一点儿。
吴觉非	你这一仗打得是够险的。你的对手如果是我的话，我就在你的左翼迁回，来个反包围，你就有被吃掉的可能。
黄　矛	吴觉非，你还好意思说这些！
吴觉非	黄教员，你别误会，我们只是在一起研究战术问题。
黄　矛	你欠他一笔债，你知道吗？
吴觉非	我知道，皖南事变时我俩交过手。
黄　矛	（递过照片）你还认识她吧？
杨　震	（制止地）黄教员……
吴觉非	（用手电照看照片）哦，认识，新四军战地服务团的。她被俘后，我曾审讯过她……
黄　矛	你把她弄哪儿去了？
吴觉非	她被上峰带走了，不知去向。（对杨震）怎么，她是你的……
黄　矛	她是他的未婚妻！
吴觉非	（大吃一惊）啊？杨师长，那你为什么一直没来找我？
杨　震	（接回照片）我知道她不是在你手上失踪的，找你又有什么用呢！
吴觉非	杨师长，我应该向你道歉，不，向你认罪！（深鞠一躬）
杨　震	吴教员，别，别这样。
吴觉非	柯月秀同志的不幸，虽然不是我直接所为，可我也难辞其咎啊！这是我一生中无法弥补的罪过，而你对我却这么宽容……
杨　震	那毕竟是昨天的事了，你已经跟昨天告别了。今天的路还很长，我们相信你会按照刘院长指的路走下去。
吴觉非	（感慨万端）杨师长，从你身上，使我更加明白了，共产党的军队为什么成为胜利之师。（对黄矛）矛矛，啊，黄教员，我……（欲言又止）
杨　震	好，你们谈。我走了。
吴觉非	孩子，只要你们幸福，你可以一辈子不认我这个父亲。我决不怪你。
	〔黄矛的泪水夺眶而出，无助地望着吴觉非。

| 吴觉非 | （欲走又回）对了，黄教员，有件事应该告诉你，我的……那个 |

问题已经处理妥了，我已经托人去接你的母亲了。（走）

黄　矛　（再也控制不住自己的情感，声泪俱下）爸爸——

〔吴觉非猛然回首，大感意外。

〔黄矛扑进吴觉非的怀中，痛哭失声。

吴觉非　矛矛！（百感交集地紧紧抱住黄矛）

〔音乐起。

〔收光。

〔一演区灯亮。

〔杨震在火车站为柯月秀送行，两人边走边谈。

杨　震　月秀，你的报告太精彩了，同志们都说，不愧是战地救护模范。

柯月秀　我哪儿能和你比啊！

杨　震　我真想跳上火车，和你一起回朝鲜去。

柯月秀　又讲傻话了！你得留在这儿多学点儿东西。你知道，我们团长多
　　　　想来上学啊！

杨　震　一毕业，我马上去朝鲜。我们再也不分开了！

柯月秀　对，不分开，再也不分开了！

〔火车启动的汽笛声响。

杨　震　你走得太急了！

柯月秀　（伤感地）一次短暂的相聚，匆匆地见，匆匆地散……

杨　震　月秀！（冲动地欲抱柯月秀）

柯月秀　再见！（扭头跑下）

杨　震　（频频挥手）月秀，给我来信！

〔黄矛进入光区。

杨　震　（回首发现黄矛）黄教员，你怎么来了？

黄　矛　和你一样，也来送送柯姐。

杨　震　（心绪复杂地望着黄矛）黄矛同志，我知道你一直对我很好，可
　　　　我……

黄　矛　刘院长说，你这个山里娃子重情义，我为你们高兴，为你们祝
　　　　福！

杨　震　谢谢！（掏出钢笔，递了过去）

黄　矛　（接过，稍顿又递回）这支钢笔，你还是留着吧，不过我有个条

件——

| 杨 震 | 怎么？ |
| 黄 矛 | （将笔插到杨震的上衣口袋中）不许用它写别的，只许用它给柯姐写信！（泪水夺眶而出，跑下） |

〔杨震目送黄矛远去，掏出钢笔端详着。

〔暗转。

六

〔几天后的中午，夏日炎炎。

〔高级系宿舍。

〔知了烦躁地鸣叫。景同第二场。

〔崔保山在收拾床上的东西。

〔甘有根和吴觉非急上。

甘有根　崔司令，忙什么呢？

崔保山　老婆来了，我搬到招待所住去。

甘有根　我有急事找你。

崔保山　怎么了？

甘有根　我们俩的合同战术课期终考试不及格。

崔保山　不及格？

甘有根　我把吴教员请来了，一起想想办法。

崔保山　（对吴觉非）你怎么让我们两个不及格？

吴觉非　很抱歉，我只能这样。

崔保山　凭什么？

吴觉非　因为你们还没有掌握合同战术的要素。

崔保山　我们怎么没有掌握？

吴觉非　老甘是底子太薄，你是不够用心。我布置的作业你一次都没做过。

崔保山　（冷笑一声）你说这话不觉得寒碜？老甘是什么人？毛主席的卫士，刘院长的恩人，张思德的领导。学员中资格最老，全院上下谁不尊重他？你居然让他不及格！你就忍心？

　吴觉非　这些我知道，但一码归一码，我也希望你们都及格。

崔保山　别假惺惺的，我看你是在搞报复！

吴觉非　刘院长请我来当教员，我就得尽我所能教出合格的学员，不然对不起刘院长，也对不起大家。作为指挥员，你应该知道，现在不学好作战本领，在战场上是要付出血的代价的！

崔保山　笑话！我的作战本领难道还不及你？你这个老白党！（掏出勃朗宁手枪，拍在桌上）还认识它吗？

吴觉非　它原先是我心爱的佩枪，后来是你的战利品。

崔保山　你大概也不会忘记向我交枪的那一刻吧？

吴觉非　终身难忘。

崔保山　那好。过去，我曾经放过你一马，这次希望你也能放我们一马。

吴觉非　你要我做什么？

崔保山　加分，让我们及格！

吴觉非　（强硬地）不行！当年你枪下留人，给我新生，我非常感激；今天我不给你加分，是为你好。唯一的办法只有补考！

甘有根　要是补考还是不及格呢？

吴觉非　按学院规定，恐怕得按退学处理。

崔保山　我要是拒绝补考呢？

吴觉非　那就要受处分，甚至被开除！

崔保山　哈哈，处分？开除？老子就是不补考！（抓过桌上的手枪，朝窗外开了两枪）

甘有根　老崔……

吴觉非　你……唉！（一跺脚，急步离去）

甘有根　老崔，你这事闹大了！吴教员……（追下）

崔保山　唉！（抱头懊丧地坐到床上）

〔知了声声。

〔赛艳秋急上。

赛艳秋　崔司令，你怎么老躲着我？

崔保山　我的姑奶奶，求求你，别再给我添乱了！

赛艳秋　你那口子既然接来了，那就当面锣对面鼓闹个明白。

崔保山　我早就和你说明白了，你那是剃头挑子一头热，我崔保山不能做缺德的事！（打背包）

赛艳秋　我是自作多情，可我的情是真的。解放前，谁看得起我们这些戏子？谁又真心对待过我？五年前，我结过一次婚，不久就被抛弃了。你知道这些年我是怎么过来的吗？在台上装笑脸，回到家就想掉泪……解放了，我们地位变了，我从心里感激共产党，感谢解放军。如果能嫁给你这位英雄，我脸上有光，生活也就有了依靠……

崔保山　赛艳秋同志，我很同情你。说实在的，我心里也有过想法，但想来想去不能答应你；如果我答应你，怎么对得起我那口子。这些年来，我一直在外面带兵打仗，家里的老老少少全扔给她了。你不是唱过一出叫《别窑》的戏吗？她就和那戏中的王宝钏差不多。

赛艳秋　保山，你真是个大好人！到现在还惦记着她。

崔保山　吴觉非讨了小老婆，把糟糠之妻丢在老家不管了。你说，我能学他吗？

赛艳秋　（动情地）保山……（将头靠在崔保山的肩上）

崔保山　（用指头轻轻推开赛艳秋）我，我要离开这儿了。

赛艳秋　（意外地）怎么，你不在这儿念书了？

崔保山　这个书我实在念不下去了。

赛艳秋　为什么？

崔保山　唉！一言难尽。赛艳秋同志，真对不起，这些日子让你误会了。以后有机会来南京，一定去听你唱戏。

赛艳秋　今晚我有演出，请你来。我就唱《别窑》，算我为你送行。（抹泪）
　　　　〔丁铁蛋手捧热水袋急上。

丁铁蛋　崔司令，嫂子让你过去，她说……（见赛艳秋，瞪了她一眼）

赛艳秋　丁同志，你好！（伸手）
　　　　〔丁铁蛋擦身而过，不搭理赛艳秋。

赛艳秋　保山，我走了，你多保重。（下）

丁铁蛋　崔司令，嫂子是小脚，你买的皮鞋她没法穿。

崔保山　我不是让你塞上棉花嘛！回去探亲就老老实实探你的亲，把她带来干什么？

丁铁蛋　嫂子一直很疼我，我总得去看看她。她说她挺想你的，非要跟着来，我有什么办法？（递过热水袋）

崔保山　（接过）你这小兔崽子，还在给我撒谎！刚才她在招待所都跟我说了，是你硬把她接来的。

丁铁蛋　崔司令，你不能再和那姓赛的来往了，再这样下去，骑兵司令不骑马改骑狐狸精了！

崔保山　（恼怒地）你说什么？谁是狐狸精？

丁铁蛋　（不服气地）我看那个姓赛的就是狐狸精！

崔保山　（怒极）混账！（举起热水袋欲揍丁铁蛋，又狠狠摔在地上，沮丧地坐下）

丁铁蛋　（委屈地捡起热水袋，用衣袖擦拭着，含着泪，喃喃地）首长，我明天就要到航校报到，学飞行员去了，以后不能来照顾你了。你的胃不好，我特地给你买了个热水袋……

崔保山　（起身扶着丁铁蛋的双肩，动情地）铁蛋，对不起，是我混账。刚才为了补考的事，弄得我心烦意乱的，请你原谅！

丁铁蛋　首长，我是个孤儿，是你带我出来参加了革命，给我取了这个大名，我一直把你当成亲人。你可以骂我、可以打我，可你不能对不起嫂子！

崔保山　（抹去丁铁蛋脸上的泪水）铁蛋，你跟我这么些年，知道我有很多毛病，可我崔保山从不干偷鸡摸狗的事，你放心，我不会对不起你，也不会对不起你嫂子！（泪下）

丁铁蛋　崔司令！（紧紧抱住崔保山）

崔保山　（拍了拍丁铁蛋的背，抹泪，扶他的双肩）送送你？

丁铁蛋　哎！

〔丁铁蛋、崔保山收拾好行装准备出门。迎面碰上刘伯承。

刘伯承　保山，上哪儿去？

崔保山　（垂头）我……刘院长，我正要找你。

刘伯承　你不找我，我也得找你了。你说吧，这事该怎么处理？

崔保山　我请求退学！

刘伯承　（意外地）退学？

崔保山　惹不起，总躲得起吧！我再丢人，也不能丢在吴觉非面前。

刘伯承　他不是让你补考吗？

崔保山　我就是补考，他会让我及格吗？与其补了考还做退学处理，不如自己主动走！

刘伯承　你可以拒绝合同战术的补考，但是，不管走到哪里，有一门课的考试你无法逃避！

崔保山　我什么课都不考！

刘伯承　人生必修课，你不想考也得考！你知道这是什么地方吗？

崔保山　宿舍。

刘伯承　解放前呢？

崔保山　老蒋的国防部。

刘伯承　再往前呢？

崔保山　……不清楚。

刘伯承　铁蛋，你知道吗？

丁铁蛋　以前是太平天国的王府。

刘伯承　对头。铁蛋，你可以走了。

丁铁蛋　是！（下）

刘伯承　（深沉地）这儿是共产党打败国民党、赶走蒋介石的地方，也是太平天国洪秀全兵败的地方。洪秀全的太平军曾经也是胜利之师，轰轰烈烈，建都南京，得了半壁天下，但很快就成了败军之将，战死的战死、自杀的自杀，逃的逃、降的降。你说说，太平军为什么会失败？

崔保山　我又不是洪秀全，我怎么会知道？（抱头蹲下）

刘伯承　（动怒）你给我站起来！

　　　　〔崔保山惶恐地站起身。

刘伯承　娇狗爬灶，娇儿不孝！念念不忘打过几次胜仗，晕头晕脑不知道自己姓什么了！骂娘、开枪、耍威风，老子天下第一。太平军为什么失败？表面上看是被清军和洋鬼子打败的，根本上是被自己打败的！崔保山同志，你必须深刻反省，你这种样子发展下去，会导致什么结果？

崔保山　（斗胆直陈）刘院长，你的批评我接受，闹课堂之后我已经向吴觉非道过歉，打枪、骂人也是我的不对。但是吴觉非欺人太甚，及格不及格全他说了算，这完全是阶级报复，我觉得这里头有个阶级感情、阶级立场问题。刘院长，你批评我晕头晕脑，可你是首长，更得要保持清醒的头脑啊！

刘伯承　保山，你能够说出心里的真实想法，我很高兴。这些年来，还很少有人当面批评我。不过，你说这是吴觉非在搞阶级报复？我看恰恰相反。如果他不按学院的规矩办，不负责任，给你加分，让你过关，那我倒真要考虑他的阶级立场、阶级感情问题了。没有任何理由能让你不补考！

崔保山　刘院长，你了解我这个老部下，天生就不是读书的料，老给你惹麻烦，还是请你批准我走吧。

刘伯承　这么说，你去意已决？

崔保山　我没有其他路可走。

刘伯承　那好，你可以走，不过，我得让你带个东西。（坐下写字，装进信封，递过）

崔保山　这是什么？

刘伯承　我对你的鉴定！

崔保山　（一愣）鉴定？

〔刘伯承从上衣口袋掏出一个小本本，递给崔保山。

崔保山　（接过）七大党章？

刘伯承　这是我给你的路单子！（掉头大步而去）

〔崔保山木然而立。

〔收光。

（一演区灯亮。

〔甘有根猫腰蹲着，一手拿书，一手打着手电，嘴里念念有词。突然他用手捂住脑门儿，良久，从口袋中摸出一根辣椒，咬了一口，强打精神继续看书。

〔杨震进入光区。

杨　震　老甘，你怎么躲在这儿看书？让我好找。

甘有根　这儿清静。

杨　震　都后半夜了，该睡了。

甘有根　（忧心忡忡地）明天就要补考了，我哪儿睡得着啊！

杨　震　（同情地叹了口气）这样吧，我来提问，你回答。

甘有根　那太拖累你了。

杨　震　来吧！（接过书，蹲下）

　　　　〔甘有根感觉头晕，用手捂住脑门儿。

杨　震　你怎么啦？

甘有根　没什么，你提问吧！（咬了一口辣椒）

杨　震　哎，你从来不吃辣，怎么吃起辣椒来了？

甘有根　（苦笑）脑袋老是发木，用它可以提提神。来吧。

杨　震　（打开书）合同战术的基本要素是什么？

甘有根　合同战术……（突然晕了过去）

杨　震　（没听见回答，抬起目光）老甘，你怎么了？

　　　　〔甘有根身子一晃，歪了过去。

杨　震　（一把抱住）老甘，老甘……

　　　　〔暗转。

七

　　　　〔几天后，假日拂晓。

　　　　〔北极阁，刘伯承住处。书房。

　　　　〔音乐起。

　　　　〔刘伯承伏案而坐。一手拿着放大镜，一手执毛笔，正在备课。少顷，感觉疲惫，取下眼镜，一手扶额支在桌上养神。

　　　　〔汪荣华上。

汪荣华　又是一夜没睡！（见刘伯承没反应）伯承，你怎么啦？

刘伯承　（抬起头）我已经在这儿睡了一觉了。

汪荣华　你骗不了我。（看看刘伯承的眼睛）眼睛又发炎了。（摸摸刘伯承的额头）你好像在发烧嘛。不行，得叫医生！（抓起电话）

刘伯承　（夺过话筒，放下）大清早的，别打扰人家了，我没事的。

汪荣华　为了准备《集团军进攻战役》这一课，这十几天白天黑夜连轴转，写了好几万字了。你这是在拼命啊！

刘伯承　咳，几番心血一堂课。真正要教好书，没有三更灯火五更鸡的精神怎么行？再说战役学是个新学科，是军事科学中的高能物理，马虎不得啊！

汪荣华　伯承啊，你这样拼命工作，有的人不一定能够理解。有些议论不知你有没有听说？

刘伯承　说什么？

汪荣华　有人说大老粗吃不开了，俘虏兵抖起来了。还说你搞教条主义，把我军的好传统丢了，把黄金当黄土甩掉了……

〔刘伯承把茶杯往桌上重重一放，走向沙发，坐下。

汪荣华　（跟过去挨着刘伯承坐下）林子大了，什么样的鸟都有。你别往心里去。

刘伯承　我刘伯承是什么样的人，我相信历史会做出公正的评价。荣华啊，等我走到生命终点的那一天，拜托你把我的骨灰分撒到我曾经战斗过的地方，别忘了军事学院。如果能竖上一块墓碑的话，就在上面写上一句话：这里埋着一个布尔什维克的老兵。

汪荣华　伯承，你想哪儿去了。哎，今天是星期天，我们全家去爬爬紫金山，怎么样？

刘伯承　你忘了，今天我们要请老甘来吃饭，为他送行。怎么能走？

汪荣华　我说伯承啊，老甘对你有恩，就不能不退学吗？

刘伯承　唉，我也舍不得让他走啊。让他退学，我心里比谁都难受。

汪荣华　听说他为这事好几天都没吃下饭。

刘伯承　（感慨地）历史的转折实在太残酷了，它将不可避免地伤害一部分同志的感情，让他们做出新的牺牲。（擦拭眼镜）

汪荣华　你就不能特殊情况特殊处理吗？

刘伯承　在签批老甘退学报告时，我是三次提笔又三次放下，我不能带头破了规矩啊！

汪荣华　等会儿老甘来了，我看你怎么对他说？

刘伯承　荣华，你要帮我一起做做老甘的工作。

汪荣华　（擦泪）好吧，我就为老甘多做几样好吃的菜。你啊！（下）

〔吴觉非上。

吴觉非　刘院长。

刘伯承　哦，觉非来了。

〔吴觉非敬礼。

刘伯承　不错，这个礼敬得像我们解放军的礼了。坐，你找我有事？

吴觉非	（落座）我有一事相求。听说甘有根退学的事已经定了？
刘伯承	定了。明天他就要回老部队去。
吴觉非	刘院长，他的走我有责任，我没把书教好，我……
刘伯承	不，这不能怪你，你已经尽心了，是他基础实在太薄。
吴觉非	刘院长，我请求你能把他留下，在学院后勤部门安排一个工作，他会干得很好。只要他留下来，我保证帮助他攻下文化关。你看行不行？
刘伯承	你怎么会有这样的想法？
吴觉非	尽管我是他的教员，可他教了我许多做人的道理，使我看到了共产党人的优秀品质。在他面前我感到很渺小。留下他，至少给我留下一面镜子。
刘伯承	这个想法很好，我一定认真考虑。
吴觉非	（起身）那好，我告辞了。
刘伯承	不请自来，就别走了。今天我要请老甘来吃个便饭，为他送行，正好可以征求一下他本人的意见。如何？
吴觉非	……好吧。

〔公务员上。

公务员	首长，您请的客人到了。
刘伯承	快请。（对内）荣华、太行、李秘书、小丛，客人来了，赶快出来！

〔刘伯承一家人和工作人员列成一队。

〔甘有根喊："阿蒙，阿蒙！"上。杨震随上。

甘有根	吴教员，你也在啊。（一扭头，愣住了）

〔音乐起。

刘伯承	（毕恭毕敬地）甘有根同志，刘伯承率家人欢迎你！
甘有根	（感动万分）刘院长……（挨个敬礼，握手，擦泪）阿蒙呢？我给他带了件小礼物。
汪荣华	老甘，你应该知道伯承的脾气。
甘有根	知道，我要走了，给孩子留个念想。刘院长托陈老总在上海给阿蒙买一件玩具，要好玩儿，要耐用，还要便宜，陈老总一时不知该买什么，我倒选了一件。（郑重地掏出一支小喇叭，"叭叭"吹

刘伯承 （接过，交给汪荣华）好，我们就代阿蒙谢谢你了。（握住甘有根的手）老甘，南昌起义时，要不是你，我这条命早就没了。俗话说，滴水之恩，当涌泉相报，可我却"恩将仇报"，让你退了学。老甘，你怎么一次也不来找我？

甘有根 起初，我确实接受不了。不怕你们笑话，我这个从来没有掉过泪的人，这次偷偷哭了好几回。刘院长，我也想来找你，可想来想去，怪谁呢？还不是怪自己。我家祖祖辈辈没有一个人进过学堂，我的名字还是到部队起的。我一直想念书，可没有机会。这次部队选人来学习，按说我的条件是不够的，经过再三争取，组织上照顾了我。结果还是赶不上趟，掉了队，拖累了大家……

刘伯承 （拉甘有根坐在沙发上）这不能怪你，你已经很尽心了。在战争年代，你出生入死，历经大小战斗两百多次，七次负伤，十五次立功。今天，革命胜利了，还要让你付出新的代价，而你毫无怨言……

甘有根 刘院长，你千万别这么说。我们村上和我一起出来参加革命的有七十三个人，现在只有我一个人活在世上了，比比他们，我还能说什么？军队要搞现代化，一定要把好钢用在刀刃上。（走过去扶住杨震的肩）杨震同志，往后咱们军队就靠你们了！

杨　震 （紧紧握住甘有根的手）老甘同志，不管你走到哪里，我们都永远记着你。

甘有根 （走向吴觉非）吴教员，我这个学生没有出息，给你添累了。

吴觉非 （握住甘有根的手）不，不，是我没有尽到责任。

甘有根 你这是说到哪儿去了，芝麻种子怎么能种出西瓜来？

刘伯承 老甘，刚才吴教员提了个建议，希望你能留在学院后勤部门任职，我觉得很好，你本人的意见呢？

甘有根 刘院长，大家的关心，我很感谢。不过，我有了一个新的打算，（掏出报告）这是我的申请报告。

刘伯承 （接看，一愣）你要申请复员回农村务农？
　　〔众人愣。

甘有根 对！我觉得，一个人在任何时候，都得找到适合自己的位置。战争年代，我扛起枪打仗，现在搞建设了，我就拿起锄头当农民。部队搞现代化了，我的文化水平和身体情况都不适合再待在领导岗位上，可我也有我的长处。现在农村正在搞互助组，我自信一定能够带领乡亲们改变家乡的面貌。

杨　震　老甘，这不行！（转对刘伯承）刘院长，前几天我送他上医院才知道，他的脑子里还残留着一块弹片，一直瞒着。医生说，不能用脑过度，一定要好好休养……

甘有根　杨震，我不是让你不要说嘛。

刘伯承　老甘啊，你怎么能不说呢？

甘有根　你身上的战伤比我还多，当年你眼睛动手术时，不用麻药开了七十四刀，连一声都没吭。我这点儿伤有啥好说的。

刘伯承　（紧紧握住甘有根的手）老甘，你让我犯官僚主义了，硬逼着你补考，让你受苦了。我刘伯承在这儿向你致歉！（欲向甘有根鞠躬）

〔甘有根赶紧托住刘伯承的双臂。

〔音乐起。

〔收光。

八

〔几天之后，残阳如血。

〔作战室。

〔一演区灯亮。

〔刘伯承手捧金达莱花在沉思。

〔钟汉钧进入光区。

钟汉钧　刘院长，你能不能到作战室去一趟？

刘伯承　怎么，演习预案拿出来了？

钟汉钧　高级系的学员拟了一个方案，我觉得不错，可巴谢洛夫顾问有不同意见，正争执不下，我想请你去拍个板。

刘伯承　我也正在考虑这个问题，走！

〔钟汉钧接花欲放下。

刘伯承　哎，把它带上。

钟汉钧　（奇怪地）把它带到作战室去？

刘伯承　这是战地之花，让大家看看，可以开阔开阔思路嘛。

〔一演区收光。

〔主演区起光。巨幅军事地图前，吴觉非和杨震等学员围站在沙
盘旁和巴谢洛夫在争论。

巴谢洛夫　（气咻咻地）你们难道都忘了，我是怎么教你们的？

杨　震　（平静地）巴谢洛夫顾问，我们怎么会忘记你的教导呢！

巴谢洛夫　我看你们全忘了！列宁格勒——诺夫哥罗德战役、第聂伯河西
岸和乌克兰战役、白俄罗斯战役……都是大炮、喀秋莎、坦克掩
护下的步兵，宽正面、大纵深、高速度地对强敌实施突击！而在
你们的演习方案中我找不到它们的一点儿影子，一点儿影子嘛！

杨　震　巴谢洛夫顾问，俄罗斯、乌克兰都拥有广阔的平野和草原。而根
据江淮这一带的地形地貌，我不能把坦克和火炮在宽正面上做平
均配置，更不能让步兵在高低起伏的山地平行推进……

巴谢洛夫　（打断杨震的话）吴觉非教员，我想请你给你的学生指教指教，
把坦克集群放到第二梯队，怎样发挥这个地面战场之王的作用？

〔刘伯承、钟汉钧上，在一侧静观。

吴觉非　中国的《孙子兵法》讲奇正相生。所谓正，就是按常规用兵；所
谓奇，就是根据实际情况灵活用兵。我同意他们的方案。

巴谢洛夫　（强硬地）我作为首席军事顾问，我必须提醒你，提醒你们，
伟大的苏联卫国战争的经验是：在一个战役里要先打集中、强大
之敌，这样可使敌人望而生畏，不战而溃！

杨　震　（毫不示弱）我们不能和正面强大之敌拼实力，拼消耗！我们决
心选择敌人薄弱之处，实施突击，然后，寻机各个歼灭敌人！

巴谢洛夫　我实在愿意请教，这叫什么打法？

刘伯承　（笑吟吟地接过话头）这叫雷公打豆腐，专拣软的欺。我们四川
有一句老话，不管白猫黄猫，抓住老鼠就是好猫。

巴谢洛夫　抓老鼠也得讲究个抓法，不然连鼠毛也抓不到！

〔众人笑。

〔丁铁蛋着空军军装上。

丁铁蛋　　报告！

杨　震　　哟，铁蛋？我们的飞行员怎么飞回来了？

〔丁铁蛋犹豫，向门外张望。

刘伯承　　铁蛋，来的不是你一个人吧？

丁铁蛋　　刘院长你真是料事如神啊！

刘伯承　　崔保山，别躲躲藏藏的，进来吧！

〔崔保山拎着书包上。

崔保山　　（敬礼）刘院长，我……

刘伯承　　你不是走了吗，怎么又回来了？

崔保山　　（拿出信封）你写的鉴定我已经看了。

刘伯承　　你给大家念念。

崔保山　　（掏出信纸，含糊地）"……逃兵。"

刘伯承　　大声一点儿！

崔保山　　（放大嗓门）逃兵！

〔众人笑。

崔保山　　（急切地）刘院长，我崔保山在战场上拼杀了这么些年，什么时
　　　　　候当过逃兵？

刘伯承　　这次你不已经当了吗？好马不吃回头草，走吧！

崔保山　　（急）不！刘院长，我……（从书包中掏出作业本）这几天我在铁
　　　　　蛋儿，补做了全部作业。（转对吴觉非）吴教员，我请求补考！

吴觉非　　好好。（接过作业本）

刘伯承　　你不会再用手枪逼吴教员给你加分了吧？

崔保山　　（取下手枪，递给刘伯承）我缴枪。

刘伯承　　（接枪）那我就优待"俘虏"，缴枪不走，给你补考！及格了，关
　　　　　你几天禁闭；不及格，还得走！

崔保山　　刘院长，我保证补考及格！记得南京刚解放时，你就提醒我要把
　　　　　身上的虱子抖搂抖搂，不要掉队。可我……（掏出党章）首长放
　　　　　心，往后，我一定按你给我的路单子走下去。

〔杨震与崔保山握手。

刘伯承　　（对吴觉非）你是这支枪的原主，你看应该如何处理？

吴觉非　　（百感交集）刘院长，我请求把这支枪放到院史陈列室去，在一

旁写上我的经历和感悟，以昭示后人。

刘伯承　我看这个想法不错嘛！

吴觉非　（对崔保山）崔司令，感谢你给了我一个新生的机会，今后还望多多赐教。

崔保山　不，不，我是学生，你是老师，吴觉非同志！

吴觉非　（激动地）同志？（与崔保山紧紧握手）

刘伯承　（大笑）好，好，"渡尽劫波兄弟在，相逢一笑泯恩仇"。

〔众人笑。

崔保山　刘院长，你关我的禁闭，可不能不让我参加这次演习。

刘伯承　这就看你的表现了。

巴谢洛夫　老同学，刚才的演习方案之争还没有结果呢，我很想听到你的意见。

刘伯承　水无常形，兵无定势。对你们的方案我暂不做评价，先请大家看一样东西。（对钟汉钧）汉钧，请把花端过来。

〔钟汉钧端过金达莱花。

巴谢洛夫　（不解地）老同学，你卖什么关子？

钟汉钧　这叫金达莱，是从朝鲜战场上带回来的战地之花。

〔众人看花，陷入思索之中。

〔黄矛急上。

黄　矛　刘院长，志愿军总部给您的信。（递信）

刘伯承　哦，（拆信，一惊）柯月秀？

〔枪炮声仿佛从天际传来，由远而近。

〔变光，火光闪烁，硝烟弥漫。

〔众人定格。

〔柯月秀头扎绷带，手持冲锋枪，从舞台深处走向刘伯承。

柯月秀　刘院长，在最近的这次战役中，我所在的901团，您和崔司令的老部队，遭到了严重挫折，大部分官兵已壮烈牺牲，我和幸存的战友现在藏身在一个山洞里。团长牺牲前要我给您写的这封信，不知道您能不能看到。我们志愿军入朝以来，打了很多胜仗，已经胜利在望。可我们团这一仗打得实在太惨了。团长说，对付现代战争，再用小米加步枪的打法已经不行了。他想通过您和老团长崔保山同志，转告学院的同志们，要珍惜难得的学习机会，多多掌握新的军事知识，早日赴朝参战。

〔枪炮声。刘伯承把目光从信上移向远方。

柯月秀　刘院长，请您劝劝杨震，他已经等了我十年了，请他别再等我了。另外，请代我问候黄矛同志……

〔枪声大作。

柯月秀　敌人又开始进攻了，我们要突围了！（冲向高台）愿同志们吸取我们血的教训，尽快掌握新的军事本领，早日打败美帝主义。同志们，再见了！

〔一阵爆炸声中，柯月秀隐去。光暗。

〔《国际歌》声中，光复明。

杨　震　怎么会这样？（痛苦地擂了一拳）

刘伯承　（捧过金达莱花，悲愤地）这束战地之花……凋谢了！

杨　震　（急切地）刘院长，毕业后你一定要批准我去朝鲜！

崔保山　（扒开衣襟，怒气冲天地）我也要去，奶奶的，我一定要为老部队讨回这笔血债！

众学员　刘院长……

刘伯承　现在我们的当务之急，是要确定这次演习到底怎么打？

杨　震　刘院长，我有个想法，能否把演习预案做较大的修改，就以目前朝鲜战场的敌我态势为背景，以美军第八集团军为假想敌，组织陆空联合、多兵种协同的对抗性实兵演习，我请求担任总指挥。

崔保山　我请求担任坦克集群的指挥。

吴觉非　刘院长，我对美军的打法比较熟悉，最近我一直在进行这方面的研究，我请求让我担任假想敌的指挥。杨震、保山，我希望再做一次你们的手下败将！刘院长，他们的想法和你不谋而合！

刘伯承　巴谢洛夫顾问，你的意见呢？

巴谢洛夫　我们面对的是同一个敌人，我们苏联军事顾问团全力支持！

刘伯承　好！最近学院准备派学员分批上朝鲜参战实习，杨勇、秦基伟等同志为第一批，其中也有你杨震！

杨　震　是！（敬礼）

482　刘伯承　我决定：改变演习预案，让你们带着这次演习成果，提前赴朝参战！我马上向军委报告。（奔上高台，拿起电话）我是刘伯承，马上接通北京，接毛主席！

〔收光。

〔枪炮声、喊杀声、爆炸声、飞机轰鸣声骤起。

〔《解放军进行曲》骤起。

尾　声

〔1957年秋天。层林尽染。

〔军事学院升旗台。

〔《解放军进行曲》歌声延续。

〔歌声中融进由远而近的阅兵队伍的步伐声、口号声……

〔起光。陆海空三位军官手执军旗，威武地站在升旗台旁。

〔身着元帅礼服的刘伯承和肩佩中将军衔的杨震，从舞台深处走向升旗台。

刘伯承　杨震啊，你从抗美援朝战场胜利归来，军委本准备安排你去当军区司令，你却主动请缨回到学校来当教书匠，可敬可嘉！

杨　震　我算不了什么。主席找我谈话时，赞许你生不思称王，死不愿封侯。古往今来，达到这样一种境界的能有几人！

刘伯承　主席过誉了。（指军旗）为了这面旗帜的尊严和荣誉，从战争岁月到和平年代，有多少同志倾注了毕生的心血，有的连名字都没有留下。想想他们，个人的功名利禄又算得了啥子？

杨　震　我们全院同志都知道你对这面军旗是一份什么样的情。这些年来，你每天清晨都站在这升旗台前，望着这面军旗升起，风雨无阻。

刘伯承　（感慨地）1951年，在学院成立典礼上，陈老总代表中央军委把这面旗帜授给了我，今天，我就把它交给你了。我们走进了和平，但天下并不太平。我们军队面临着新的转折和考验，我坚信，我们这支人民的军队，一定能够经得起风雨，跨得过沟坎，在世界上新的军事挑战中勇往直前，把"胜利之师"这四个大字永远写在这面鲜红的旗帜上！

〔昂扬、深情的音乐起。

483

〔刘伯承走向军旗，单膝跪地，托起军旗的下角，深情地吻了下去。

〔杨震敬礼。

〔刘伯承缓缓起身，向舞台深处走去。

〔天幕下移，依次出现近树、远山、蓝天……蔚成山动云涌的壮丽情景。

〔刘伯承越走越高，越走越远，消失在云天深处……

〔音乐响起。

〔光渐收。

——剧　终

《虎踞钟山》1997年5月由南京军区政治部文工团前线话剧团演出。导演潘西平，主演程建勋、汪荣华、宁晓志。该剧先后在南京、北京演出，获得各界好评，被誉为"军旅话剧的突破"。剧本获'98中国曹禺戏剧文学奖·剧本奖（1997年），剧目获文化部第八届文华大奖、入选文化部2003—2004年度国家舞台艺术精品工程。

作者简介

邵钧林　（1949—2016），男，浙江金华人，原南京军区政治部前线话剧团团长、一级编剧，代表作品有话剧《虎踞钟山》（合作）、《小平小道》《抗天歌》，电视剧《井冈山》《红色摇篮》《开天辟地》等，剧本两获曹禺戏剧文学奖，剧目六获全国"五个一工程"奖、三获文华大奖，影视作品获飞天奖、金鹰奖等。

嵇道青　男，1963年出生，江苏灌南人，编剧、制片人，全国"十佳"制片人。代表作品有话剧《虎踞钟山》（合作）、《龙腾沧海》，广播剧《厉兵石头城》，电视电影《太阳和她的妈妈》《情感意外》，电视剧《DA师》（合作）等。